eye.

守望者

——

到灯塔去

激情如初

凡·高、普鲁斯特、伍尔夫等

[法] 维维亚娜·福雷斯特 著

张新木 译

Viviane Forrester

Mes passions de toujours

Van Gogh, Proust, Woolf, etc.

南京大学出版社

"MES PASSIONS DE TOUJOURS"

by Viviane FORRESTER

© Librarie Arthème Fayard，2006

Simplified Chinese Edition Copyright © 2020 by NJUP

All rights reserved.

江苏省版权局著作权合同登记　图字：10－2019－612 号

图书在版编目(CIP)数据

激情如初：凡·高、普鲁斯特、伍尔夫等/(法)
维维亚娜·福雷斯特著；张新木译.—南京：南京大
学出版社,2020.9

ISBN 978－7－305－23144－5

Ⅰ.①激…　Ⅱ.①维…②张…　Ⅲ.①世界文学－文
学评论－文集　Ⅳ.①I106－53

中国版本图书馆 CIP 数据核字(2020)第 057144 号

出版发行　南京大学出版社

社　　址　南京市汉口路 22 号　　　邮　编 210093

出 版 人　金鑫荣

书　　名　**激情如初：凡·高、普鲁斯特、伍尔夫等**

著　　者　[法] 维维亚娜·福雷斯特

译　　者　张新木

责任编辑　陈蕴敏

照　　排　南京紫藤制版印务中心

印　　刷　江苏凤凰通达印刷有限公司

开　　本　880×1230　1/32　印张 14　字数 338 千

版　　次　2020 年 9 月第 1 版　2020 年 9 月第 1 次印刷

ISBN　978－7－305－23144－5

定　　价　66.00 元

网　　址　http://www.njupco.com

官方微博　http://weibo.com/njupco

官方微信　njupress

销售咨询　025－83594756

献给贝尔纳和雅内特

对那位说"我在"的人,可以问问:"谁在用这张嘴说话?"

路德维希·维特根斯坦:《论确信》

目　录

出版前言

　　本书是维维亚娜·福雷斯特最为隐秘的一部传记,主要由作品序言、文学评论、讲座文稿等构成。对她来说,任何书都是活生生的一个人,任何作品也都是这样的人。任何创作都是一个造物。她那音乐般的声音、非凡的说服力、充满纸端的诙谐,让人一看就想读,并且爱不释手。这部传记写的是众多不同的作品,这些作品让语言说话,语言说话又是为了沉默,而为沉默而写的作品引导我们去发现我们自身的秘密,最最秘密的秘密……

　　正如在一部不朽而且令人着迷的小说中那样,我们发现了一系列的生灵:从托马斯·伯恩哈德(Thomas Bernhard)到包法利夫人,从哈姆雷特到伊俄卡斯忒(Jocaste),从弗洛伊德到高更(Gauguin),从乔伊斯(Joyce)到卡利班(Caliban),从艾米莉·狄金森(Emilie Dickinson)到夏吕斯男爵(Baron de Charlus),从基督、安托南·阿尔托(Antonin Artaud)、贝克特(Beckett)或帕索里尼(Pasolini)那冒险般的声音到弗吉尼亚·伍尔夫(Virginia Woolf)那形形色色的面孔,还有经过深入分析但面目全新的普鲁斯特(Proust),情况都是这样。凡·高得到最善于讽刺的人们的热情捍卫。我们通过与作者的友谊发现了娜塔莉·萨罗特(Nathalie Sarraute)、玛格丽特·杜拉斯(Marguerite Duras)、于连·格林(Julien Green)和琼·里斯

1

(Jean Rhys)：亲密无间，谈笑风生，无话不谈，常常探寻着创作的秘诀。

在这里可以发现思想的精髓、折磨和惬意，也能找到一种力量，常常将一位作家的悲剧引向作品的悲怆性喜悦。

维维亚娜·福雷斯特为思想打开了众多新的空间。对她来说，多亏了语言，也由于语言，在对不同作家的评说中，她将他们纳入同一种视角，归结为同一种期待，目的是要否定不可能性。

说明：本书中谈论到的作者、作家和画家如今都已作古——但他们将永远活着。

弗吉尼亚·伍尔夫

重返罗德梅尔*

像她那样有亲和力的声音，我量您找不出第二个。您找不到比弗吉尼亚·伍尔夫**的声音更加精确、更加充满渴望的声音。在她的声音里，振动着世界上所听不到的一切，迸发着能还原生活寂静的嘈杂，使得生活终于可以触摸。这个声音每次都像是第一次，令人着迷，扣人心弦，贪婪无比，它既不像是在唱歌，也不像是在说话，而是在重建着语言的气息，在奉献着我们存在的陌生回声。

"我在手指间掂量到了每一个词的分量。"弗吉尼亚在死前不久写下这句话，同时也提供了打开一部作品的钥匙，这部作品空悬在秘密中，然而当人们接受它时，它又是如此亲近，如此战战兢兢，就像触摸到柔嫩的肌肤。这部作品，人们一旦被它的激流所捕获，就再也无法逃脱，而且开始窥伺它的作者。作者在作品中如此坦诚相见，倾诉衷肠，我们看着她塑造自己，在文字中创造自己，就在其他

---

* 罗德梅尔(Rodmell)，英国地名，位于萨塞克斯(Sussex)的萨里(Surrey)，乌斯(Ouse)河畔。这里是弗吉尼亚·伍尔夫的故乡。她居住的房子叫作修士别墅(Monks House)，见下文。(本书未注明"原注"的页下注皆为译注。)

** 弗吉尼亚·伍尔夫(Virginia Woolf, 1882—1941)，原名阿德琳·弗吉尼亚·史蒂芬(Adeline Virginia Stephen)，英国小说家和文学批评家，作品有《出航》《夜与日》《雅各的房间》《达洛卫夫人》《到灯塔去》《奥兰多》《海浪》《岁月》《幕间》等。伍尔夫被看作现代主义潮流的先锋，也是女性主义的先驱之一。她尝试着意识流的写作方法，注意描写人们心底的潜意识。

人中间，也不管其他人怎样，违背着他们的意愿，在其他人的中间，与其他人一起体现真实，体现我们那原则上讲被剥夺的真实。

窥伺她？在为贝尔纳·皮沃*的一个节目《打开双引号》拍摄时我就是这样做的。我漫步在修士别墅的花园里，那是伍尔夫在萨里的房子，位于罗德梅尔小镇，或是漫步于弗吉尼亚童年时期在圣艾夫斯(St. Ives)度假的房子周围，位于科努瓦伊(Cornouailles)，当时弗吉尼亚还姓史蒂芬。她当时的不在场尤其如寒气袭人，让人心里空荡荡的。这让我想起了莉莉·布里斯克，她也曾在一座花园里漫步(或许就是圣艾夫斯的花园，面对着大海，远处是一座不可企及的灯塔)，并且坚韧不拔地为争取诉讼权而搏斗——毫无理由地呼喊着去世已久的朋友："拉姆齐太太！拉姆齐太太！"[1]这位拉姆齐太太，"在其他的天地里"，就像弗吉尼亚·伍尔夫一样，善于"将瞬间变成永恒的事物"。

自从鳏居后，拉姆齐先生就像一个"被流放的国王"，在莉莉的陪同下，第一次和孩子们一起回到这个家，重返这个过去由拉姆齐太太管理得热热闹闹的居所。一场战争过去，春去秋来，年岁增长，莉莉·布里斯克沿着林荫小道踉踉跄跄，沉浸在她的记忆中，深陷在这个"古老的恐惧中：想要还想要，就是得不到……"，诅咒着这个折磨她心灵的惩罚。"喂！拉姆齐太太！"她呼喊着。然后她似乎最终看到了她的朋友，她坐在那里，既安静又平常，正在织着一只袜子。于是，在这个她已经不在的风景中，莉莉·布里斯克将她画成了画。

就是这样，这也是写作。传讯缺失，召回不在场。谈论往事。

---

* 贝尔纳·皮沃(Bernard Pivot, 1935—   )，法国记者和电视节目主持人。1973—1974年在法国电视一台主持《打开双引号》(Ouvrez les guillemets)栏目，1975—1990年在法国电视二台主持《新书评论》(Apostrophes)栏目，后又开辟《文化汤》(Bouillon de culture)栏目，直到2002年为止。著有《旅行中的爱》(L'Amour en voyage)等小说，是法国时尚文化的"象征符号"。

要求不在的东西出现，然而这些东西又是存在着的。拒绝不可能的东西。是啊，对弗吉尼亚·伍尔夫来说，写作在很大程度上就是这么回事。由于扎根于外表和细节的世界，她发现了无以言表的东西。"古老的问题：防止思想漫天飞翔，保持住精确性。"

弗吉尼亚·伍尔夫也许是继马塞尔·普鲁斯特之后，最后一个相信能通过写作获得拯救的作家。相信这个绝对的目的性。然而她也许是位承上启下的作家，在她生命即将结束之际，她对此已经产生了怀疑。一种幻想的破灭，毫无疑问，她的自杀不能说与此毫不相干。

我们还记得她的最后一本书《幕间》（Entre les actes），我认为这是最美的一本书，是在她死后才发表的。她将原稿寄给了约翰·莱曼（[John Lehmann]受伦纳德·伍尔夫[Leonard Woolf]夫妇的聘请，在他们的霍格思出版社[Hogarth Press]担任主编），但是随后又立即写信给他："我不能就这样出版这部小说；它写得太愚蠢太庸俗了。"约翰和伦纳德最终都没能劝住她。

这部"愚蠢"的小说，至今仍然很新颖，是部永不枯竭的作品，它确实是重新质疑作品和作者的一部小说，是一部幻灭的小说。人们总能从中找到现时的味道、期待的清新、身体的激情，既渴望又拒绝尽情享乐，还有水、死亡，常常交织在一起。

让我们忘记贯穿小说的一干人物和事件。我们将重点放在古怪的拉·特罗布小姐身上，她是一个酒鬼、一个诡异又孤僻的女人，她爱上了另一个女人，并且全身心地投入一部戏剧。这是一个晚上，戏剧已经结束。这出戏与其他剧目相比，既不是最坏的也不是最好的，观众们还像往常一样无动于衷，他们更关心他们自己的快乐、他们自己的痛苦。总而言之，戏演了等于白演。什么也没有改变。拉·特罗布小姐将再次陷入她那屈辱的孤独之中。她"曾经承受了喝彩、羞辱、陶醉和失望——但什么也没得到"。拉·特罗布小姐只有一个欲望："沉入泥土，无声无息"。前额上喷射着汗珠。而现在，"舞台上空无一人，拉·特罗布小姐背靠着一棵树，使尽了最后一丝力气"。她看了看自己周围的田野，看了看土地，她曾经想象那里有她的舞台背景，那"仅仅是土地而已，并不是一块特殊的土地"。这要比下列事实更加苦涩，更具有终结性：当拉姆齐先生的孩子们坐在船上，而船又不能将他们带到灯塔下时，他们发现"大海的深处说到底，也不过就是水而已"。

"一种失败。"拉·特罗布小姐证实这一点。"幻想破灭了。这，这就是死亡，死亡。"她喃喃自语地说。

拉·特罗布小姐后来没有死。跟往常一样，她感到被人遗弃，便独自一人去酒吧喝了一杯威士忌，这是她唯一的避难所。在酒杯里，透过透明的液体，她想象着看到了泥浆，从泥浆中走出"那些垃圾般的诗句和词语"。然而不久后，那"泥浆突然变得非常肥沃，千千万万的词汇从中蹦出，那些词没有任何意义，但不失为美好的辞藻"。她下一部戏剧的开篇词。

但是，对弗吉尼亚·伍尔夫来说，不会再有其他的戏剧了，这些开篇词，她也不会再写。这也许就是那些缄默的词，即她最后一部作品的最后一行所封闭或拒绝的词：这是一个夜晚，一个"道路和房屋前的"夜晚。一个男人，一个女人，贾尔斯和伊莎，更确切地说是两个侧影，针锋相对，互不相让，然后又互相拥抱，从这次拥抱中，也许会生出一个孩子。影子变得非常大。"这时，帷幕升起。他们开始说话。"

他们说的是什么永远无人知晓。弗吉尼亚没有写。伦纳德·伍尔夫，弗吉尼亚·伍尔夫，最后一个夜晚，最后一个早晨，他们没有厮打。他们之间的斗争更加隐秘，也更加致命。没有任何孩子出生，但这场斗争导致了一次拥抱："死亡就是一次拥抱"，这是达洛卫夫人的梦呓。

1941年3月28日，弗吉尼亚·伍尔夫刚刚结束了《幕间》的写作，就经历了一次严重的疾病发作。当时是战争时期，然而如果说她在纳粹的恐惧中经历了战争，并且长期以来一直与之进行不懈的斗争，那么她并没有比其他人更加焦虑不安；她甚至描述过一些日子，说这些日子就像是"从一个旋律到另一个旋律的回响"。1940年，伦纳德，既是犹太人又是社会党人，他已经做了准备，如果纳粹侵占了英格兰，他就与她一起在车库里自杀（用煤气自杀）。她同意了，但是她又在《日记》里反对这一做法："不，我不想让车库见证我的末日。我希望还能活十年，让我写书。"她认为她对人类尽到了"用笔和纸来保护人类种群"的义务，并呐喊道："我值得拥有一个春天。"一个春天？

3月28日，她情绪很不好，如果人们想到她为创作所付出的努力，她在精神上、体力上、智力上及技术上为此所做的行为，则这个她称为"疯狂"的再次发作没有任何出奇之处。在伦纳德看来，这是一种"疾病"。我们不想进入对这个已知结局的分析。

这个28日的上午，伍尔夫夫妇的女佣露易·梅尔（Louie Maier）做了描述。"伍尔夫太太又一次生病了……当我打扫伍尔夫先生的书房时，他们两个走了进来，伍尔夫先生对我说：'露易，你能不能给伍尔夫太太一块抹布，让她帮你一起打扫这个房间。'他们刚刚在伍尔夫太太的卧室里说了很多话，因为她今天又不太舒服了。他大概建议了一个活计，也许就是帮助打扫卫生。我给了她一块抹布，但是我觉得这很奇怪。"[2]

1973年，为了同一部电影，我曾要求露易·梅尔回到罗德梅尔。她走进别墅，心烦意乱，令人震惊。她衣着朴素，又矮又胖，风韵不再，因为激动而步履蹒跚。她抑制着泪水告诉我们，这是她那么多年后第一次重新回到这个别墅。她摸了摸放在门厅里的"伍尔夫先生和夫人的拐杖"，走进了客厅，来到了厨房，她再也忍不住地抽泣起来。我们都有点不太好意思拍摄下这发自内心的激动。从此以后,我一看到这个片段,就忍不住流泪……即使后来我得知她已经"第一次"回到过罗德梅尔,也还是这样——她早就在意大利电视台、澳大利亚电视台、瑞士电视台、德国电视台、美国电视台前痛哭流涕过,当然也少不了英国广播公司!一个演技超群的女演员。

她还在镜头前模仿她怎么跟着"伍尔夫太太学习"掸去书上的灰尘——伍尔夫太太在当时大概非常害怕不能够写和不会写的书。一堂权威的课程:循循诱导,庄严肃穆,充满责任感,露易·梅尔翻开每一本书的每一页,掸一掸,擦一擦,一边还解释为什么要这么做。这就持续了数个世纪。真让人厌烦透顶,忧伤至极,憋得发疯。1941 年 3 月 28 日,弗吉尼亚·伍尔夫就定格在那里。她的丈夫、她的发行人,强迫她这么做,以此权当治疗忧郁症的一剂药方。就像回到现实,这现实就是回到她女人的状况中,她一直没有将自己的精力集中在天生由女性承担的活动上:换句话说,就是家务活。对一个筋疲力尽的作家?一块抹布。对一个善于走到极限的女人——多大的代价?应该在梅尔小姐的庇护下接受再教育。

"过了一会,"露易·梅尔摆出吃惊的样子,并且有点生气,"伍尔夫太太放下抹布,走出了家门。我想她无疑是不喜欢打扫书房的,她已经决定去做其他的事情。"

果然,她做了其他的事情。

弗吉尼亚选择去写了两封信,一封是给伦纳德的(以前已经写过一封),另一封写给了她的姐姐瓦妮莎(Vanessa)。对这个姐姐,她既喜爱又非常嫉妒,情感如此矛盾。她穿戴整齐后就走了出去,梅尔小姐看到她穿过花园。后来她就再也没见到过她。没有人再见到过她。

您不要想象当时弗吉尼亚·伍尔夫走过了英国的乡村,在一片田园风光中走向邻近的小河。忘记她吧,她衣服口袋里装满石子,顺着这条迷人的小河漂流，就像欧菲莉亚——这个确实和她非常相像的欧菲莉亚，"哼着古老曲子的碎片"，据葛簇特王后说，"被优美的歌声拖向了泥泞的死亡"。

弗吉尼亚的头发上没有鲜花，胸前也没有怀抱鲜花，只是手里拿着一根拐杖，她将拐杖插在乌斯河泥泞的河岸边，乌斯河如同一条阴森可怕的运河。就像左拉书中设置的背景那样，周围村庄里已经有好几个绝望者在这种背景中自杀身亡。

在去那儿的路上，她首先得穿过一个具有浪漫情调的小公墓，里面竖立着歪歪斜斜的墓碑，这个公墓和他们家花园紧挨着，将花园和这片死气沉沉的辽阔平川相隔开来。这条通往乌斯河的路非常漫长，无比严峻，没有标识，没有救援，在这里她亲身"经历"了达洛卫夫人那奇怪的梦境，"像一位水手溺死在世界的河岸边"。

然而达洛卫夫人还活着，拉姆齐夫人还活着，伍尔夫夫人却是幸存着。所有这些女性入侵者，人们无法摆脱她们。超越死亡的女性引诱者。文本难道不是一些活生生的生灵吗？它们出生于生物学之外，不知道有死亡。然而有些作者，如弗吉尼亚·伍尔夫，将自己和他们的文本融为一体。然后生活也是——尤其是，可能是——记忆问题。

弗吉尼亚想到的是另外一本书，数年前，她跟往常一样骄傲自信，满面荣光，走遍了伦敦大人小小的街道。她曾经想："我一边在南汉普顿路上走着一边想：我这就给你们奉献一本新书。"这时的她很虔诚，依然相信写书就够了——甚至这是必要的。她的书总是要奉献给人们的。

她在罗德梅尔的房子，1973年时还在那儿。屋里的碗碟，瓦妮莎漆的椅子依旧，还有墙上的画，墙上挂着她和男友邓肯·格兰特（Duncan Grant）的画，这些作品比我预想的要有趣得多。在地下室的一个装满枯木的篮子里，摄制组还找到了弗吉尼亚曾经用过的一瓶紫色墨水和一部手稿：一个记事本上写着《三个几尼》的开头几行。他们以此作为交换，让我晚上在饭店请他们吃了一顿晚餐。昆汀·贝尔(Quentin Bell)³嘱咐我要好好保存它们。

花园是伦纳德的杰作，非常迷人，又特别奇怪，活像一座迷宫；我们全都迷了路，于是我们就在很近的距离内，相互呼喊着，却不知道怎样穿越这小道错综复杂的小小迷宫，才能走到一起。里面有许多小水池、许多雕像，其中有一尊雕像就像扑克牌里的老K，僵硬死板，没有脖子，让我望而生畏。一个并非完全无辜的花园。

我还回想起弗吉尼亚的房间，和这个花园处于同一层面，与伦纳德的卧室相邻，但是——这只是象征性的——没有任何通道通向那个房间。就像与世隔绝。我尤其回想起那个晚上，我在那里睡了一夜，更确切地说，我在那里一宿没睡。我通过窗户凝望着"道路和房屋前"的黑暗。我听到了史文森太太在《幕间》里的哀叹："我们没有话语……我们没有话语……在眼睛的后面，而不是在嘴上，这就是全部。"是否就在这里，就在这个房间里，弗吉尼亚思忖着："我总是想起或是忘记的这句话怎么说来着？最后再看一眼所有美好的事物？"

在我身后，黑暗中，靠着墙，众多的聚光灯，堆积的阳光，将在第二天照耀着、记录着她的不在场。

（1990 年）

出航[*]

从她的第一部小说[1]的最初几页开始，弗吉尼亚·伍尔夫就将水、死亡、疯狂等搬上了舞台，让它们肆虐在生活的精细背景中，放纵于有节制的温柔背景中。一下子，野蛮就在文明制造的虚假平静中猛然爆发。一下子，弗吉尼亚就揭露了生命中最基本的粗暴，揭露了它的主要缺失，这些尤其显得令人害怕，原因是它们能够突然涌出，无视一切安全和福利的保证，即后维多利亚时代英国社会对特权阶级的种种承诺。这些特权阶级如此精明、如此热忱、如此老练地填补着可能从中突发危机的一切裂缝。

听听这个粗鲁而冒失的开篇——而且这跟小说下文并没有多大的联系。这是一部作品的边缘。作者的声音立刻推出了贯穿它的其他声音。

首先是水，泰晤士河那黑色和青绿色的水，夜间在桥下波动着。桥上，一群可怜的人，还有令他们担心的一对高雅男女，显得极不协调。女人倚在栏杆上哭泣。一滴眼泪掉入水中，融入河流那灰暗的液体中。男人试图安慰女人。她埋怨他，说他永远都不懂得她的

---

[*] 同名小说《出航》(The Voyage Out)为弗吉尼亚·伍尔夫的第一部小说。法文译名为 La traversée des apparences，意为"穿越表象"。

心。周遭的贫困气息让他们透不过气来。他们面对着大多数人,面对着众多的穷人。而天上开始下起了绵绵细雨。

"上帝,这天多么阴沉啊",安布罗斯先生低声喊道,而且"贫困、雨水"使"大脑变得像一个伤口"。对弗吉尼亚来说,这还不是小说里要上场的主要人物。舞台还是她自己的、内心的、一个精神发狂的地方,一个家族灾难的地方,她必须立刻设计出来,建立起来,在其他主要人物出场前将安布罗斯夫妇安排进去。

从这个场景开始,她开始讲述一些不太急切的事情,这条河,这个伦敦的港口,等待安布罗斯夫人的豪华货轮上的蓝色旗;这面蓝旗,世界上所有准备启航的船只都挂着它,显出"一副不祥之兆的样子",这一刻便成了"某些预感"的时刻。此时人们是否还能克制自己,不去听取弗吉尼亚《日记》里最后几句话中的那一句,"我在高挂的旗帜下沉没"?

这个夜晚,阴森而又凝重,窝着一个栖身之地,一个住处:轮船。这艘船,"人类孤独的象征",它属于一个富有的船商,安布罗斯夫妇的表兄,这是一次在其表兄陪同下的航海旅行,同行的还有表兄的女儿雷切尔。一切都安排得稳稳当当。在船内,在舱内深处,在甲板下,"在下面",人类的小岛。一个温馨的笼子。许多鲜花,柔和的光线。一位老年女仆。一顿饭……彬彬有礼的宾客。

然而人们听到了什么? 文章变得疯狂,但同样还是不知所云。语句的碎片(但是在学识渊博的人之间的对话还是正常的)指向一些读者不熟悉的人和情节,而且在小说下文中也不会再提及。这不是小说网格的起始,不是情节的开端,而是某些声音的一种交流,这些声音相互之间打着信号,就像迷失在浓雾中的船只,在谈论着被灾害摧毁的世界。萦绕着弗吉尼亚的叹息。

再随便听听开始这几页:

"在一个漆黑的夜晚,人们可能会跌倒……并且摔死。""曾经有过一本书,不是吗?""曾经有过一本书,但是以后永远不会有一本书了。""以后永远不会有一本书了,因为另一个人已经替他写了。"

还有:

"他死了。""饮料……毒品。""存在一种关于行星的理论,对吧?""某个地方有条裂缝。""乌七八糟的文字。""一个被糟蹋的存在的众多积累。"

外面是黑夜,是大海,"深渊中白色的巨大怪兽……白色的怪兽,赤裸的怪兽,瞎眼的怪兽……越往深处走,大海就越发昏暗……人们再也辨认不出遇难船只的黑色残骸"。

旅行开始了,走向另一世界的彼岸。从那时起,弗吉尼亚就试图通过一次旅行,通过一种休闲的日子,将一群男人,将一群女人送到别的地方,他们来自英国,来自与她同属一个社会阶层的不同方面:最上层的资产阶级,紧挨在贵族阶级的边缘。他们将一起来到另一个大陆,一个当时对他们来说颇具异国风情的大陆:南美洲。

陌生的环境本该将他们交给自然力量的淫威,而到此时为止,他们那既严厉又娇惯的生存、非常编码化的存在,既保护着他们不受这种自然力量的侵袭,同时又剥夺了他们的自然力量。然而没有出现任何问题。在别墅里,在普通的豪华宾馆里,他们蜷缩在茂密森林的深处,远离起初听来非常奇怪的对话,他们不知道这个新天地的法则,而代之以他们自己的规则,礼节的规则。

他们继续感到非常厌倦,对奉送的新鲜感无动于衷,并且固执地延续着自己的方法、自己渊博的习俗,这使他们远离形而上学的绝望、死亡的束缚、情感的折磨,还有生命所体现的永久失去的明显事实。小心谨慎压倒了任何的冲动,循规蹈矩战胜了任何的好奇。任何从未发生的事件将立刻启动一种机制,去消除这个事件,或至少使该事件变得平淡无奇。任何的激动似乎已经做过试验,已经索然无味。已经贴了标签。只剩下不断重复这个古老的存在,早已变成陈词滥调的存在。就这样一直存在着，保持着"所有非常孤立的事物、非常受限的事物，就像世界激流中的某些小岛"。

他们依然忠实于这个隐性的协议，这能让他们以放弃一切生存的享受为代价而避免生活的恐慌。他们在颇具安全感的苦恼中昏昏欲睡，忍受着与他们既恐惧又渴望的东西的离别，停留在这广袤的土地上，犹如被困在一个小岛上——他们最初的小岛？

河水拍打着华丽的河岸，在南美洲的内陆土地上留下一道道沟渠，但这里的水仍然与泰晤士河一衣带水；它只不过是泰晤士河的延伸而已。这个别处，这个"外面的"出口，还有距离，只不过将他们的注意力伸展到离开的国度，提升它的形象，在他们身上打上更多的习惯痕迹的印记。

法译版书名为 *La Traversée des apparences*，非常美丽并且意味深长，但是没有传达出英文书名 *The Voyage Out* 的意思，无法翻译，例如，也许可以将它译成"外面的旅行""在外的旅行""外出的旅行"等。

一次模式外的旅行将简化生活，从讽刺中走出来，从普遍的虚情假意中走出来，这种旅行试图消除生命和死亡中那些既可怕又绚丽的东西。这种虚情假意，原本是用来让人放心的，却使雷切尔感到害怕，她是和弗吉尼亚如此相像的女主人公，像弗吉尼亚一样，她直接接触到了生活的生冷。她们无法与那些傀儡为伍，这些人从摇篮到坟墓，一生浑浑噩噩，麻木不仁。

在清醒引起的恐慌中，又增加了一种担忧，担心感到自己"不正常"，或被人看作"不正常"，担心不能融入任何预设的典型，担心生活在现成模式的边缘，而这些迫切确定的模式又是唯一与生存相容的模式。

雷切尔的悲剧在于她一点没有意识到这种差异，她也因此而死，只是表面上死于疾病而已。她不是一个反抗者。相反，她完全像弗吉尼亚·伍尔夫那样，一直在寻找平庸，寻找融入方法，寻找认可，而这些又不属于她的性情。她手无寸铁，在保护普遍谎言的城墙上撞得头破血流，她天生（和弗吉尼亚一样）就不是落入俗流的料。贪婪，太贪婪了。"生存，愿望——这是一种酷刑。"雷切尔喊道。

透过她，我们发现了弗吉尼亚的影子，表面上虽然很平静，但是在她看来，其他人"像一团团随意游荡的物质，除了拥挤外没有别的目标"。有关这些人，在后来的《海浪》中，惊魂未定的罗达说了这段话："我在这个充满敌意的世界中孤身一人。人类的面孔凶残无比。"

在这部小说中，"爱情故事"只是在书的最后三分之一处才出现，而且好像还是一种遗憾，特伦斯这个"求爱的第一青年"对雷切尔的要求，就是渴望听到年轻女孩的讲述，他热切地想在这种享乐和热带的氛围中，聆听年轻女孩讲述她在伦敦豪华的郊区里士满的生活，她生活在那些因年迈而变矮了的姑妈中间，面对着烤不完的羊肉，置身于令人作呕的背景中："克莱拉姑妈切着一块羊肩肉。在我面前摆着一个十分丑陋的黄色瓷器……"特伦斯全神贯注地听着雷切尔的讲话，听着如此平淡的生活的秘密，但他记住并理解了这些往事，对他来说，这些往事准确地指出了他认为很重要的东西，明示了令他担忧而又能征服他的东西：平淡。这就是未来的小说家能够记住的东西，是他能够写下来、表达出，或说得更准确些，他能够回味的东西。

雷切尔给他带来了他要寻找的东西，而这也是他所拥有的东西。

正是通过这点点滴滴的回忆，平日里琐碎的生活，隔了一段时间后，在异国他乡再看时，是那么异乎寻常，那么有吸引力，而这两个为此着迷的年轻人，突然有了某种默契，走到了一起，并认为他们相知相爱了。

在他们周围,"度假期"(villégiature)依然如故,这是当时英国人的生活特征。这个社会的微型世界无法移植到一个完全不同的环境里,而是原样扎根于一个所有人对它都无动于衷的环境。阿根廷?一个简单的民俗性建议而已,某种意义上说有些不妥,是一种令人怀疑的卫生的建议。他们圈定自己的领地,便标示了自己的与众不同,在这片领土上,他们的美好习俗得到保持,还有他们的被剥夺感,他们的茶。

茶的水!

好好安家,继续这些计谋,直至发展到订婚,组织一些小型晚会,遵守社交的等级制,这便是这些游客在文字之前的操心之事。(弗吉尼亚的父亲莱斯利·史蒂芬[Leslie Stephen]先生不就是登山运动的先驱之一吗?但他又是更加自然、更加粗犷的登山运动的先驱,而且是 19 世纪末著名的阿尔卑斯俱乐部的创始人之一。)

于是从她的第一部作品开始,虽然有写异国他乡的计划,但弗吉尼亚·伍尔夫认为,影响和改变生存、侵扰人生的并不是地理上的位移,更不是命运的轨迹,而是一种持久的危机、难以觉察的危机,它侵扰着人生,破坏着公认的现实、人们强加的现实。

后来,在她的《日记》中,弗吉尼亚宣称,对她而言,"现实几乎不存在。此外,时间也几乎不存在"。

然而现实是什么?人们是否能够自我蜷缩起来,缩在一个人为的区划内,将现实限制在人类假设的范围内——这里的一个法伦斯泰尔(phalanstère)的范围?或者能在穿越让人难受的东西、具有分量的东西、具有欲望的东西的航行中找到这个现实:存在的器官性恐惧和陶醉,它们都是致命的东西,处在一个有组织的、致命的、颤抖的世界里?处在危险中。

是的,旅行开始了,带着雷切尔走向爱情,走向死亡。

奇怪的爱情,奇怪的死亡。"死亡就是一次拥抱。"在以她的名字命名的小说中,达洛卫夫人如是说。一次拥抱就是死亡吗?

雷切尔奇怪的死亡舞蹈预示了弗吉尼亚的结局。面对苦苦挣扎的雷切尔,弗吉尼亚·伍尔夫在梦想着什么?雷切尔在虚假的幸福中完全失望,痛苦难当,像是被彻底打垮,尤其是她极其冷静,就像她的未婚夫特伦斯一样。"得到我想要的东西也许是不可能的。"特伦斯悲哀地说。"男人和女人太不一样了。您是无法理解的……您理解不了。"而当雷切尔觉得可以自由地"触碰一个男人"时,特伦斯只是被轻轻地碰了一下,就觉得自己的身体变得不真实了。

他们才接触到幸福,就变得惊慌失措,被卷进一个不祥的旋涡,被缚在"他们刚刚沉没的海水深处"。

这部小说发表于1915年(是年弗吉尼亚三十三岁),当时获得了异常热烈的反响。一部写了七年的小说,在此期间,即1912年,伦纳德向她求婚,她首先回答说,她只能爱一个能让她"热情"起来的男人。伦纳德没能让她热情起来。

相爱,对雷切尔和特伦斯来说,那是另外一回事,这也很快让他们考虑起分手问题,他们自己对此也充满惊恐。特伦斯赞同弗吉尼亚关于女人孤立的观点,然而他也早就说过,如果他是女人,他真会朝自己的脑袋开一枪。倒是特伦斯在为女人们进行斗争,并且试图把雷切尔也结合进去。在《三个几尼》里,弗吉尼亚·伍尔夫明确指出:"只有唯一的世界、唯一的生命,我们应该一起战斗",男人和女人一起。她知道女人的不安和不幸同样也是男人的不安和不幸,她清楚不成功的差别所带来的悲剧。

但是雷切尔并不想朝自己的脑袋开枪,她保持着距离,幻想着自己被"推进大海,沐浴在海水中,随着海水漂移,漫步在世界的根须之间,这个想法以其不协调性深深吸引着她"。特伦斯出神地看着她推揉着椅子,摇摇晃晃地走路,"好像她果真在海水深处挣扎"。

在他看来，她似乎"在为自己打开一条通道，以胜利的姿态横扫一切有可能阻碍她生存进程的障碍"。

他们找到了自己的游戏。弗吉尼亚的长久游戏。

雷切尔，她将不会像她的作者那样投水而死。疾病将夺取她的生命，高烧。而尤其令人印象深刻的倒是弗吉尼亚·伍尔夫看到一种联系，即溺水和死亡之间的联系。对弗吉尼亚来说，在她十三岁时，亲眼看见她的母亲朱莉娅(Julia)死在床上，这位母亲已经死了，就像一位"筋疲力尽的游泳女"。雷切尔也是死在床上，但是"她掉进了一片深不见底的水中，那黏糊糊的海水最终将她淹没。她再也看不见什么，只能听到一种沉闷的轰隆声——她头顶上海水汹涌的声音。刽子手们以为她已经死了，然而她根本就没死，她就待在海底，蜷缩在大海的深处"。

诚然，对水的参照、对大海的参照，贯穿了弗吉尼亚的所有作品，也贯穿了将她一直带向("生存的进程"?)乌斯河的那些岁月，她就溺死在这条宽阔而又阴森的运河里，这里离罗德梅尔，即伍尔夫家族在萨里的庄园就几公里。其间要穿过几公里的平坦地段，一条通向溺水身亡的漫长道路，而这种溺水身亡，只有在经过深思熟虑之后，才会这样计划好，然后执行。走进乌斯河那淤泥般的河水，口袋里装满沉重的石头，一根拐杖留在岸边，再也不像雷切尔的水神舞蹈："我是水神！我会游泳，游戏还没有结束！"

与雷切尔相聚前的这些岁月，所有这些岁月啊！弗吉尼亚给伦纳德留了两封绝笔信，这两封信更像是一些见证："亲爱的，我想对你说你给了我完整的幸福。没有人能比你做得更多……"她留下两封遗书。在另一封中，她说她肯定会再次发疯，并且确信自己这一次不会康复了，她又写道："我想我们两个人不会再更加幸福了。"这是1941年。早些年，在雷切尔的尸体前，在他们那种令人担忧、羞羞答答而总之又是失败的相爱企图后，特伦斯就已经声明："从来也没有过比我们两个更加幸福的生灵。没有任何人曾经像我们这样相爱。"因为:"他们得到了他们梦寐以求的东西——融为一体……"

圣杯。禁止。性别差异一直存在着;弗吉尼亚·伍尔夫深知这一点。很少有作者能像她这样清楚这一点。对于她,人们试图用"性冷淡"这个词来形容她,然而很少有作家能像她这般敏感。尤其是没有几个人能像她这样,从性别性出发去写作,并考虑到被剥夺感、失望的贪婪性甚或拒绝,即属于性爱经历的沉重的东西!利顿·斯特雷奇(Lytton Strachey)曾抱怨她的作品里没有一点性爱场景。但是弗吉尼亚意识到有一种普遍的广大的性爱,那种抽动着的人体的性爱,每个人类器官都在其中运动着,抽动着。

很早以前,甚至在想到创作之前,那时弗吉尼亚·伍尔夫还是个孩子,她就已经突然发现并经历了一个破碎的世界。她通过一些危机、一些丧事、一些经历,发现了一些一目了然之事以外的其他方面、其他可能、其他感觉。重返表象的世界,重返所谓理性的世界,重返预见中的世界,这世界在她面前显得那么不牢靠、奇怪和脆弱,其危险程度与威胁过她的疯狂所带来的混乱和灾难相当。她的惊讶就处在这个庸俗世界的出现和再次出现中。重新找回的轮廓大概就像消失的界限那样,同样令人吃惊;重建的协调与混乱一样让人难以置信。那些被当作意义的东西,也许更神秘的东西,就是那些被说成无意义的东西。

重新回到井然有序的世界,大概会显得更加诱人,这比在一个不合常情的世界中的经历更为可怕。在她的眼中,这两个世界似乎都是互相透明的。

我们将这个世界变成一个隐迹纸本,思想者、诗人、音乐家和学者都热衷于在其初始的文本中发现这个世界,而这个世界正是从表象层次上征服了弗吉尼亚;这些表象在她看来,很快就变得摇摆不定,她希望能抓住它们。

如果说弗吉尼亚否定危机的时间,她同样贪婪地想截获那些合法的表象。在时间的逃遁中抓住现时,在时间的消逝中停住那个瞬间。从现在中,她记录下陡峭的瞬间,赤裸而又享乐的瞬间。禁止。她就这样处于不合常情的世界和清晰明了的世界之间,面对着自我显现的世界,在一种自由而又野性的倾听中,在人接触人的靠近中。这就是她在第一部作品里投射的对这个世界、对这种靠近的天赋。

可怕的弗吉尼亚。书中所传递的可怕的享乐,虽然表面上无害,但是完全不合情理,因为这种享乐摆脱了公认网络的管制,公认网络只容许编码形式的和生殖范畴的性爱享受,它们包括系统清单中开列的违反行为和反常行为,但不包括清单中没有的享受,这种享受没有列入清单,也不包括来自生存奇迹的所有角落中的享乐,不包括来自创造享乐的所有可能性中的享乐。总之,是令人害怕的、令人怀疑的天真!永久的惊讶,作品从中诞生的惊讶,还有准确的重任、准确的分量,临近真理的准确。

随着雷切尔的死去,生命自我关闭。遗忘。

温馨重新出现。激烈不复存在。雷切尔开辟着自己的道路。随着她的死亡,世界在她面前关闭,就像后来的河水,将在弗吉尼亚的身体上方关闭。

与弗吉尼亚·伍尔夫第一部作品《出航》相呼应的,是她的最后一本书《幕间》,里面的人物"都被困住,关在笼子里,像囚犯一样;他们在观看一场戏,而戏外什么也没有发生"。

正是为了回应这个什么也没有,在弗吉尼亚·伍尔夫的许多作品中,进行着她那悲剧式的绚丽旅行——以对在场的奇迹的颂歌,来回应空虚和初始的缺失。她作品中的那些旅行,带领她并把她重新带回祖国的旅行:她最为圆满的流亡。

(1985 年)

生命的瞬间

　　一次又一次,最初的和挥之不去的相同场景不断重现;死亡、乱伦、恐惧,这些事物伴随着弗吉尼亚·伍尔夫度过了她的童年和青少年时期。在生命的不同时期,她用她那激情又疯狂、幽默又锐利的笔触,写下了随笔集《生命的瞬间》,她在书中描写的外表上是非常温柔而文明的存在,而实际上是生存的生冷与野蛮。二十五岁时在《模糊的记忆》(« Réminiscences »)中,五十八岁时在《过去的剪影》(« Une esquisse du passé »)中,她讲述了同样的故事,年轻时的故事,她呼喊着相同的怨言。不管是生活还是写作,都不能让她痊愈。写作和生活只能使她与生俱来的不安更加严重,更加剧烈。

　　1940 年,她正好五十八岁。战争和纳粹横行肆虐。伦纳德·伍尔夫是犹太人;他们两个都是工党党员。伦纳德计划说,如果英国沦陷了,就和她一起自杀。然而弗吉尼亚始终沉浸在过去中,她在《日记》中写道:"还有其他的生活方式,还有那么多生活方式,能够摆脱我们身上的重负。为什么我们的生活会遭遇如此的折磨、如此的痛苦,处于两个无益的错误之中——那反反复复而又冷漠的灾难,无缘无故而又充满暴力,随心所欲地夺去了两位亲人的生命,她们在正常情况下,虽不能让这些年代变得非常幸福,但至少应该能让这些年代成为正常和自然的年代。妈妈死了,斯特拉(Stella)死了。我并不想她们。我只是想着她们的死所带来的荒谬损害。"这是几十年前发生的事情。在弗吉尼亚身后有她整个的作品。整个的生命,直到几个月后她用自杀结束了这个生命为止。而且她还发出这种呼吁,提出了这个永远没有答案的问题,表达了这个永远得不到缓解的焦虑。

在五篇从未出版过的自传性文章中,弗吉尼亚在她生命的不同时期和不同境况下,以同样的文笔和不同的表达方式,叙述了她不幸的青年时期的同样的场景。

第一个自传故事是什么?她开始向她刚出生的侄子朱利安(Julian)讲述她姐姐,即朱利安的母亲瓦妮莎的故事。那时弗吉尼亚还不具备作家的身份,没有出版任何作品,但是她已经暗示了水,这个充斥在她的作品中的物质,将在三十年后吞没她的身体——这与她的母亲有关:"她如同一个筋疲力尽的游泳女,渐渐沉入越来越深的水中,求救的唯一办法就是想象在天际,在某些瞬间,随着年龄的增长,随着生活波涛的结束,她能到达一个更加安静的河岸。"然而,其他的作品表明,无论是年龄、事件,还是故事,都不能使弗吉尼亚平静下来,不能让她排解精神的风景、亲人的形象。排解他们的死亡。

弗吉尼亚从她的母亲,朱莉娅·史蒂芬那里继承了举世无双的美貌——现在从照片上还可以看出这一点——但是好像有点未老先衰;她母亲充满活力,幻想联翩,美丽迷人,富有潜在的控制力。弗吉尼亚一生都没有摆脱母亲给她的影响。她的母亲奉献了一切,承担了一切,创造了一切,最后筋疲力尽,但是她经常不在家,经常外出,以便在别人眼中博得一个好名声,树立一个圣洁的形象。人们说她被年长而又苛刻的丈夫莱斯利·史蒂芬给拖累了,而实际上,她这个慈善的旅行家、心灵的护士,经常出远门去护理病人,将家里的事情和这个重组家庭的八个孩子都交给了长女斯特拉。

　　这位母亲,此前不久还爱着一个年轻英俊的小伙子,赫伯特·达克沃思(Herbert Duckworth),她的第一任丈夫、她的"白马王子"死得很突然,也很年轻,他们的第三个孩子还没出世,她经常躺在丈夫的坟墓边,一待就是几个小时,恨不能随之而去。人们发现,在《生命的瞬间》里,这个赫伯特·达克沃思的形象迄今为止一直被人忽视,而由于她母亲的关系,弗吉尼亚经常会梦到关于他的事情。也许某一天,这能解释她和有乱伦倾向的同母异父兄弟,即赫伯特的儿子们之间的关系。尤其是乔治,风流倜傥,不学无术,追求时髦,他会拉她去参加一些舞会,还会爬上她的床;这是受惊吓的弗吉尼亚,但也许深受这个达克沃思家的人的迷惑,他"很像他的父亲",那个魅力无穷的魔鬼。

　　这么多的男人死亡!这么多的女人死亡!朱莉娅死后,她女儿斯特拉也死去,是她第一次婚姻带来的孩子;斯特拉·达克沃思和她母亲一样漂亮,并且对母亲很孝敬,可母亲好像并不是非常爱她,称她为"肥母牛"。斯特拉让人觉得有点傻。但当弗吉尼亚十三岁时,看到死后的母亲变得冰冷而惊慌失措时,她会耐心劝慰弗吉尼亚,这能是个傻子吗?当弗吉尼亚想象着看到,一个男人坐在母亲死亡的床上,非常害怕时,她会耐心劝慰弗吉尼亚,这能是个傻子吗?一个傻子能在母亲死后,对其他的孩子说这种话吗?她说:"母亲现在并不孤独,身边有人陪伴,这是多好的事啊。"斯特拉在朱莉娅死后异常痛苦,她和她母亲在生活中互相影响。弗吉尼亚回想起来说:"我母亲,是真实的和固定的事,斯特拉,是镜子和卫星。"作为镜子,她在家庭里接替了朱莉娅的位置。

　　斯特拉·达克沃思被认为就像她母亲一样,是死于"奉献",此时已经变成斯特拉·希尔斯,刚结婚不久,但是一直都受到史蒂芬一家的拖累,尤其是弗吉尼亚(在她的回忆录里一直忽视这一点)。而且她的继父莱斯利也以更令人难以捉摸的方式拖累着她。

　　莱斯利·史蒂芬,莱斯利爵士,被弗吉尼亚排除在回忆之外,她只是提到,在他活着的时候她从来没写过东西。只是在《到灯塔去》中,她才乐意提到有关父亲的记忆,已经接近她生命结束的时候,她在自杀之前几个星期重新阅读了父亲的书信,这并不奇怪。

　　这也许是这个文集中最扣人心弦的地方,父亲的形象是矛盾的,冲动的,她既憎恨又尊敬,在《三个几尼》里,人们会发现,"有教养的人的女儿们"会反抗父权的控制。

　　诚然,莱斯利·史蒂芬有着丰富的学识,为人怪僻,是一个还俗的牧师,曾登上过阿尔卑斯山,还是个二流的哲学家。一位开明的父亲,允许弗吉尼亚自由进入他的书房,没有任何限制。他还鼓励另一个女儿瓦妮莎成为画家。然而他也是一个年迈的男人,是那个不可超越的赫伯特·达克沃思的篡位者。在妻子死后,他更成了一位专制的父亲,将这个充满孩子欢笑和美好回忆的家变成了一个阴森可怕的地方,演绎着可笑乃至猥琐的父权。在死亡的阴影下,一切都成了他的理由,借此来发动冰冷而阴险的攻击,实施隐藏在父权制度和虚情假意下的暴力。我们一方面会看到一些歇斯底里的场景,比如先前斯特拉申报一周账目的场景,在她死后由稍微坚强一点的瓦妮莎报账的情景。另一方面,有时候孩子们让他处于孤独寂寞中,他们试图在兄弟之间互相取暖,对父亲悲怆的呼唤却置之不理。

　　恐惧每日俱在。然而,在幻觉消失后,弗吉尼亚和她父亲之间产生了一种深层而温柔的默契。例如她会看很多很多的书,然后去书房找父亲讨论,而且她有时也会觉得"很平静,备受鼓励,对这个孤独寂寞、与世隔绝的上流男人充满了爱"。在兰波(Rimbaud)和他那吝啬且斤斤计较的母亲之间,我们也能发现一种相同的憎恨,这种憎恨来自他们天生的相似和意趣相投。维塔莉·兰波(Vitalie

Rimbaud)与她儿子一样,有一种强烈的热情和暴力,对死亡和背叛有着特殊的兴趣,而这些一直伪装在年龄的差异上,掩盖在性别身份和命运之下。值得注意的是,在《模糊的记忆》,一部认识伦纳德·伍尔夫之前写的作品中,弗吉尼亚把她的父亲比作一位希伯来族长——然而这也是弗吉尼亚的侄女安杰莉卡·加尼特(Angelica Garnett)的说法,她在对我讲述她的叔叔伦纳德时用的就是这种非常深情的口吻。

《生命的瞬间》里也提到了一些快乐的时光,尤其是在科努瓦伊的圣艾夫斯,朱莉娅·史蒂芬还活着的时候,他们一家会经常去那里度假。但是这些回忆尤其引发了无休止的怀旧情愁。各种各样的声音、透过百叶窗的光线、海浪的喧嚣、形状各异的花朵、孩子当时能享受到的呵护,对这些东西的回忆回应了这样一个呐喊,这是文学中最让人绝望的描写,在《到灯塔去》一书中,莉莉·布里斯克徒劳地呼喊着拉姆齐夫人,她知道她已经死了,她在忍受着更加艰难的痛苦:"想要而得不到——想要还想要。"这就是弗吉尼亚整个童年的秘密。她生命的秘密。不,《到灯塔去》并没有像她在《日记》里说的那样,驱散她心中的魔影;她的小说并没有把她从母亲的形象中解脱出来,从这种缺失中解脱出来。

不在场,缺失。弗吉尼亚好像在被囚禁的回忆中成长,似乎成了虚无世界的囚徒,所有的在场者、所有的事物都只不过是不存在物的符号,或是存在于别处的事物的符号。事物与生灵。例如索比(Thoby),另一个死者,即她心爱的弟弟,他在二十五岁的时候死于伤寒的高烧,他的死在他姐姐心中总是挥之不去。二十五年后的1931年,弗吉尼亚在完成《海浪》里的最后一句话之后,在其《日记》里写道:"我在一种骄傲和平静的状态下度过了刚才的这十五分钟,想起索比时我流下了几滴眼泪,寻思着要不要把'朱利安-索比·史蒂芬，1881—1906'写在第一页上。我想还是算了吧。"1940 年，在《过去的剪影》中，弗吉尼亚还是那么脆弱和战战兢兢，随时准备经受打击，她能够承受所有的伤害、所有的陶醉，她甚至还能看见她那年少的弟弟扶着一艘帆船的栏杆，她却拒绝"让他下船走进她的房间"，因为她希望能继续怀念圣艾夫斯，那里给她"留下了许多关于弟弟的回忆"。

就像在《海浪》中，六个声音讲述了不同年纪和正在流逝的时间中的六种生活，《生命的瞬间》里的五篇文章回忆了经过重新思考和再现的不同时段的存在。而且是按不同时段成文的。生活突然出现在文章中，这是这位作家众多作品中唯一的一篇文章：写法改变了，语调不同了，重心转移了；那些起初很天真的幻想，原汁原味的幻想，后来服务于一种更加清晰和巧妙的阅读，但这种阅读也更加尖锐，甚至更加不太直接，接近一种无意识的阅读。

最后三章是弗吉尼亚在著名的"布鲁姆斯伯里小组"（groupe de Bloomsbury）里给朋友们做的"演讲"。在"记忆俱乐部"的历次聚会中，每个成员都要轮流讲述自己的回忆，不能掩饰任何坎坷的事情，但也不能暴露自己的任何真情实感。就像在她的书信中那样，弗吉尼亚流露出不可抗拒的诙谐感。但是和《生命的瞬间》讲述的同一时期的其他章节相比，这种比较更加让人心碎；人们在这里看到的东西，也许就是毁灭弗吉尼亚的东西。无论如何，这种东西让她身处朋友之中而倍感孤独，形成了她那种既非常孤独又高朋满堂的存在。在《模糊的记忆》里的无尽伤感、《过去的剪影》里的叹息悲哀和做演讲时的假面具与虚张声势之间，差别何其之大，这是一种掩饰夸张的高级幽默！我们可以看到，这个在父亲死后开始建立的小团体，无疑将弗吉尼亚和瓦妮莎解救了出来，从兄弟们那种无聊的生活和维多利亚式的忧郁中解救了出来，但是随后，它又将弗吉尼亚与她内心最深处的自我分离开来，与除写作之外的所有事物割断联系。作为利顿·斯特雷奇的好友，弗吉尼亚却从来没有见过詹姆斯·乔伊斯（James Joyce），也没有见过 D. H. 劳伦斯（D. H. Lawrence），这并不是一个偶然。

欢笑，泪水，精力充沛，情感忧郁，这是一个充满激情的弗吉尼亚·伍尔夫，在现时中被展现的过去已经毁掉的弗吉尼亚。一个还生活在童年色情中的女人，还经历着力比多冲动的女人。被剥夺感、冲动、渴望、早熟的魅力、厌恶、身体的贪婪，还有情感的贪婪、被死亡拒绝的情感、受活人打击的情感，这一切都在那几篇文章中翻腾，尤其是那些幻想。人们不会忘记那两个躲在桌子底下的小女孩，她们在大人们的腿膝中间谈论着黑猫的尾巴，幻想着"其他人"，那些"不再是哥哥姐姐，而是身带刀具的人"；也不会忘记《过去的剪影》中的开篇画面，那些像电影镜头的粗略的画面：母亲的白色内衣挂在花坛前，花瓣的形状像女性的外阴，像贝壳，一切都呈凹状。或是斯特拉的丈夫杰克·希尔斯（他好像感动了他的两个小姨子，瓦妮莎和弗吉尼亚）钓上来的鲑鱼，人们可能还记得，弗吉尼亚在写这个"剪影"的同时，还创作了她的最后一部小说《幕间》，书中的伊莎回忆起自己爱上她丈夫贾尔斯的时刻，就是在他钓上来的鲑鱼在双腿之间扑腾的那个瞬间。

我们再次看到，弗吉尼亚没有平静结局的生活——尤其是童年——她的生活中有着许多无法表达和富有激情的东西。这种生活是充满肉欲的场所，但是又与沉默的谣言和虚无相关，而这正是弗吉尼亚·伍尔夫所奋力追求的。在这里，一切都变成情感的东西，既伤人心又能安抚心灵，没有任何固定的东西，一切事物的出现都只是为了很快消失，就像我们想忽略的生命的东西悄悄溜走。每个瞬间的死亡。但它是被死亡记忆打败的死亡，是记忆的生命。

　　《生命的瞬间》再次对一部永不枯竭的作品的阅读、对作者不朽生命的痕迹提出了质疑,这个女人的不朽生命,在她自溺身亡前不到两年的时候,还渴望通过文字在过去中重新找到现在的感觉——因为"表面可以让人看到深层的东西"——并且要求人们把她留在这里,"像一个小孩,赤着脚走在冰冷的河水里,再次随着水流漂走"。

(1986 年)

另一个身体

1938 年，弗吉尼亚·伍尔夫在给男人们的信中写道："你们的母亲和你们一样，跟同样的敌人做斗争，为了同样的原因。她们反抗父权的专制，正如你们反抗法西斯的专制……（独裁者）如今正在干涉你们的自由；他们规定你们的生活方式。他们不仅仅满足于性别的差异，还要加大种族的差异。你们正在亲身经历的，正是你们的母亲经历过的，作为女性她们被排除在外，被勒令沉默……"

第二次世界大战前夕，她竟然将女人受到的压迫和纳粹的种族主义进行比较。《三个几尼》引起了巨大的轰动。随后被人压制了下去。在英国，人们经常会说她是意气用事写下这段话的（又有什么不可以！），或者……她只是开了个玩笑。而这本书直到 1977 年才在法国出版。

弗吉尼亚·伍尔夫的孤独，在这些强烈而充满讽刺的文字中，隐藏了多少痛苦啊！看看这个女人，人们都说她是极具天赋的人。她却透不过气来，形单影只，尤其是在一群盲目的女人之中。她从各个方面抵御着一切标语和栅栏，面对着颁布的政令、不成文的法规、看不见的障碍，这一切都阻止她和她的姐妹自由地进入世界，投入斗争，禁止她们有自由的经历，独立自主，与自己的身体保持一种清醒的关系。无论何时，无论何地，为了拥有——也许—— 一个行

29

动的机会，总是需要一个说情者，一个男人。这个世界，这个她所居住的世界，她觉得已经被人窃走，被男人们侵占；他们占据并统治着这片土地。她并不停留在唯心论的思考上，而是毫不犹豫地揭露男性统治（男人称之为至高权利）的原因：剥削。目的和方式都是经济的。男人，世界的所有者，他想一直占据这个位置。

弗吉尼亚知道怎样巧妙地记录下沉默，怎样搞混语言，弗吉尼亚知道怎样说很多的话，让人们听出她还没说出口的话，弗吉尼亚在这里用最可怕的精确性直指事实。她热衷于展示，在数据统计的支持下，用一种古老的语言，有时还会以诗歌的方式，发出这种被压抑已久的呐喊的抒情回声，就像这些不可磨灭的数字的反响，证明了女人被明目张胆地掠夺的事实，就像在爱伦·坡《失窃的信》中所说的那样，这种掠夺普遍存在，人们对此却一无所知。

是的，弗吉尼亚·伍尔夫的孤独。一个女人和作家的孤独。一个女作家的孤独。作为作家，她不用通过对语言、措辞、句法……书本的翻译来阅读这个世界。她很快就会在我们不堪忍受的蒙太奇画面中，觉察出是什么在流传（以及怎样流传）。她看见了。她听见了。一个赤裸的、未开化的、尖刻的、被脱去外衣的世界。国王什么也没穿。可他是国王。没有王后。没有王国。王国成了废墟，到处都是1938年西班牙战争留下的尸体，就像克瑞翁时代那样，正如即将出现的情况；很快就会变成这个样子。这就叫悲剧。

但是没有悲剧。只有生命。恐惧无时无刻不在。存在于日常生活的平淡中，存在于家庭住宅的和平中。随时随地，每时每刻，都是受奴役的人：女性；夭折的存在；控制无处不在。一个战胜者和女性战败者的世界；女性战败者，她们好像都几乎忘记了反抗，忘记了反抗的理由，成了和无生命物体一样的人。而战胜者也很沮丧，迷失在分崩离析的环境中。

只有当它只能以丑闻的面貌出现时，丑闻才成其为丑闻。女性的状况就走到了这种地步。它是如此"自然",自古以来就是这样，来自世界被创造的那一刻，即使人们注意到了这样的灾难，它也只不过是跟死亡、贫穷、洪水一样，好像是让人扼腕不已的现象。采取补救措施似乎是众望所归，但是这太离谱。也是徒劳的工作。

但是，一个作家能表达什么呢？她只能表达生活的狂喜和生命的丑闻，将它们掩饰在功能性语言里，从由它们并为它们而建立的制度中寻找源泉。作为女人，弗吉尼亚第一个认识到、觉察到并揭露了这个耻辱，这个随处可见却被掩饰的耻辱，一个非常明显的事实摆在面前：最原始的种族主义，它将女性的地位贬低到一个少数派的位置，被奴役的地位。政治丑闻。标示所有其他专制的专制。正是在希特勒和墨索里尼耀武扬威、气势汹汹之时，她写下了这些文字。

弗吉尼亚·伍尔夫的论据（以前所未有的力量）得到后人的继承，她的思想得到传播，她的斗争有了继承者。《三个几尼》总是让人感到意外。其实本质上并没有什么改变，只是有越来越多的女性被唤醒，还有一部分男性觉醒，这是对所有人的警告。一场危机爆发了，但是内在的问题依然存在，受到了书刊审查和祖传意识的阻止。弗吉尼亚·伍尔夫到达了这个不可缩减的核心。于是产生了强大的冲击。这个核心决定了诗意创作，并将诗意写作与政治颠覆紧密联系在一起：震撼。

从天赋到惊愕，在这个总是初始的视觉上，承载着所有的革命。

在《三个几尼》里，再次突然出现了让人大惊失色、目瞪口呆的社会和历史；女性那极不公正和荒谬绝伦的命运；男人那阴森的虚无性，一个人类的反常形象，直至滑稽的地步。跟《奥兰多》中的幽默互相呼应。奥兰多，在不同世纪中改变着性别，时男时女，这时已经变成一个女人、一起诉讼的对象："对她的主要指控如下：第一，她已经死了，所以她不能提出任何财产要求；第二，她是一个女人，所以和第一条结果一样。"作为一部边缘的充满讽喻的作品,《奥兰多》是弗吉尼亚唯一一部直接阐述女性死亡的小说,反映女性未开化生活的小说。出现(或更确切地说是消失)在她其他作品中的女性问题,就如同她生活中遇到的问题那样:潜伏的不安,模糊的形式,它让人堕落,但一如既往,男人和女人一样深受其苦(但是方式不同)。"女性的状况"从来都不是小说作品的标题、论点或主题,小说作品不会包括这样的内容。

弗吉尼亚·伍尔夫,这位女性小说家所截取的,就是她坚定死亡的那个瞬间;在她变得紧张、受到威胁的那一刻被抓取的现时;处于透明中的表象世界,处于转瞬即逝中的世界;是对现在的无止境的保留,最短暂的激动的情感力量,沉默、缺席、圆满、饱满、模糊,即时间的流逝,我们的耐心,我们的害怕,迫近的未来,未来所有包含的希望、恐惧和死亡所缺乏的一切。她走向了身体的更深处,在那里,感觉和思想互相混淆,互相迷失在对方中,淹没在完全器官性的天地的冲动中,时间和无数的事件在这里腐烂,被拉长。一个支离破碎的世界,一切都成了碎片,贯穿着奇怪的关系,就地理学角度而言,这是自恐龙时代以来的同样的世界。

面对这些充满视像同时又揭示内心的文章,越是具体的细节越能体现出幻想色彩,最确定的人物也是最开放的人物,《三个几尼》可以算得上一种不折不扣的分析,与伍尔夫其他的作品有一定距离,看上去更加出自她的本能,具有令人心碎的语气。也许这是出于一种绝望的努力,人们总是想在小说作品中,探测一种清醒的网络,清醒到发狂的地步,但依然封闭得滴水不漏。

每一行都浸透着怎样的疯狂啊!又倾注了多少的激情啊!人们不再想发现生活的在场,发现到达生活的在场,而是发现阻止达到这个目的的方法:毒害我们命运的准确实体。当发现理性(或者所谓理性)的文章被掩盖在想象之后时,那是多么可怕呀!这种本能的想象世界——最具功能的现实、最能捉摸的现实，即想象对它无所作为的现实，它协调着社会生活，掌管着法规的世界——只不过是一个荒唐的表演，是根据傀儡独裁者那愚蠢的规则进行的炫耀。这个法制世界统治着一个已知的无意义，比刘易斯·卡罗尔（Lewis Carroll）的世界更加荒谬，比我们希望梦见的世界更加荒谬，而这样一个噩梦则相反，它代表了一个偶然的生命。无意义？不如说是个毁灭，这是一个有利于罪恶体系的意义偏差，是这个做假的等级世界的毁灭，这个世界终于走到了纳粹统治下的阴森残酷的时代。

1938年，第二次世界大战的前夕，法西斯分子即将在西班牙战争中取得胜利的时候，种族迫害已经在第三帝国持续了好几年，经常被指责成附庸风雅、昙花一现的弗吉尼亚·伍尔夫一直在观察着。女性刚刚取得了选举权（在英国，法国还没有）。她们从1919年开始获得了自由进入职业场所自谋生路的权利。但不是在所有职业中。当她们终于能够将理论上获得的权利付诸实践时，她们发现自己仍然处于工薪阶层和社会等级的最底层。即使女性的要求仍然羞羞答答，充满束缚，男人们还是对这种入侵提出了抗议。

弗吉尼亚·伍尔夫没能像她的兄弟们那样在大学里接受教育，没有在教堂布道的权利，没有签署协议的权利，没有在剑桥任教的权利，她想象着这些入侵者的漫长队伍："看他们正在向前边进，这些接受大学和高等教育的兄弟，他们在登上台阶，他们能够从这些大门自由地进出，站在这些讲台前，教书任课，管理司法，从事医学，做金融交易，从事贸易，挣钱养家。"如今，由姑娘们、姐妹们、母亲们组成的长长的队伍（这里不可能是妻子，而是可能拥有自己职业的母亲，女人的唯一职业就是卖淫，这职业一直对女性开放着，甚至带有强制性），这个长长的队伍从今以后可以加入这个行列，当然是走在最后几排，但是她们已经不再被强制只能在窗子边远远地看着这个行列。

现在,弗吉尼亚注视着每周都会从西班牙发过来的照片,照片上是哀鸿遍野,满目疮痍。她想到了女人的命运,遵循男性的意愿并受男性控制的女性的命运。她回顾着元首的侧影、领袖的形象。她在思索着——她知道自己提出的问题是多么具有时代感,因为直到今天,一部分女性还在为争取达到和男人同等的地位而努力着,她们的斗争如此艰难,而得到的却少之又少,她知道自己提出的问题有多么严重——她思考着女性是不是应该加入这个队伍,这个男人的队伍。"我们不得不这么认为,这个在你们眼中如此美好的社会,对我们来说是如此残酷,这是一个没有设计好的社会,它歪解事实,扭曲精神,破坏意志……这是一个充满阴谋的地方,它吞噬了在生活中我们很多人有充分的理由去尊敬的兄弟,它在他的位置上,在洪亮的声音中,在结实的拳头下,强制安插了一个雄性怪物,而且用非常幼稚的方法,在地上用粉笔做上记号,将人类生灵固定在那一条条神秘的分界线内,他们变成了刻板的、分离的、虚伪的人类。"与其重新改造破烂不堪的女子学校,她建议还不如将其彻底烧毁:"有教养的人的女儿们在炉火四周跳着圆舞,将一抱抱枯叶扔进火堆里。她们的母亲倚在最高的窗子旁边大声喊道:烧了它!烧了它!这样的教育就到此为止吧!"

但是,弗吉尼亚并不想象会出现一个母系氏族的天堂,甚至也不对一个女性乌托邦社会抱有幻想。她希望女人能跟男人斗争,"一个共同的利益将我们联系在一起:只有一个世界、一种生活";她要求女人们使用自己的武器,而不要从受害者变成刽子手,女性应该保留自己的性格,并且在任何情况下(即使是冒着事业失败的风险),都要一视同仁地尊重所有女性和所有男性的权利。

在她身上,我们看不到性别歧视,看不到空想主义。女人和男人不一样,然而也不是完美的;她甚至也不说女人比男人好。但是,由于父权体制的力量和生理差异，她们并没有随着男人的破坏行为而一起堕落；她们不会披上他们的盔甲，套上他们的枷锁，穿上他们的制服，戴上他们的奖章。她们对男人的虚荣没有任何直接的份额。在这个等级森严的世界中，充满毫无结果的贪婪的争斗，充满着剥削和资本经济，她们对此没有直接的责任。由于客观情况或生理差异，女人们生来就不是好斗的种："历史上很少有男人倒在女人的枪口下；大部分的飞禽走兽都是你们男人杀死的，而不是我们。"所以，女人们有重新开始的机会。这个机会应该受到破坏吗？

这些女人，或者用她寓意深长（同时具有揭露意义）的说法，这些"有教养的人的女儿"，弗吉尼亚·伍尔夫从不试着给她们下什么定义。她不说女人是什么，她只说人们对她们做了些什么；她也不说女人是"谁"，她只说人们禁止她们成为什么人。女人是什么？也许就像《到灯塔去》中的莉莉·布里斯克，面对死亡和不在场时她会说："这个古老的恐惧，就是想要还想要，永远得不到。"或者她们就像在《三个几尼》里，无论何时何地都能听到的声音："你们不应该那样，你们不应该那样，你们不要那样做。"或者说："女人的位置就在家里……有两个世界，一个是男人的世界，一个是女人的世界……女人已经输了，她们已经输了……女人已经输了。"女性也许就是安提戈涅，"她身后没有资本，没有力量"，她徒劳地向克瑞翁发起进攻，王国很快就变得"尸横遍野，残垣断壁"；安提戈涅"追求的不是打破一切规则，而是找到一个规律"。女人们……

女人，然而还没有女人，她似乎这么想，因此也就没有男人。一直以来只有对女人的否定。女人受到一切条条框框的束缚，一种活着的死亡、被俘虏的死亡，就在她们活着的身体里；她们还困囿于男人的不安中，他们就生活在她们身边，遵循的是木星的轨道，一个扭曲的轨道，根本没什么值得羡慕。

毫无疑问，弗吉尼亚，她是幸运的；一位功成名就的作家、一位女性出版者、一位"著名"的作者,她丈夫也承认和接受这个事实,并像人们所说的那样支持"这个天才"。但是,她自己,难道没有破坏伦纳德作为一个小说家的命运吗?颇有争议!大家心照不宣!但是,从生物学的角度,在她的内心深处,在她潜意识的所有层次上,因为她就是这样被记录和指出的,她忍受着这样一个经过改变的女性命运,她对此有着清醒的意识。

在这里不可能"讲述"弗吉尼亚·伍尔夫的生活。对生命的解读有太多的可能性。我在电台做这个系列节目四年,才出了这本集散文、传记为一体的书,通过一些片段、一些侧面,我尝试着捕捉一点她的存在。我并不想"解译"她的生活。很显然,一些事情影响了她的一生,如:母亲的死亡(那时弗吉尼亚才十三岁);紧接着是父亲那忧郁的幸存生活,他在各种各样含混不清、令人质疑的名义下实施专政,但是又能在精神上与女儿们互相接近,鼓励她们画画,写作;还有与索比的关系,这是她非常喜爱的弟弟,在外貌上跟她非常相像,可是在二十五岁的时候就死了,这件事一直困扰着弗吉尼亚;同母异父的哥哥们对她做出的乱伦行为;与伦纳德·伍尔夫的婚姻,尤其是伦纳德与人们希望中的那种护花天使并不十分相符,人们不禁要问,他是将弗吉尼亚从心神不宁中解救出来,还是将她囚禁在他们之间不同寻常的融洽下,一个巨大的争议——是的,这些事情都构成了不同的伤害,是差别游戏中难为女人(或男人)所造成的后果。她承担了一切痛苦——在兴奋的讽刺行为的掩饰之下,或是在一次又一次克服精神危机的痛苦中——如同生存的不可能性,这部分地激发了她的写作,但是写作并不能缓解她的痛苦。

然而她相信写作,热情地为写作服务,她把写作看成自己的救星,在这一点上,她只稍逊于普鲁斯特(至少是《追忆似水年华》的叙述者)。她在写作中找到了更多的重要性,比当今作家承认的要多得多。她身处承上启下的境地,应该会不自觉地感受到这一点吧。

因为她是一个女人吗？不。因为她是作家。她的不安是诗人的不安，语言和思维跟她的追求从来不相一致，甚至是相反，她知道怎样跟它们相抗衡。

然而，她描述了当时作为一名女作家的不安和"苦恼"，一切听从她的梦想，当她的想象与"身体的某样东西、激情的某些东西发生碰撞，而且这东西不适合让女人来表达时"，她的梦想是如此具有创造性，如此清醒，却备受阻碍。但是弗吉尼亚很好地超越了这样的检查；她嘲弄一切过分的害羞。另外，在以她为中心的"布鲁姆斯伯里小组"里，她的画家朋友、作家朋友和历史学家朋友们跟她和她的姐姐瓦妮莎一样，都使用最粗俗的字眼，毫不迟疑地描述他们最不堪的经历。

然而"失礼"并不在这里，弗吉尼亚预感到了这一点。"失礼"就在她"精神错乱"的边缘，在于她的与众不同。她不涉及"身体主题"，不是因为她不能触犯禁忌，而是因为她不承认同样的禁忌。因为这个身体，她是放在身边感受的，而不是听从定好的规范（或者说反常的规范）。这个身体跟大多数情况一样，对其他身体的习惯语言，或至少公认的肢体语言持保留态度。我一点也没有想到同性恋，另外，弗吉尼亚表现得似乎很渴望，在约定的场景下却很迟钝，维塔·萨克维尔-韦斯特（Vita Sackville-West）和伦纳德一样，曾经害怕并无视弗吉尼亚的反应、要求和期待。弗吉尼亚要说的东西，就是一个女人的身体能感受还是不能感受、了解还是无视、分享还是不能分享的东西。而这一切，这种否定性（曾经是肯定性），这种误解，她是知道的，在很多人那里是真正的禁忌、重大的禁忌。在生活中，在文章里。从不顺从中，人们摆脱了单一的术语、单一的定义，这对她根本不起作用。人们因此给弗吉尼亚贴上一个标签："性冷淡"。而性冷淡的女人，通常是对生理性爱期待过高的女人。性伙伴问题。

　　而这个术语表达的否定性——其意思像是一种指责,意味着一个缺点、一个罪过——可能成为打开无限宽广的领土的钥匙,是进入复杂而丰富的流通关系的关键。对男人和女人都一样。这不是因为弗吉尼亚过分拘谨,或想做到中规中矩,所以她无法行事,而是由于她身处事先编码的社会中,这个社会控制着所有思想、情感和感觉的领域。这个社会是教条统治的社会。有一个男性控制和主教统治下的教条。这样的教条,她从内心深处就不赞同。

　　她完全感觉到了这种划分,但是很难适应这样的划分:强加这样的栅栏形成了一种方式,即所有性模式都要参照的方式。一张模式目录表阻拦和阻碍了任何的力比多自由,并产生了一个封闭歪曲的世界,在这里,除非事先已经做好安排,否则不会发生任何事情——当然还要没有死去。露西·斯威辛在《幕间》里梦想着:“他们所有人被囚禁在一个笼子里,像犯人一样;他们看着演出。什么也没有发生。”什么也没有。如果说弗吉尼亚擅长描写不在场,让人们听到没有说出的话,她就不能取消这个不在场,也不能指责沉默的东西。

　　《三个几尼》是这个神秘、粗俗网络的组成部分,它束缚并破坏了伍尔夫的文集。即使弗吉尼亚在这部作品中仔细考虑了背景、主要角色、力量关系和悲剧的原因,即使她不按常规揭露和分析了结果,她仍然没有深入根源。第一次阅读中甚至都没有看到创伤。这可能就是《三个几尼》里揭示的最严重的问题。是她自己要达到目标的不可能性。《三个几尼》可能是对女性性欲的一个研究。弗吉尼亚早在 1931 年的《日记》里就写道:“就在我洗澡的那一刻,我构思了整个一本新书——《自己的房间》的续篇,关于女人性生活的一本书;书名可能是《女性生涯》——天哪,这多刺激!”

　　从这方面看,这个计划失败了。《三个几尼》不是一本关于女人性生活的作品。为什么?因为这使弗吉尼亚呼吸困难,喘不过气来。自我沉溺。因为弗吉尼亚被指责为性冷淡，而实际上对性的直觉是如此炽烈，具有很强的颠覆性，这是她生活中和文章里都找不到的感觉，她找不到行为、文字、语言来表现这种性欲。她的身体做不到，她的思想也做不到。她知道这些，但是她就是不会。

这个直觉上的认知将进入她的很多小说。利顿·斯特雷奇责怪她的小说里没出现过任何"交媾场景"。划分和误解就存在于这里。描述类似的事件不会有任何冒犯。但是否定或是无视它们公认的优势（哪怕是为了违犯家庭禁忌，让人知道"邪恶行为"），这就是转移并质疑所有的编码和力量关系，权力和神圣不可侵犯的等级制度都是建立在这种力量关系上，弗吉尼亚在这里拒绝的就是这种关系。床对她来说并不是至高无上的地方，性交在她看来也不是至高无上的行为。性爱只不过是性领域的一部分，只是其中的一个因素。力比多不会缩减到交换的地步。感官既是要经过大脑的，又是矿物的，是需要情感参与的，是有声的，既是空虚的，又是充实的。在这个领域里，"性冷淡"有存在的积极方式。它是从女性主义的角度来考察性欲的一个方法。

此外，"性冷淡"还意味着什么？弗吉尼亚·伍尔夫的这些文章呈现性冷淡吗？在这些文章中，所有人物都具有力比多的色彩。如果说没有在"交媾行为"方面对他们进行描写，那么他们的介入、色情的密度、他们与其他人的性关系，从他们占据空间的方式、倾听和沉默的方式、伤害别人和被别人伤害的方式，还有微风掠过他们皮肤的方式中得到了体现；尤其是创作过程中写作的抑扬顿挫，包围作品或作品被阉割的欲望。

同样的冲动在同一层面上，表达了每一本小说里相对的不同性欲。人们看到，所有东西都是感官的；雨水、海水、汗水、泪水、风、呼吸、言语、语言、奶牛的语言、飞机的语言、回忆的语言、人类语言，以及他们的沉默、世界的沉默、世界的开口处、它的体貌性、这个岛屿的体形、大不列颠岛屿的体形；从未满足的欲望，总是悬在空中，一切都取决于它，时间的抚摸、气候和期待的抚摸、儿童的身体、老人的期望、气味、惊恐、陶醉，那么多感觉纷纷袭来，突然有些散乱不堪，因为诠释它们的语言尚未想象出来，因为人们只能经历能说出来的东西——或至少是这么想的。

这难道不是跟人们所理解的"性冷淡"相反吗？还应该承认，她那与众不同的语言还没能包罗一切。弗吉尼亚成功地对语言进行扩展，使之更为灵敏，她打碎了语言，使得我们话语的真正冷淡性分崩离析，使我们狭小封闭的社会的冷淡，即家庭小说的滑稽的冷淡黯然失色，只是还没有达到取消或者完全否定的地步。

冷淡，实际上不就是要优先突出一个场面吗？即以"自然"的形式强加一种偏爱，以不正常的形式强加一些"错乱"——而其他的渠道都应该被忽视或看作不存在。这不就是在强加一个性模式吗？这个模式来自男性统治，并为之奉献一切，让女人成为男性的投射对象。大部分女性对性模式很陌生，不是因为她们更喜欢女人，而是因为她们希望成为不一样的女人，让她们拥有男人的面子，而不是她们自己本来的模式。说她性冷淡，难道不是否定弗吉尼亚·伍尔夫的色情吗？说她"性冷淡"，难道不是不承认和不接受她独特的力量吗？即否定她的与众不同的领地吗？难道不是关闭了弗吉尼亚·伍尔夫的所有道路，即她冒着失去理智的风险而走的道路吗？若将她归类，那就像她侄子昆汀·贝尔对我所说的那样，"天才的作家，但不完美的女人"。

弗吉尼亚在《奥兰多》里指出，一位诗人曾经说过，"爱情是女人的全部存在"，而那些男性小说家则这样定义爱情（最终谁的话更具有权威呢？）——"爱情，就是迅速地脱去女人的衬裙，但是我们知道这都是爱情。奥兰多是这样做的吗？事实逼得我们不得不做出否定的回答。如果一本传记的主人公既不赞成爱情也不赞成谋杀，而是固执地只愿意思考和幻想,我们肯定会得出这样的结论,他或她只是一具尸体,并且最好放弃他(她)。"

所以就应该放弃罗达,《海浪》里的主人公、弗吉尼亚的化身,她这样喊道:"我为自己这具笨拙的身体而羞愧发热;时刻听凭这个男人挖苦、讽刺和冷漠对待,而我,我憧憬着世界另一边浸没在水中的大理石圆柱。"罗达拥有冲动而热情的身体,……冷淡(!),但是以前,她还会坐在河岸边幻想:"某个障碍突然阻止我生命的水流;一条湍急的河流冲击着这个障碍,一切都在摇动,一切都在摇晃,我不知道是一种什么样的中心物质在抵抗。……唉!多么痛苦!多么苦恼!我晕倒了,我失去了意识……现在,我的身体融化了……我身上的枷锁解除了,我燃烧着,急流终于能喷涌而出,这富饶的海潮冲开闸门,冲退阻力,畅通无阻地在地面的皱褶上蜿蜒,随心所欲地淹没大地。在我身体里流淌的过去的液体,应该奉献给谁呢……"冷淡的语言?但是罗达是冷感的。罗达是有罪的。罗达犹豫了,动摇了。她没法模仿其他人。她的身体是炽热的,流动的,隐藏了起来;对她而言,"门打开了,老虎就冲了出来"。不久她就漫步在伦敦街头,一边遐想着:"在这个敌视的世界中,我孤身一人。人类种群是残忍的……我在汹涌的波浪中漂泊。当我沉下去的时候,没有一个人来救我。"

在《三个几尼》里,弗吉尼亚似乎对她做了回应:"在这个难以理解的社会里,好像我们都是孤独无援的。"并且——对她后来的溺水而亡有些其他预兆暗示(大部分的文章中都有所体现):"在我们身后,伸展着一个没有任何价值,没有道德,虚伪而又卑贱的家长制。在我们面前,伸展着公共的生活,一个职业的体系,充满了消极性、嫉妒、挑衅和贪婪。其中一个将我们封闭起来,就像后宫的奴隶,另一个迫使我们原地打转,如同头尾相连的毛毛虫,逼着我们围着财产的圣树转圈。两害相较取其轻……我们更好的选择难道不是从桥上跳进河中,放弃这个游戏,表明人生是一个错误,应该使之结束吗?"

是玩笑吗?弗吉尼亚·伍尔夫没有从桥上跳下去,没有投水,她口袋里装满石头,走进乌斯河,然后溺水身亡。

她最后一部小说是《幕间》(不要忘记《三个几尼》是倒数第二本——如果排除一个额外的作业,即在罗杰·弗赖[Roger Fry]的遗孀的请求之下,为她的这个画家朋友写了一本传记——也是她生前发表的最后一部作品),在她死后才发表,在《幕间》中,拉·特罗布小姐是一个脾气古怪的老姑娘、一个同性恋者、一个酒鬼,她刚刚为村里的达官显贵们呈现了一部由村民们演出的露天戏剧。演出结束了。只剩下拉·特罗布小姐一个人。"权力离她而去。额头上沁满汗珠。幻想破灭了。'这,这就是死亡,她喃喃自语,是死亡。'"周围的土地又只是土地了。她放下箱子,看了看,突然有了一些灵感。她自言自语:"我应该在这儿就把它们归总。快到半夜了。岩石后面将有两个身影时隐时现。帷幕拉开了。开场说些什么呢?她忘记了台词。"她离开了这个给她带来"成功、耻辱、陶醉和绝望——徒劳无功"的舞台,她逃离"孤独带来的恐惧和恐怖",她走进了一家酒吧,在酷热中、在嘈杂的声音中昏昏欲睡,她知道在她到来之前,这些声音正在嘲笑她。她一边喝酒一边听着。"下流的言语深入污泥。她轻轻摇着头,昏昏沉沉。污泥变得肥沃,话语从污泥里长出来。没有任何意义的废话——绝妙的话语。"她看到了下一部戏剧的开头,这一次她听到:"这就是那个小山丘,在半夜,那块岩石,还有几乎看不见的两个身影。她放下酒杯。她听到了开篇台词。"在这部作品结尾的后几页中,陷入困境的夫妇俩,贾尔斯和伊莎,将重新回到他们的房间。两个身影。午夜时分。他们将互相争吵,互相拥抱。房子不再是逃避"道路和房屋前的夜晚"的避难地。倒是人们在某块岩石的悬崖高处注视着夜空。

"这时,帷幕拉开了。他们在交谈。"

这是弗吉尼亚最后一本书里的最后一句话。

他们说的这些话、这种难以找到的语言,是弗吉尼亚精心设计的,弗吉尼亚可能会去——这是否就是她溺水而亡的意义? 或意义之一? ——污水中寻找既淫秽又绝妙的词语。因为听不到而说不出的那些话语。《三个几尼》解释了其中的原因。

如果她没有"从桥上跳下去",如果她没有这样"跳入"水中,如果她没有像雪莉那样,消失在海上,那么弗吉尼亚效仿欧菲莉亚,将自己的道路延伸到水中,一直追寻着最后的意义,一条河流的寂静的意义。欧菲莉亚也曾经穿过众多的所谓精神失常的领地,欧菲莉亚也没有语言,只有社会的语言,而她只是这个社会的一个影子,这个社会给自己创造了一个偏执的方言。欧菲莉亚本应该像弗吉尼亚一样,为了让别人能听见自己的声音,去违犯话语,她不应该像作为作家的弗吉尼亚那样,不要那么理智,在疯狂的层次上,应该与弗吉尼亚相反,去接受、去谈论这个疯狂,为谈论而谈论。意义的违犯? 说不上:这就是与周遭相关的无意义、华丽的无意义,这通常就是疯狂。

《哈姆雷特》里的欧菲莉亚自始至终都在飘忽不定中,一会说这个,一会又说那个,却没有一句话有意义,不知道究竟在说什么,只会说"殿下,我会好好听话""我不知道""我害怕"。欧菲莉亚只是在不在场时听取哥哥的建议:"不要轻易相信。恐惧是安全的最佳保证。"父亲愚蠢的命令、皇后的客套话和哈姆雷特的辱骂:"您以为我在讲那村野之事? ——我什么也没想,殿下。——什么也没想? 那是个多么美妙的想法,蛮可以把她放到少女的双腿间。——什么想法,殿下? ——没什么。"

欧菲莉亚,人们对她没有什么要求,只是让她看上去像是在读书,看上去像是在恋爱,或看上去不再恋爱了,一切都是为了迎合别人的兴趣。人们从来不知道,对欧菲莉亚来说,问题的关键是她是否会恋爱,或在她身上一切都靠不住。欧菲莉亚在谣言的中心摇摆不定,这个谣言对她来说是毫无意义的,但是她机械地相信了;直到从他们冷漠的言辞中,她发现了一种精心策划的血腥的荒唐,而在他们看来她本身就很荒唐。从此以后,欧菲莉亚知道自己有权利拥有这种荒唐,并知道怎样使用它:欧菲莉亚开始高谈阔论起来。直到此时,她只知道重复、背诵和赞同,她将说出她没听却已经听到的事情,但她说这些事情时会颠三倒四。说话的杂乱无章,揭示了言语的不在场,揭示了话语的空洞性,但是这些可能性一旦打破虚伪而机械的安排,一旦取消它的计划和意图,很快就能让读者疯狂起来。

欧菲莉亚一直都被蒙在鼓里,遭受控制和侮辱,她将让人期待,让人害怕,让人服从。在她到达之前,一位绅士这样说道:"她的话语没有任何意义,但是这种不连贯的言语能集中听众的注意力;他们试着用自己的思想来理解她的话……"令人不安的欧菲莉亚,她让人们思考、质疑并研究语言。赫瑞修惊奇地发现:"和她交谈是一件很美妙的事情,因为她可以在没教养的人中间散布危险的思想。"危险的欧菲莉亚,人们也许会将她溺死在水中!当她对国王说"陛下,我们知道自己是什么人,但是我们不知道自己会成为什么样的人"(或者我们可能会成为什么样的人)时,她的这番话通过那流体般的轨迹,难道不是超越了哈姆雷特"存在还是不存在"的二元空间吗?她的反语言(a-langage)只会将她带出那些她发现了嘲讽的地带。没有了法律,她就只是他们的女仆,在丹麦王国里没有任何事情可做。

在英格兰王国,弗吉尼亚·伍尔夫和安提戈涅一样,试图发现在《三个几尼》里描述的那些残酷的规则背后的规律。一个自由的规律,一个写作的规律。在写作中,流通着一切人们所热衷的东西,想埋葬在语言中的东西,就像安提戈涅被埋葬在坟墓中一样。但是弗吉尼亚·伍尔夫是一个有思想、有血有肉的人。她已经耗尽,这个世界已经变成地狱般的集中营,充满了纳粹主义,而与纳粹做斗争的社会本身就包含着纳粹的胚芽;她已经耗尽,在这个男人统治的世界里,她不止一次地受到精神失常的困扰,她的丈夫在最后关头递给她一块抹布,希望她能平静下来,让她成为一个"正常的女人",她掸去书上的灰尘,害怕自己不能继续写作;弗吉尼亚厌倦了这个充满偶然性的世界,充满了幻觉,以至精神错乱对她来说并不奇怪——在她以女性的身体和作家的思维做了长期的斗争之后,弗吉尼亚·伍尔夫认为,只要帷幕还没有拉开,那就不应该说任何话。

(1977 年)

筋疲力尽的游泳女

在言语活动对身体进行内外夹击的情况下,怎么分割那个语言极力不想说的东西? 怎样让语言说话? 怎么管理时间、身份、期待的酸楚和生存的享受? 弗吉尼亚的一生和她的死亡,都献给了这样一项长期的工作、这样一个实践,倒不是热衷于找到答案,而是让这些问题四处询问,让它们自由地询问。其中一个答案,多年以来悬而未决,毫无疑问就是在水中结束自己的生命,而她的词语和欲望也一直流向水中。词语、欲望,让她体会到了无穷无尽的动力,并指引她从永久的焦虑中,从由其在场和消失同步带来的永久欣喜中,去截取这些动力(及这些动力所带来的东西)。[1]

从其人到其作品,没有任何隔阂。所有作品都有其独特之处,然而每本书都与其他的作品相互呼应。相同的水从《海浪》流淌到《到灯塔去》,而在《出航》《岁月》和《三个几尼》里,人们从桥上向下凝视的仍然是同样的水;同样清澈的水,小狗弗拉西觉得,这水就是它在这个世界上唯一需要的东西,同样,在《生命的瞬间》里也是同样的水,象征着弗吉尼亚的母亲朱莉娅·史蒂芬的游泳女就是在这生命的水流中筋疲力尽而亡的。

这些河流、溪流、池塘、饮料、潮汐、泪水和雨水,像条条江河汹涌地冲向乌斯河,冲向《岁月》里命定的海洋。《岁月》是最为传统的一部小说,按照时间顺序来展开,其写作过程就像人们构筑堤坝的过程。但是没有哪个堤坝能够抵挡伍尔夫的洪流;《岁月》最终注入弗吉尼亚·伍尔夫的最后一部作品《幕间》,一本乡村的充满大地气息的书,但是其中也不乏自由、野蛮、渴望和对液体的强烈怀念。

这最后一本书,它难道不是无明显理由地提到水吗?乡政府对村庄虚假地承诺的水源。书中布满了鱼的描写,如伊莎预订的鱼,或两个老人孩提时钓上来的鱼,贾尔斯在妻子伊莎爱上他的那一刻钓上来的鲑鱼,还有那笨重而古老的鲤鱼,它们在池塘深处慢悠悠地游着,而"夫人正是溺死"在这个池塘里。百年的鲤鱼表示着一种"信仰",一个老年妇人的幻想,而哥哥反驳说这是"性",当她凝望池塘的时候,从水中跃出来的确实"永远是我的哥哥"。梦里的事情像一个个瀑布,但是没有水;伊莎(和弗拉西一样)在一切的爱和一切的恨之前,渴望的就是"冰冷的水,一玻璃瓶冷水",并且在许愿井前,她许的愿是希望被这井水淹没;拉·特罗布小姐在戏剧失败之后,是在泥潭中找到下一部作品的开场词的;弗吉尼亚最后一本书最后一页的最后一行,贾尔斯和伊莎的对话也是这些词,但并没有说出来。此后,除了她的《日记》和几封书信外,弗吉尼亚·伍尔夫再也没有写什么。

这些词语在作品的沉默中震撼并突然爆发,好像是《岁月》里永远讲不完的故事的回声。欧也妮在参加一个舞会前,答应给她两个女儿玛吉和萨拉讲那个故事,但要等她回来后再讲,因为她丈夫焦急地等着她,让她快点和他相聚。"她不会再给我们讲那个故事了。"玛吉苦涩地预测道。事实上,欧也妮突然死去(就像弗吉尼亚十三岁时母亲去世),让她的女儿们永远保留着对一个故事的惊讶,这个已经说了一半却又突然止住,而且永远说不完的故事。开场的话语,将来最先说的话,下一部作品的开篇词;母亲接下来要说的不断被打断的话。

　　语言之外的言语之意，成就了弗吉尼亚·伍尔夫的天才，思维和身体器官的结合，它们之间不间断的自然交流，适合一切变化和感觉的思想，受到一切符号和声音的影响，这是一个危险的思想，因为它跟人们所说的精神失常是如此接近，会让弗吉尼亚病情发作，比如，她听见花园里的鸟儿在说希腊语。但是，毕竟这个女人身上奇特的事情吸收了所有的语言，当时她一再拒绝所有来访的客人。像阿尔托、奈瓦尔（Nerval）和尼采一样，她不再相信，尤其是不再相信自己的幻想和幻想的语言；她从来不故意利用她所谓的"疯狂"。这个语言，她不去听它，她拒绝它。她只在"治愈"之后写作。但是，病好以后，她知道一切文章都是站不住脚的；正式的被接纳的文章都是不确定的，都是粗略的；还存在一些断裂，也许还有更有说服力的沉默。句法和许可的索引都是那么奇特，常常远离于现实。

　　弗拉西，它不会说希腊语；但它是一条狗，以狗的身份生活着。狗的吠叫声对它来说只不过是一种失语的表现。即使它能轻而易举地接受各种语言和感觉，也不能将其表达出来，在它自己孤立的世界中，这些语言和感觉都变得模糊不清，毫无价值。对一只大师级的狗而言，长期将"光秃秃的事物印在光秃秃的神经上"是不可能的。然而我们跟随着弗拉西从伦敦来到了佛罗伦萨；佛罗伦萨在它的眼中是一段神奇的乐谱，一种由它的女主人都不知道的香气组成的交响乐，女诗人伊丽莎白·巴雷特·勃朗宁（Elizabeth Barrett Browning）说过："当她写作的时候，狗在旁边嗅来嗅去。"她不知道该怎样去定义，也不知道该怎样去验证狗到底在嗅着什么："至于描述一只哈巴狗的气味，与火把、桂树、焚香、旗子、蜡烛，以及长期被樟脑丸熏着的绸缎鞋，与被踩烂的玫瑰花饰品的气味混合在一起——莎士比亚可能会停止写《安东尼和克莱奥帕特拉》……但是莎士比亚没有停止写作。"

　　这部作品有趣好笑，让人产生欲望，弗拉西就是一个让人窒息的异化故事。弗拉西活在另外一个物种中，活在它自己构建的世界里，它不会惹是生非，事情也不会找上它。它的感觉里不会有别的意思。没有什么能跟得上它的逻辑，即使没有办法，它也要去适应事实上它根本不适应的一切。在别人定义的世界中，它处处碰壁，达不到别人制定的尺度，然而这是它唯一能生存的世界。一个让人窒息的世界，和与生俱来的异常强大的能力格格不入，然而这些能力非常富足，它们应该转向主人的能力，以此来保持这种支离破碎的能力。

　　这个世界拖着一种差别的残缺，介入伊丽莎白·巴雷特·勃朗宁的生活中，这个女人既温柔又果敢，既无精打采又冷酷无情。诚然，这是一种技巧，通过一只哈巴狗的视角来展现一个女人的生活——然而这个表面上很天真的建议，在弗拉西那苦涩的野蛮面前渐渐消失，在它绝望和愤怒的无力面前，它屈从了这一现实，并全身心地、用充足的语言、以饱满的热情融入周围的世界，它默默无语地沉浸在无声的思想中，连接在不做回应的符号中。弗拉西知道这是在说话，知道其中另有含义，有时还不止一层意思，但是它被囚禁在一个动物的躯体里，处于另一个世界的动物界里，处在另外的统治世界中。它只能靠条件反射和事件屑子度日。说得恰当些，在后来的诗里，这个激动的时刻变成了某一个瞬间，在它的女主人眼里，它变成了希腊畜牧神。

　　弗拉西这个肉欲的小球，在人类的世界里玩着捉迷藏的游戏，它变得能介入人类的情绪，却被禁锢在自己封闭的激情中——弗拉西的脸长得有点像它的女主人："那些人相互分离着，被分隔着，是同样的模具里压出来的，两者之间是互补的关系，可能在一个人身上隐约地发现另一个人的影子……他们之间有很大的差别，这个区别让人很容易和他人区分开来。她说着话；她一言不发。她是女人，它也是狗。"

　　弗拉西难道不像另一个女主人，它的作者弗吉尼亚·伍尔夫吗？这条狗充满激情，对生活极具天赋，又富有许多既毛糙又细腻的感知，却苦于无法将其体会表达出来，在语言即唯一载体的穷困面前，人们很容易联想到那位苦于表达的作家。难道人们看不出，弗拉西就是《三个几尼》里的妇女吗？她们面对现有的法规、社会的等级、另一半人类即男人的虚伪，感到自己是少数派，是局外人。在这个畜生的孤独中，我们可以感觉到弗吉尼亚的影子，她如此性感，却不同于一般的男人和女人，没有他们那种脱离肉体的性本领。人类进化的程度有高有低，但不管对哪个程度而言，弗吉尼亚·伍尔夫的动物性还是太强。通过她的所有作品，人们听出她的喉咙深处正试图发出最古老最含糊的呐喊，这种呐喊呼之欲出。以后要说的话，接下来要说的话，那是其他的话语。

　　这个返祖的声音、这声痛苦的呐喊，是弗吉尼亚在写《岁月》的时候不想发出的声音、尽力遗忘的声音，是吞没一切"事实和视像"的总和。这些事件、这个年序、这些共识，对弗拉西来说是陌生的，就像《生命的瞬间》中的那个孩子，这一次，弗吉尼亚·伍尔夫想要原样地理解这些事件。不再指出那些不在场，而是填充不在场；不再回忆，而是讲述。抓住语言的谎言，操纵谎言，并相信这些编造的谎言。她花了五年的时间才写完《岁月》。这五年（1932—1937），是不断地与严重的精神抑郁症做斗争的五年，是疯狂写作的五年，是极具冲劲的五年，是振兴的五年，也是绝望的五年。伍尔夫的魔法占了上风。再一次的决裂影响了文章的连续性，存在通过片段来表现，节奏压倒了社会性事件，生活强加了自己的地位，变得充满暴力，不断重复，既让人心惊肉跳，又呈现其整体性和不安定性，和那些对现时一直抱有无望的期待和怀念的生灵相互渗透。"这儿应该有另外一种生活，就在这里，就是现在，"艾尔利诺·帕吉特这么想，"所有的这一切都太短暂，太支离破碎。"这就是弗吉尼亚式的存在、弗吉尼亚式的感知,在一切社会幻影中,显得那么具有颠覆性和叛逆性,具有节奏感,并且发自肺腑。

尼古拉这个流亡者,他在书中最后一个节日结束时如是说:"不会有结论,因为不曾有过演讲。"弗吉尼亚计划的这个现实主义演讲,将政治评论和小说结合在一起的演讲是不会出现的。然而她很快就放弃了这部书名可能为《帕吉特一家》的作品的写作计划,而是写了《三个几尼》这部散文集。首先,她将全部精力都集中于独生者的传奇故事:《岁月》。故事发生在一个社会和历史的时间中,但是这部小说似乎跟当时的时钟脱了节,比如随着母亲的死亡,似乎最根本的事件一开始就发生了,可以说以此清除了其他状况的影响的存在,其他的情节似乎都变得无关紧要。

书中提到并评论了国王帕那尔之死,第一次世界大战表现出来的不是历史标记,而是情绪的矢量。在她看来,历史并不是记载于历史事件中,冲突不能归纳为战争,也不能归纳为死亡和消失;对弗吉尼亚·伍尔夫来说,历史在微不足道的潜伏的变化中发生,在人们不期待之际突然发生,构成了一部漫长而缓慢的歌剧,从最初的黑夜开始就铭记在同样的土地上。

《岁月》绝非一部反映那个时代的社会历史画卷,它揭示了身份对事件的反抗、事件在时间上的滞后性、事件与年龄的矛盾。如同弗吉尼亚通过《生命的瞬间》所看到的那样,帕吉特家族在其整个命运中一直受到童年岁月的纠缠。他们坚持对这些事件进行垂直的和感官的探索,从中观察并忍受命运给予他们的一切。

她的所有作品中没有任何一部比这本书更让她感到痛苦,但是,几乎每一本的结尾对她来说都是一次崩溃,在她开始创作的力量面前,一切防备都被废除,并给她留下这个风险:面对没有语言的人工屏障的精确性,它已经变成了这种精确的语言,即少数作家表达的语言,这要冒多大的风险啊。

　　这样将自己置于危险之中，是很危险的。弗吉尼亚·伍尔夫是一个危险的作家。有时人们试图将她遗忘，试图用她美丽的外表、世俗的生活、工党积极分子、出版商和评论家的职业，用她的田野别墅、布鲁塞尔的高雅生活，甚至用她的女权运动（她厌恶的提法）来将她隐藏。人们经常强调她冷酷而又让人忍俊不禁的幽默，这在她的书信和《生命的瞬间》的几个章节里都有所体现。但是《生命的瞬间》要揭开诸多面具所隐藏的东西：文明的暴力（她没有全部说出来，可能没有感受到全部），清教徒的猥亵行为，这些最初的场景一直挥之不去，来自她充满不幸的童年。她悲伤地经历过这些无法挽回的场景，毫无疑问，她试图在更具写实性的《岁月》中给这些场景驱魔。

　　然而，可能是为了跟《岁月》区分开来，《生命的瞬间》里通过萨拉唱出的歌声有时显得更加粗野：更加放纵，更加颓废，尤其更为不受管制。通过这个声音，可以感觉到这本主观色彩有所削弱的书中，弗吉尼亚那富有旋律性的声音，以及导致她精神失常的最糟糕、最压抑的情感——在其他地方极力克制的症状。水在这儿让其他东西流淌。但是这一次，是管道里的水，是水龙头里的水，是浴缸里的水。

　　另一种水。另样的水。他人的水，被他人弄脏的水。拒绝的水。犹太人的水。种族主义偏执狂的水。三页篇幅都用来专门分析这个是不可能的。这些章节文字优美，主观地表达了最糟糕的情况。卑贱。它们在最后关头到来，跟叙述毫无关系。它们有萨拉的特征，每次出现都会打破文章中的无病呻吟，弗吉尼亚那充满激情的呻吟。萨拉，身体和精神上都有点轻微的衰弱，萨拉·帕吉特变得穷困潦倒，笨手笨脚地自由生活着。对她的叙述一再被打断，一开始从表面上看是没有什么条理的，实际上其中运用了伍尔夫特有的写作技巧，在瞬间恢复了看似没有描写出来的东西所带来的感觉。萨拉说话断断续续,唠叨不清。人们听她说话。她像某个国家的王子梅什金那样吸引人,不甚清醒,也不甚融入。这本书故意写得很朴实,一开始还有人听她讲话,讲述中还伴随着一些尖叫和一些语气的变化:弗吉尼亚的声音,突然被释放了出来。这个讲述在一个不恰当的场景中出现,除了它本身之外没有任何存在的必要,这是一个犹太人发自内心的和本能的憎恨,除了犹太人谁也无法理解的憎恨。

应该记得弗吉尼亚的丈夫伦纳德·伍尔夫就是一个犹太人。虽然弗吉尼亚加入了工党,并在 20 世纪 30 年代坚定积极地投入反法西斯的运动,虽然 1940 年她同意了伦纳德提出的计划,如果英国被纳粹攻陷就一起自杀,虽然她认为种族主义和妇女遭受的歧视其本质是一样的,虽然她在纳粹的威胁面前,毅然决然地放弃了和平主义的信念,但这些改变不了一点:她成长于一个明显排犹的家庭。她曾经是反犹太主义者,很有可能在潜意识里她一直是排犹的。

在她还是独身的时候,跟哥哥阿德里安(Adrian)一起海上旅行,她在一封信里描述了"令人反感的东西",即在甲板上跟他们在一起的葡萄牙犹太人,对这些人他们避之不及。她向朋友们宣布要跟伦纳德结婚时,感觉跟一个"一文不名"的犹太人结婚很丢脸,而且她经常用蔑视的口吻说起她的婆家,这个在她看来很典型的犹太家庭。随着时间的推移,不管是在政治上、理智上、道德上——考虑到自己的丈夫——还是在情感上,她都主动而坚定地改变了立场,但是,看看这本在 1937 年希特勒统治到达顶峰的时候出版的小说,萨拉小声说道:"犹太人。"并且重复着:"呸呸!"因为那个犹太人使用了隔壁的公共浴室,她又说,在浴缸周围满是犹太人留下的污垢和头发。萨拉向她的客人——年轻的堂兄诺斯讲述她是多么讨厌别人的痕迹,讨厌另一个身体留下的痕迹。她在大开的窗子前面引用艾略特的话:"这是个被污染的城市,不信仰上帝的城市,到处都是死鱼的城市……"接着还表达了有一天碰见那个犹太人的愤怒之情。"我想是在河岸边吧。"她特别指出,她跑向一座桥——可能是《三个几尼》里的那座桥,一个女人在受到男人的压迫和女人的排挤之后,在这里思索着要不要纵身跳下去。从人群中,萨拉看见了河水,心里想:"我是否应该弄脏我的手,我这洁白无瑕的手——加入其中,伺候主子呢?这一切都是因为一个犹太人用了我的浴室。一个犹太人。"于是,通过萨拉这次失控的和无声的心理活动,弗吉尼亚的幻想得到了表现。幻想废弃物,幻想污染,幻想从内心深处非常厌恶其他人,厌恶男人,厌恶犹太人。

伦纳德却分享了弗吉尼亚的水,分享了她的浴缸!这跟弗吉尼亚的父亲,莱斯利·史蒂芬老爷是多么相像啊!在《生命的瞬间》里,在认识伍尔夫之前,弗吉尼亚把他父亲比作希伯来的专制家长。

"我想是在河岸边吧。"萨拉回忆道。如今是否应该记住,伦纳德的身体从来没有碰过乌斯河的水。

这部看上去最客观的小说,实际上表现出了最隐秘的内容,作者认为可耻的事情都通过萨拉的胡言乱语表达出来,她自己内心是赞同的,在这里作为另一个人的内心独白被无意识地写了出来,但是声音是相像的。

最初的反犹太主义和之后的政治行为之间经历了一段路程,两者对她来说是截然相反的,这些模糊不清的联系,以及和伦纳德连在一起的复杂性,没有人研究过,却受到了某种检查。然而有一天,应该好好想想这些章节,不能忽视,也不能隐藏弗吉尼亚在这方面的观点。文本可以(也应该)是反映一切的地方,尤其是那些被压抑的东西。文字不能歌颂,却能传播甚至扰乱那些通常被隐藏的、被压抑的、没有得到释放的不安。然而不应该忽视《岁月》里那种无声的卑贱。

这种压抑,文学作品会将它呈现出来,使得分析变得可能。其中没有说教，没有支配，没有理论，也不会出自某种"观点"，但是它是一个征兆，也可能在某种程度上——在何种程度上？——是钥匙之一。总之，这是一个可资辨别、分析和定位的文本。这是阅读上遇到的要求，是一个大胆的行为、在写作的基础上产生的行为、包含一切危险的行为，甚至是无意识的卑鄙，我们冒险丢开即将发生的事情，但是总有一天我们会对它感兴趣。

伍尔夫让一切说话，倾听所有的事件，证明所有的能量。如果说弗拉西不能说话（其实这也是一种语言），如果说在《生命的瞬间》里，通过不同程度的回忆和不同的表达手法讲述同样一件过去的事情，如果说这个回忆使用现在的语言，有时成为过去的一面镜子，如果说无意识和遗忘破坏了任何的表达，那是因为文本不局限于人类的陈述。这一点在《幕间》里得到非常具体的体现：牛的语言，它们出乎意料的哞哞声，接替了露天话剧的内容，与之融合在一起，补充了没有预见到的间隔："空间里填满了无声的请求。原始的声音一直被保留到现在"，并且赋予了音调和含义——另外的含义、另外的声调——给了拉·特罗布小姐蹩脚的剧本，给了被突然的色情情感占据的场景。

声音的世界，同时也是图像的世界。请跟随《岁月》中的萨拉去阅读《安提戈涅》——她当时还是一位少女，几乎可以说是个小姑娘——这种毫无预料的出现、让人目瞪口呆的镜头在想象中产生：一个被暗杀的男人（给他的脚一个特写）躺在一个"旋涡"里，安提戈涅是"黄色的云"，正在倒洒"洁白的沙粒"。

花园里，舞会在萨拉的窗下继续进行；她梦想着，一个年轻男子在草丛里捡起了一个妙龄少女专用的杯子碎片；她一边看一边想，"只找到了一块被打破的杯子的碎片"。萨拉的幻想被打断了，随后取而代之的是对《安提戈涅》的阅读（由爱德华·帕吉特翻译），画面一下子蜂拥而至：没下葬的尸体、僵硬直立且发黑的脚、秃鹫、发出瑟瑟银光的仙人掌刺。安提戈涅被活捉了，手脚都被捆起来了，这时，花园深处传来了阵阵笑声。安提戈涅是被活埋的。"她只有一块可以卧躺的地方，直挺挺地躺在石砖墓地中。而这就是结尾。"萨拉寻思着，她打了个哈欠，合上书，过了一会，她向她的姐姐询问，向刚刚从舞会回来的姐姐打听详细情况："'我'是什么?"这时听到了"门后的沙沙声，看见母亲走了进来"——她并不讲故事，也从来不说一个"真实故事"的结局。这个故事一直在变化之中，其中可能包括许多沉默，但这是作家弗吉尼亚·伍尔夫强烈指出的。

在书的结尾，帕吉特一家在晚会结束后，在沉默中相互分离。第二天天亮的时候，变老的人们在街上散了伙。那时第二次世界大战还没开始，弗吉尼亚自己也不能从中看到结局。但是她做好了准备，一切都在那里，就在这些纸页中，然而又什么都没有发生，只有那些岁月本身和沿着身份悄悄增长的年龄。

"那现在呢?"艾尔利诺·帕吉特在最后一行中这样问道。但何时才是……现在呢?

（1979 年）

史蒂芬小姐的焦虑

"生活真是太危险了，哪怕只活一天。"达洛卫夫人这么想。达洛卫夫人是弗吉尼亚·伍尔夫最美的小说之一中的人物。她跟伍尔夫太太一样，似乎还能倾听那个还被叫作弗吉尼亚·史蒂芬的年轻女孩，今天我们可以读到这个女孩的《少年日记》，这是独一无二的、融入整个生命的作品模板。我们可以在其中发现奠定她人生基础的那些岁月，女小说家伍尔夫不断地一再重现儿时的情景，并成功地复活这些岁月，试图解读这些岁月，无休止地挣扎在那些混乱的事件中，回味着随时记录下的悲剧。她几乎采用一种冷峻的态度、一种无所谓的口吻去描述，有时候又会突然出现难以预料的焦虑和疯狂，但立刻又能控制自如。在她一生的整个历程中，弗吉尼亚·伍尔夫都是个谨小慎微的人，她似乎在回答一个问题，通常采用神气的口吻回答弗吉尼亚·史蒂芬十五岁时提出的问题："怎样才能在这样一个世界中生活？"

在这个世界中，她还处于惊恐的状态，甚至有点惶惶不安，直到1897年她才开始从失去母亲后的精神抑郁中慢慢恢复过来。她的母亲朱莉娅于两年前去世，死的时候"像一个筋疲力尽的游泳女"。那时，弗吉尼亚出奇地听话，就像披上了一件看不见的长袍，折服于这个伦敦名门望族的维多利亚式规矩，这是一个充满柔情蜜意和珠

57

光宝气的家族。

她身上有某种沉重而机械的东西,但与此同时,她坚定的毅力、激烈的讽刺、对完美的追求和爱开玩笑的特质已见雏形,后来,她凭借着这些特质保护自己,以对抗她常常称之为"恐惧"的东西——例如这种"如此古老的想要的恐惧,想要还想要,就是得不到"。这是她在《到灯塔去》中所写的话,当时莉莉·布里斯克正好处在一个无法接受的残酷事实中,即生命中不可缺少的人物——拉姆齐太太去世这个无法改变的事实,此时拉姆齐太太已经去世好几年,弗吉尼亚·伍尔夫希望通过对拉姆齐太太的塑造让自己的母亲复活。

很少有作家能像她这样孜孜不倦。生命中的所有事件、所有躁动,都被写进她的小说,既互相交织,又互相矛盾。在她的七卷日记中,在六卷《通信录》[1]中,以及在激动人心的自传式叙述《生命的瞬间》中,都是这样。

但是,《少年日记》让我们看到了众多打击那粗糙的核心,这是第一次叙述,是最直接也是最令人伤心的叙述。虽然有些枯燥,但那些打击在她的书中互相呼应,她认为这些作品"总是像音乐"。因此,从不带任何夸张而记录下来的新悲剧已经开始:先是在同一年中,她同母异父的姐姐,结婚才三个月的斯特拉死了,这无疑给她心里增加了新的伤痛,留下弗吉尼亚孑然一身——很久以后,在她自杀之前,她才讲述了这件事——"就坐在那里,我的翅膀还没展开,就在刚刚冲破的蛹壳旁"。

丧礼结束后不久,这位年轻姑娘就决定将她的日记"付之一炬,交给老鼠、蛀虫和一切造物,让它们钻进来,在上面爬行,破坏甚至吞噬掉这些日记"。接下来的文章不再仅仅是文学练笔,不太符合作品的英文名字《激情的女学徒》。又过了十年,弗吉尼亚·伍尔夫重新开始她的秘密叙述,而且没有再间断过。此后她更加投入,并且像在她其他书中那样，常常放下面具，因为只有书本才能够让她得到彻底解脱。夫妻生活、职业生活、经常在"布鲁姆斯伯里小组"中度过的社交生活，逼得她不得不戴上各种各样的面具，身处人群中，心却是孤独的，她必须自我保护——即使是在自己的眼中——不让别人说她"疯颠"，她迷人的聪颖、异常的渊博、过分的渊博，有时会让她得意忘形，失去底线。

在《书信录》中，她表现得光彩夺目，虽然常常有所掩饰，但总是热情洋溢，全身心倾注，并且具有天生的魅力，有着固执的坦率，表面上她将一切都托付给他人，给那些让她激动的人，而实际上她什么也没告诉别人，或者透露得很少，如情感的折磨、工作的享乐等。《日记》中主要谈论的是"装满忧伤的大湖"，而关于这个忧伤湖她什么也没说，或者说得不多。

她既冷峻残酷又引人发笑，在所有人面前嘲笑每个人，但更多的是嘲笑她自己，她提醒她的姐姐瓦妮莎，她"心爱的王储"，别忘了她们"给尽可能多的人制造最刺心的痛苦"的计划。

但对那些亲爱的受害者来说，她又是多么忠心耿耿啊！她的温柔是那么强烈和含蓄，人们时常猜想这种温柔被压制着，有时却表现得撕心裂肺般勇敢：她最喜欢的弟弟索比，二十六岁的时候死于伤寒；她一直笼罩在弟弟死亡的阴影之下，这个永远无法磨灭的缺憾使得弗吉尼亚·伍尔夫在二十五年后写下了《海浪》。然而现在，在绝望的正中，她在一个月内几乎每天都给他们的朋友瓦奥莱特·狄金森（Violet Dickinson）写信，在信中杜撰一个还活着的索比的形象，并且虚构了许多她幻想的康复细节。瓦奥莱特正在与同样的疾病抗争着，她不想让朋友烦躁不安。

看着这位沮丧的年轻姑娘怎样破茧而出，又是怎样年复一年地展翅飞翔，时而后退，时而前冲，总是面对同样的挑战，这是怎样一种令人眩晕的历险啊！由于先天不足造成的创伤，由于失控的活力造成的脆弱,她必须对自己有个要求;然后是从未遭到否定的独特的知识,并且多亏了这个知识,她终于达到了期待的目标。早在1921年,她就对她最喜欢的对手凯瑟琳·曼斯菲尔德(Katherine Mansfield)说过:"我在寻求扩大我意识的领域。"

直到最后一刻,弗吉尼亚每天都在尽心尽力,就像人呼吸那样规律有序。即使她已经成名,为了丈夫伦纳德创办的出版社,她还是对书的包装亲历亲为,跑遍外省的大小书店。他们的夫妻关系,恩爱厮守中不乏磕磕绊绊,她只对埃塞尔·史密斯(Ethel Smyth)倾诉他们夫妻之间的事,那是一位上了年纪的高贵夫人,有名的作曲家,她一开始并不喜欢弗吉尼亚,还经常惹她生气,但是对这位夫人她才能推心置腹,就像"一个小孩在黑暗中寻找一只温暖的手"。如果说她经常会说些露骨的话,那么只有对埃塞尔她才会谈到性。她从来没有跟维塔·萨克维尔·韦斯特(Vita Sackvill West)谈论过这个话题,后者是她一段时间中真正喜欢的情感女友。她真正的激情倒是放在她死去的弟弟索比身上,还有她还活着的画家姐姐瓦妮莎身上,她坦诚地说,她对姐姐的爱"已经超过了对一个姐姐"的感情。这两位美丽的女人对存在的意识并不太清楚,两人合跳着没有尽头的舞蹈。

弗吉尼亚不向任何人吐露她的政治观点:人们期待的也不是这些东西。因此,她竭尽全力与法西斯主义或隔离妇女的政策进行斗争,但其力度表现出,这个被众人关注的女性孤独无援。《三个几尼》跟其他作品不同的是里面谈到了政治家,然而伦纳德一直宣称她对政治是门外汉!对政治,她也许不关心,但对政治家,她肯定不会不关心!

直到最后,她还在怀疑自己。在即将自杀的前几天,她给约翰·莱曼写了信,信中要求他不要出版她的最后一部作品,因为她觉得这本书写得太愚蠢,太庸俗。其实《幕间》是她写得最好的一本书,在书中可以看到这样的话:"观众已经离席,演员也都离开。"书中表达了一种愿望:"让水淹没我,让人们许愿的井里的水将我淹没吧"……在这股穿越其整部作品的水流中,弗吉尼亚会"像一位水手一样溺死在世界的河岸边",会自我消失。或者说找到自我。

(1993 年)

肉体与呼吸

（安托南·阿尔托*和弗吉尼亚·伍尔夫）

弗吉尼亚·伍尔夫？一部用肉体和呼吸写出的作品，通过一个文本体本身进行的过滤和表达，其轨迹一直通向河水，而水是贯穿伍尔夫所有作品的素材，她自己最后也没入水中。没有一个作家像她这样体现文本，甚至以死亡来体现。

这位被人们认为性冷淡的作者，用自己的每一寸皮肤来写作，一种与世界没有严格界限的皮肤，但是它吸收和表现着对这个世界的所有渴望，既是客体也是主体。一个多毛孔的身体，不可计数的身体，时时被一种内部天性所折磨的身体，弗吉尼亚·伍尔夫就像一个被海浪不断冲击的大不列颠岛，被一切自然因素、一切气味、一切声音、一切感觉搅得烦乱不堪。还有它们的不在场。

"我有一个承受世界并诉说现实的身体。"[1] 这是安托南·阿尔

---

* 安托南·阿尔托（Antonin Artaud，原名为 Antoine Marie Joseph Paul Artaud，1896—1948），法国诗人和作家。他曾经创造了"残酷戏剧"的概念。阿尔托主张戏剧应该是残酷的，应该表现"生的欲望、宇宙的严峻及无法改变的必然性"。戏剧的功力在于使观众入戏，观众不再是外在的、冷漠的欣赏者。在理想的剧场中，舞台与观众席应融为一体。此外，在戏剧的表现手段中，最重要的表现手段已不再是舞台对白，而是形体语言，通过形体语言表达有声语言所无力表达的一切。其作品有《虚境之脐》《艺术与死亡》《生存的新启示》《戏剧及其重影》《凡·高：社会的自杀者》《戏言者阿尔托》《长眠于此》《结束上帝的审判》《伊夫里记事》《罗德兹新作品集》《返回巴黎记事》《帮凶与求情》《罗德兹记事》等。

托说的话,同样也适用于弗吉尼亚·伍尔夫。在她看来,现实并不是或多或少有些刻板的合理性的总和。文本不是模仿,不是重复,不是填充,而是设计出空间,尤其是指出空白、缺失:那些记载现实的逃逸点。但这些断裂的地方在这里不是深洞的洞口,不是需要穿越的深渊的入口,不用跳入其中或消失于其中。欧律狄刻不是奥菲斯。她在地狱中别无他求。

这个"现实"通过文本,与思想和身体经常是即时相连的,被接受的话语却让我们背离现实,把我们引向更具功能性的循环体系,这个现实与真实很不相同,却被话语定义为"现实"。重新回到被禁止的真实,用其他的语言来表达(力比多的语言),阿尔托用一种渴望、一种高傲的绝望接受了这一现实。弗吉尼亚担忧地关注着这个现实,并且试图达成一个共识,即她所截获的东西不想亵渎任何东西。更不预见任何东西。

这里倒不是要比较这两个作品的价值,或比较两位作家的生活内涵,而是要看看一个女人的态度,这个使人流放、使人疯狂的预见态度和男人的态度有什么不一样,男人志在颠覆一切以显示自己的与众不同,而如果女人做出这样的举动,就会被社会认为是"出格"。为了表现他的拒绝和学识,阿尔托必须争取他的边缘性。

奈瓦尔、尼采、荷尔德林、阿尔托等都生活或工作在一种非正统状态中,这种状态被称为"精神错乱",他们通过某些极端的创新路线,似乎到达了这种状态,正如从中而来的痛苦那样。这个如此糟糕的距离,对这些男人来说却是至关重要的,他们进入一个按他们尺度制造的体系,进入得既非常容易,又很有必要,可是这只是一个虚假的体系,这种组织压迫着他们,他们无法进行自我表达,不能用自己的气息来呼吸。然而这个距离,作为女性的弗吉尼亚·伍尔夫,一下子就抓住了;这个距离是强加在她身上的距离。作为一个女人,她首先就处于社会的边缘。作为少数派,她首先就被排除在体系之外。因为是女人，所以只要她表现出一点点差异，就会预先被认为是狂人。

再者，这种由于怪癖引起的最原始的感觉，它带来了既摄人心神又充满危险的经历，弗吉尼亚在孩提时就本能地经历过了。她自愿称为"精神失常"的最初病情，就发作于母亲死后，那时她才十三岁。这种疾病一直困扰着她，直到生命的最后一刻。失常的视觉、失常的听觉对她来说跟"标准"一样熟悉，而当她恢复到标准状态之后，她便觉得这比无意义的烦乱还要荒唐。

对令她惊讶的东西进行调整，调整到所谓正常的生活中，就像语言和代码所建议的那样，对她而言比远离自己的差距更加富有悲剧性，更加荒诞，更加不可思议，尤其更加令人迷惑。然而她还是很开心地去感受这一切，全身毛孔都吸收着这种甘美，擅长于精确享受。

男人被称为发疯，女人被称为发狂，安托南·阿尔托和弗吉尼亚·伍尔夫在这一点上是相同的：就是这个叫法，这个名称。在这种"疯狂"中，他们的标签并不相同：男人是精神分裂症、偏执狂患者，而女人是——并不十分肯定——偏执抑郁症患者。他们有过的是不同的经历，但是人们就是这么说，他们自己也这么说：男疯子和女狂人。

作为被称为疯子的男人，阿尔托使尽了自己男人的力量。他获得了疯狂的力量。他强加了疯狂，从疯狂出发进行操作。这样做肯定是有道理的。首先，他与那些制造壁垒的人有所区别，与那些预设认识的人有所区别，他们没有道理，却也不无道理。

希望成为另外一个人，从他们强加的理智中脱离出来，这能超越身为男人的事实，却又包含了这个事实。

疯狂让尼采兴奋：皮埃尔·克罗索维斯基在《恶性循环》[2]中描述了这种通过疾病让自己与众不同的愿望。尼采、阿尔托、奈瓦尔的存在毕竟都是合法的。他们是社会世界中的不可分割的居民。他们希望能成为另外一个世界的居民，一个更加真实、更加直接的世界的居民，这个世界对他们来说是一个真实生活的世界。

弗吉尼亚·伍尔夫被称为疯狂的女人，她并不试图商讨她的"疯狂"问题，甚至在文章中也避而不谈。她不要求这种疯狂，也不炫耀它，不利用自己的"疯狂"，至少在她的研究中她不会理智地这样做。因为"疯狂"是她的第一状态；那里逃离她的是偶然的世界，她知道怎样更好地发现这个世界。至于生活本身，她就像当时的所有女人一样，她并不拥有其他任何东西。她缺少的是存在，是对社会世界的完全融入。阿尔托和尼采所寻求（自我发掘）的东西，她天生就有。但是她没有与生俱来的话语。而他们有。

她是女人的状况，她是知道的，她在《奥兰多》和《自己的房间》里分析过，《三个几尼》对这个问题更是做了详细的分析，她是一个差别、一个错误、一个体系的过分，而这个体系中的实证性、成功和典范都属于男性的社会。让自己与众不同没有任何的意义，其结果只会取消这个差别。作为一个女人来看这个世界，听这个世界，解译这个世界，这本身就是在表达一种差别。诚然，弗吉尼亚时而疯狂时而理智。她同时具备两种状态。她知道镜子两边的情况，也知道镜子的表面，但是毫无疑问，疯狂也许是最不令她惊讶的东西。

令她惊讶的是从女人的角度看到的正常状态，这在《奥兰多》尤其是在《三个几尼》里得到了证明。在其他作品中也是这样。女人要适应这个状态，但又不全身心地投入这个状态——这就给她强加了这种世人皆知的距离，赋予她另外一个视角，激励了她特殊的清醒。一个生活在男性甲胄之外的女人，她善于截获粗俗的生活，并且有能力揭露这个熟悉的世界的怪异。

她不想要这样的"分离"，分离比死亡更能萦绕安托南·阿尔托，但是她热衷于同时表现这两个阶段：展示在统一性中颤抖的东西。

　　她是作为女人和作家在说话。她并不是作为一个女狂人在说话,因为那样就没有人能听到她说话。因为没有人听到她说话。人们对阿尔托进行检查,把他关起来,但是人们清楚检查的是什么,关起来的是什么,人们尽力阻止不正常的内容。而一个女人可疑的话语,完全不符合男性规则的语言,人们听都不听就将它扔到一边;她自己也不坚持知道自己到底在说些什么。她自己也听不到,兴趣索然地做个评价。甚至《达洛卫夫人》里的塞普蒂莫斯都在做着令人心碎的回应。

　　安托南·阿尔托的粗暴,他的尊严,跟别人活得不一样的意愿,逃离原来的身份,达到身体之外的支配,这些与一个女人的情况完全不一样,女人的身份让她不能完全生活在标准中,生活在标准的荒唐中。为了显示她的界限,必须拥有自己的位置。弗吉尼亚知道,女人的地位处于被消除的地方,至少被放在隔离的地方。但是从这种消除和隔离中,弗吉尼亚看到了奥秘;此外,她以很强壮的身体存在着,具有很强的生理力量,从这个不在场和距离出发,她就能更好地证明一个在场,但是面对平庸事物及其丰富性,她仍然让人惊愕万分。她能回顾和召唤那些不为人知的、缄默的、被取消的东西,她(和其他人一起)体现着这种消除。

　　由于很早的时期就天真地忍受过这一切,弗吉尼亚·伍尔夫没有任何预谋,就像安托南·阿尔托一样,她发现了从开始滑坡的地方开始的流放,那是被取消的地方,而不是在废除中:在地狱中。与阿尔托不同,她情愿保持着距离,不去利用它,至少不是有意识地去利用。

　　如果说《到灯塔去》和《海浪》升华了这些糟糕的时刻——母亲的缺失充斥着整个精神风景,那么《生命的瞬间》则诉说了一个生来就任人摆布的女人的抱怨,同时也揭露了维多利亚社会那愚蠢的反常。《三个几尼》进一步揭露了这个社会现象,并且将其政治化:弗吉尼亚·伍尔夫确信,在一切压迫的根源处,都会看到种族主义的立场,这种立场将女性列为少数派,并且奴役女性。而且"家庭小说"在描写私人生活方面向来都很残酷,这时会转向外部世界,与当时横行肆虐的专制和纳粹主义融为一体。

阿尔托,他揭露"对性的阴暗的贪婪",呼唤"女人的被遗忘的女性"[3]。弗吉尼亚·伍尔夫,正因为她是女人,成了指责的对象,她有可能成为那种女性。她承担着保持特色女性的重任,这自然将她带到那些通灵诗人想要跨越的界线上。但是她本身就是那个身体,有可能激发那种"我们没有妥善安置的**事物的自然反抗**"[4],这是阿尔托说过的一句话。和他一样,她知道力量存在于何处,力量又会在何处瓦解;没有任何一部作品能比她的作品更加重视性事,重视力比多领地。然而,她的领地是全新的,多元的,并且忽略了教条的等级,无视强加的一价性。利顿·斯特雷奇惋惜地说:"在她的作品中,没有任何性交成分。"然而力比多、性事在她的作品里随处可见,分散在不同的地方,支撑着那些承载期望或拒绝性交的隐讳场景,以不同的程度、不同的密度来描写性欲,这种多样化到目前仍不为人所知。在这种非中心化上,在这种多元化上和分散上,权力是不起作用的。极大的危险!

危险的弗吉尼亚·伍尔夫!这句话我们重复多少遍也不嫌多,通常,我们自己都没有注意到这一点。这位作家发现了未知的土地,启动了身体和认识的新程序。让我们强调一下她所忽视的东西,她所忽视的就是:床上实施的性代码。性冷淡!

性冷淡还是多元性事?

太性感?多元的性欲、性感和女人,作为女人的性感?人们拒绝给她任何性事的权利。人们不检查她,也不囚禁她:她自己称为"疯狂"的东西,应该在私人的层面上解决;她的社会地位允许她这么做。

这个"疯狂",即她在作品里从来不张扬的"疯狂"(然而这让人更加放心),人们将不会知道。人们发现这样将更好。人们将这个女人定义为"性冷淡"。这是语气问题!她没有将语气放在应该放的位置上,并且由此打乱话语的整个顺序。

由于她的冷淡,她消失在滑稽中。她被取消了。她成为一位作家……却被剥夺了谈论性的权利。然而无论是在日记中还是在作品里,没有一行字为这个资格进行辩护。她能够流淌着性欲的汗水,能够写出许多作品,几乎每个词都隐含着性的潜力,人们却听不见,也读不到书中谈论性的部分,或说得更确切些,人们断定书中几乎没有谈论到性……"在她的作品中,没有任何性交成分。"

她是否也知道,犹豫、拒绝和否定构成了遭受质疑的事件?虽然戴着惩罚小学生的驴耳纸帽,但是她并没有学好她的课程。她不知道应该在哪里使用语气,主语是什么,宾语应该放在哪里。

她不模拟,也不模仿吗?她冷冰冰的。她拒绝,不如说她选择了无数属于她自己的道路?性冷淡。她在讲述家庭故事的时候没有用自己的语言吗?她不是一个真正的女人,因为她没有在上述小说中代表脱离了肉体的女人。

但是这些禁忌的力量如此强大,以致她不敢听到她所知道的东西,不敢知道她所听到的东西。她向前走着,一直心存疑虑,越走越远。她好像一直处于一个奇怪的发源地的边缘,在这里痛苦就如她在最后一本书《幕间》里描写的一个恐怖的场景:"一条蛇盘绕在草丛里。死了吗?没有,嘴里吞着一只鼹鼠,以致它呼吸困难。蛇没有能力吞下鼹鼠;鼹鼠也死不了。一阵痉挛紧缩着它的双肋;血流了出来。这是一种反向的出生——一种骇人听闻的颠倒。"

安托南·阿尔托所呼喊的就是这同一个令人窒息的空间吗?"我不是一个埋藏在自我世界中的即将出世的胎儿。我就是我,是我。"出生？死亡？存在？"我为了尽力活着而进行斗争，为了尽量与幻想的形式（所有的形式）一致，这个让人发狂的幻想就处在真实的世界中。"[5]他强调说。弗吉尼亚也在做着同样的斗争，她经历着两种状态，她的作品里浸透着"让人发狂的幻觉"带来的感知，这个"让人发狂的幻觉"是理智的，有逻辑的，她天生就认同这一幻觉，认为它是合法的，并且自认为因超越了极限而带有负罪感。

从这些意义的颠覆中，从"性欲与性冷淡"的误解中，产生了部分的冲突，这些冲突将她推向死亡，将她带到《幕间》里的唯一一个因素上，即伊莎常常对她的丈夫感到失望："从其他人的身上，她感受不到任何明确的快乐和仇恨……在她喝午餐酒的时候，她更能意识到对水的巨大欲望。"贪婪。饥渴、拒绝和享乐。但是阿尔托呢？"一切都过量了。一切都是这个不停地承载生命的过量。"[6]对拒绝的虔诚，不可改变的追求。安托南，弗吉尼亚，他俩互不相识，但是两个人都热衷于——这是阿尔托说的——"不从存在的思想中除去生活的事实"。

（1977 年）

安托南·阿尔托

帮凶与求情

    安托南·阿尔托完全可以这样写道："我有一个承受世界并诉说现实的身体。"然而这个世界和社会对现实关闭着大门,并将这位诗人囚禁在不同的疯人院里长达十年之久。阿尔托并没有暴力倾向,他具有一种令人害怕的冷静:他自认为也知道自己还活着。他拒绝在将人慢慢变成尸体的体制中浪费自己的生命(和死亡)。很简单,阿尔托想体现自己的身份。不可宽恕的简单化。他知道这样做的风险:"我将毁灭自己,直到能证明我就是这样,我就是我,而不是其他人。"

    他知道"热拉尔·德·奈瓦尔、爱伦·坡、波德莱尔、洛特雷阿蒙(Lautreamont)、尼采、阿尔蒂尔·兰波,他们都不是死于疯狂,不是死于疾病,不是死于绝望,也不是死于贫困,他们之所以死亡是因为有人想杀死他们"。安托南·阿尔托,一个特别的演员,他有着惊人的美貌,是"残酷戏剧"的哲学家,一个胆大妄为的导演,一个超现实主义者的(边缘的)同路人,他的声音永远保持着活力。他从疯人院出来两年后死于贫困,当时他才五十二岁,却牙齿掉光,满脸皱纹,像一位已过百岁的老人。

    这位充满激情的劳动者也是一位画家,他写出来的作品由二十多卷构成。人们在其作品中发现,分散在不同地方的章节有的整段都是用来说服费尔迪埃尔（Ferdière）——他在罗德兹（Rodez）的精神病医生，相信他能刷好仅存的几颗牙齿；他有时会独自一人发出一些拟声词，以前，当他还保持着自由之身时，当他还是作家和著名的戏剧家时，他常常做这样的练习。外面的朋友一直要求他写文章，并且帮他出版，他答应医生在文章中"控制太过夸张的描写"。"我将自愿地舍弃那些粗俗的东西，过分显眼和愚蠢大胆的东西"，并祈求在回到疯人院之后避免接受电休克治疗，电休克疗法实在是太痛苦了，几乎都要将他杀死。徒劳的请求。事实上，他没有遵守自己的诺言，阿尔托在极度的痛苦中努力工作，而这些痛苦也在磨砺他的文章。

《帮凶与求情》是安托南·阿尔托的倒数第二部作品，在他生前并没有发表。有一部分是在罗德兹疯人院里完成的，之后不久他就得到自由了。另外一部分是他临死之前在伊夫里（Ivry）的疗养院里完成的，由他口述，别人纪录，这些文章，这些片段、信件、诗歌，通过作者强调了这样一个整体，全部写入了这个文集，在这部作品中，展现和创作了现实世界中一个男人所有的灵感，一个独一无二的剪影。

他在给科莱特·托马（Colette Thomas）的信中写道："你能为我做的唯一一件事就是，相信这个世界只不过是一个虚伪的大剧院，一个具有黑色魔力的小城堡。"我们应该为安托南·阿尔托做的，也是我们能为他所做的事，这就是：相信，至少在读他的作品之时，相信他前后不一致的逻辑，相信他无限扩展的思想。当他否认捏造的自传，即局限在出生和死亡日期之间的生平时，我们还得相信他；当他在双亲的血统混杂中寻找自己的多重身份时，我们还得相信他："我，安托南·阿尔托，我是我的儿子、我的父亲、我的母亲和我自己。"当他拒绝在同一个名义下一直被囚禁在疯人院，即符合法律的名义时，他知道这是一出什么戏剧，他就是诸多的变化（即使是年龄的变化)和诸多的幻想的行动者。

在阿尔托拒绝写入偏执狂年表的那一刻，请相信他，相信他那被今日科学所证实的持续解决的直觉："亲爱的彼得·瓦特森先生，因为生命时不时地跳跃着，但这从来不会写进历史，我历来的写作只是为了固定和延续对这些中断与分裂的记忆，对这些突然崩溃与没有尽头的记忆。"

在他改变和质疑那些关于死亡和出生的固有概念之时，应该相信阿尔托："死亡只不过是一种过渡状态。它是一个从来都不存在的状态，因为生命很难存在，而死亡将变得更不可能和无效……死亡，人们只能从坏的方面去死。这不是我们所走的路。"是的，当他否定日历表的时候，相信他，甚至当他说自己是被诅咒的对象时，也要相信他，无论是身体上还是精神上，他都受到了限制和操控，就像那些人一样，希望"让人体脱去所有精神的诡计"。

安托南·阿尔托，他权威地树立了自己的威信，他强加了一种彻底的否定，否定即时理解的语言和生活的功能性划分："在我的生命里有一个秘密，根据玛莎·罗伯特的理论，其基础是，我不是1896年9月4日生于马赛，我只是在这一天从马赛路过，是从别的地方路过这里，因为事实上，我从来就没有出生过，因此也就无所谓死亡。对于那些墨守成规的蠢驴来说，这是妄想，但是对某些诗人来说，对于我来说这就是真理，就如同对面酒柜上的牛排炸薯条或一杯白葡萄酒那么真实。"

这个男人拿他的身体和语言冒险，他的科学与关于性的教条相互对抗，他扩大了性欲的范畴，使之涉及的领域更加广泛，更加尖锐，拒绝"这个卑鄙世界的虚伪、伤口和缝合点……这些只有在色情的肮脏处才会经历到。如果没有色情，死亡从来就不会开始"。

如此便宜地就能体验安托南的激情，让人几乎感到羞愧，跟那些被他批评的作家没什么两样，他批评他们在奈瓦尔的痛苦面前胆小懦弱,他们"躲藏在对资料源的批评中,就像教士借助弥撒的礼拜仪式,逃避被钉在十字架上的耶稣所经历的苦难"。

安托南·阿尔托走向了痛苦的深渊,然而他很清楚这些痛苦也是被禁止的:"这个世界不想体验这些痛苦,不愿意了解也无法承受这些痛苦,它总是犯下所有的'罪行',我说的是所有罪行,以便能避免进入痛苦之中。"

安托南·阿尔托的区别和孤单,要是在过去,他的言论将被收进宗教话语,然而在今天听来就像是一个人的呐喊,他宁可喜欢"自己留在大地上的脚步声,也不愿践踏永恒物"。

(1978 年)

面对世界的阿尔托

　　一种任意的关押、不公正的拘留发生在安托南的身上，而这一切都是由于他的贫困，在精神病院里饱受折磨十年之后，安托南·阿尔托回到了巴黎。回到巴黎？不。回到伊夫里，还是一家疯人院，但是给了他钥匙。他应该会生活得很自由。真的自由吗？不。放任他生活在贫困、不安全和依赖中。十八个月后，他死在了那里，死在悲惨中，因悲惨而死（即使享受了一点巴黎的慈善也无济于事）。这样的悲剧，无论是发生在阿尔托、爱伦·坡、修拉（Seurat）或凡·高的身上，还是发生在无名之辈身上，都不会更加引人注目。有这种遭遇的人多着呢。

　　1946年。他五十岁，当年那个英俊的喜剧演员已经变成了一个瘦骨嶙峋、满脸皱纹、牙齿掉光的老人（这是真的，更加英俊了）。一个从今以后很"文化"的形象：难道这不是那个被诅咒的诗人安托南·阿尔托吗？一个经典的模范，一个自然而然的底板。这是同义叠用！总之，为什么不是蒙泰朗（Montherlant），不是克洛岱尔（Claudel）呢？他们是如此合适，并且在词典里的地位跟他不相上下。每个人都有自己的专栏。他的命运。如果他无法生活下去，每天都活在徒劳无功中，试图逃避命运却又无法放弃任何东西，那又何妨呢。

　　但是再一次老生常谈又有什么用呢？最后，大众乐在其中。根据一个更加刺激的版本去同情《两个孤女》的乐趣；满足于没有成为这些每天忙碌不停的傻瓜，人们在寻思这是为什么。"卡夫卡，兰波，阿尔托，他们没有生活过！这一切是生活吗！"有一天某个人这样对我说，他说话的神情令人震惊，倨傲自负。大众的乐趣还包括被这些"天才"所吸引，将他们的诗歌反复吟唱，首要的还是他们死后的荣耀。

所以阿尔托又回到了这个"什么都没有，然而人们相信一切的世界"。"我尽力在这个悲伤的机器里活下去"，从一个疯人院到另一个疯人院，他固执地耕耘着，从来没有舍弃这份执着。他不停地作画，思考，写作。他活着，虽然饱受折磨但仍然活着。一个真实的人，一个顽强活着的人。他考虑到"这是自我的所有部队，他们逃避着他人，在所有人的意识中举步维艰"。他拒绝这些"军队"。而且代价高昂。

这里，在第 24 卷中，从牢笼里出来，离开罗德兹疯人院的这一卷，阿尔托重新回到了近似公民的生活，在其中追寻标识点。然而，他续写这部作品不是为了出版，他拒绝加入萎靡不振的"人本主义"，拒绝加入他们的游戏，拒绝加入他们的万能政策，面对如此谨慎的生活、丰富而又令人气喘吁吁的设置，对这一作品的深入阅读让人陷入伤心的狂欢中。安托南走出了原点，走出了自我性，他将已经建立的机制玩弄于股掌之间，这个机制决定和控制着思想，将其建立又分隔开来。最出色的叙述来源于此。这是最根本的否定。这不是一个冷淡的哲学论述，而是一个体现出来的思想，用身体来制造的身体。最后，形成了一个令人望而生畏的清晰明了的事件，一个因为缺乏邪恶而让人更加畏惧的事件。精确地脱离了真理的空洞概念，取消了一切"伪造真实"的可能性。

维特根斯坦断言："不能说出来的东西，就应该让其沉默。"[1] 他对秘密很感兴趣——这正是他晦涩思想的混乱之美。不能说出来的东西,对他来说,不是受到疑难问题的限制,相反,他取消了疑难问题这个观念。他经常想改变、想伪造的,是他的生平、他的痛苦。他知道这不可能,他已经可以把这些说出来;在这个意义上,他没有什么好隐瞒的。只是闭嘴是很严重的事情,因为说出来、表达出来,也不是多大的事情。这么做并没有多少可信任的支持理由,他内心深处有这样一种疑虑,有怀疑一切的极大激情。这样一种说服别人的热忱本身就没有什么说服力,它更像是一种冷漠的热忱。如果人们接受这种冷漠的话。

但是阿尔托呢,他并不在乎,总是处在动乱中,不愿解释。思考,写作?他的身体就隐喻了这一切。他要求"让人体脱去所有精神的诡计",并且努力"让生存的事实面对存在的思想"。

于是人们就断言,这就是"发疯了"。诚然,语言的状况、词语的贪婪、人们的欺骗,这些都没有给他留有足够的不"发疯"的时间和空间。

请听,这个确信无疑的"疯子"拥有"一个承受世界并诉说现实的身体"。这个男人故意冒着风险,让医学担心,他确信"这个卑鄙世界的虚伪、伤口和缝合点,它展示出它干净的一面,当它的性欲如此膨胀,人们很清楚地看到这一点的时候,很具体的时候,这些只有在色情的肮脏处才会经历到。如果没有色情,死亡从来就不会开始"。

让我们陪伴阿尔托,这个瘦骨嶙峋、被疲劳压垮的男人,他有学识,用相当长的时间来起草一门被禁止的科学,经历超出寻常的痛苦折磨,并且自称"一个垂死的老叟,他永远也不能进入地球的有趣的引力"。请看着他离开我们,"牙缝中哼着球体之歌",将最后一句遗言留给"所有这些已经判决的最终居民",一边还意识到存在"一万种使用诗人枯骨呼吸的方法,就从诗人死去的那一天开始"。

就像在这里。

(1989 年)

当安托南·阿尔托自称为安托南·纳尔帕时

　　安托南·阿尔托在罗德兹寄出的那些信的不寻常之处，并不在于被关在一家疯人院里的写信人，而是被话语和面具囚禁的囚徒们，因为这些信是他们融入巴黎的生活后自由地发出的。阿尔托在这里表现得如同一个自然的人：他在人造资源建立前就思考，行动，独立于一个"对整个戏剧的参考，这个戏剧已经被历史所限定，定好了框架"。而且即使在相关等级所产生的功能语言之外，甚至在他谨慎思考和忠于身体之外，即使安托南·阿尔托穿越了疯狂，他也已经没有了后退和停止的余地，他只有紧跟其后。

　　精神错乱只不过是灾难名词之一，是一个人在做假的大地上遇到的最直接、最简单的行程。可怕的道路，却不会偏离要点："本质是什么？一个深洞还是一具躯体？"一个人的道路，他预感到了中毒的根源，一切权力都以这个根源为基础："皮埃尔·布斯凯先生，恐怖……就在这个事物的不寻常中，在这个没有名字的东西中，这东西位于表面，仅仅位于两面，它被称作社会、政府、警察、行政等，针对这种东西，历史上甚至没有过任何革命的力量可以求助。"

　　在阿尔托令人眩晕的历程中，还有多少根本的见证，即我们视为狂热的基本意见？因此应该相信阿尔托，与他一起生活，当他断言时要逐字逐句地相信他，例如他断定在1939年死后，他会被另外一个人取代。"他叫安托南·纳尔帕(Antonin Nalpas),这就是我自己,在我的身体里我保存了安托南·阿尔托一生的记忆。"从他身上,应该知道"我"的复数性,无视一切独裁的束缚,这些束缚将我们变成了"我从来不是我的食古不化的奴隶"。是否应该追溯历史,追溯被放逐和被异化的历史,追溯前后的历史联系,难道不应该这样理解吗?"我们都有一个身体:我们都被给予了一个父亲和一个母亲,给予,我更倾向于说'赋予',但是事实上,我们都已经不记得了……社会创造的孩子不是自然创造的孩子。"这里,在这个让人不可思议的智者的篇章中,政治和诗学之间的界限最终消失。

可怕的文本,因为它们不总是以某种文学的形式出现,包含着令人放心的命运,比如诗歌。安托南·阿尔托的信件给人以强烈的感官冲击,使人心碎,同时这些信件又是自发的,比成千上万卷所谓的"诗歌"更具有明显的诗学特征。但是人们是否想过,当安托南·阿尔托的身体、循环系统和脚步都成为监禁的对象时,这些信件自己还会继续自行流通吗?

一个人经历了最深刻和最高程度的认知:"我将毁灭自己,直到能证明我就是这样,我就是我,而不是其他人。"他要求得到我们所掩盖的东西,以便以他的灾难和脆弱来取悦我们:生活。这个生活,他在其原则中将之表现为(重现为)一种损坏,"因为生活就是失去他赖以生存的躯体"。若没有"这种持久懒惰的精神",即奈瓦尔的注释者们所抱怨的懒惰,我们能读懂这个吗?这种抱怨应该不厌其烦地重提,因为这种精神"总是处在痛苦面前,处于过分接近的害怕之中,处于近距离忍受痛苦的害怕之中,躲藏在对资料源的批评中,就像教士借助弥撒的礼拜仪式,逃避被钉在十字架上的耶稣所经历的苦难"。

(1974 年)

托马斯·伯恩哈德

全面战争

当我阅读他的作品时，或当我不阅读他的作品时，我总是想着他就在那里，仍然活着，有血有肉，在某个地方伏案写作，他是作家，目击证人，独一无二的"陈述者"，他就是托马斯·伯恩哈德*，而我总是迫不及待地去阅读和倾听他的新文章。但他已经不能再写了。

他最后一部作品《灭火》告知我们的，唉，正是灭火器本身的熄灭。他也不可能有别样的结局。其作品展示并摒弃可恶的毁坏名誉的奉承文明，这种文明消磨了生活的能量，摆弄着死亡，因此这个作家无法忍受平息事件的痛苦，也不能忍受相互和解的诱惑，这些痛苦和诱惑隐秘地贯穿于他的所有章节中，而且大崩溃就崩溃在这些章节中。

这个酷爱幻想且学识渊博的吃人妖魔，带走了已遭亵渎的生活的最后碎片，在这种生活中，"人们看到的彻底的诽谤就是世界的真相"，托马斯·伯恩哈德死于 1988 年**，永远地离开了猥亵的、根本的、神奇的、昏暗的奥地利，他那"残缺不全、地位不再的奥地利"，他

---

    * 托马斯·伯恩哈德(Thomas Bernhard, 1931—1989)，奥地利作家。作品有《干扰》《石膏场》《地窖》《气息》《模仿者》《寒冷》《钢筋混凝土》《维特根斯坦的侄子》《溺水者》《灭火》等。

  ** 原文如此，有误。伯恩哈德去世于 1989 年 2 月 12 日。

曾经在这块土地上，凭借旺盛的精力，有节有力地呼喊着真理，他的声音甚至传到深渊的回声中，在风雪的爆裂声中都能听见。尤其是对丑闻的狂怒，每次都会引发对真正丑闻的揭露：持续的腐败深处的丑闻、种种媚态、卑鄙的共识、萎靡而野蛮的丑闻，这些丑闻正在左右着我们的命运。

也许他不是一个真正的作家，而是一位真知，也许应该拥有失败的意识才能说明其轨迹。但是伯恩哈德所描述的并不是他的失败，这更像是一种偏差、一种整体的灾难，这正是他所反对的灾难。

"我已经失去了一切，只剩下了我此时的存在。"他在《寒冷》中如是说。这部作品极其简单地叙述了他的存在、他所感受的最残酷的时刻。他十八岁的时候就差点儿死去，在一所老人院里贫困潦倒，又患上了结核病。他的祖父、"我的私人哲学家"又刚刚悲惨地死去，在这场丧礼之后他的母亲最终和他亲近起来，可是由于贫困也离他而去。正是在这个时候，托马斯·伯恩哈德对生命做出了选择，因为没有幻想，所以只剩下决心和冷峻，他决定自杀。

他既不是活动家也不是道德家，他的目标就是永远当个"反对派"，这是最糟糕的东西所造成的间断，是一种坚毅，是对蛮横的全力思考，是一种见证的引力——一部贴近生活的作品，一部从不放弃自己猎物的作品，对读者从不宽容（而这正是他的优雅所在）。但正是这部作品污染了读者，强迫读者化身为受诱惑的合适的对话者。

他的作品和他的生活，以及在戏剧上的成就，让他在奥地利和德国名声大噪，就像他的小说那样。《英雄广场》是他的最后一部戏剧，剧中他通过政治事件直接地嘲讽奥地利，它的社会制度，这个"一头蠢猪成为首席指挥官/人们的权利惨遭践踏"的国家，这里"对犹太人的仇恨是最纯粹的错误/绝对奥地利式的错误/奥地利人的错误"，这个国家"整个就是资产负债表的大仓库"。

是的，伯恩哈德具有一种英雄主义，他变得不受任何拘束，极其高贵优雅，感情细腻，神情愉快，某种程度上是一位享乐主义者，他勇敢地不忘记这一切。他承担着不可磨灭的记忆，承担着愚蠢的不公正和卑鄙的耻辱；他具备揭露最黑暗事件的能力。这就是他突出的价值，即始终不渝和大公无私的激烈批评。雅克·拉康（Jacques Lacan）说："一个人应该受到谴责的唯一事情，那就是在自己的愿望上让步。"而托马斯·伯恩哈德从不让步。

除了五卷自传外，他就以这种方式写成了这些小说，其创作技巧很是神奇，一种让人无法忍受的浮夸贯穿着全文，震撼人心，挖掘出最根本的痛苦、最大的毁灭，以及这个世界的冰期，在这个世界中，"我们感到头晕，全身发冷"。

让我们来看看这种素材的最后一部作品！从头到尾都让人叹息。《灭火》是一部从罗马回到奥地利的小说，是伯恩哈德最后的文字，在这部作品中，作品的所有要素、令人怀疑的影子、总是让人心碎的喜剧性、散发毒气的喜剧，全都混合在一起，经重新加工，充满着火药味，正如作者期望的那样，是驱魔性的文字。

这部奇怪的小说符合弗洛伊德命名的"家庭小说"，在这种类型的小说中，孩子拒绝自己的家庭，并且重新创造和幻想了一个家。这里，伯恩哈德通过叙述穆拉罗（更确切地说是他的替身，他自己的绝对化身），给了自己一个完整的家、一个他本来没有的父亲。这是个有权有势的贵族家庭，是最富有、最受人尊敬的家庭，是绝对服从和令人畏惧的家庭，在当地有着至高无上的地位，是一个称心如意的家庭，同时也是一个卑鄙的家庭，家里的每个成员（除了穆拉罗/伯恩哈德）都很滑稽，令人憎恶，并且服从纳粹。

小说伊始，穆拉罗生活在罗马，第二次世界大战已经结束，他接到噩耗，他的父亲、母亲和哥哥在一起车祸中不幸身亡，现场惨不忍睹，车祸将他们撕成碎片，而他的母亲身首异处。只有两个饱受歧视的可怜的妹妹死里逃生。穆拉罗一人独自继承了奢侈而又没落的沃尔夫赛格大庄园,就在这里,他曾经度过受人歧视的童年和青少年时期,后来他逃离了这个地方,但是这里仍然让他感到迷恋。虽然他竭力否认,但他的根始终在这里。

在小说的第二部分中,他回到了这个巨大的城堡,回到了橘园,回到了这个园艺家和猎人的天堂,回到了这个"跟村里大教堂一样大的"小教堂,回到了连仆人都享有主人地位的这个部落。五个图书室都被父母关闭了,就像那些数不清的窗子一样。一个严肃冰冷的沃尔夫赛格,那个孩子们的别墅至今让人怀念,那里也是"二战"后纳粹首领,即他父母的好朋友的避难地,他们宣称,即使在遭人追捕时,他们仍然在这里度过了人生中"最美好的时光"。肮脏而粗俗的沃尔夫赛格散发着臭气,而传奇的装饰和奥地利不可抵挡的华丽也掩盖不了肮脏的事实,用伯恩哈德的话来说,这是一个无耻的奥地利。

此外,小说中还穿插了许多照片,恐怖的场面让穆拉罗兴奋不已,其中有一些普通的照片,还有就是报纸上刊登的他家人尸体的照片,特别是他母亲身首异处的照片。

然而,无论是普通的照片还是特殊的照片,都是与托马斯·伯恩哈德的生活有关的照片,是其作品中出现的照片。《寒冷》显然是他一部关键的作品,对托马斯来说,"生活只不过是执行刑罚",他坚持忍受这种刑罚,要求从今以后坚持"从我的角度并用我的镜头来捕捉世界上的一切无耻"。还是在《寒冷》中,他回忆道在寻找自己的父亲阿罗斯,那个见到自己的孩子就逃跑的父亲——他周围的人过去、现在和将来不提及的父亲——时,他只是找到了父亲唯一的一张照片,他很害怕自己与照片里的父亲相像,而他的母亲一下夺过照片,把它扔进了火里。他所能知道的关于他父亲的事,就是在离开家乡之前,父亲一把火烧毁了自己的房屋。

从那时起,《灭火》有了另一个意义,一个更加出格和令人绝望的意义,那就是不管付出多少努力都不能扑灭父亲纵的火,这有可能是一个报复,或者是一种接力。一种灭火的企图,这场大火永远燃烧着一个父亲的形象,一个如此相像又"没有头脑"的父亲。

仍然是在《寒冷》中,我们读到,托马斯遇到了两个阿罗斯儿时的女朋友,她们完全可以告诉托马斯他父亲的一些情况,然而托马斯发现"在一份报纸上,刊登了一张非常恐怖的照片:在通往萨尔茨堡的公路上,有两具身首异处的尸体"。这就是她们俩,父亲的见证人,她们与穆拉罗的父母一样,成为一场致命车祸的受害者,他还说:"报纸上登的这幅可怕的照片让我确信:我不应该再打听我父亲的情况。"

伯恩哈德的最后一部作品就集中在同样的一张照片上。集中在一场想象的葬礼上,但是复加了一种真实的禁止、一种残酷和致命的现实,作品中悲惨地避开了现实。值得注意的是,原标题也可以解释为"消除"。

整部小说自称是一种驱魔法、一种不可能的否定,但都以失败而告终,然而整本书都是在威严中,在一种时时值得怀疑的喜悦中完成的。盛大而庄严的葬礼由穆拉罗主持(他想表现得态度冷淡,对死者持批判和敌意态度),伯恩哈德在叙述葬礼的时候仍然沾沾自喜,自命不凡。他自我认同于穆拉罗老爷,与他一样心情愉悦,而穆拉罗正在向他的亲人们复仇。对他妈妈也一样,用他妈妈的话来说,他就是"带来厄运的凶鸟"。

就在他母亲身上发生了沃尔夫赛格式的事件,也就是伯恩哈德式的最奇怪的事情!"出生低贱"的一个普通女暴发户,通过婚姻趾高气扬地站在奥地利社会的顶端(穆拉罗/伯恩哈德对她竭尽讽刺之能事),这个"让人最厌恶的女人",穿着"令人作呕的裙子",老是购买可笑的物品,一直到死都是这样,并且十几年来,一直都是罗马主教斯帕多利尼的放浪情妇,对魅力无穷的斯帕多利尼迷恋不已,死心塌地。穆拉罗自称是他的"迷恋者",曾经着迷地说"他是我见过的最伟大的人"。

光彩夺目的斯帕多利尼当然也有很多的阴暗面,伯恩哈德在自己的自传里也掩盖着这种阴暗面。如果说伯恩哈德给他设计的个性是毫不做作并且野蛮的话,他还隐藏了一些其他的特点,比如说他对社交活动的热衷。

这是一个谜,斯帕多利尼对这个可耻的妓女母亲的爱实在让人费解,他们之间的爱慕既是相互的又是持久的。对自认为爱慕女性,而且只爱他的粗俗母亲的男人来说,这难道是一个讽刺吗? 穆拉罗的说法很奇怪:"我不情愿把他借给我母亲,她不值得像斯帕多利尼这样的人去爱。"不合逻辑的是,这个威望颇高的大主教并没有因此而失去他的光环。而且更为神奇的是,在穆拉罗、他母亲还有主教之间的某些场景中还具有温馨家庭和家人亲密的氛围。

然而仅此而已。穆拉罗在沃尔夫赛格希望摆脱那些仍在摇摆的躯体,他们在边界处,既没有跨越生的门槛,也没有越过死的门槛。面对陈列在橘园里的这些尸体,根据沃尔夫赛格一成不变的庄重礼仪,穆拉罗似乎难以斥责这些遗体。"我的手,它们没有发抖;我的身体,它也没有战栗。"他强调说,但是他的声音似乎越来越弱。希望诅咒的话能够灵验。在展出的亡故者尸体前面,随着尖刻的批评渐渐减弱,他的诅咒也会从此消失。

尤其是在"残缺的、身首异处的"母亲的棺材前。他的母亲正在逃避。难以捉摸的穆拉罗,被一个执念萦绕着,贪婪地围着剩下的秘密打转,试图打开遮挡着他母亲的棺盖。徒劳无益。沉默的讽刺对抗着盛大的葬礼和纳粹的旗帜,对抗着佩戴纯血统勋章的纳粹党徒,他们昂首挺胸,走在队伍的最前面,随行的是五个主教,其中包括斯帕多利尼(伯恩哈德不拒绝穆拉罗的任何行为),这是痛苦和······甜蜜,经检查而成为窒息的甜蜜。这是一种奇怪的恐惧:"我对自己说,如果我们要把我的母亲装在棺材里下葬,那么首先应该去确定一下在那儿的是什么,看看是不是整个都在而不是只有一部分······"他很害怕在棺材里:"我想象我的母亲整个都在里面,而事实上她不是整个都在里面。"

必须快快结束,结束一切,这也许就是伯恩哈德最大的执念:留下一个没有回声的世界、一个没有拉长的影子、一个没有生殖的世界。

这部受伤的作品、伤人的作品、准确而又令人兴奋的作品,通过它的美感,通过它那不妥协的邻近,成为最令人欣慰的作品,这部作品结束了奥地利,结束了大教堂,结束了淫荡的母亲。穆拉罗(此时已死)将沃尔夫赛格赠送给了他的朋友——犹太教士艾森伯格,后者以犹太团体的名义接受了这一馈赠。但是,穆拉罗最后说,这也是伯恩哈德最后一部作品的最后一句话:"我感激他接受了这个馈赠。"

和解? 祭品还是绝对的交换? 穆拉罗希望的是:"让我消失,我无论如何要消失。"他相信他会成功吗? 他能够清除并除去任何的痕迹吗? 但是书呢? 从此以后会一直持续地呼气吗? 被赎罪的风险呢? 还有"永不回应的物质"呢?

(1991 年)

"我们冻结在这光明中"

这个声音,甚至对这个声音的期待是多么缺乏,这个声音在冲动时期一直都对我们做出承诺,记下狂怒的克制直至头晕目眩,记下明显的反复思索,记下压抑的呐喊。但是从此以后,便是死亡、沉默——逃避责任。托马斯·伯恩哈德使用的词语从此以后都能够算得清了。不能再加上任何一个词,没有其他的词汇能够将人们引向拒绝的绝对物,引向痛苦的禁忌,引向揭露潜伏恐惧的大笑及突然出现的不能承受的失败。痛苦的速度。已经建立的痛苦。[1]

不会再有新的符号来指示奥地利的卑鄙行为,这个奇怪的、魔术般的、衰落的奥地利,这个"残缺不全、地位不再的"的奥地利,就像所有国家的奥地利、我们所有人居住的奥地利,也是莫扎特和弗洛伊德所熟悉的国度,但它也是希特勒的不知疲倦的摇篮女。在伯恩哈德看来,这是个反人类的国家,但是人性难道不正是人与人相互敌对的东西吗? 这个声音变得微弱了,这个有预见性的声音预示海德(Haider)的出现是不可避免的,然而同时也是漠然的——也就是说接受这一切的发生——它欢迎这一切的到来,就像西方世界那样,它常常欢迎自己那献媚的野蛮行为。

他创作新章节中的时代已经过去,作为一个执拗而冷淡的人,他所期待的文本将我们按时地从孤独中解救了出来。没有了他的作品,我们这个因他而丰富的时代,这个他所控诉的时代、政治的年代,还有永恒的财富将不复存在。这些温情虽然已经完成,但并没有过时,它们是愤慨激起的不屈不挠的温情。

剩下的就是一部业已完成的作品,在这部作品中,句子从此吸引着声音。伯恩哈德的句子在谴责,无望地控诉,没有喊声,却坚持不懈,一直猛烈追击,直到似乎停留在重复中为止,第二从句尽管跟第一个很相近,但是已经不完全一样。这是音调的问题、意义的问题。在反复强调后,意义的声音会起变化,同一声音的意义因此也会有所变化。相似不等于完全一样;每一次我们都会有不同的感受,每一次我们都能在旋涡中、在时态的模拟中感受到动词的力量。这个时态是骗人的,一直有欺骗的效果,好像将我们持续地困在现场,以难以觉察但无法逃避的速度将我们放逐到伯恩哈德的文字里,他的文字具有帮助我们确立生命奥秘的能力。

在伯恩哈德的作品里,没有任何问题,没有对答案的追寻,但是自始至终,都要大胆地倾听他自己的声音,即人们逃避的声音,这个声音是如此简单:"我们感到头晕,全身发冷"[2],还有"我们冻结在这光明中"。这个声音总是穿插在同样的事件中,这个声音每次都在让令人心碎的静止的进展恶化,经久不息,这个声音一直都在重复着,永远都不会结束,没有丝毫减弱。永不放弃。没有尽头,不屈的连续祷词发生了改变,唱着唱着就变成了呐喊,一直牵引着我们,直到最后的衰弱点,既神秘又无法忍受的点。这是回不去的点,是痛苦的顶峰,剩下的只有沉沦。除非在相同时刻出现认知的绝对自由、知识的自由,它能控制并掌握最坏事物的功能,也许要通过这种控制,要掌握科学。总之就是要掌握意识。

"我们正在制造创伤",托马斯·伯恩哈德斗胆这样说,并且坚信"在这半个世纪中,我们所有的人什么都不是,仅仅是一个巨大的痛苦"。而且他这样做并不指望从痛苦中请求原谅,也没有给出任何安慰。没有给出任何承诺作为补偿。我们见证了这样一个"奥地利"的实质，见证了它"致命的空气"，这是不言而喻的。"让我消失，我无论如何要消失"，这是唯一可能的反应，然而恰恰要通过记录，将恐惧和可笑记录到气息中，记录到笑声和亵渎中，他才能消失。

就这样，托马斯·伯恩哈德成了这样一个人，他从对演员们的当场质问中给自己提供稀有的乐趣，说他们是行星中的丑八怪，提醒他们在"永不回应的物质"内部，"我们只配得上面对混沌"。他也会拜倒在最官方的奖项面前——它们能支持他不可动摇的讽刺——他会感谢这些奖项，但是以虚假而残酷的态度出现，总之一点也没有丑闻味（唯一能被认为有丑闻的人，众所周知，就是那个揭露丑闻的人）。

是啊，没有什么丑闻味，相反还留下一种善良的感觉、乐于交换的意志、某种冷酷的同情，这就是托马斯·伯恩哈德。他首先向达官显贵们宣告："今天我要跟你们谈论死亡。"他指出，通过他那散文式的批评，例如"那些没有品位却贪得无厌的工程师的平庸方式，他们用总体摧毁的方式摧毁了我们美丽的风景，摧毁了我们小资产阶级的文学，揭露了我们知识分子的懦弱……，我指出了生命，我谈论了死亡……"。最终，我们要跟这些达官显贵永别，用最轻蔑、最理智的讽刺话语作为总结："……我再次特地提醒你们要想到死亡，不要忘记死亡……不要忘记它，不要忘记它……"

托马斯·伯恩哈德还是无法约束的观察者，他目光犀利，善于滑稽模仿，品尝哄堂大笑，例如在谈到他偏爱的戏剧时，他可以预言，可以想象他的朋友佩曼（Peymann），即城堡剧院的导演，他可以决定"在一个晚上上演莎士比亚的所有作品。/我们有技术……当然我们需要一千八百四十个人/很自然，我们需要的都是新手的演员"，并且这个晚上，"用所有的语言来上演莎士比亚/一个维也纳版本，一个施蒂里亚版本/一个国家社会主义版本/一个犹太复国主义版本/不要忘了莎士比亚曾经在格陵兰岛上演过"。更有甚者,他还模仿自己对上面提到的佩曼的诅咒,后者将要策划上演《伪君子》,而不是他自己的戏剧《幸福的奥地利》(!)。为了这个戏,他聘用了库尔特·瓦尔德海姆(Kurt Waldheim),并且一再让"罗马教皇七次乘飞机前来。他真诚地亲吻着祖国奥地利"。

伯恩哈德的英雄主义,很优雅,很神秘,也很时尚,而且对地狱中的事了如指掌。托马斯·伯恩哈德是个精明、注重实际的人,更是爱幻想的人:"他统治着一片我看不见的黑暗。"带着隐约的轻率,"在整个历史这片最可怕的土地上",他阐释了戏剧在无精打采、不正派和有罪的麻木中的奇特演变,在堆积的节奏控制下让我们大吃一惊,直到文本最后揭示出一种结果,即它在我们不知不觉中编织着事实。我们面对的是不可忍受的悲剧的顶点,面对的是完全的劫难,面对的是已经发生的毁坏。这就是永远让我们异化的苦难地。诸多样本?有什么用!读者知道,他总是耐心地接受着条件的控制,为一种不可抵挡的严格的单调旋律所限定,在看完大约每部作品的十分之八篇幅后,他每次都会被牵引到撕心裂肺的极点。而且他会久久不能平静,只剩下一种敏锐的清醒。读者知道,这种作品是不会放过他的。

(2002 年)

马塞尔·普鲁斯特

马塞尔·普鲁斯特*:母亲的文本

谁在说话? 谁在诉说一个文本?

在一位作者的所有身份中,欲望从哪一个身份中产生出来?

在数个世纪的孕育稠液中,最后孕育出一个唯一的身体,马塞尔·普鲁斯特的身体,这部作品是怎样产生的? 在作品中,每个人的身份都随着时间和年龄变得多种多样。所有的身份都在性别的倾注中相互分裂,相互波及,互相纠缠?

谁在这位作家的身体中说话? 他和我们大家一样被分裂成碎块,在父亲、儿子、姐妹、母亲、女儿和祖宗的名字及符号中无所适从,他将这些名字隐藏到一个名字下,归结到马塞尔·普鲁斯特的名义下。

这个文本是以哪个性别在说话? 男性的写作? 女性的写作? 我们知道女性并不能囊括所有女人,男性也不能囊括所有男人。相反,文本在差别的动摇中接受着一切差别。

然而这些男人,这些以女人的角度写了很多作品的男人——这些男人,他们至少也已经表达出他们身上属于女性的那一部分吗?

---

* 马塞尔·普鲁斯特(Marcel Proust, 1871—1922),法国作家,凭借长篇巨著《追忆似水年华》,在世界文学史上享有盛誉。其他作品有《欢乐与时日》《驳圣伯夫》《让·桑德伊》《通信录》等。

就像马塞尔·普鲁斯特那样？

但是，问题首先在于弄清楚：普鲁斯特身上表现出来的什么是男性，什么是女性？或者可以这么说，是什么东西引发和激发了这部作品，让男人和女人隐藏于一个不断颠倒的变形人身上？作者吗？但一部作品并不总是回应作者的愿望：经常回应的反而是他的反感。他与他创作出来的东西做斗争。他表达的是他要反抗的东西。他创作是为了从无法忍受的东西中解脱出来。而且如果他要说话，他就像是因抓不住这个东西而说话，就像是阻止自己逃走一样。

马塞尔·普鲁斯特和叙述者惊慌失措，在一片混乱和困惑中开辟了一条艰难的道路，这将他们聚集于一个令人不安的运动机能中。

命令、指挥和编织这个网络的要素，即让他们一起试图去破译这个可怕而复杂的网络、想借此来得到平静和安宁的要素——是一位复杂的母亲、一位危险的母亲。诱惑者的母亲。这就是老普鲁斯特夫人。让娜·阿德里安·普鲁斯特夫人（Mme Jeanne Adrien Proust）。一位贵妇。一个肥胖的阔太太，肥胖的身体包裹在衬裙和紧身胸衣之中，穿着黑色的衣服，总是为某个父亲、某个叔伯或某个丈夫服丧。一个不可抗拒的无情的已婚妇女，她一直紧跟着普鲁斯特，即使在死后也紧追不放，直到普鲁斯特临死前：她又重新出现，像一个冤魂、一个可怕的幽灵，来到垂危的儿子面前。普鲁斯特临死前喊道："她变胖了呀，好胖哟！"在他弥留之际还不停地说："她刚刚进来！她好胖好黑哟！她丑极了，我好害怕！"这是他第一次承认了自己的仇恨，吐露了恐惧的来源。

就这样一直到最后，甚至以幽灵的形式，普鲁斯特夫人一直主宰着舞台。然而更重要的是她支配着一部作品，这部作品经常以她的形式出现，都是反复无常、形式怪异、颠三倒四的举止：一个随着年龄和时间发胖的母亲的举止。一个暧昧的、令人不安的、吸血鬼一般的生灵,只有通过亵渎才能对付她,然而当她感到威胁时,就会躲藏到其他形式中,尤其喜欢躲进一位男性的身体里。

因为让娜·魏尔(Jeanne Weil),即普鲁斯特夫人,也就是阿德里安·普鲁斯特夫人,在她儿子的作品中就是叙述者的母亲,但是在这里,她向自己的母亲"转变",固定在她身上,已经到了透明的地步,她基本上不给孩子留任何余地。《追忆》中的外祖母,就这样被她的女儿所捕获,这个女儿将一切吸收在自己身上,对叙述者来说,她替代了一位纯洁母亲的位置,没有男性的位置,而小男孩可以毫不在乎地爱着她,很安全地爱着她。

普鲁斯特夫人,在《让·桑德伊》中就是桑德伊夫人,同时也是安特卫普的修女,穿着修女的衣服,却有着一个暴躁的身体。在某种意义上,她尤其像夏吕斯男爵。

在这个摇摆不定而且可怕的母亲和他自己之间,马塞尔·普鲁斯特试图插入一个阿尔贝蒂娜,人们经常说她是一位阿尔伯特,她代表着徒劳而疯狂的尝试,普鲁斯特想通过她来确定一个女性的身份,在任性的双性恋母亲和受迷惑的儿子之间制造一道屏障。人们看到尝试失败了,这很可能就是逃离的父亲回来的借口。阿尔贝蒂娜无法将自己固定于一种性别。她处于悬空状态,摇摆不定,很不可信,自我蒸发着,更确切地说,她骑着马撞到树上死掉了,留下来的是永远不可能成为某种身份的眷恋:女人。

读一读马塞尔写给母亲的书信和后者写给他的回信;发现这个小男孩,即后来的男人是怎样每天都将他的身体献给他的母亲的,他是怎样铺开他的内脏、器官,他的条件反射和最隐秘的功能;读一读他的母亲是如何写"我要求""我需要"的,而她所要求的是一个醒来起床的时刻表、一个消化和汗水的细账,她病态地要求一个禁忌的身体作为礼物,她这样要求,因为这个生病的身体可以与她相通——这很猥琐，却完全合法；读到这些信件和这些便笺时，人们会想到历史学家米什莱（Michelet）和他妻子之间的关系。米什莱对他妻子的肠功能尤其感兴趣，而且很狂热，他的妻子比他年轻得多，并且好像很听话，她顺从了这种个性变态。

然而，米什莱的名字出乎意料地出现在某些段落中，出现在最能揭露普鲁斯特病态倾向的段落中。这种相遇尤其意味深长，因为如果马塞尔·普鲁斯特认识这位历史家，他就会更加欣赏这位历史学家的作品，只会完全忽视他的道德品行，这在几年前出版的私人《日记》[1]中暴露了出来。

但是在两种秉性之间，在两对人之间，有一种隐秘而又深邃的联系：米什莱和他妻子，普鲁斯特和他母亲，这些联系证明，由这些书信引起的混乱感觉是怎样形成的。

母亲和儿子几乎每天都在交换小纸条，就贴在共同公寓的门口，因为普鲁斯特很少在他母亲醒来之前睡觉。对温柔的强烈要求，儿子生理上的秘密，同时也有长期的指责和复杂的抱怨，普鲁斯特在经济上依赖父母，甚至在成年之后还是这样，对此他非常气愤。他没有工作，没有职业，感觉自己是普鲁斯特医生生命中的污点，父亲曾经希望他成为一名外交官。当家人拒绝为他举行朋友晚宴时，当人家拿走他的家具，有时还禁止仆人们为他服务时，他会表达这种愤慨。但这些都属于施虐受虐狂仪式的一部分，是他自我保护的一部分。在他清醒的时候，他会埋怨他的母亲，说她希望他生病，以便可以更好地控制他，让他依赖别人，这样就可以随时抱怨他。

和让娜·普鲁斯特一样，桑德伊夫人也给儿子写小纸条："每天晚上，都受到另一种形式的召唤。这样，精神上的恋人就会召唤东西，某些有形的新鲜名字，某些别致的名字（人们会想到奥黛特和斯万的'做爱'）。对于这种睡觉之类的小事，桑德伊夫人每天晚上都会有全新的和魅力无穷的发明。"

普鲁斯特夫人自己也是不遗余力。她竭尽献媚之能事,努力做出笨拙的优雅,还极不自然地模仿文学和上流社会的话语,她知道这样做能让她的儿子高兴。

还有一个特点尤其令人震惊:普鲁斯特夫人说话时喜欢引经据典。甚至在她临死的病榻前,她还用三句话作为送给马塞尔的告别辞:一句是高乃依(Corneille)的,一句是拉比什的(Labiche),一句是莫里哀的。这样,直到最后,她都坚持和她想要吸引的男人保持着距离,用借来的一个珍贵的文学工具装饰自己,她希望借此迷惑住她的听众。但尤其是在最后,她成功地让真正的言语处于沉默状态,成功地掩饰了她隐秘的语言和她呼吸的真正节奏。也许只剩下一声叫喊。这无疑是乱伦的心声。

这段对话摘自《驳圣伯夫》,很好地反映了这位母亲和儿子的语调,虚假的愉快,流露出阴险的不安。马塞尔想起了自己想写的书。他决定询问母亲的意见。他召唤了她。她来了。"你叫我吗?亲爱的——是的——我跟你说,我很害怕搞错了,害怕我的宝贝对我说:'是你呀,爱丝苔尔,我没想到你会来。'或者:'你怎么不请自邀就来了。是哪个该死的过来找死?'——不不不,亲爱的妈妈,'爱丝苔尔,你害怕什么呢,难道我不是你的兄弟吗'?"(我们会看到安特卫普的修女将哥哥当作一个觊觎的情人。)而普鲁斯特夫人从来就不缺乏引用,她会反驳说:"不过我还是会这么想,如果我把他叫醒了,我不知道我的宝贝是否会轻易地向我递出他的金权杖。"如果她出生得晚一点,知道弗洛伊德的作品,她当时就会引用让人脸红的阳具崇拜作暗示。但是,在给马塞尔建议之前,她要求坐在椅子上并打开灯光。他没有同意她的要求。她立刻笑着说:"莫里哀总是说:'亲爱的阿尔克墨涅,不要让火焰靠近你。'"对话在明暗的默契气氛中继续进行。

然而,下列情况与此具有非常严酷的相似之处。马塞尔被人诱惑,神魂颠倒,焦急不安,情绪激动,十分慌乱,狼狈不堪,他似乎在围绕着一个巨大的黑色物质在打转。这画面暗示着另一个画面;那个小男孩,《追忆似水年华》的叙述者,他也围绕着一个巨大的黑色物质在打转,那是一个庄严的神秘的黑团、一个紧盯着孩子的男人的身影,而且还自称并没有盯着男孩。这个身影走出了他的匿名状态,他就是夏吕斯男爵。他穿着黑色衣服,在巴尔贝克沙滩附近,双眼窥伺着自己的猎物,他还不知道这位少年的身份,也不知道少年是他侄子,即颇有威望的圣卢的朋友。

这个印象,带有某种直觉的印象(就像米什莱的那个印象),到底有没有根据? 人们可以询问一下,夏吕斯先生在说话的时候是不是也喜欢引经据典。在某些时候(比如在盖尔芒特的晚会中),夏吕斯先生是否也沉湎于普鲁斯特夫人的怪癖,隐藏在一个借来的话语中,而这种话语更具有揭示能力。

然而,无须深入考察就可以从夏吕斯的嘴里找到让娜·普鲁斯特的矫揉造作。从他第一次回复开始,从男爵第一次和叙述者见面时开始,就在走进巴尔贝克酒店时,德·夏吕斯先生就开始用引文说话。他引用谁呢? 塞韦尼夫人,这是普鲁斯特夫人——叙述者的母亲——和外祖母喜欢的作家。塞韦尼夫人通过男爵的嘴巴说了些什么? 听听他是怎么描述塞韦尼夫人的,塞韦尼夫人希望与女儿独自相处:"当她离开女儿时,她会说:'这次分离让我心痛,就像我身体上的疼痛一样。'说得多好啊。"叙述者的外祖母非常高兴,她听到夏吕斯说话"非常像她自己说话";夏吕斯还补充了普鲁斯特夫人不敢说的话,他揭露了她可能说出的引文里所流传的东西。"塞韦尼夫人对她女儿的感觉就像是一种激情,与拉辛在《安德罗玛克》中刻画的激情很相似,而《菲德尔》中那种平淡的关系,就像年轻的塞韦尼先生和他情人之间的关系。"

于是,母亲的这个男性复体便能够说出她所隐瞒的东西。

　　然而年轻的叙述者上楼睡觉去了。他的外祖母给德·夏吕斯先生讲了少年的烦躁，讲了他困倦时的忧愁。我们对此都很熟悉，这就将我们带到了《追忆》的前几章。有这样一个场景：母亲最终在父亲的允许下，上楼来到了儿子的房间，手里拿着一本书，在他儿子身边度过前半夜，给他读《弃儿弗朗沙》[2]，这部小说以一位养母和她养子的婚礼结束。

　　然而，德·夏吕斯先生在干什么？他被年轻人的忧愁感动了，像那个母亲一样来到了他的枕边。像她一样，他手里也拿着一本书。这次是一本贝戈特的书，以为了重新见到他的侄子圣卢为借口，要求收回这本书，拿回这本书，又归还这本书，以此来纠缠他。表面上他和普鲁斯特夫人一样都是三心二意的。在这两个人身上，这种三心二意就是一种病症，一种被压抑的欲望的症状。

　　事实上，这是一个哀婉动人的场景。因为这不再是一个多情被爱的母亲，不再是一个基本上熟悉的身体，不是一个受到保护的年轻女性那纯洁的身体；这是一个有着明显欲念的身体，一个男性的业已衰老的激情身体。这已经是一次成熟后的意外事件。这在斯万和盖尔芒特身上也发生过。也是索多姆和戈摩尔的事件。在其他人身上也一样，事情总是这样。

　　德·夏吕斯先生那令人不安的态度、反复无常的话语、时而干涩时而温柔的言语、令人费解的举止，都让人想起或激发起普鲁斯特夫人的行为所引发的同样的不自在，因为这都是一些男人的行为，是一些隐藏和回避欲望的行为。就像那个母亲从今以后所做的那样。

　　不再有简单明晰的身体，只有混乱的、难以应付的、女装男扮的身体。男人的身体包含了女人的嗓音，反之亦然。夏吕斯的嗓音"有着无法预料的温柔，好像包括了一群未婚妻和姐妹，表现着她们的温柔……一群少女，她们尖锐而纯真的笑声有如天真无知的少女，一帮卖弄风情的女人"。夏吕斯的脸"在自己的脸上完成着对母亲的亵渎"。但是，叙述者补充道："让我们将可以写成一章的题材先放在一边：被亵渎的母亲们。"

电话里母亲的声音很粗很硬，一开始还以为是一个男孩的声音。凡德伊小姐的行为，这些行为仿佛让她的父亲死而复生，凡德伊小姐"是一个害羞的处女，她在恳求着，在任何时候，在内心深处，都让一个粗鲁的战胜者望而却步"。安特卫普修女的暧昧，修女外衣下是一具疯狂的躯体。这也是那个母亲的身体。

读者在她儿子的文本中看到的一个母亲，也是在她自己的书信中都能看到的母亲。

在《让·桑德伊》中有一个罕见的暴力场景，在其文明的形式下几乎是野蛮的暴力。二十二岁的让回到了家。他得知母亲在没有通知他的情况下，取消了他请朋友勒维隆来吃午餐的约定：桑德伊先生谴责了这种朋友关系，并且威胁他儿子说，如果他继续保持这段友情的话就把他赶出家门。在仆人奥古斯丁面前，让被父母骂了一顿，非常生气和伤心，上楼把自己关在房间里。在房间里，他听到了玻璃破碎的声音，发现他在没有察觉的情况下，盛怒之下打碎了母亲送给他的威尼斯酒杯。他诅咒他的父母。他痛哭流涕，感觉很冷，于是他想在衣柜里拿一件大衣出来。"但是由于他的手不听使唤，无法像平常那样完成这个小小的数学动作。"我们必须注意到，让的手所做的动作需要并且必然要使用阴性名词。这只手"不能在真空中感受凹进去的木质侧壁的凹陷，它将他的母亲和他自己的大衣分开来"。（这里，人们能否看出解剖学和生殖学上的隐喻？）"但是手还是不受控制，无法够到第二件粗糙的布衣，以便从挂衣服的金属三脚架上拿下大衣。他做不到，只好顺便拽下他的手能碰到的第一件大衣。"然而，这是他母亲的大衣，黑色的貂皮大衣，里面是玫瑰色的缎子。普鲁斯特描述这件大衣"在房间里，在让的暴力捶打下皱得不成样子,就像一个被士兵揪着头发的少女"。这是母亲的大衣。是年轻时候的母亲的大衣。

让将脸埋在大衣的绒毛中,母亲身上的芳香让他想起了已经"逝去的时光"。他重新看到了纯洁、美丽、幸福的母亲,对他充满希望的母亲。怜悯之心使他乱了方寸,他希望"在母亲的脸颊上拥抱她剩余的年轻和美丽"(我们重新发现枯萎的面颊)。他决定请求父母原谅,并且受虐般地在奥古斯丁面前做这件事。他把大衣披在肩上,下楼来到餐厅,高兴地拥抱了母亲,"厌恶地"拥抱了父亲。在晚餐过程中,大衣里面的玫瑰色里子露了出来。父亲很生气,命令让把它脱下来。让再一次感到自己不被理解,但是母亲看着他,冲着他微笑。让被这种心照不宣弄得不知所措,便站起身来,在父亲和仆人的眼皮底下,扑进了母亲的怀抱,将脸埋在母亲的胸前。"虽然她因为被爱感到幸福,但是她不愿意看到他变得软弱,过分的溺爱有一天会让他感到痛苦,她后退了一点,不再微笑,为的是少显示出她的温柔。"这时,让小声地向她承认自己打碎了威尼斯酒杯。母亲在他耳边回答道:"这就跟在神殿里一样,这是不可毁坏的团结的象征。"

在犹太人的婚礼上,在进行宗教仪式的过程中,新郎会打碎一个杯子。桑德伊夫人是天主教徒,而普鲁斯特夫人是犹太教徒。和信天主教徒的普鲁斯特医生结婚后,她并没有改变自己的宗教。这就是桑德伊夫人在象征性地和儿子结婚。

这个婚礼,我们不仅在小说中可以看到,在普鲁斯特夫人写给儿子的一封信中也出现过:"星期四晚上——我亲爱的孩子,你的信让我很开心——你的父亲和我一直处在一种痛苦的感受中。即使在让(让是《让·桑德伊》中那个叫作奥古斯丁的仆人的另一个自我)面前我也不知道该说什么,这件事情的出现我完全不知道。不要再想也不要再提这个了。打碎的杯子不再是教堂里的那个杯子,那个代表牢不可破的团结的杯子。"母亲吐露了心声。引文也就没有必要了。

还有一个场景,一次想象中的狂欢。桑德伊先生出门旅行了,并且人们可以想象这是一些经历过的回忆。让像平常那样等待桑德伊夫人的小纸条。这一次,上面写道:"亲爱的,进来吧。"桑德伊夫人(或者普鲁斯特夫人)继续写道:"不要担心会吵醒我。说出你中午想吃的东西。"对让而言,这是一种极大的快乐。"桑德伊夫人从来不许让晚上走进她的房间,害怕吵醒她的丈夫,她也不会询问儿子想吃什么。但是,一旦丈夫离开了,她就完全围着儿子打转。"

让走进母亲的卧室,发现她在睡觉,非常美丽。为了不吵醒她,他脱下皮鞋,慢慢靠近,亲吻那"被手臂奇怪地托起来"的被单,看到她没有醒,他亲吻了她的头发。"这时,他看见她动了一下,嘴里嘟囔了些什么,他吓得退了出来。"他去配膳室喝了点啤酒。他很安心,普鲁斯特有些失望地写道。

然而第二天早上,她一身清爽地出现在儿子的卧室里,对他说:"我已经准备好了你想要的东西。"然而马塞尔或者说是让,一直躺在床上,和母亲聊天,和她一起享受"孩子气和深深的快乐",幸福地在床上打滚。然后他给母亲读了一本书,碰巧是米什莱的书,并且"让他的母亲非常开心"。最后,他们一起共进午餐,中间还摆着一束雪花莲。

在安特卫普修女的身上发现这个母亲的影子时,大家会感到很吃惊吗?这个修女喜欢男人。很多朋友都提醒过让·桑德伊,他在路过这个城市的时候拜访了她。这个文本存在两种情况。这就是没有收进小说[3]中的一些片段。在一种情况下,让曾经和修女有过某些关系;在另一种情况下则没有关系。

然而在这两个文本中,读者可以看到已经出现过的词,或许以后将碰到的这些词,这些词似乎属于病症状的范畴。这些词就是

"脸颊""兄弟""狗"和"水母"(或者"牡蛎")。

在第一个片段中,让重新来到安特卫普,并且认出"在相同的商店橱窗后面,还是那些有相同恶习的相同男人,他们待在那里一动不动,就像通过透明的水,看到水母趴在岩礁上一样"。

在普鲁斯特的作品中,"水母"这个词经常出现,总是会出现在跟恶习有关的文本中。这里具体体现在修女身上。这一次,让已经认识她了。"她进来了,她老了,但是她还是老样子。当一只狗看见它的女主人时,人们无法拉住它。它会不受控制地扑向她。"让代替了这个因为欲望而兴奋的狗,他"不能再压抑自己的欲望,便扑向了她,感受这长时间不再红润已经没有什么余地再枯萎的脸颊的味道"。我们不禁想起,他多么"喜欢亲吻他母亲脸颊上已经凋零的剩余青春和美丽"。

修女整天都忙于修道院的活计。意外事件受到阻碍。但是让发现,"她总是在想一件事情"。让和勒维隆一起回到了安特卫普。修女已经去世。他们来到了她的墓前。"在石头下面,他们猜想着那可能还是纯洁无瑕的形式,她所属的那个种类还能显示出来,她的欲望那最后的痕迹不会离去,不会随着生命的最后足迹而消失。现在这种秘密已经毫无用处了。"该片段到这里突然停止。

在第二个片段中,修女出现了,觉得她可能与某个修女的兄弟有什么瓜葛。她的眼睛里有"表面上的平静,让所有的修女都把她当作她们中的一分子,认为她是她们中间最贞洁的一个"。但是让了解她。"他大概已经将一只手放在她的身上,就像一位警察已经觉察出一个小偷,可以将伪装她的假发扯下来,而不担心会弄错。"狗再次出现:"欲望拥有狗一样的天性,它会马上嗅出欲望的味道,不管它隐藏得多么深。"让心想:"就是这样。就是她。在其他的姐妹面前,她和所有的修女一样,但是在我面前,她和所有享受快感的女人一样……她可能从来没有看到,但是她跟其他人没有什么区别。现在,钥匙已经为她准备好了,那钥匙马上就去开门,我非常清楚门里面是什么。"

可能就是因为这个,让才没有去找她。

修女露出一种很俗气的微笑,"但是也有可能是一种感人的微笑,当她第一次能够摘下面具自由呼吸的时候,她是幸福的。找到一位兄弟的幸福,不用再遮遮掩掩的幸福"。普鲁斯特夫人通过拉辛的介入找到的一位兄弟。

这位被禁止了男人欲望的修女,也可能是一个受到同样禁止的男人,或者是被揭穿的"享受快感的女人"的母亲。在神圣化的公认的道德之下,这是她应该避免的淫荡行为。关于这个"面具",关于能逮住她的这个警察,关于这个"里面的东西",有多少东西需要研究啊!这里我们就不多研究了。我们只是指出《驳圣伯夫》这个文本,在这个文本中,普鲁斯特描绘了夏尔丹的一幅静物画,人们能够从中发现所有这些强调过的词:"高脚盘上装饰着饱满红润的桃子,就像一些小天使,难以靠近却又微笑着,活像一些不朽的神灵。"在这些难以靠近的饱满的水果前面……一条狗再次出现了,它"抬起头,却够不着桃子,在愿望得不到满足之时,它们就显得更加诱人"。人们只好借助打翻的杯子,"就像半开的花冠一样,独立于人们的需要,也不用再为人服务"。这是对年迈女人的出色描述,不管她是一位母亲还是一位修女!

且不谈"半卷起来的桌布上的褶皱,还有那放在旁边的刀",且不说装满清水的水桶,以及那水桶中藏着的一把"标志着仓促享受的刀",且不说那厨房,还有里面桌上"活动着的刀,那一把把锋利的刀,现在被闲置在那里,具有威胁性,却没有攻击性"。让我们说说那只猫,即在文本结尾处进行操作的那只猫,它操纵着这个如此性感的文本,"以它毛茸茸的爪子,不紧不慢地翻腾着牡蛎"。这只猫同时显示出"它性格中的谨慎、味觉中的贪婪及举止的鲁莽"。它已经感觉到"弄湿它爪子的牡蛎的新鲜味"。但是,它并不比让·桑德伊与修女或是与母亲在一起时强多少,它无法达到最终目的。"当这些易碎的螺钿堆积得很不稳定,在猫的重压下倒塌时,人们已经听到了裂痕的细微声音,听到了落地的巨响。"

这种落地不会出现在画面中,也不会出现在文本中的修女或是母亲身上。这是一种想象中的掉落。毫无疑问,这种亵渎长时间悬空着,既有威胁性又有严格要求,在普鲁斯特身上保持着——也许是唯一能保持的——驱邪的能力。这就是《追忆》中需要探讨的经历。人们知道在蒙儒万发生的场景,凡德伊小姐刚刚失去父亲,便在父母家里接待了一位女友,她与这个女人有着爱恋关系,这在村子里引起了极大的轰动。人们知道,在凡德伊小姐的鼓动下,也是为了讨她欢心,她的女友朝她死去的父亲的肖像上吐唾沫。普鲁斯特猜测到凡德伊小姐有恋父情结,所以时时想象着她造成的这种倒错景象。

至于叙述者,他躺在阴凉处,在俯视家宅的堤防上睡觉。他说:"就在那里,在我过去等待过我父亲的地方。"当他观察这个场景时,他指出这场景就发生在"离我几厘米的地方,就在这间房子里,即他父亲曾经接待过我父亲的地方"。《追忆》里很少提到关于父亲的问题,这种靠近、这种巧合也许具有更大的意义。为什么不能想象叙述者曾经见过或者说幻视过他的父亲和凡德伊先生,看到过他们的同性恋场面?或者说他第二次睡醒后,在梦见他的父亲和凡德伊先生的同性恋后,又梦见到一个同样的故事,但已经变性为凡德伊小姐和她的女友?各种解释应有尽有!应该指出,叙述者的位置、他离这个场景的距离,与他稍后在巴黎所见的另一个场景的位置和距离是一样的:交媾中的夏吕斯和絮比安。

这种性别的滑动和起伏,人们在阿尔贝蒂娜家里重新看到。在母亲和他之间,或在其他男人和他之间,有一个屏障似的人物(但是在某种意义上性质是一样的）。阿尔贝蒂娜在普鲁斯特制定的性别中无法确定自己的性别。人们通常都这么看，那位年轻女孩阿戈斯蒂内里是个关键人物，她是马塞尔·普鲁斯特的司机秘书兼情人。然而阿尔贝蒂娜很显然在扮演着女性的角色，一个使人安心的、具有决定性的女性角色。这一招行不通。在他母亲和他之间，在夏吕斯和他之间，阿尔贝蒂娜并不是屏障。她成了莫雷尔的同谋，夏吕斯那该下地狱的灵魂，又跟斯万家有瓜葛，因为斯万是叙述者的一个放荡叔叔的膳食总管的儿子。

因此，阿尔贝蒂娜偶然出现在一个表面上不起眼的地方，某个度假胜地，如巴尔贝克，阿尔贝蒂娜表面上与叙述者的人情网络毫不相干，却从一开始就介入各个方面：斯万家、盖尔芒特家、戈摩尔。她到处献身于此。

戏剧的精彩转折，马塞尔发现这个在巴尔贝克容光焕发的少女，这个在马塞尔的历史里如此新奇的人物，正是凡德伊小姐的女友抚养长大的女孩，而这个女友正是在贡布雷朝去世父亲的肖像吐唾沫的那个女人。这样从一开始，一切都腐烂透顶了。没有任何东西可以得救。地狱的循环在这里关闭。而不是《似水年华》的结尾。没有任何出口，但是有一个可能的解决办法：奉献给恐惧。与阿尔贝蒂娜结婚，而不是和母亲结婚。因为渴望母亲而亵渎婚姻。与亵渎结为夫妇。

普鲁斯特，或者说叙述者告知他的母亲这个消息，就在海边。他们都在巴尔贝克，还有花季少女们的背景，但是没有任何东西是年轻和红润的了。这一次，书的名字叫作《索多姆和戈摩尔》。巴尔贝克也即将崩塌，风光不再。

刚刚走进叙述者房间的母亲已经不再是《驳圣伯夫》中那个热情的女人。在巴尔贝克，人们发现的不是一个忧心忡忡的夏吕斯，而是一个充满活力的夏吕斯，不是一个无理的阿尔贝蒂娜，而是一个纯洁的阿尔贝蒂娜。很多人已经谢世,人们穿过了斯万家那边、盖尔芒特家那边。我们现在看到的是一位衰老的母亲,在她儿子身边代替死去的外祖母。世界开始枯萎,就像普鲁斯特夫人的脸颊,或是修女的脸颊,或是夏吕斯的脸颊。

看着母亲走进来,是那么衰老,与外祖母十分相似,他一开始几乎把母亲看成了外祖母;看到她变得更加天真,总之就像没有了性别,马塞尔想到自己可能对阿尔贝蒂娜有些不公平。她也许也是这样,并不像表面上见到的那样毫不起眼。然而……

"但是在巴尔贝克的沙滩后面,在母亲指给我看的大海、日出的背后,我看到了她挥之不去的绝望举动,看到了蒙儒万的房间,在那里,阿尔贝蒂娜面色红润,像一只肥猫蜷缩在那里,扛着一个淘气的鼻子,她取代了凡德伊小姐的女友的位置,一边发出轻浮的笑声一边说:'要我说呀!要是有人看到我们,那就再好不过了。我呀!我才不敢朝那只老猴子吐唾沫呢!'

"这就是我在窗口中展现的场景后面所看到的场景,而在另一个人身上,这只能是一张暗淡的面纱,叠加在上面一层反光而已。她自己似乎就像是画出来的景色。"

在这个原始的状态下,人们难道没有看到那个分析者发现原初风景的时刻吗?这一次,受检查的父亲就呈现在阿尔贝蒂娜身后,而阿尔贝蒂娜就是以前的他,在同样的地方被儿子在同样的地点看到:凡德伊家庭的访问者。

而螺旋线便立即缠绕起来:"在我知道我让母亲忍受痛苦后,我便对她说,她没有向我说出她的痛苦,这痛苦只是通过她在贡布雷家里的严肃神情表现出来,就在她第一次顺从地在我身边过夜的时候。'我绝对应该娶阿尔贝蒂娜为妻。'"

这样,一切便集中了起来。得到重现。和母亲的第一个夜晚。包括了第一次亵渎的书本中的第一个母亲,一个儿子的婚姻,和母亲在一起的"弃儿弗朗沙",即使是养母亦然。在"绝对应该……"这个句子中,在文学中最绝望的句子中,《索多姆和戈摩尔》的各卷得以完成。

最大的亵渎本不该发生。阿尔贝蒂娜即将消失——她将变得毫无用处,因为她最终和周围的侮辱混淆在一起,带着不可逃避的混乱,只有其运行的时间让叙述者得到消遣。通过阿尔贝蒂娜,他没有和拥有一张父亲脸的被亵渎的母亲结婚,也没有和那个难以确定的女人结婚,没有和那个藏在女性身体里的男人结婚,没有和这个藏在男人身体里的女人结婚。说到底,通过阿尔贝蒂娜这个马塞尔将其与凡德伊小姐的女友搞混的女人,他没有和那个人们见到的在凡德伊小姐身后被描述出的父亲结婚。

阿尔贝蒂娜不是纯洁的化身,但是她也没有完全堕落。更糟的是,她集这个地狱般的循环于一身,是异化的永久回归。

面对这个景象,语法框架、社会结构和性别结构彻底崩塌。只剩下地理。巴尔贝克透明的光线暗淡了。剩下来的只有变得模糊的父亲、痛苦的失望、母亲的毁灭和儿子的崩溃。

普鲁斯特好像写了——很多次——关于被亵渎的母亲们的这一章。

例如,当母亲的男性复体,即夏吕斯男爵要求叙述者给他安排一个场景时,他要求在这个情节中,他的犹太朋友布洛克是主角。"那是一些逗人发笑的部分。例如在你朋友和你父亲之间的一场争斗,你朋友像对待歌里亚特那样伤害了你父亲。他甚至可以趁机加倍地击打那个混账,就像我的老女仆说的那样,击打那个贱人。"他用异国情调来形容这个场面,并且指出"打这个欧洲外的造物,相当于给一头老骆驼应有的教训"。

然而这只骆驼,在马塞尔·普鲁斯特的生命中,就是他的母亲,她跟布洛克夫人一样是犹太人。马塞尔跟他父亲一样是天主教徒,他只是半个犹太人。他的性虐待欲望仍然跟他母亲相关。但是人们发现了一个痛苦的、仇恨的、受虐狂的分裂，这来自夏吕斯控诉的种族主义。对马塞尔来说，讲到种族和犹太种族，这是与普鲁斯特所命名的同性恋"种族"相关的东西。他在《追忆》里详细探讨了这个问题。如果人们提起犹太母亲的想法，那么人们就会看出，母亲在其儿子的矛盾情绪中扮演了怎样的角色。

夏吕斯，这个亵渎的煽动者，在这里代替了凡德伊小姐。就像我们看到阿尔贝蒂娜那样，她在马塞尔的幻觉中，在风光不再的巴尔贝克取代了那个女亵渎者的地位；于是，阿尔贝蒂娜和夏吕斯正面对抗，就像从前父亲和凡德伊先生一样。阿尔贝蒂娜取代了父亲的位置，但是面对的是凡德伊小姐——一种没有尽头的舞蹈，一个从不稳定的阿尔贝蒂娜的舞蹈，从不出现在同一地方，她本该平息甚至中断进行中的狂欢。然而她处在摆动不定中，让所有的主角更加混淆不清，角色交换秩序颠倒，轮番出现在所有人的身边。她加大了透明度，但不知道父亲是谁，不知道母亲是谁，作为孤儿，她没有父母。至于男人和女人的身份，她不知所云。

然而是否有父亲、母亲、女人、男人存在？或者说在水母的外形下，是否有一种透明的混乱？

让我们回到水母这个话题。我们在《夜幕降临前》里就看到了它的出现，《夜幕降临前》是普鲁斯特年轻时的作品，没有收录在《欢乐与时日》里。一位垂死的年轻女子向一个爱她的男人解释，她为什么向自己的心窝开了一枪，这一枪仅仅使她受了伤，但是是致命的伤：她说她喜欢女人，她爱一个女人。她捍卫着这种爱情的天性。她讲述了这次爱情的启蒙："在真正艺术的天性中，"她以一个垂死者身上特有的理性艺术解释着，"肉体上的吸引或是厌恶会因对美丽之物的凝视而改变。大多数人都会讨厌水母，避而远之。米什莱却对它们色彩的精致非常敏感，很乐意地收集水母。虽然我很厌恶牡蛎,但当我想到(你也这么对我说)它们在海里的旅程,想到它们的味道引起的对大海的回想时,尤其是当我远离大海时,水母对我而言就是一种暗示性的享受。"

米什莱和普鲁斯特之间有很多的地下网络!这样的路线贯穿了普鲁斯特的文本。这在《让·桑德伊》中就开始了:"这就是看到桑德伊夫人衰老后,我长久思考的问题……这个身体已经融入了其家庭所经历的习惯生活,就像牡蛎经历了它的外壳,就像牡蛎外壳经历了礁石一样。人们能够看到牡蛎这个物种,它总是死在礁石上,它的外壳将它黏在礁石上,除非死去,否则它永远无法逃离这个外壳。桑德伊夫人的外壳就是她的身体。"

人们已经看到了一个"暗示性的享受"。通过众多能指展现出的所指的任何关系,普鲁斯特对此一无所知。然而,即使他没有读过弗洛伊德的书,他也已经野蛮唐突地造访过他的研究领地。

在他年轻时写的另外一部作品《妒忌的结束》中,他描写了一个病态地嫉妒他情妇的男人,实际上这个情妇一直都忠实于他(称他为"我的哥哥,我的家乡"),最后这个男人意外地被马撞倒了。在临死的时候,他在病床前想到了这个残酷的嫉妒,并且自问"这件他理解为跟世界一样重大的事情怎么就发生在他的身上,发生在这个瘦小脆弱的男人身上,发生在这个没有精力的可怜男人的内心,自问他怎么会没有因此而被压垮。然而他突然明白自己已经被压垮,他所经历的生活就是一个被压垮者的生活。然后他就对自己说:'被压垮者的生活!'并且想起就在马将他撞翻的时刻,他说了'我即将被压垮'。"

普鲁斯特的直觉将他直接带到精神分析的源头,后来他开始探讨俄狄浦斯,在我们将要看到的一个文本中,他再一次……提到水母和米什莱!

在《费加罗报》经理卡尔梅特(Calmette)的要求下,普鲁斯特写了一篇文章,名为《不肖子孙的孝心》,引起了极大的轰动。那是在 1907 年。是年他还发表了《欢乐与时日》。他差一点认识了一个年轻男子,亨利·范布拉伦伯格(Henri van Blarenbergues),当这个男人失去了自己的父亲时,普鲁斯特也在为母亲服丧,于是给他写了一封节哀信。然而,就在他父亲死后几个月,这位年轻的范布拉伦伯格就枪杀了自己的母亲。普鲁斯特写道,仆人们亲眼看到,"范布拉伦伯格夫人因恐惧而满脸抽搐,在楼梯上走下了两三个台阶,嘴里喊着:'亨利,亨利,你干了什么!'"当警察来逮捕杀人犯的时候,他蜷缩在床上,脸上满是枪击痕迹。"眼珠挂在枕头上。"从这个眼珠中,普鲁斯特认出,"这就是不幸的俄狄浦斯的眼珠,是在我们人类痛苦的历史中,被最恐怖的举动挖出的那颗眼珠"。他引用了索福克勒斯的话:"俄狄浦斯急切地高喊着,来回走个不停,要了一把剑……在恐怖的叫声中,他冲向双层的大门,撕裂了门板。"(这是让·桑德伊在酒杯没有打碎之前试图做的事情,但是没有成功。)最后以俄狄浦斯的呼喊声结尾:"让所有的卡德摩斯子孙看看这位杀害父亲的凶手。他希望被赶出这片土地。啊!古老的幸福就这样用它真正的名字来命名。然而从这一天开始,所有能说出名字的痛苦都一个不缺:呻吟、灾难、死亡、耻辱。"

普鲁斯特梦想着:"我也想到另一个很不幸的疯子,想到了抱着女儿考狄利娅尸体的李尔王。'噢!她永远地离开了!她如同大地一样死去了。没有了,没有了,没有生命了!为什么在你已经没有呼吸的时候,一只狗、一匹马、一只老鼠却有生命?你再也回不来了。你们看呀!看看她的嘴唇!看看她!'"就这样,在普鲁斯特的幻想中,一个母亲的身体变成了一个女儿的身体。

但是作家继续写道:"如果我重复埃阿斯(Ajax)和俄狄浦斯这些伟大的名字,读者应该明白这是为什么。为什么我还发表了这一章节……我想指出这种疯狂的发作是在怎样纯洁和宗教的美妙环境中出现的,这种血腥的爆炸溅到了他身上,却没能污染他。我想指出这个轶事完全是一种希腊式悲剧,这种表演几乎就是一个宗教仪式。这个可怜的逆子凶手并不是一个罪恶的粗野人、一个超出人性范围的人,而是一个人性高尚的楷模、一个思维开明的人、一个温顺虔诚的儿子。"

在俄狄浦斯和凡德伊小姐之间有着相同的斗争!请注意,这里(俄狄浦斯的)父亲和(范布拉伦伯格的)母亲已经混淆在一起,难以区分!

这个辩护词和《夜幕降临前》中的年轻女孩的辩护互相呼应。他是用了同样的论据。在《费加罗报》上的那篇文章中,在子女与父母的关系和杀害父母的关系中心,我们还是能够看到……水母和米什莱!普鲁斯特在这里提到了米什莱:"我很难相信死亡,这是米什莱在一篇令人赞赏的文章中说的话。真的,他在说这句话的时候提到了一只水母,提到了死亡,说死亡与生命没有什么差别,没有什么不可相信的东西,因此人们不禁会问,米什莱是否运用了这种'烹饪基金',这是许多大作家很快就会拥有的东西。"

他接着说,并断定如果普鲁斯特不费什么劲就相信了一只水母的死亡,那么他同样能很轻易地接受一个人的死亡,甚至相信一种简单的消失,理智地接受一种简单的衰弱。他让人想起任何母亲都会对儿子说的话:"你对我干了什么!你对我干了什么!"

文章的结尾,即他非常注重的部分,却被人分割开来,被视为颇具挑衅性:"让我们回顾一下,在古人那里,没有比这更为神圣、更受崇敬、更具深度迷信的祭坛,这是大地上更加伟大、更加荣耀的保证,大地拥有这一切,并且进行着深情的争夺,俄狄浦斯被葬在科罗诺斯,而俄瑞斯忒斯(Oreste)的坟墓在斯巴达。这位被复仇女神追杀的俄瑞斯忒斯,一直被追杀到阿波罗的脚下,甚至追杀到雅典娜的脚下,并且说:'让我们把这些弑父的不肖子孙赶出祭坛。'"

普鲁斯特夫人引用过这句语录吗？普鲁斯特夫人与所有不正常的男女关系都有瓜葛，她与阿尔贝蒂娜、夏吕斯、修女、女儿、姐妹、嬷嬷们都有关系。与父亲也有关系。

但是和自我呢？

在这样一个文本中，她如何定位自我？

关于年迈的桑德伊夫人，做出回应的是普鲁斯特："一开始，让你感到震惊的可能是桑德伊夫人的脆弱或是她的畸形。当你靠近她时，这就是她、她的父亲、她的母亲、她的儿子让人震惊，尤其是她自己。"怎么能不把这句话和安托南·阿尔托的呼喊相提并论呢？"我，安托南·阿尔托，我就是我的父亲、我的母亲、我的儿子和我自己。"[4]

然而是谁在说话？谁在谈论被寄居的母亲？被呵护的儿子？或是隐迹的父亲？

（1978 年）

普鲁斯特的面具

有时我会觉得,福楼拜和卡夫卡的作品之所以存在,是为了更好地理解他们的书信。至于马塞尔·普鲁斯特,他的书信虽然不如《追忆似水年华》那样有分量,但也相当有趣,正因为它们与作品相比是次要的,可以看成作品的补充,从某种意义上说,是作品的残渣,但正是在这种语调之下,在这种声音之下,流传着他的文字,还有他的声音。

那么是怎样的语调?怎样的声音?人们从中感觉到一种过度的和难以忍受的振动、一种偏向社交礼仪的振动、一种过分的礼貌,那种夸张试图让这种过分被人接受。有时这也是一种幽默,我们能在《追忆似水年华》那独特的讽刺中看到这种幽默。

在《通信集》第 6 卷[1]中,普鲁斯特夫人去世不久,她的儿子正在服丧,没有人跟他聊天,他也找不到人玩。在前 5 卷中流传着的东西,即作者母亲尚在人世时的那种情欲描写,在第 6 卷中已经不见了。倘若仅仅选择普鲁斯特写给母亲的信件来读,就会发现他总是担心意志不坚的母亲会控制不住情欲,还有喜欢看自己脱光衣服的喜悦,他像祭献一样,将自己的病体展现给母亲,让普鲁斯特夫人评头论足,或者至少在精神上玩弄他的身体,总之以合法的手段将自己献给母亲。

对马塞尔来说,紧跟在失去母亲以后的事件,那就是马塞尔向作品的过渡:他变成了《追忆似水年华》的作者。然后就是那些激动人心的书信、那些质朴冷静的书信,在这些书信中,作家已经知道自己不久于人世,所以正在努力奋斗,争取发表作品。我们很难想象这是一场怎样的斗争,他对获胜并无把握,他面对命运的不公内心非常焦急,他必须正视这种不公正,不惜一切代价,甚至不顾颜面与之进行斗争。

1910 年,普鲁斯特跟笔友的关系越发疏远了。只有他昔日的情人,音乐家雷纳尔多·阿恩(Reynaldo Hahn)仍是他亲近的好友,然而他们之间特有的隐语非但没有拉近两人的关系,反而使作家的语气变得滑稽可笑,同时显露出他想要一吐心声的愿望——因为普鲁斯特夫人所钟情的引语掩盖和阻碍了儿子所有暧昧情感的表露。

掩盖?是的。这些书信将使我们发现普鲁斯特的面具,从而也能看到他那令人揪心的孤独。对于一位出格的作家来说,他很有必要将自己置身于他人的尺度之内(同样的情况也出现弗吉尼亚·伍尔夫的身上,她的书信借用的是她朋友们的怪癖,所以经常带有"他们的风格",目的是为了让他们高兴,让他们接受自己,在他们眼中显得正常)。

普鲁斯特经常把自己当作一个对话者,即他希望他人能变成的对话者,并且让自己变得无足轻重。然而这种无足轻重是有意义的,并且有很强烈的意义,会走向一种风雅时髦,这种对时髦的执念,还有对嫉妒的执念,似乎构建了《追忆》的框架。这两者是紧密相连的,也许时髦的执念试图在平息嫉妒心理,在生灵以外的地方固定这些欲望的客体,因为生灵总是摇摆不定的,这种执念还给自己创造出一些价值,而由于这些价值非常随意,所以就越发稳固,这是一些可控制的等级,是一些预留的位置。一个代码的世界,这个被选择和制造的代码,它特别无法捉摸,极不稳定,令人不安。现在很有必要确信的,是一个尸体已经取代了母亲的身体,而在母亲雌雄同体的身体幻觉后面,只有一种雌雄同体的深渊和空虚。空白:母亲所承担的阉割的空白。

人们可以想象,在这些公认的程式后面,在这些标示书信的约定程式后面,呈现出一个心烦意乱的男人的冷笑,他心情乱到了极点,内心被这样一种暧昧的科学所占领,被一种反常和地狱所占据,以致他很明白自己已经心烦意乱。人们猜测——在蒙儒万的场景中,凡德伊小姐和她的女友侮辱父亲肖像的场景仅仅是个例子——马塞尔·普鲁斯特经历的是怎样的丧礼,他所感受的是怎样的痛苦,这些不仅仅是"良好的感觉"。

人们开始怀疑,在丧失亲人的恐惧中,会突然出现要取消这种丧失起源的欲望,这种丧失在这里又成为母亲的丧失,这就是自我的起源。赶走母亲的欲望,自己取代母亲的欲望。

赶走? 从那一年的书信中,我们知道普鲁斯特搬了家。他没有经济能力留住父母的公寓。他没少麻烦朋友们,让他们按照他的要求找房子:没有噪音,没有树木,没有灰尘,然后他决定住到奥斯曼大街,周围都是树木、灰尘和噪音,那个公寓被他称为"我见过的最丑的东西。非常陈旧! 没有比那更糟糕的了"! 只是由于他的叔叔刚刚在这里去世,从前马塞尔和他母亲经常来这里吃晚餐。他不能忍受住在那些他母亲不认识的房间里。他需要这种过渡。亲戚不在了,只留下他们用过的家具,这就是一个僵化的家庭。

这个遗产的继承引起了马塞尔和他弟媳的一些歇斯底里的举动,关键人物是罗贝尔,他的弟弟和她的丈夫。虽然态度有些消极,但普鲁斯特好像试图跟他的弟弟亲近,在《追忆》里,他取消了弟弟的存在。人们可以想象普鲁斯特的优柔寡断,他一边想摆出宽宏大量的绅士风度,一边又嫉妒那些物化了的亲戚符号;普鲁斯特不得不做出选择,分配这些物品! 因此他跟一位卡蒂斯夫人(Mme

Catusse)通了很多书信,这位夫人是普鲁斯特夫人的老朋友,她在
继承人之间扮演着调解人的角色,还给马塞尔充当义务装修员。只
有一件事情是确定的,就一件事:让娜·普鲁斯特的蓝色家具将摆
放在她儿子马塞尔的房间里。然而没有。普鲁斯特通知不幸的卡
蒂斯,说他母亲死的时候睡的那张床需要重修,其实换一张床会更
简单些。至于壁橱、家具等,对一个哮喘病患者来说,它们是否香味
浓了点? 干脆把它们放到别的地方。在同一句话里,他要求对这个
房间进行消毒。普鲁斯特夫人从儿子的房间里退出了。同时儿子
也从母亲的床上下来了。我们是否可以说,那个即将写出《追忆》的
马塞尔·普鲁斯特这时真正诞生了?

即使他现在怀疑自己会一直用叔叔的书房,会一直在那里写
作,他还是立即开始写作结束作品的后几章,他没有看到结尾的发
表。一部以这个结尾开始的作品——他在《重现的时光》中说道:
"这部作品的创作需要很多个夜晚,可能上百个,可能上千个。"

对这部未来作品的思考,对这部结束已完成作品的作品的思
考,是由在盖尔芒特家图书室里发现的《弃儿弗朗沙》引发的。从那
时起,这些个夜晚,每个夜晚是否都变成了那一个夜晚? 即普鲁斯
特夫人开始读书的前几页时就"认输"的那个夜晚,那时她同意在还
是儿童的叙述者的床边过夜,给孩子高声朗读乔治·桑的小说,小
说中,有个儿子最后与母亲(养母)结了婚。普鲁斯特要重写的难道
不就是这本书吗?"那时我觉得在《弃儿弗朗沙》主题中难以解释的
东西,即在母亲给我朗读乔治·桑小说的时候……这对我来说就是
小说的本原。"而且他即将"半死不活"(一半已经跟他母亲一样成为
尸体)地"让雨水温柔地歌唱"——人们会想起乔伊斯最后一部作品
《芬尼根守灵夜》中最后几页中的一句话:"让她下雨吧。"[2]这里所说
的是一位正在分娩的母亲。他将去写下这个"由我经历过、思考过、
处理过的时间……我要分分秒秒都把它绑在我身上",但是这一次

他拒绝剪断脐带，即直到现在还连接着他的脐带，这根脐带随时准备"代表某些人，并不是代表外部的人，而是代表我们身体内的人"。

一次休息的时间，一部作品的时间，在那位"黑衣夫人"于去世那天把他带走之前，先轮到他将她内化到自己的体内，从他自己的内部重新塑造她，将她保持在与自己的联系中，将她分布到自己的整个作品中，体现所有的女性和男性身份，体现所有的摇摆，揭示出"适合一张脸的上百个面具"，这样就完成了一个古老的梦想，耶稣和哈姆雷特的梦想：自己让自己再生，让他的母亲再生，直到与母亲融为一体，直到取代母亲。

（1980 年）

娜塔莉·萨罗特

这份友情

　　那是一个秋天,可能离现在已经两年了。跟前几次一样,我们聊了很长时间。夜幕渐渐降临,幽深的大房间里挂着棕色天鹅绒的窗帘,堆满了一排又一排翻过很多遍的书,看上去很零乱,还有一张大书桌,上面堆满了手稿和一摞摞的笔记本,这一切各居其位,是那么自然。面对墙上挂着的凡·高的复制画,即《夜间咖啡馆》,激发"人类可怕的激情"的咖啡馆,我们久久地高谈阔论,开怀大笑。有时我们两个人都沉默不语。娜塔莉·萨罗特*看着远处,目光停留在地面上的某一点。然后她的声音,那总是颤抖而又抑扬顿挫的声音,那让她的文章充满节奏的声音——有点缓和,像是放慢了语速,略带一点遐想感:"实际上……"她低声说着。接着又是一阵沉默,更为明显的沉默,这个瞬间正在消失,这段时间,这段可自由支配的时间在慢慢流逝。"实际上,"她接着说,"我也许只为一个固定的想法而活着。"此刻差不多已经天黑了。

　　固定的? 然而没有什么比娜塔莉·萨罗特的作品更不固定,也

---

*　娜塔莉·萨罗特(Nathalie Sarraute, 1902—1999),法国女作家,新小说代表人物之一。作品有《向性》《无名氏的肖像画》《马尔特罗》《怀疑的时代》《天象仪》《金果》《生死之间》《你听见他们说话吗?》《傻瓜们说》《这真美》《童年》《这里》《打开》《她在那里》《言语的用途》等。

没有什么比她的作品更加生动。她的每一本书、每个句子都是用语言的方式来还原生活最初的本质，这是语言通常要揭露的——生活的本质，不多也不少。

语言生来不是为了表达生活，恰恰相反，语言改变生活的方向，在一个非定形的系统中铸造生活，而在这个系统中，我们的历史事先已经设计好了。语言让生活屈服于日常琐事，屈服于存在所遵循的形式，从此存在就成了一种矫揉造作，而我们的感觉、存在的意义，都让我们无法把握。娜塔莉·萨罗特驱逐了一切搏动着的东西，被检查清除的东西。实际上，她"固定的想法"让人们与普遍的僵化分离，从僵化中解放出来。

"对我来说，词语是一些活生生的东西。"这一次，是在春天，有段日子了，不是在巴黎而是在诺曼底，这一次不再是我们创造了沉默，而是一望无际的草场，一直延伸到农场前面的花园，每个周末和夏天，娜塔莉都会在这个古老、美丽而又十分简陋的农场写作。在邻近的村庄里，有一个咖啡馆，跟巴黎一样，每天早上，她都会到这个离熟悉的居所很远的地方，在一片嘈杂声中创作，事实上，她能在闹中取静。

谨慎的幻想者的工作。一位作家的工作，在每本新书的创作中，她都处于灵感匮乏的状态，她这么认为，每次都面临同样的苦恼、同样的担心，当然开头都有同样的快乐，然而在写每一本书的同时，她都试图在同样的思路中寻找（发现）不同的东西。一个这样的作家，她喜欢并成功地挖掘出那最微妙、最难觉察、最让人闭口不谈的东西：感觉、想象中的生活。在那个瞬间，历史试图让我们绕过那时间的长夜，以便将我们固定于某个功能时间中。这位作家的工作就是追求精确，让其他所有的话语、所有的装腔作势都成为谎言，她所记录的不再是地球上的陈词滥调，不是注定要保持的沉默、处于沉默中的东西，而是在离自己最近处颤抖着的东西。

"我想要发现，"娜塔莉在阳光中说（她也在眼神中说，她的眼神散发着光芒，里面混杂着一丝温柔和嘲弄），"我想要重现那些挥之不去的痛苦，看看这些痛苦是怎么来的。重新找到那些成见得以形成的运动。"

成见。那么是哪些成见？这一次，娜塔莉谈论起她最新出版的那本书《童年》，她叙述了一个震动人心的顽强的小女孩；一个成功地将自己从对儿童的通常屠杀中解救出来的小女孩。一个小女孩，娜塔莉、娜塔莎、塔绍克（她父亲这样称呼她），在她整个的生命历程中，她成功地磨砺了自己作为一个作家的生命，终于有一天，通过自己的心声，她能够让别人倾听她。我看着娜塔莉，她是那么朝气蓬勃，智慧横溢，神情肃穆，心花怒放，陶醉在花园里，我想到了她一部戏剧的名字：《她在那里》。

是的。娜塔莉、娜塔莎、塔绍克。这个小人儿懂得不要成为一个人物，生存将我们定型的一个人物；这个人物，从摇篮一直到坟墓，他只有一个名字，相信整个生命中只有一个人，只有同一个人，只有一个生平作为回应。

这个女孩，是不是娜塔莉·萨罗特自己重新发现的？还是这个女孩从来就没离开过娜塔莉·萨罗特，她是否一直就"在那里"？我突然感到就是这样；我觉得人们最终会说这就是她。而这整个工作、这个"成见"，赋予了她生命和声音。声音的音色。

"这不是一部自传。这不是关于我自己生活的一份报告，"娜塔莉强调说，"回忆一旦没有在创作中进行打磨，就会变得很粗糙。如同我其他的作品，我选择了一些我能重新找到感觉的时刻。这次，我说过这涉及我本人，而不是他或她。由此有时候会有一种厚颜无耻的印象……"

娜塔莉回顾了一些曾经被她抛弃的地点和片段，这些东西没有写进《童年》。"例如博斯省。在那里度过的复活节假期。然而这些假期是起作用的。但是这又平淡无奇。如埃皮纳勒市的图片，它们本该是埃皮纳勒市的景象。这让我感到非常痛苦。不行，我确实像往常一样，选择了某些时刻，选择了一些离我的工作、我的研究和我的写作很近的时刻。"并且她总是重复着："这不是我整个一生的报告。甚至也不是我整个童年的报告。"

不是的。但这是一次对真实回忆的真切追寻，是对被记忆遗忘的真实回忆的追寻。这是对被称作战栗的生活所做的战栗性工作，而不是对强加的生活模式所做的模仿；这个模式，是《童年》里小女孩孜孜不倦地追寻的那个模式，小女孩非常清醒，她毫不犹豫地做出了选择，她没有在法语作文中谈论"你童年的第一件伤心事"（她找不到第一件伤心事的痕迹）这个主题，而是创造了"一个儿童真正伤心的模式"。

"我本来想描写一个男孩，而不是写一个女孩"，而事实上应该描写一个人，一个没有人能够控制住的人。任何继母、任何慈爱的父亲、任何偏执的母亲、任何学校都不能改变她的声音。

"我曾经想描写伴随着亵渎罪的痛苦是怎样产生的。"什么亵渎罪？最大的本质性亵渎罪，对一个孩子来说，就在于否认原始的谎言，质疑原始的美丽、芳香和高尚：她承认母亲的美丽，并且快乐地接受与吸收。也许是激发一位作家产生的亵渎罪。况且，还记得《你听见他们说话吗？》，在这部小说中，一切都围绕着一句简单的话在转圈："这真美。"是否就是这种美丽，这种让人着迷、显而易见和吞噬人的美丽？是否就是这个形象——这个幻觉、这个谎言——被禁止了，但难以抵挡？

娜塔莉·萨罗特截取了这种亵渎罪的产生和发展，并且作者致力于对这一罪过的探寻，作者以小女孩的身份出现，这就是否定，这就是对母亲美貌的质疑，而母亲一直希望自己的美貌"无与伦比"。亵渎罪、恐惧，这就是一种颠覆性的、无情的力量的威力，这种力量展现在你面前，展现在细节中。作品中传送的就是这种力量，词语传送的也是这种力量，这时的词语立即变成了犯罪性词语。正是这个冲动首先让孩子说话，然后才是作者，而现在则是孩子通过作者在说话。

正是这个不可逾越的运动迫使娜塔莉承认，她认为放在一家理发厅橱窗里的那个完美的布娃娃，要比她那无与伦比的母亲更加美丽，并且从那时开始，她必须去发现和列举母亲身上不完美的地方。多么残酷的亵渎罪啊！想法已经固定下来，因为它虽然还没有立稳脚跟，但已经能够立足，已经被人感知，能够被说出来。它被说了出来。说给了那位"无与伦比"的母亲听。被推翻的偶像。真实的语言恰到好处。受挫的母亲。

那年春天，在诺曼底，娜塔莉·萨罗特回忆起她的母亲："我母亲觉得自己超越任何等级。一个绝对的生灵。在别处什么都不是，在她之外什么都没有。任何另外一个人类生灵都无法跟她相比！"写到这里，我想……如果跟一个布娃娃相比呢？

有一天，我回想起娜塔莉的语调：一直以来，在她所有的作品中，她的语调一直在回响，那么激烈，有那么多苦恼和疑问。发现一位不幸源头的母亲。一位与母亲分开的女孩的不幸，被母亲抛弃的女孩的不幸。"她的距离。她的漠不关心。这比任何东西都要糟糕。"比任何东西都要糟糕。一个淹没在不幸中的孩子，而她甚至都没有觉察出这一点。一个为自己做出这样一种让人心碎的承诺的孩子："我将代替她陪伴在自己的身边。"

我们来继续谈谈这位母亲，晚些时候，她在法国并没有读她女儿的作品，却充满热情地用俄语写作自己的作品，然而由于生活在法国，她不能发表这些作品，但是总觉得她的作品很吸引人。这是一些后来以笔名发表的儿童故事，匿名作者"试图用俄语说出海上风暴，展现飓风"。

娜塔莉虽然出生在俄罗斯，父母都是俄罗斯人，但她的语言从两岁起就是法语。我们可以再一次认识到，对某个自己创造生活的人（和"创造"财富的意义是一样的）来说，在他或她的幼年时期，听到的事物都是用两种语言来表达的。例如荷尔德林、卡夫卡、弗洛伊德，他们都是这样。在他们看来，语言没有立刻说出真相。语言没有独自将自己命名的东西都包括进去。突然，在某个时刻，事物并不因为人们那样说了就是那样，并不是在什么地方说了就在那个地方。突然，在某些时刻，既不在这种语言中也不在另一种语言中的某种东西停留在半空中。它突然变得独立，没有赖以固定的词语，世界以它的存在让你感到惊讶，一切都在摇晃，没有任何保证。我与娜塔莉分享了这一点，我们又进入了永无休止的对话。

她的回忆，她已经向我讲述过了，但是有其他的回忆，很多其他的回忆："那些跟我讲述回忆的人的影响，那些曾经跟我讲述过回忆的人的影响。"一旦作为工作的对象，这些相同的回忆都会有所改变。被排除在外的不仅仅是池塘、野兔、奶牛、博斯那开满樱花的樱桃树；如今娜塔莉说，在诺曼底的田园深处，她一直在努力"近距离地紧紧抓住过去，这个过去那时是多么复杂，多么矛盾。一切都在稀释中，无法勾勒出精确的轮廓"。

不再有（就像在她跟我讲述的故事中那样）整体的继母。薇拉（Véra），她父亲的第二任妻子，在这里以完全不同的状态再生出来：经过思考，反复思考。一位年轻脆弱的女性，现在被娜塔莉所"认识"，一点一点地显露出来，渐渐与她有了一种模糊的、十分模糊的默契，就像那时这个女人的直觉，这个女人突然有了自己的秘密，而且她还隐藏着这些秘密，自己的秘密，这些无疑是她一系列残酷行为的根源。不，对这位作家来说，单独"继母"这个词不足以定义一个女人。也不足以任意地定义《傻瓜们说》，这是她另一部小说的书名，这并不属于精神排除和环境精神病的范畴。

"亵渎罪的痛苦是怎样产生的?"在她的整部作品中,在颇具战斗力的作品中,她并不声称这样做,没有预先的偏见,没有预言也没有参与,娜塔莉·萨罗特揭露着所有萌芽中的极权主义。她的工作就是通过扩大思想的空间去打开突破口,通过一种语言而让人们听到一种言语。她努力展示这一点,即脑力是有机的,而写作是一种感官的操作、一种性事的活动,这里并不局限于生殖意义上。

让我们回到娜塔莉的形象上来。怎样描述娜塔莉·萨罗特的目光? 一个后天获得的目光,因为永远不会失去? 每次她为我开门的时候,我都会因她那目光中的无比清澈而感到震惊,里面没有一丝一毫的天真单纯! 相反,里面透着原始的智慧,保留完好的智慧。一种罕见的温柔的目光,善于漠视忧郁和做作的目光,以便能时时抓住分享的时刻、每次都很新鲜的瞬间。瞬间的新鲜,也就是说轰动中的生活、不断开始中的生活、诡计中的生活。

怎样去分析一个如此细致同时又如此全面的分析? 这种分析贯穿于她的每一个动作、每一个笑容;她以无法抗拒的方式来叙述最难以觉察的东西,对每一个动作都很专注,故事一经她的提炼就变得妙趣横生,使人笑出眼泪;这是一种特别的笑声,应该归功于她观察家和模仿者的天赋(我记得有一次,我们在圆形广场剧院里喝了一杯酒,她以高超的方式为我模仿……米歇尔·西蒙[Michel Simon])。

她的观察力让人想到普鲁斯特,普鲁斯特也是一位出色的模仿大师。然而普鲁斯特仍然相信,至少他是真正的作家里面最后一位相信能通过写作获得拯救的人,至少他让相信这一点的叙述者登场。娜塔莉知道,她的作品并不涉及时间,没有给出一个意义,不会阻止死亡的命运。然而对她的读者来说,她的作品重建了写作的时间;作品恢复了写作的激情,见证了她抓取生活本来面貌的能力,就在生活消失的地方抓住它;抓住生活,将生活"固定"住,在生活的悄然无声中发现它的戏剧,发现那些看不见听不到的剧目。这也是一些最引人入胜的剧目。

成见吗？

还有一件轶事。我们一起从她家向我家走，当时我们走到了香榭丽舍大街。娜塔莉给我讲了一个梦，一个老是重现的梦。在梦中，她每次都会碰到陀思妥耶夫斯基，并且向他表达了她的钦佩之情。他回答了她，更确切地说没有回答她，一种十分蔑视的口气。"对于我对他作品的感受，他丝毫不在乎，他对那种卑贱的恭维表现出深深的蔑视。"娜塔莉答应自己决不会再发生相同的场景，否则这会引起她无法比拟的痛苦。第二天晚上，在同一个梦境中，这种场景又发生了，她立即对自己大发雷霆。同时也向他发火。"他怎么能让我遭受这样的痛苦呢？他自己经历过这样的痛苦呀！他写过《地下室手记》呀！"

我们一边沿着一家家电影院和商店向前走，一边从陀思妥耶夫斯基谈到普鲁斯特。如果我们遇见了他，我们会喜欢他吗？他会让我们高兴吗？娜塔莉大声说："他肯定看都不看我们一眼！我们又不是盖尔芒特家的公主！"我很窘迫，深深地受到了伤害，和她一起继续向前走，这时，娜塔莉越来越气愤，便喊道："何况陀思妥耶夫斯基也一样，完全一样！如果我是奥地利公主，你觉得他还会这样对待我吗？"我们面面相觑，突然从梦境中走了出来，在周遭的汽车和人流中，我们停了下来，两个人笑得直不起腰来。

怎么说呢……

怎么说呢……但是我真有一种感觉，一种事实上背叛了娜塔莉的感觉。我的朋友和作家。为了谈论她的作品，谈论她的生活，为了让人感受到这些东西，必须让人们一遍又一遍地反复阅读：她的生活、她的作品——那种生活，就是她的作品——一切融于一体。

（1983 年）

娜塔莉,夏天

1998 年夏末,娜塔莉·萨罗特从蜜月岛回来了,开心极了。整个八月的水和阳光。沐浴。游泳。没有人能像她这样享受着简单的时刻,每一个瞬间的存在。也没有人能像她这样(在巴黎)固执地工作,拥有这样的热情和痛苦。她发现有星期天,而且给自己轻松一天的时间,以便让自己从痛苦中解放出来,这可是不久前的事。她非常惊讶,所以每次都细细品味着这一天的快乐。

现在她回来了,让我想起来她曾经决定,这个夏天她将送给自己某样"能给我真正快乐的东西,自己只读诗歌。我读了我亲爱的波德莱尔、我热爱的兰波,还有魏尔伦的散文。应该好好利用剩下的时间去读我喜欢的东西"。是年她已九十八岁高龄。有那么一年,在威尼斯,她只读戏剧。这一次她只读诗歌,当然还有报纸。"新闻使我兴奋,这个世界上发生的一切都让我兴奋。紧跟时事,等待正在发生和即将发生的事情……俄罗斯,令人吃惊,不过这是可以预见的,不是吗?……克林顿事件,他就不该回应。永远不该做出回应。"我们又重新谈论一切。谈论书籍、写作、旅行,还有死亡。谈论工作。谈论政治。谈论灾难和希望。谈论愤慨,越来越大的愤慨,然而也还有某种喜悦,一种困难的、极致的快乐。

"在我们之间没有任何阴影,"她吃惊地说,"二十五年没有任何阴影。"她如此谈论着我们长久的友情。确实,没有任何阴影,只有很亲密的回忆,她那美妙的声音富有旋律,抑扬顿挫,充满智慧,很奇特地符合她文字的节奏和呼吸,符合神秘的内在性,只有在娜塔莉抬头看着我,眼里充满泪水的时候才会停止:我们笑得直流眼泪!她重新开始大声朗读正在创作的作品:《打开》。每个星期她都会一边写,一边给我朗读她新创作的章节。

面对她与语言的亲密相识,我们感到十分快乐。这种快乐能够让她(其他人可能会写下许多博学的作品)超越任何的理论思考,抓住语言的本质,不借助任何中介就能探索它神圣的领地、它那被禁止的领地,让它能够充分体现出来,让它扮演自己的角色,而不是代理人、载体或是中介的角色:将它推到前台,成为最疯狂的、最残酷的、最富有生命力的演员,引发那种无拘无束的笑声。

然而《打开》代表着一个例外,它是在一种快乐中写成的,是一种即时的轻松、持久的快乐,虽然也有困难——无疑是由于这个报复,由于这种针对这部作品的胜利,它经历了多少艰难的时刻,而这要归因于这个被揭露的语言,这个在写作的现行活动中被抓取的语言。

她一直在监视的东西,就是那些正在逃避的东西。娜塔莉热衷于用语言来创作那些明确被认为是禁止的东西:走进生活的核心,拒绝屈从语言的功能性用途,拒绝对语言的无形的使用,拒绝充当已经设计好的故事的佣人,不写人为的反动的故事。她是一名战士,保持着相同青春的目光、期待的目光,但其中也许充满着嘲弄和温柔,比她从前那个不肯妥协的小女孩的目光更加温柔,这在《童年》里已经得到了真实的反映。

这种令人惊叹的目光在剧院也能看得到,她是一位贪心的观众,她总是向我建议写话剧:"你会看到,这比写一本小说要轻松得多,而且非常有趣。"然而我们还是能记得托马斯·伯恩哈德的那部戏剧,伯恩哈德是我最崇拜的作家之一。在这部戏剧中有一位演员——只有他一个人——非常秘密地自言自语着,说着一些让人听不懂的词语。坐在我们身边的居伊·迪米尔(Guy Dumur)看到我们如此不自在,便悄悄对我们说:"他们大概是忘记将台词翻译成法语了。"

依然是在夏天,在她那个明亮房间里摆满了鲜花。里面放着一堆堆的书。还有手稿。活计带着它的兴奋、它的考验和它的斗争在等待着。"你知道吗? 我多么喜欢对自己说话呀。我就这样对自己说,这不行,这一点不完全吻合。这你知道的!"她可以度过整个整个的小时,花费整个整个的下午,熬过整天整天的时间,甚至连晚上都搭上,不停地思考着一个逗号、一个她觉得不合适的段落,思考她所遇到的问题。一旦障碍被清除,她便长叹一口气:"我不能做得更好了。这与我能做到的正好相当。"

没有什么能说服她,没有什么能使她放下心来,不管是以前的作品,还是这些作品刚刚在"七星文库"出版的事实。她好像每次都在深渊的边缘写作,都当成第一次写作,在绝望和羞涩中写作。然而对别人来说,她的作品恢复了写作的意义。诚然,写作不再像普鲁斯特时代那样代表着拯救,但是这可能会赋予写作更多的价值,更加不计报酬,而且那么……徒劳无益。娜塔莉充满激情,努力驱逐原始的伎俩。

我们知道,写作是一项政治事务,即使作品的主题不是"政治",也不是"政治行为"。挫败欺骗就是一项政治事务,欺骗通过一种狡猾的做假和官腔语言把人打晕,强加一些前提,这项政治事务如同所有使思想变得敏锐的东西那样,能引导人们学会使用批判精神,提高分析能力,尤其是以全新眼光看待所有的事物。要有一种目光、一种倾听,它们拒绝现成的事件,拒绝预先的假定,拒绝任何人为的极权性。

娜塔莉·萨罗特的每一行文字都透露着智慧,她的智慧是有机的,内在的,具有推动力的。而智慧就具有颠覆性。极权体制清楚这一点,一旦掌握了权力,就瞄准了那些创造者,甚至包括默默无闻的创作者,他们会侦查,会估量危险的思想,因为他们拥有针对危险的直觉,这种直觉正是智慧给他们带来的。

随着我们的发现,时间也不早了,到了我们进那个著名的中餐馆的时间了,我们经常在那时吃晚饭,吃五香(或更多)龙虾;我们谈话的兴致越来越浓,你来我往非常自然,顺畅,在活泼和严肃之间,又增加了一份庄重。在我们面前,是数个月的工作,这些文稿,虽然还不为人知,但我们俩都在继续创作。这就激发出一种令人担忧的热情、有点急不可耐的热情,实际上我们很清楚这一点,这种热情既是一种特权,也是一个负担,我们不能够抛弃这种热情。"娜塔莉,你马上就要开始工作了吗?"一声叫喊:"我无法做到不工作,要是不工作,我的生命就停止了。我已经工作了那么多年……那么多年……"伴随着同样的热忱、同样的疑虑。还有同样的才智。

（1998 年）

"就在那里，如此靠近，如此脆弱……"

　　她的目光每次都会令人惊讶，她那种青春的目光、超前逗乐的目光，总是在不断地思考着，仿佛在急切地期待着某个瞬间，等待着生命的到来。不管是在贴着棕色天鹅绒壁纸、光线有点暗淡、堆满书籍和画卷的客厅里，还是在她那光线明亮，大书桌上堆满笔记本、手稿、书籍和鲜花，许多鲜花的卧室里，娜塔莉·萨罗特好像赋予了当下真正的价值，珍贵的从未有过的价值。

　　她两眼闪着光芒："我刚刚重读了这个段落……"从中涌现出蒙田或是简·奥斯丁的形象，某个俄国作家或普鲁斯特的形象，他们是那么鲜活，有血有肉，充满刚毅的温柔。她伴随着这种温柔走向充斥于流逝时间里的东西，在别人的时间里和整个时代里的东西。在窗外，在紧挨窗户的大树之后，是整个巴黎，那里到处都有人为划分的等级，而当我们在一起的时候，这些等级对我们来说便荡然无存了。

　　我们的声音相互交叉，相互连接，而现在我们进入主题：工作。走向这个持久的研究、经久不衰的探索，这种探索将在延绵的享受中完成，在努力的痛苦中完成，这是常有的痛苦，"但同时，它就像呼吸一样"。

　　然而任何东西，不管是经历还是（至少还有）名誉都不能平息她的担忧,这种担忧会持续许多个白昼(和许多个夜晚),就为琢磨一个词,甚至一个逗号。人们不可能无代价地截获一个秘密的东西、未被觉察的东西,截获时段中包含的最为短暂的东西,还有极其细微的情绪。人们不可能无代价地为他们开创一个全新的空间,一个他们能够进入其中并表现戏剧艺术的文本空间。娜塔莉·萨罗特大概将自己投身于真空中,那儿没有任何标识,她似乎身无一物。就连她自己的作品也不能当作她的参照,因为她说,她的意志总是支撑着她,促使她"得到我还没有寻找的某样东西,一个自行隐藏的感觉,这种感觉必须有一个形式。然而一旦这个感觉不能直接从虚无中出来,一旦它不能被完整地截获,而是已经打上了现有语言的烙印,就没有任何有生气的东西。我们应该徘徊、等待和守视,要开辟一条能让感觉通过的道路"。

是否正是为了驱除一点这种紧张感,她才每天早上来到这个传奇般的街区咖啡馆里工作,身处一片嘈杂声中,事实上这种嘈杂反而让她有一种安全感,她很善于闹中取静。全身心地投入创作中,这既是痛苦,也是愉悦。"其他任何东西都不存在。这与上学时的着迷状态完全一样。只要能沉迷于一项任务中,不管是什么任务,任何生命都会令人赞叹,不存在什么等级。难道这不令人惊讶吗?人们意识不到自己在生活之日,就是全面地享受生活之时。只有当人们停止生活时,只有重新感受到纯粹状态的生活那可怕的分量时,人们才能感觉到这一点。沉思者不会经历这种决裂,而我没有这个性格,再说……"

作家那严肃而又惊叹的表述重新出现了。这位贪婪的作家,她总是想吸收一切,善于品尝任何东西,回顾最大的幸福,这就是"简单地看待一切,重新让自己消失在别人所看到的事物中,表面上却在游手好闲。例如在旅行中,或站在一些我非常喜欢的绘画作品前"。在乡村也是一样,就在诺曼底那栋她珍爱了四十多年的房子里。"我在那里扎了根。"一个 16 世纪的大农场,就坐落在一个村庄附近。一望无际的草场从花园延伸开来,这个花园里的很多地方就像契诃夫某个戏剧的布景:桦树林,铁打的桌子和凳子,因年久而生锈。还有沉默的声音。

还有俄罗斯。伊万诺沃的故居,她在 1990 年又重新去看了故居,发现房子不是她记忆中的木房子,而是石头搭建的。两岁的时候,由于父母离异,她跟随母亲离开俄罗斯来到巴黎。此后的五年当中,她每年都会回到俄罗斯,在父亲身边待上一个月,在父亲定居巴黎后,她就再也没有回去过,而她的母亲却回到俄罗斯长住了下来,几乎不再关心她。

一个充满活力的童年,然而又是一个饱经不幸的儿童,这种不幸她自己甚至都觉察不到。如今她觉得,她平生最为严重的事件是什么?"有人把我从我母亲身边夺走。"没有听到她这种语气的人不会知道"夺走"这个词的音调。没有读过《童年》章节的人不能完全明白什么是对母亲的爱,什么是失去母亲的痛苦,母亲的声音、母亲的皮肤、母亲的在场让你心满意足,然而寂寞的小女孩非常清醒,她做了自己的评价:"她的距离。她的漠不关心。这比任何东西都要糟糕。"

一个巴黎的童年,待在一位流亡的父亲身边,父亲再婚了,不会再像以前那样叫她塔绍克了,他似乎有所改变,失去了原来的轮廓,就像他已经改变了地位一样。还有一位年轻虚弱的继母,性格冷酷的继母。

在阿莱西亚街(rue d'Alésia)的小学里,小娜塔莉继续她的学业,她的老师吉约曼夫人([Mme Guillaumin]凡·高非常欣赏的一位画家的妻子)一再强调说:"你将会写作的。总有一天你会当作家——不,这太难了。"几年以后,小女孩成为法律博士,嫁给了雷蒙·萨罗特[Raymond Sarraute],他上过大学,后来成了一位有名的律师。"我很想写作，但是又如何？任何事情都不能强人所难。后来有一天，那是 1932 年，在我从英国回来后，有一种非常强烈的印象。"

她写了这个印象……她写作了。一小段文字马上就让雷蒙赞叹不已。这是她第一本书的开头，即《向性》，开创了一种写作方式。这种通常难以觉察到的东西被一下子抓住、控制住，通过探索，发现它令人震惊。《向性》变革了文学的研究途径。当然并没有立即开始，也没有等得太久。"从一开始，我就肯定没有人会理解。我读了几篇给我的朋友们听。他们认为这些文章没头没尾，什么也没有表现。"当 1939 年德诺埃尔（Denoël）出版社同意出版这部作品时，她感到很意外，作品出版以后并没有受到普遍的关注。唯一的一篇文章——受到称赞的文章——刊登在《列日报》（La Gazzette de Liège）上。

在纳粹占领时期，她躲藏了起来，开始写《无名氏的肖像画》。如果不是战争，她从来也不会在乎自己是否是犹太人，她就几乎没怎么察觉到这一点。在阿莱西亚街，在她父亲的圈子中，经常有革命的社会主义者和无政府主义者出没——人们在那里还看见了托格茨基——"评说人家的种族也太不得体了：如某人是斯拉夫人，某人是犹太人。然而那是纳粹占领时期，是绝对恐怖的时期，这我能理解。我不会忘记的。我的团结精神是绝对的，完全的。任何一点反犹太主义对我来说都是难以忍受的"。

战争前夕，萨特很欣赏《向性》，并且写信给萨罗特。解放以后，他迷上了《无名氏的肖像画》。极其罕见的事件，他竟然写了序言。然而，即使有这个序言，即使萨特一再坚持，1948 年，让·波扬（Jean Paulhan）还是拒绝在伽利玛出版社出版这本书。在遭到很多次拒绝之后，这本书最后由马兰（Marin）出版社出版。卖出去四百册。没有一篇评论文章。"我顺其自然。我接受一次失败，以便一了百了。如果太在意这些东西，那就什么也干不成。"

她仍然记得那个地方，就在诺曼底的一条道路上，那是 1953 年，在《马尔特罗》发表之后，雷蒙·萨罗特曾经预言："在你有生之年你是不会出名的。"然而没有任何东西能够摇摇雷蒙对她的信任，任何拒绝、任何沉默都不会影响他："大家现在所说的，雷蒙在当时都说过了。"在他整个一生中，他比娜塔莉更加清楚她每部手稿中的每个逗号在哪里。她给他朗读正在创作的文章，他们俩意见完全一致，所以在她朗读作品时，她完全能够预见他的反应。

二十年来，她的作品一直默默无闻，但是《怀疑的时代》的发表引起了轰动。她占据了知识分子生活的中心。马塞尔·阿尔朗（[Marcel Arland]他动员伽利玛出版社出版了《马尔特罗》）要求在《现代》上刊登她已经出版的所有文章，只有两篇文章除外。娜塔莉·萨罗特在书中质疑传统小说的创作，为写作开辟了新的道路，使之成为众多讨论的焦点。这就是"新小说"时代。

从此以后，她的每一部作品都具有划时代的意义。她开始写戏剧。集体生活、演员、和读者的接触令她兴奋。她的戏剧上演后总是令她惊讶，因为在创作的时候，她"看"不到——更看不到"人物"：她能"听到"，但不是声音，而是句子。"导演可以做任何他想做的事！"

建立在抑扬节奏上的文字，音乐性的文字。然而作者与音乐的关系是双重的："一种过度的幸福，它掠过痛苦，在痛苦中摇摆，转变成绝望。这不像工作那样是个避风港。"这也不像阅读。那年夏天，她跟往年一样来到威尼斯，但她读的是戏剧，重新见到哈姆雷特、欧菲莉亚和处在自己城市的奥赛罗。她走遍整个世界，经常出去演讲，最让她浮想联翩的要算英国，特别是那个她度过了美好岁月的英国，还有过去在牛津大学的时光。"英国人善于将生活变成某种幸福的东西……至少在表面上是这样。"

　　突然,"存在成了一个奇迹!"在我们周围,堆满了原稿的书页和书籍。还有鲜花。"然而对生活的享受并不能去除对悲剧的印象、对威胁的感觉。"也不能去除另外一些感觉,如那种促使她提炼事物的幽默感,她有着少见的推测天才,表达不明说之物的天才,她能够改变事物的走向。她的那些叙述、那些评论能让我们笑到流泪。整个下午过去了。明天,她将会有新的关口要征服,她会重新碰壁。正如我提到自己的困难那样,我承认自己的懒惰:"那些胡乱写了成千上万文章的人,他们才是懒鬼。"明天,就像每一天那样,将在未知中慢慢向前推进。太慢了。"就在那里,你知道的,手可以触摸,如此靠近,如此脆弱……"但是期待和实现形成了她这样的一生,形成像她一样的一部作品,一部奇特新颖、行云流水、万世传颂的作品。

(1994 年)

永　别

作为先驱者、开拓者,娜塔莉·萨罗特永远体现着激情思想的前进方向,改变着写作的空间和视野。她的作品——充满活力,讨人喜爱——全都出自一个新颖的概念,因此在每次写作中,都必须清除任何现有的标识、任何的参考体系,甚至在关于她自己的作品中也是这样。因而就有了焦虑、担忧和怀疑,每一次都像是她的第一部作品,在某种意义上说,这都是真实情况。

"这次探险到什么程度了? 她居然倾注了如此执着而又丰富的激情。"当她给我开门的时候,当她用那青春的目光欢迎我的时候,我都会这样自问,那是最聪慧的目光,也是最温柔的目光。那目光极其贪婪地捕捉着每个瞬间的新生事物。就在那一刻,我们长时间以来的交谈便急不可待地重新开始了。不过有时候我们都不说话,她皱着眉头,沉浸在一个问题中,可能来自一个逗号,她陷入了无声的绝望之中。这种绝望能让她更好地将生活恢复到生活中,使生活复活,将它活活地驱赶出来,从使之僵化的语言中驱赶出来。

娜塔莉·萨罗特的作品? 活生生抓住的谜一般的作品,永无了结的作品,永远不能结束冲突的作品,这是没有平息的激动、没有结尾的持续的初始误解、不能让词语沉默的安静。"怎样的故事啊! 怎样的故事啊! 就在那里。"这一次,她在她明亮的卧室里热切地发现了这一点,卧室里摆满了鲜花,一摞一摞的笔记本、文稿、书籍,紧靠着一面硕大的镜子,上面贴满了让她想起她爱的人和爱她的人的照片:雷蒙,即她的丈夫,他知道她所有手稿中每一个音节、每一个逗号的位置,他对身为作家的萨罗特总有一种无条件的信任、彻底的信任,然而最珍贵的是这种信任并没有抹去他任何的批评能力。看到他们两人一起开怀大笑,那是多么美好的感觉。即使在雷蒙去世后,他的影子依然隐隐地存在。然后是她的女儿们,克洛德、安娜、多米尼克,她们每个人都让她们的母亲激情满怀。还有外孙们。还有从前的朋友们。一群生机勃勃的人。

一棵大树挡住了窗户。她说话时语气凝重诙谐,好奇心十足,全神贯注,有着一种观察家的天赋,这赋予她一种出人意料的模仿家的才能。她很善于倾听。岁月让她更加敏锐,更加洗练,更加细腻,并且更加聪慧,更加温柔,更加快乐地冷酷,但从不残酷,这样的冷酷通常都最先针对她自己。她的微笑,还有她嘲讽的才能。在她的一举一动中,在她的态度中,在她的不屈不挠中,显示出一种生活的平静的骄傲。一种收敛的热情。死亡的想法让她不快,生怕不能知道后续发生的事情。有时候她会觉察到,到了她这个年龄,离死神也就不远了,她将不久于人世,但是如果她有时候会感到伤心,绝不是因为这个。

当我们阅读《童年》这部作品时,娜塔莉·萨罗特说这不是一部自传作品:"这只是关于我生活的一份报告,记录了我能重新找到感觉的那些时刻。"读者不禁会问,那个当时被称作娜塔莎的小女孩,她也许就从未离开过娜塔莉。

平和、激情,这就是书的力量。蒙田、19世纪的英国女小说家,还有无数的当代作家的作品、莎士比亚、《圣经》和"我亲爱的波德莱尔、我热爱的兰波"。在我最后一次拜访她的时候,她跟我引用了勃朗宁的话:"*The achievement is in the pursuit.*"("成功在于追求。")

总之这是一个座右铭。

娜塔莉·萨罗特总是在追求中不断进取。在最后两本书中，她尽可能地发挥到炉火纯青的地步。在这些文字里，一方面，有一种语言消失了，即为不属于她的存在而服务的语言消失了，另一方面，使用语言但又与语言不同的生活也消失了。在《这里》中不再存在惊人的永别，《这里》不再有令人心碎的赞歌，或者在《打开》中，在奢华的终曲中，只剩下唯一一种物质，一种生命、思想和语言可以融入其中的物质。

这位作家总是能紧紧抓住这种物质，在她最后一部作品《打开》中，她甚至能让那些词语去体现，强迫词语去承担令人耻辱又滑稽可笑的美德，即作为人甚至"人物"而存在的美德；她能够让人们在自己的喜剧中任意发作，滑稽地表现自己，随心所欲地上演诡计，一种庄严的从容不迫，令人无法抵挡，这种从容长期以来一起热切地窥伺着词语。

娜塔莉一边写作，一边给我朗读她写好的章节，当读到我们的主人公认清真相后的沮丧时，我们一起笑到流泪，然后在去我们常常光顾的中餐馆的路上，在吃饭的时候，她还继续开心地评论着神圣物的不幸，她就这样快乐地亵渎着神圣。

她虽然没有明说，但是我能猜出这种胜利给她带来的极大幸福。真是奇迹：这些居住在她脑海里的词语，这些倾注在她心田里并且纠缠着她的表达方式，是她活生生地征服了它们，发现了它们原本的活力，当然还有它们的局限性，荒诞不经，老生常谈，它们的怪癖，它们最最隐秘的秘密。我们似乎在庆祝一个作家、一位诗人那前所未有的胜利，他跨越了或者说消除了那面与语言相隔的镜子。对娜塔莉来说这是一个游戏，但是这个游戏显示出一种高度的把握，超越了任何语言理论、任何哲学，因而获得这样一种知识，有了这样一种把握，她能够超越神圣物的步伐，在保留神圣物的同时又可以嘲笑它。没有什么比《这里》更激动人心,没有什么比《打开》更具创新性。这些都是顶峰之作。

我们有时候也会谈论死亡,简单地说是谈论她的死亡。我当时这么想:"她就在那里。"我知道她将是永恒的,她会永远活在那些认识她的人的记忆中,尤其是活在每个字母中,活在她每一部作品的每一页间隙中,她与生命的沸腾融合为一体。她的声音将永不停息地回荡在人间,那是时代的最强音、最悦耳的旋律,是从未听过的最精确的心声。

思考,这就是生活,她的思考将不停地创造作品。

而她呢,她已经让我们怀念,我们多么怀念娜塔莉呀。娜塔莉·萨罗特。

(1999 年)

玛格丽特·杜拉斯

无法弥补的舞会

一场舞会。一场舞会的结束。奇妙的场景，舞池里渐渐变得空旷，玛格丽特·杜拉斯*的作品却向着这个场景倾斜，并围绕这一场景进行组织。在这场无法弥补的舞会中，劳尔·维·斯泰因被"最后的来客"安娜-玛丽·斯特雷特所取代，她永远停留在这个爱情故事的至高点，那是一场三个人都受到伤害的爱情。劳尔从此一直回想着那场舞会，不愿忘却那个地点、那个瞬间、那份属于她的痛苦，这些东西既让她消失，又让她存在，永不停息。

从《劳尔·维·斯泰因的迷醉》开始，杜拉斯和劳尔，就像劳尔一样，在一部又一部作品中重组（并越来越接近）这个瞬间，那时劳尔·维·斯泰因呆呆地看着未婚夫被另一个女人劫走。他永远地离开了她，那时正好是黎明。她在呐喊，在杜拉斯的一本本书里，在她的电影里，这个呐喊在回荡。这个呐喊在《如歌的中板》中就已经听到。

然而劳尔并不痛苦，那不是一种痛苦。劳尔疯了，人们认为她多少有点疯了。她变得过分安静，安静得令人不安；她结了婚，有了

---

* 玛格丽特·杜拉斯（Marguerite Duras, 1914—1996），法国女作家，代表作有《抵挡太平洋的堤坝》《情人》《广岛之恋》《印度之歌》《如歌的中板》《劳尔·维·斯泰因的迷醉》等。

三个孩子,都是女孩。她打理家事,管理房子、花园和她的回忆,并且带着一种井井有条的怪癖。而十年后,这种状况愈演愈烈。她的人生始终停留在那个静态的瞬间,那个令她心死而又挥之不去的瞬间。而这个瞬间将把另外两个身体连接起来,这就会引发另一个场景,这个场景将再次展开那场舞会的场景。劳尔之所以活下去,就是为了"看看"这一幕,看看他们。

她很有耐心,致力于策划萦绕她的东西。她走进了童年好友塔吉亚娜的生活,引诱她的情人雅克·霍德。在小城边缘的一片黑麦田里,劳尔终于心满意足地看到了这一幕:霍德故意打开窗子,窗内的塔吉亚娜"披散着黑发,赤身裸体,一丝不挂",而自己却不知道,她已经被这个占有她的男人所背叛。这对情人成了劳尔幻觉中的猎物,劳尔悠闲地躺在地上,欲火顿生,而他们只知道模仿爱情游戏。

这扇打开着的窗户,正好成为那场(隐藏的)舞会场景的外框,这是否成为上演电影《印度之歌》的屏幕?这个上演电影的屏幕,是否就是舞会上安娜-玛丽·斯特雷特最终露面的那个屏幕?看到。被看到。玛格丽特·杜拉斯在一段可怕的文字中叙述了母亲的死亡:"她的最后几句话都是在呼唤我的哥哥,她只要求一个人到来,那就是她这个儿子。我就在房间里,看着他们哭泣着拥抱在一起,绝望地离死别。他们居然没看到我。"[1]

这件事既奇怪又自然,即在塑造了劳尔·维·斯泰因这个人物十年后(1964年)——十年也是劳尔将其执念搬上舞台的期限——玛格丽特·杜拉斯给她提供了所谓的"劳尔·维·斯泰因电影中永恒的舞会",那场"应该被封藏起来的舞会"。然而劳尔并未在影片中出现。作者和观众代替了她的位置。在她的位置上替她叹息:"我不明白谁处在我的位置上。"

拉康在谈到这件事时说,在这个位置上,你看到的东西它也在看着你。正如在《如歌的中板》中,那位工人肖万从街上窥伺着一扇窗户,那是经理的妻子安娜·戴巴莱斯德的窗户。后来(这是偶然的吗?),当安娜每天下午去咖啡馆跟他一起喝酒时,他甚至可以说出她每一套衣服的样子。他们一起探究一桩谋杀案的案情,几天前有个女人就在这里遇害了。那天,安娜·戴巴莱斯德送儿子去隔壁的钢琴老师那儿上课,出门时,她恰好看到凶手正在亲吻他妻子那血淋淋的嘴唇,他妻子已经是一具死尸。安娜·戴巴莱斯德在持续的性欲死亡中,突然看到了另一个女人的悲剧场面。突然一声惨叫。这里也是。肖万和安娜企图用语言重复当时的情形。"'尖叫声传得很远,很高,而后突然中止在他自己的最高点上。'安娜说。'她正在死去。'肖万说。叫声正好是在她不再看到他时停止的。"看到他!就像八年后杜拉斯回顾的劳尔·维·斯泰因的叫声那样,她的叫声大概只有在布瓦旅馆的窗户前,只有在看到雅克和塔吉亚娜寻欢作乐时才能平息。而且是亲眼看到。

《毁灭吧,她说》中也有一扇打开的窗户,斯泰因这一挥之不去的姓氏,却成了一个犹太男人的姓氏,表面上与劳尔毫无关系,这里说的似乎不是她的问题。在那家古怪的旅馆(精神病院?)里,在一片危险的森林边,气氛都完全不一样。"为什么?——因为他们害怕。阿丽莎说。"晚上,斯泰因看着情人阿丽莎跟丈夫马克斯·托尔做爱,马克斯故意开着窗户,"以便让你看到我们"。阿丽莎、斯泰因和马克斯·托尔(罗森菲尔德理论的信徒,亚瑟·罗森菲尔德的信徒,后者是个已故的八岁男孩)企图诱惑伊丽莎白·阿里奥纳,这家暧昧的豪华旅馆的萎靡房客。他们甚至逮到了她的丈夫,然而他们的猎物逃离了他们。

在这种诱惑中,人们不知道谁在设陷阱,谁会落入陷阱,这对玛格丽特·杜拉斯来说很有价值,因为她被她自己的猎物所吸收。杜拉斯经验出奇地丰富,她甚至知道分析所捕获的东西是什么。拉康声称:"不用我解释,她就能知道我想说的东西。"

　　玛格丽特·杜拉斯开辟的是一个分析的空间。是不同形式的交流的场所。这种交流要在一本本书中激发起激情的关系,就像这书自身一样,它们互相伤害,互相爱慕,互相争斗。甚至互相残杀。

　　《印度之歌》(副标题为《文本、戏剧、电影》)从文字的文本中游离出来,溜进了形象与声音的萦绕中、电影的萦绕中,而这部电影自身又会滑到另一部电影《在无人的加尔各答,她的威尼斯名字》(*Son nom de Venise dans Calcuta désert*)中,以同样的声音但不同的形象,去重奏一曲印度之歌,在这些形象中,"人的形象是多余的"。人们的躯体、他们的肖像将会消失,只给记忆留下浅浅的轮廓。剩下的只有声音,幻想着一个无人的世界,无休止地重复着一个过时故事的回声:人们尝试着去爱人。去相爱。然而这是不够的。"世界上任何的爱情都不能代表爱情本身,对此我们无能为力。"《塔吉尼亚的小马》中厌倦了丈夫的妻子莎拉对厌倦了妻子的丈夫如是说。无能为力吗? 在《她的威尼斯名字》中,人们的确无所事事,只有某个故事的断断续续的碎片,抑或一些故事……不要问那些是什么故事。

(1980 年)

过分的精确性

"她在过去中,她有这种优雅。"一天晚上,玛格丽特·杜拉斯这样跟我说起安娜-玛丽·斯特雷特,她自己的那个造物,这是个谜一般的人物,具有独立的意志,她脱离作者的控制,并且每每使她心醉神迷。玛格丽特随时想截获这部作品的回忆,让这种回忆在合乎逻辑中颤抖,于是便给安娜-玛丽·斯特雷特这个女人描绘了一个离奇的文本的过去。在现在中,这个过去便有了在过去中的优雅。

我还记得第一次读《印度之歌》时的震撼,劳尔·维·斯泰因(她并未在文本中出现,是隐迹性的人物)和副领事、安娜-玛丽·斯特雷特、麦克尔·理查逊、女乞丐沙旺纳凯特在他们各自的故事遗迹中喘着大气,这些故事在杜拉斯的其他作品中已经看到过,而在这里,各种声音关注并询问着这些故事,和着节律,回应着作品自身的回声,给出一种全新的清晰。

《文本、戏剧、电影》,这个副标题已经表明了作品的特点。然后便是作品在电台播出后那声音的远航、作品的冲击、强大的乐感。接着《印度之歌》成了银幕上的《印度之歌》,在延伸以外的延伸,又是一种反复:另一部电影,《在无人的加尔各答,她的威尼斯名字》,其中飘逸着《印度之歌》录音带中的声音,萦绕着另一些背景,没有人烟的背景、跋涉在遗忘中的背景、被时间荒芜了的地方。一个只有其废墟还算美丽的世界。这是一个想象的世界,一个有声音记忆的世界、只有对它留恋般的回忆才能证明的世界,而这个世界一旦消失,它的空白状态就会表现出来。一个只能由其痕迹激发欲望的世界,况且这欲望也无济于事,一种纠缠人的欲望。一个有人去过并且离开了的世界、注定要被遗忘的世界,剩下的只是一些迹象的碎片、无法摆脱的征兆:虚无的尖叫。还有疯狂而固执的贪婪,渴望探索激情的足迹、激情的印记、故事志情感的沉重。

我还记得,玛格丽特建议让我在广播中扮演安娜-玛丽·斯特雷特的角色,而我则欣然接受,把这当作一份最美好、最令人惊喜的礼物。朗读别人的文本是一种愉快的体验,我没有任何危险,我可以更好地演绎安娜-玛丽·斯特雷特所有的声音,还有她的沉默……我们的力比多。被禁的色情音乐和表演才能相互结合,在安娜-玛丽·斯特雷特的嗓音中激荡。

《印度之歌》是一个纹心式文本,它是受其他许多文本影响的文本,那些文本回顾了那么多模糊的记忆,那么多可能的不在场。这个文本似乎囊括了一切,包含了一切,容纳了一切,直到将一切撕碎,迸发出禁止的呐喊,尽管它平常总是那么默默无闻,穿透了一切却又无人听到。这种呐喊,我曾经听到隆斯达尔呼喊过,在广播电台的大院里回荡。整个的痛苦、世间的戏剧,这一次又是对沉默这一潜规则的违犯,全都穿过了副领事的身体,穿过了他的声音。麦克尔弯曲身体,跪在地上,重新站起,摇晃着身体,带着失望的声调、抗议的声调、吐露真情的声调,最终爆发出无法控制的呐喊。我和玛格丽特、克洛德·雷吉(Claude Régy)一起见证了这种恳求,就像人们经常看到的那样:分开着——被一块玻璃——与她喊叫的地方分开着,她在不停地试图结束叫喊。

这就是电影。杰出演员德尔菲娜·塞里格(Delphine Seyrig)扮演了安娜-玛丽·斯特雷特,我演绎其中的“一个声音”,最强烈的那个声音。这次我得到了更大的快乐，觉得自己不仅摆脱了自己的文字，而且摆脱了某个人物的轮廓，我能够投入、全身心地投入文本的危险中。

我还记得玛格丽特在拍片时的情形。拍片（内景）是在一家私人小旅馆里进行的，位于十六区的一条老街。一幢充满魅力的房子、普鲁斯特式的房子，但显然有些过时，已经安排即将拆除，就在拆除前借我们一用。

时间非常紧迫，不仅是那美丽的房子和花园，而且也包括拍片工作。预算也极其有限，杜拉斯尽力开源节流，采用创新方法并加大工作强度，以解决资金不足的问题。录制工作刚刚开始就下起了雨。那是一场夏雨，来得突然，雨声和雨滴都很大，势头迅猛。工作人员唉声叹气，宝贵而紧凑的时间只能白白浪费。花园和摄影棚在同一层楼上，雨点打在花园的石头和树枝上，落在草木和石子路上，发出了更大的声响。玛格丽特专心地观察着，向录音人员打个手势，将他带到雨声细柔但持续不断落于其上的石头边，让他录下雨滴落在树叶上的声音，作为电影中……季风的背景。

后来，我在贝多芬街的工作室里录制最后一个场景时，出现了一个突出的问题：这里的故事大概超出了文本。我正想停下来去找玛格丽特谈谈，这时她恰好从技术员那边过来找我，就在玻璃后面，她怯生生地对我说："维维亚娜，对不起，我几乎都不敢问您，这里跟预定的不太一样，但是这里，我认为……"我接着说出了她想说的话。这个无法避开的问题，我们在同一时刻发现了它。于是我们一起即兴设计了后续场景，关于西班牙战争、纳粹暴行等，她又添加了苏联政治迫害的情节。

还记得在拍摄《卡车》（Camion）之前，我们在马比荣街（rue Mabillon）的卡内特饭店（Canettes）共进晚餐的情形。她向我描述了影片中一干人物，那些形形色色的人物，一大堆事件和风景。后来,在最后一个晚上,她觉得这些信息已经显而易见:银幕上只有她和德巴迪埃两个人物,就在她家,在一个房间里。还有一辆卡车。但卡车并不在场景里,是辆不在场的卡车。"玛格丽特,这是一部条件式的电影吗?"她笑着点点头。

在这部条件式的电影中,她宣称"但愿世界走向它的灭亡,这是唯一的政治",结果这话引起了极大的轰动。我看不到其中任何诅咒的成分,而是移开了一个禁忌,这种禁忌通常剥夺了这个世界的呼吸,剥夺了它活体的可死亡组织的条件、面向死亡的条件,就像我们要生老病死一样,只不过速度更为缓慢。这个禁忌剥夺了世界活力的某个部分、某些反常的能量,而这些正是世界的魅力所在。这个世界,政治将它变成了陵墓,但是,我们也要善于抓住它的呼吸、它的弱点和致命点,抓住让它复活的能量,我们是世界的组成部分,是世界本质中不相容的、苛刻的、神经质的组成部分。一个与我们很亲密的世界,然而也是不讲道理的世界。在《如歌的中板》中,安娜·戴巴莱斯德在谈起她的小儿子时,对这个世界感到非常懊恼和愤慨:"他们并不渴望生活,我们却还要教他们弹钢琴。"

又过了数年,在伊夫里,在《夏天的雨》的贫民窟中,围绕另一个孩子,叙述了另一个家庭的故事。这个处于流浪中的家庭也在询问科学的虚荣,在普通的迷失中叽叽喳喳,当谈到学问时心存疑虑,他们更倾向于崇尚知识。这也是玛格丽特·杜拉斯乐意解决的一个重要问题——她自己也为她的作品争取到了进入贫民阶层的权利,并且和他们一起开怀大笑。

而要让人听到,说他们中的每个人,都能够或者应该像劳尔·维·斯泰因那样见证:"我不明白谁处在我的位置上。"像安娜-玛丽·斯特雷特、麦克尔·理查逊那样明白,说爱情,即使是绝对的爱情也不能将人们从"心灰意冷"中拯救出来,而这种绝望正是产生一切勇气的源泉,是任何行动和求真希望的源泉,说得更恰当些,这是追求精确性的希望。

在创作的边缘，也就说政治方面，历史的意义会以通常被忽略或低估的维度出现，而这个维度一旦重建，便会引发一种轰动：感觉的维度。最危险的维度，那就是智慧的维度。

杜拉斯在这里敢于说理，敢于求知。这并不意味着她总是对的，却说明她常常是大胆的。这是进步。世上只存在危险的思想，任何创作都是一种过分。杜拉斯在这里评判的正是过分的精确性。

（1990 年）

呐喊的领地

忘记回忆。渐渐地，花木凋零，世界只剩下石头。《印度之歌》打碎了时间的距离。安娜-玛丽·斯特雷特——"她在过去中，她有这种优雅。"玛格丽特·杜拉斯曾经这样对我说——她毫无限制地（即使是死亡也不会建立任何的差别）主宰着银幕的空间，这个空间没有期限，没有等级，没有边界，最糟糕的东西：处于简单中的生活。美丽和爱情都无法弥补，如饥饿那样反映着纯粹的在场、不可容忍的在场，而各种镜像仅仅是在重复这种在场。

阳光、镜子、昏暗中的灯光、鲜花——安娜-玛丽·斯特雷特就像智慧树上的苹果那样无足轻重，就像这些凋谢的玫瑰、像植物那样筋疲力尽，一刹那间遇上海难，这些要素更好地标示出一个崇高的故事，没有什么可以结束，因为这些都已经结束了。

我们没有离开天堂。曾经的永恒就是这样：恐惧和崇高的美丽之间没有界限，烦恼和最初的空虚之间也没有界限。副领事知道这一点。玛格丽特·杜拉斯展现了这一点。安娜-玛丽·斯特雷特陷入了可怕的温柔，被情人所包围。没有任何东西去碰她。夜间，麦克尔·理查逊那温柔的手抚摸着她的头发，那是无用的。拥抱呢，再多的拥抱也是无用的。人们屈服于爱情，心醉神迷，这些东西都不能标示任何东西，也不触犯任何规则。

160

这就是杜拉斯的作品所要表达的东西,欲望中的欲望、标示着对象的欲望,突然赤裸裸地显示出来,揭示出能指与所指的身份。给予希望的距离被废弃。只剩下一种补救方法,见证一种被迫面对不可战胜物的知识、在幻想物中崩塌的知识、与排斥爱情融为一体的知识。还剩下呐喊。重大的禁忌,听不见的禁忌。无结果的行动,徒劳的行动,无结果的呐喊。然而那是响亮的呐喊、活跃的呐喊,一直回荡到黑夜的深处。

于是,杜拉斯作品的意义、生活的意义,一直以来被历史磨灭的东西,那些不能说、不能看、不能听的东西(但能通过电影表达出来,因为电影具有其灵活性、透明性、活跃性和同时性),都能够以一种方式宣泄出来——呐喊。尽管它是一个重大的禁忌。

安娜-玛丽·斯特雷特和玛格丽特·杜拉斯所听到的副领事的呐喊,时时处处都被拉合尔人压制着。呐喊是地球及其居民固有的语言,是一种野性和沉默的回应,没有别的回应。话语、言语甚至音乐都是为了转移我们对它的注意。现在我们听到呐喊了,它呼啸而过,渐渐延伸到远处,我们能看到它的轨迹,既能看见,也能听见。

从拉合尔来的副领事爱上了安娜-玛丽·斯特雷特(这两个人物一起分开着,混合在这种分离中),他们在法国大使馆的一场舞会中交谈起来。交谈是为了什么也不谈,是为了说明什么也没有,没有什么可说。他们明白这一点。至于副领事,他是丑闻的对象、爱情的地方,人们要将他赶出去,因为他会呐喊,他会展示他愚蠢的痛苦、疯狂的理论,以及他所体现的事件。这里才是作者要表现的根本所在:在呐喊中,原始的呐喊。声音:直到这时还听不到的声音,这个世界的唯一的声音。

于是人们听到了呐喊。人们说出了想说的,喊出了想喊的。人们听到了从未停止过的声音。安娜-玛丽·斯特雷特静静地站着,其实是在静止中起舞,正如她一贯在无声中呐喊那样。呐喊就像音乐一样,令她又爱又怕,偶尔也会在她那儿稍作停留。

静止的安娜-玛丽生活在另一个静止的男人身边,默默地煎熬着,忍受着,反省着。呐喊的迸发有如暴雨降临,遍布每个角落,它飞出了银幕,占据了时空,回旋,飘散,游荡。隆斯达尔用他的嗓音演绎副领事的呐喊,他的声音俨然成了一座丰碑、一出歌剧。一切繁华尽皆褪去,只剩下赤裸的纯真。所谓羞耻的领地。安娜·玛丽亚·加尔第这个名字的音节分散开来,和从前的安娜·玛丽亚·加尔第的声音连成一片,她后来变成了安娜-玛丽·斯特雷特。以她第一个名字在威尼斯玩耍,在远离使馆的威尼斯玩耍。

名字的呐喊。呐喊的名字。沉浸在情感极点的膨胀中,这种极点会——人们可以这么想——产生爱情。然而此时并不呐喊。至多只是呼喊一下。然而呐喊就在那里,无法平息。想想玛格丽特·杜拉斯,她总是在倾听这个呐喊,并且意识到自己在听,既想追寻,又想逃避。

这里,银幕变成了一个具体的空间,即作者所说的"写作危机"的空间。

男人和女人一直站着,一直静静地站着,既是出游者又是被浏览者。然后一个动作,男人的一只手,缓缓地伸向女人肩头上的肉。到此为止。这还存在。任何其他动作都不可能。

几小时后,疲倦的副领事离去了。只有清晨的小径上还回荡着呐喊的余音。清晨的世界,可怕的空间里惨白的回音,副领事的背影渐渐消失在这个空间里,还有他的呐喊。副领事衣衫褴褛向前走着,与在拉合尔的破衣烂衫一样。在拉合尔的萨里玛花园,他向麻风病人和狗开枪,他在家里也向自己开枪,对着镜子开枪。慢慢地,四周安静下来,这时他又开始大喊大叫。

使馆的会客厅里,埋怨声零星地回响着,安娜·玛丽亚·加尔第的名字又成了安娜-玛丽·斯特雷特,她找回了自己的身体,也找到了另一个身体,找回了欲望,露出伤心的微笑。呐喊声渐渐变小,这时女乞丐又开始呐喊,那是一种自然的声音,因无知而令人心碎的声音,它异常哀婉,与另一些充满激情的声音异曲同工,传遍了这个世界。渔夫的喊声、劳动的号子、小鸟的嘶哑鸣叫,世界在酝酿着白天,重新恢复了它的喧嚣。接下来的将是这种喧嚣剩余的东西,在剩余的喧嚣中,将继续不可能的故事,写着故事的结局、不可能的结局。出现了一些符号、一些玫瑰、生活中的偶像,而屏幕上则是最后的印度地图,世界的一块鲜肉,就写在某种沉默中,而呐喊将上前签上自己的名字。

(1979 年)

克雷斯皮家的生活

一天，艾米利奥·克雷斯皮和他的妻子在垃圾桶里发现了一本书：《乔治·蓬皮杜的一生》。他们激动万分，而后便如饥似渴地拜读了从商店偷来的所有名人的传记——甚至那些好几个月才能读完的无聊的作品，如埃杜瓦·埃里欧的《诺曼底森林》，那本书里"一个人物也没有，从头到尾都在讲诺曼底森林"。于是，知识穿越了维特里市，到达贫民窟（现在已经消失），二十年来，那里每个贫民窟的文化习俗都不尽相同。克雷斯皮一家没有工作，还要养活一大群孩子。[1]

长子埃尔奈斯托十二岁（至少人们这么猜测，正像艾米利奥所说的："孩子的年龄嘛，可由不得别人说三道四。"），埃尔奈斯托很生气，因为他不识字，不能享受阅读的乐趣。这有什么关系！他发明自己的读物，而他的阅读方法会让博尔赫斯欣喜若狂："他将单词看成一个图形，赋予图形一个完全任意的词义，根据第一个图形的词义来为其他图形赋义，直到整个句子能凑合出一个通顺的意义为止。于是他明白了这一点，阅读就是一个故事在自己身体内的一种持续的展开，而这个故事又是自己编造的。"

埃尔奈斯托就这样很快地涉猎了所有的学科，从中汲取知识。这下轮到弟弟妹妹们恼火了，他们也试着用同样的方法阅读普利苏廉价商店里的连环画。他们席地而坐,打开连环画,比如《丁丁在普利苏》。"故事说丁丁……在读书……在哪里?在普利苏。"他们的妈妈对连环画不屑一顾,对他们怒目而视:"这些书哪有书的样子?"

这时埃尔奈斯托达到了认识事物的时候,也就是说失望的时候:"一切都写在那儿,根本用不着去看。"对于这个奇怪的现象,他父母好气又好笑地评说着。

在《夏天的雨》中,玛格丽特·杜拉斯使用了禁忌的手法。她以幽默的笔触尽情调侃,甚至连最神圣的领域也不放过,还包括许多细小的东西,例如认识事物和对上帝的认识、普通的无用性、童年、情感的眩晕等。还有移民、她的活力、她的神经官能症、回忆中的祖国等。还有这位母亲韩卡·利斯科夫斯卡娅,她了解很多国家,她来自这些国家,背负着一段沉重的记忆,与某个弗拉季米尔的一夜情——唯一的一个夜晚,却持续影响着这个家庭,折磨着艾米利奥。

就像克雷斯皮一家一样,玛格丽特·杜拉斯采用另一种思考方式,建立了另一种"法律"。那是一种粗鲁、无礼却又充满智慧的思考方式。一个组合性的无知的故事,一个原始差异的故事。一个热情洋溢的故事、催人泪下的故事、充满基本温柔的故事,并且通过残酷的场景,展示出一种"憎恶的温柔"。其中就有一幕,焦虑的母亲要儿子发誓,对任何事物都不再抱有任何希望。

这是自由的顶峰吗?抑或是对最精确知识的一种入门的信号?无目的、无希望地寻找的自由,只需任意的想象技巧。语言中所显示的空洞性,假如语言不再抗拒本能,抑制激情,尤其是不能制止可笑的举动时,那语言就没有什么价值。

这就是克雷斯皮一家的艺术。他们担当着丑闻,担当着活人的丑闻,也就是说可笑之人的丑闻。然而只有事先经历过嘲笑,只有在错误和失足中才会有新启示和新发现。想要探索,就必须鼓起勇气。克雷斯皮家的艺术,就是不能停留在原来的位置上,或根本找不到自己的位置，或找不到准确的位置，那样只会招来嘲笑。必须不断地调整位置和自我调整，才能越来越接近事物的本质，这个本质也许有一些可悲的方面，如虚无，或者更加糟糕，如迷途。

可爱的克雷斯皮一家很热情，很狂热，每个成员都了解自己的亲人，他们都像自己的亲人一样，被遗弃在一个"无人地带"，而且发现，没有任何对他们有利的信息。没有一个地方可作为我们的精神家园。在他们面前该怎么做呢？除非像那位小学教师一样，被他们的事业弄得晕头转向，在那种郊区的背景中唱着"哦，妈妈，我好痛"，就在这个世界的尽头，或在这个神秘时代的开始处。这个背景，它是虚无的证人，是虚无的维度的见证者，它通过克雷斯皮家的优雅行为，将自身建立在生活上，在运动中传播，一声气息，玛格丽特·杜拉斯作品中最美的一本书。

（1990 年）

于连·格林

于连·格林*或存在的猛烈

于连·格林经历了整个二十世纪,然而他总是像一个二十三岁的小伙子那样笔耕不息,他很早就预见自己将成为一名作家,他写道:"这是一个想诉说真理的人,是一个颤抖不已的人。"今天,如此著名的作家就代表了这个预言中的男人。

在他第一部小说,即给人印象深刻的《西内尔山》出版后,贝尔纳诺斯(Bernanos)这样写道:"加油啊,格林,你的作品棒极了!"那么六十年后,当他看到六卷(很快就有七卷)由"七星文库"出版的格林全集时,他又会怎样评价当初还是新手的格林的全部作品呢?他的作品既非常清澈,又非常昏暗,既光芒四射,又充满杀伤力,既渗透着优雅的灾难,又贯穿着痛苦的学识。因此他的作品似乎自成一种语言、一股气流,同时传递着迷失和救赎的任性。

然而,如果人们在他面前提起他的第三部小说《利维坦》——马尔科姆·劳里(Malcolm Lowry)认为这本书达到并展现了极致的悲痛,其他任何作品都比不上——于连·格林则微笑着,若有所思地说:"在我写这本书的时候,我是如此幸福,以至我无法承受这样

---

* 于连·格林(Julien Green, 1900—1998),美裔法国作家,法兰西学术院院士。生于巴黎。父母是美国人,自1893年起即定居欧洲。代表作有《西内尔山》《阿德里安娜·梅叙拉》《利维坦》《发生幻觉的人》《午夜》《如果我是你》《年轻岁月》等。

的幸福。"同时,他又表现出作家的一面:"有些日子,我也会恐惧地叫出声来……倘若他们听到的不是回音,而是原来的声音呢?"他指出:"存在的唯一快乐能强烈到何种程度?"他还特别说明:"在我身上,整个世界都是幸福的。"这也许是自相矛盾的,因为他经历了这个世界最深层的痛苦,这个世界中什么东西都逃不过他,无论是"人类富有激情的活动",还是"出于本能那阴沉而强烈的表现"。

于连·格林的目光像他的作品一样犀利,而且深不可测,这目光既非常关注周围的世界,又对其他地区的情况非常熟悉,在思想的热烈中回顾着可见物与不可见物之间的亲密关系。在这个光线柔和、半明半暗的客厅里,所有的墙都是庞贝风格的红色,过道里堆满了数以千计的书籍,这些书以戏剧般的平静陪伴着他,这个男人明显而简单的存在让人感动,英俊的脸上没有一丝皱纹(保罗·莫朗[Paul Morand]声称他把自己的皱纹都转移到他笔下的人物脸上去了),散发出一种内在的优雅,人们猜测他正在以强烈的热忱度过每一天,以略带讽刺的好奇心享受每个瞬间。从那凝重而脆弱的安静中,经常会突然发出笑声,说出一些出乎意料的回答,深思熟虑又略带挖苦,透着无可抵挡的诙谐。

人们都知道于连·格林是美国人,是福克纳所珍爱的美国南方一个有威望的新教家庭的后代。而他在巴黎出生,随后在巴黎度过了他的童年和青少年时期,他的一生基本上都是在法国度过的,他选择了用法语写作。但是他的母亲,美丽可爱的玛丽·阿德莱德·哈特里奇·格林(Mary Adélaïde Hartridge Green)在儿子十四岁的时候就去世了,她生前经常温柔地称他为"我的小法国佬",她只用英语跟他说话。在妈妈身边,每天都是英语——妈妈是清教徒,对新教非常忠诚,然而同时,她也会在巴黎咖啡馆前面,给其中长得最难看、生意应该最不好的妓女一个金路易。每天在母亲身边,格林用英语记住了一些圣诗,并且高声朗读詹姆士国王钦定版《圣经》,

现在还是一样，他每天早上都读，尽管他也会经常研究他拥有的其他众多版本，不同时代和不同语言的版本。但是"英语版的《圣经》是我一生最重要的读物"。

在他一生中，就从来没有过死气沉沉的时候，他的作品和他作家的生活一直都在颤动着。很少有作家，很少有人能像他这样全身心地投入，在一部手稿的开头，他写下了这样一句格言："要么说出一切，要么就闭嘴。"在哪里能更好地发现这一点？在他那历时七十五年的十六卷《日记》中吗？还是在他接近疯狂地自发叙述了童年到成年初期、青年和家族星座的《自传》中？或者在这些魔化的小说，即若泽·卡巴尼斯（José Cabanis）所说的"唯一的波德莱尔式的小说"中？也许是在最后提到的这些小说中，在它们埋下的陷阱式的主要谜团中。

天主教徒和作家？"我是天主教徒，也是作家，但我不是一个天主教作家"，他经常提出这样的抗议，他拒绝有教谕意义的文本，他反抗一切，走的是一条特别而危险的道路。从他笔下人物的"造反者的血液"中，他常常看到了自己。

十六岁的时候，在科唐贝尔街（rue Cortambert）的一个小教堂里，他放弃了新教，立誓加入"天主教的、使徒的和罗马的"宗教，这不免带着一丝颤抖，他是家里数个姐妹中唯一的儿子，他把这个计划告诉了他的父亲。然而爱德华·格林很平静地回答说，他已经先行一步，几个星期前就已经皈依了天主教。

这位鳏居而又保守的父亲，在帕西（Passy）街区维持着"一切都散发出和平和烦恼"的气氛，他没少鼓励他的儿子隐瞒自己的年龄，在 1917 年应征入伍。年轻的于连先是在阿尔贡（Argonne）开军车，随后又到意大利开救护车（跟海明威同时）。第二次世界大战期间，他被征调到美国，负责面向欧洲的广播节目，于连·格林每天都在法语电台上播音，这是安德烈·布勒东（André Breton）主持的电台。

他在十九岁的时候才发现美国，在弗吉尼亚大学上学，这个大学"拥有足够的希腊大圆柱去装点上万个悲剧"。祖先之地的美国南方让他着迷。"如果我要对一个欧洲人描述一下南方，应该提到狄更斯笔下美丽的英国别墅，再将它放到兰波笔下的背景中。"在短暂的停留中，最值得一提的就是与马克（Mark）的相识，"水果和肉的气味让我产生了想死的念头"。第一份强烈的疯狂爱情，一直都是柏拉图式的，这种爱是如此炽热，以至他害怕看到马克离他而去。从此以后，一场激烈的战斗，精神和肉欲的战斗，快乐的经历与欲望的激烈战斗，在他的生命中，在他的作品中，担当着无声而又激烈的角色。爱情对他来说能"排斥欲望"，它应表现为长期的和谐，能像罗贝尔·德·圣让（Robert de Saint-Jean）的生命一样持久。

他没有读完大学就回到了法国。第一本书出版了。当时格林年仅二十四岁。这是应一位朋友的要求为《抨击者杂志》（*Revue des pamphlétaires*）写的书。总共五十页。这就是《对法国天主教徒的抨击》，在数日之内写成。整整五十页，一页也不多，虽然他还有很多话要说。"词语就像已经等了许多年那样，它们自己冒了出来。伴随着忧郁而快乐的愤怒，我消灭着天主教徒。"至少消灭了他们的温暾冷漠。读者立刻从中发现了深入的暴力和反抗的才能，一直挑战极限，其实他所有的书都是这样。他说过，"当一个人祈祷的时候，他就处在危险当中"；他大肆抨击一位平和的僧侣，说由于僧侣的庇护，"教会保守着它的秘密：让一群傻瓜去将宗教献给全世界"。对他来说，"天主教让他晕头转向"。他指责教士们说："基督的仁爱，你们压根不知道是什么，虽然你们说的东西并不荒唐"，而"在亵渎神明的言语中，至少也有一些激情。亵渎神明的错误是可恶的，但是它并不缺乏虔诚"。这种说法一直激励着他以后作品中的人物："在世界上所有的力量中，冷漠是最可怕的。"并且还有这样的看法:"人类可怕的理性就是不能理解。"

如果没有战争,没有年轻出版人所期待的宗教论战,一些读者可能会希望结识格林;其中就包括马克斯·雅各布(Max Jacob),他后来称格林为"恐怖的诗人",还有雅克·马里坦(Jacques Maritain),他立刻做出如下评价:"这太棒了,法国最伟大的作家是一个美国人。"[1]后来,他们结下了不解之缘。而 T. S. 艾略特*很快将这部作品翻译成了英文。

从 1926 年开始,从他最初的小说开始,读者和批评界就表现出极大的热情。凭借无与伦比的《阿德里安娜·梅叙拉》,格林在伦敦获了奖,同时获奖的还有弗吉尼亚·伍尔夫的《达洛卫夫人》。她很美丽,有点失魂落魄,她的手"像翅膀一样抖动",她拒绝在他之前发言,其实格林也跟她一样不知所措。虽然他喜欢孤独,但是在这个世纪中,很少作家、画家和电影工作者没有和他打过交道。很多人跟他有交情,莫里亚克(Mauriac)、纪德、达吕斯·米约(Darius Milhaud)、梅特林克(Maeterlinck)、瓦莱里(Valéry)、马尔罗(Malraux)、维斯康蒂、茹韦(Jouvet)等。茹韦曾经恳求他写戏剧,但是当格林完成戏剧《南方》的时候,茹韦正好与世长辞。

那么弗洛伊德呢?他读过格林的作品?他结识过《利维坦》的作者吗?于连笑着说:"他应该这么做!"他与格林失之交臂。有一天,斯蒂芬·茨威格**想把格林带到伦敦让他们两个人相见。但是格林去了美国,达利代替他去了。是巧合吗?于连·格林微微一笑。关于精神分析,他不是写过"拆开灵感的机制是要遭报应的"这句话吗?但是,梅兰妮·克莱因(Mélanie Klein)[2]就用他的小说《如

---

　*　T. S. 艾略特(T. S. Eliot, 1888—1965),美国诗人、评论家、剧作家,1948 荣获诺贝尔文学奖。其作品在 20 世纪乃至今日的文学史上影响极为深远。

　**　斯蒂芬·茨威格(Stefan Zweig, 1881—1942),奥地利著名作家、小说家、传记作家。作品有《月光小巷》《看不见的珍藏》《一个陌生女人的来信》《象棋的故事》《伟大的悲剧》《昨日的世界》等。

果我是你》来支持她的某些理论。施特克尔(Steckel)让学生们阅读"这些精神分析的小说,其作者对精神分析学却一无所知"。关于格林,这一类的例子不胜枚举,况且他还认为,"无意识是一位作家,他对自己的职业非常熟悉"。

他对语言充满热情,"这也是一个故乡",他喜爱字典、语法、语言学著作,他掌握着自己的写作经济学。"应该让读者时时面对一个事实,而不是一句话",但是,他也应该有一些激动人心的爱好、能够体现的爱好,应该"知道人物嗓音的语调"。文本的语调,是他的声音吗?他的朋友纪德在翻译莎士比亚时表现出自己的保留想法,格林便在他的《日记》里写道:"纪德理解每个词的意义,但是他没有抓住英语句子中的声响。"纪德"常常让他觉得他是位无神论,一个心怀疑虑的人"。

格林的作品在远离各种流派的地方施展才能,独立于当代的研究,但是透过表面上古典主义的表达手法,遵循着一些颠覆性的逻辑,使一些全新的清醒思想大白于世(或者沉沦于黑夜)……作品的秘密性在加强,它们无法归类,超越时间,源于"幻觉的最高天赋",与最为偶然的观察才能相结合。他的小说充满了幻想,但同时也反映出一个最真实的世界,如同一个隐迹纸本,在他的笔下,同样的世界奇特地变成了另外一个世界,一个衍生出来的世界。他的小说承载着一种撕心裂肺的视觉,有时让人无法承受的视觉,即我们的空间、最熟悉的事件都变成了丑闻性怪事的元凶,对这些怪事,我们曾经发誓永不沾边,但似乎还是无法避免。

男人们和女人们都很贪婪,他们在缺失的残酷中苦苦挣扎,他们并不太在意性别的挫折,而更在意对无法企及的必要性的无意识感知——某个节日,也可能是某个通道,从其他人那里争来的通道,而那些人从来不会遭遇不幸。他们被困在无辜的可怕陷阱里,常常犯些罪过,热衷于进行一些其赌注无法识别的游戏。他们中有多少人能像《午夜》中的伊丽莎白那样做出这样的思考："为什么命运总是选择让她，而不是那些在观察她的陌生人受苦？"——而面对绝望，他们的唯一求助办法就是和阿德里安娜·梅叙拉一样，经常走进"他们痛苦的深处，就像人们走向一个避难所一样"。

痛苦感和充实感。书中的次要人物也令人着迷，令人害怕，他们的执念越是狭隘，他们就越是受制于这些执念。无情的幽默（通过荒诞将夸张发挥到淋漓尽致），格林那奇怪而准确的直觉常常让他的人物令人发笑，但这种可笑与悲剧相去不远。在痛苦中没有任何等级，人们猜测这是一些不合时宜的存在者，他们备受神圣物的煎熬，也许他们就属于这种神圣物的一部分，其地位卑微，被撕裂成惊恐的条块。

若问于连·格林，怜悯应该放在怎样的位置，他很惊讶："最好还是不要做任何道德上的评价或其他评论，即使对怜悯也一样。"也不要做出任何的指示，哪怕是隐性指示亦然。沉默时，怜悯便会发作，正因为事先没有提示它，它就更具有破坏力。这里必然有个回忆，那是在于连·格林二十四岁发表第一篇文章时，那时他还没有写过小说，在读过《尤利西斯》后。这部作品当时还没有被翻译成法语，五年以后也就是 1929 年法文版才出版。这是一段关于乔伊斯的话："他鄙视解释，原因很简单，那就是生活本身就鄙视解释。"

1994 年 6 月的一个美妙的下午，于连·格林向我讲述了他旅行的愉悦、面对绘画时的欣喜和对音乐的渴望。在他的眼睛里，有一种痛苦感，但是更多的是一种充实感。"我终于认清了生活的意义。并不是神秘事件的意义，它们属于高等的意志，我认清了某种命运的意义。随着时间的推移，从混乱中突然出现了某种东西，而它的计划也渐渐显露出来。而且总是在生活之后的那种讽刺的意义。"

于连·格林若有所思地继续说："我总是向自己提出这个问题：

我是否满足了人们对我们的期待？我回应了做人的使命吗?"当他肯定时便做出了回答："在我体内，整个世界都是幸福的。"他用各种危机做出了回应，而他的作品就是这种危机的回声。他抓不住这些作品的秘密。这个秘密从作品走向作者，而在两者中，任何一方都不能真正体现另一方。

　　而于连·格林，在这个夏天的晚上，他也许揭示了他整个作品的来源、作品的精髓，以及实现作品的战斗。当谈到他在两种语言之间如何做出选择时，他大声叫道："人们是否用词语来思考?"

（1994 年）

于连・格林或瞬间的热忱

著名的《日记》的第 16 卷[1]！于连・格林一如既往地认真创作，力求精确，关注每一个瞬间的充实、自己的庄重态度，还有自身的喜悦。注意通俗的体现手法，又从不缺乏神秘的意义和作品的卓越。

音乐、笑声、星球的戏剧、风景的优美、引人发笑又令人心碎的回忆、截获事件的才能、醉人的时刻和时间的恐怖，这些都在持续颤抖的思考中接踵而来，总是处于警告状态。处于持续接待的状态。因此他不知道什么是烦恼："'我很烦'这句话是最恐怖的句子之一，因为它正好意味着'我让我很烦'……"对他来说，越来越重要的是认识他身上"那个未知的部分，那个复体，随着时间的推移，我们终究会猜测到这个复体。为什么总有这个影子般的伙伴?"。我们在这里又重新看到这个疑难问题的作家，他是如此清晰，却更加令人不安，他总是敢于面对救赎那无情的部分，既矛盾又难以解读，而且常常是很毒的那个部分。

在他那个年龄，在九十三岁时，于连・格林还认为："这个年龄可以开始知道自己是不是对真正的自己做出过回应，是否与真正的自己相符。"他的《日记》给出了什么答案，什么例子能证明与自我完全相符，与自我的使命相符！这种靠近远非减缩性靠近，这种接近变成了一个首席的绝对存在，它激情地开放着自身，伴随着一种苦涩的清醒,面对地球及其悲剧:"失业的持续灾难。人们感觉好像迎接了一支挨打的军队,并且每天都在被动挨打。这是一个漫长且没有希望的活计。"还有:"经济团体给法律带来的压力越来越大,迫使法律改变。我们正在渐渐走向一个世界政府,走向一个世界秩序的恐怖,走向'大兄弟'公司,其财团领导和国家元首一样,都是享有特权的公务员。"

　　一种归属自我的存在,然而也包括"在别处的印象"、"这一切都不可能"的感觉,甚至"生活在于连·格林的小说中的感觉",并有"一种与日俱增的担忧"。但是,也有一种不可战胜的勇气在日渐增长,这个勇气的形式就是快乐,它能对抗恐惧的意识。"活在地球上的快乐,友谊的快乐。"这些闪光的友谊,被人们当作主要的幸福在慢慢品尝:在花园里度过的某个下午,出门散步,还有晚间聚会,他总是为晚会过早结束而深感遗憾。

　　他对自己非常熟悉的意大利也情有独钟。唯一的遗憾,就是他不能"在没有树的地方生存",意大利"用建筑代替了树木"。意大利差一点就接纳了于连·格林,因为在近几年中,他受到被逐出巴黎公寓的威胁。然而如今非常幸运,这已经成了半旧不新的老皇历了。不过,《日记》中反映了这个受控制和已经过时的焦虑,并且依然让人看到作家那无法避开的忧郁,这种忧郁在他晚年一直强烈地困扰着他。"我能够重新找到一个和现在一样的房间吗?神奇的房间,里面一片红。所有物件都以我为中心,集中在一片红色中,周围的家具、墙壁和书籍好像都在向我靠近,将我和一个变得愚蠢而不可理解的世界隔离开来。这里就是我的避难所。我的身边不是也有一片森林吗?就在我书房的门后。这片森林不是天天可见的,但是在昨天,它还非常清晰。这是我做梦的地方,我的保留地,我的阿登森林。"还有一种强烈的愿望,即探索和品味每一瞬间的优雅,不拒绝其中的任何东西,无论是忧愁,还是微笑或开怀大笑,就像安杰洛·里纳尔迪(Angelo Rinaldi)对他说的那样："两个星期以来,我都累垮了,不幸的是我累垮了。"

然而美丽让他无法自拔。例如孩童那美丽的嗓音,"唱着惊人的长调,它是如此美妙,让人害怕它的结束。孩子奇迹般地保留和拥有它……突然,神奇的调子停止了,转向一种魅力完全不同的调子,沁人心脾"。毫无疑问:人们可以在这些词语中回想起《日记》。

回忆扮演了一个很自然的角色。格林记忆中的孩子没有消失,他母亲的位置也没有消失,在很多书中,他告诉我们他很爱他的母亲,母亲临死前的形象又回到这里,那时她的儿子还是一个孩子。"睡美人的形象,如同一尊两颊光润的雕像",必须抹去这个形象,才能重见到他最爱的人:"满脸皱纹的妈妈"。

对于爱德华·格林的记忆:他是一位谨慎的父亲,性格有点内向,非常遵守纪律,他也皈依了天主教。当他年迈的时候,有一个女人听说他不在了,便打电话过来询问,以一种"异常温柔和忧郁的嗓音说:'啊!我是多么爱他呀!'"女士说完便挂了电话。于连也"同样温柔地、永远地、直到今天"挂上了电话。这种转瞬即逝的事件、富有亲和力的事件,既非常清晰又模糊不清,标示着作家的整个一生;这是这本书中众多的叙述之一,就如同众多简短的小说一样。

几乎擦肩而过的身影充满了整部作品,他们揭示了不同个体的充满激情的性格,但他们的名字又停留在匿名状态:"小说家的魅力都是很强大的,我直到最后都是如此。倘若我看见一位优雅的女士,穿着皮大衣,向她的小男孩指点着窗外的白雪,那我就会加入他们,我会和她及小男孩在一起。我正好是第一眼看这白雪的年纪。"

第一眼,这是于连·格林的秘密之一;有了这个第一眼,一切都变成新的发现。消失的人将与之会合,来到现时中,而现时中的人自然而然地会重新加入这支神奇的队伍，读者自身就属于其中的一部分，随着队伍的气息，合着与沉默的音乐相邻的节奏。通过一部作品、一个声音，一位读者会惊奇地发现，生命原来可以是这样。生机勃勃的生活。

（1996 年）

格林的岁月

居然有那么多优雅地居住在这片土地上的方式。《年轻岁月》讲述了一个关于这种优雅和脆弱奇迹的故事，即人们生活在危险的不稳定的状态中，生活在环境的精确中，环境的魅力和半透明与地狱的透明性紧密相连。

从童年开始，从青少年时期开始，从最年轻的时候开始，于连·格林表面上生活在温馨中，生活中充满神秘的场景，一直都有自己的秘密，所以他创作出了影响深远、杀伤力极强的小说，透着不可抗拒的令人迷惑的清晰。三部自传性作品，合成一卷，在平静的痛苦中，在过分的开端中，展现了一个深不可测的湖泊，其中孕育了他漫长的一生、累积了大量作品的一生。超越时间的作品，完全属于我们时代的作品；涵盖所有时代的作品，在时代的黑夜中，于连·格林毫不声张地探索着，避免引起对贯穿长夜的黑暗的放弃。

沉浸在对生存的长期觉醒中，这既让人平静又具有动员力，生存常常是痛苦的，要发现纯洁的强度，这种纯洁将达到一种全新的智慧、一种充满幻想的智慧。这种智慧能听见罪行的一切、意义的一切和原罪滋味的一切，然后又有肯定的赎罪作为接应，通过一种粗鲁而闪亮的信仰，通过一种激情智慧的轨迹去赎罪。这种智慧是先天的，它勾画出一个人的人生道路，人们会发现他在七十多岁高龄时还这样写道:"这难道不是很奇怪吗? 事隔那么多年,到了1973 年 11 月 28 日,当我写完了这一页时,我还是那么离奇地激动,以至我必须停止写作。"

于连·格林的这种现实主义魔法,这种常常很残酷的灵性、总是以肉身体现的灵性,这些东西都已经存在于帕西街区的公寓里,就在他的几位姐妹、一位天赐的保守父亲,以及一位嗓音悦耳、性格活泼的母亲之中,他母亲去世得很早,然而就像温柔的一击。此后,孩子们经历着一种隐隐的痛苦,一位逆来顺受、深居简出的父亲那静静的痛苦,但是当需要他的存在时,他还是非常引人注目,正如在当时,当年幼的男孩,这个古老的新教家庭里的独生子"将害羞与自尊抛诸脑后",向父亲坦白说他对天主教有着一种不可抵挡的情感时,父亲以极其简单的方式回答他,说他自己从"去年 8 月 15 日"起就已经是天主教徒了。

诚然,发现构成《利维坦》和《阿德里安娜·梅叙拉》作品脉络的思路是令人鼓舞的,但是叙述本身给人以最高层次的迷惑。在不同的住宅里面,在铺满同样印花布的住宅里,同样的窗帘上镶着磨损的丝绸金色纽扣,"这里的一切充满了平和与烦恼",于连和他姐妹们的命运在摇摆,在颤动,在奔放,在互相支撑着。在其天职的保护下,在其家庭天使的地位的庇护下,于连灵巧地穿过悬崖地带,而且从童年时起,在一种不为人知的经济拮据中,他经历着一种强烈的存在、一种丰富的阅历。

多好的平静! 一生都生活在平静中,成年作家对曾经是幼年儿童的自己怀有这般的温情,而且不带任何自恋的成分,是那么简单可靠,因此,"一个得到上帝宽恕的人却不能原谅自己,这么令人沮丧"。

还应该说说青少年时的于连·格林,口袋里装着节约下来的二十五法郎,本来准备去妓院长点见识,在路上却没能忍住,用这笔钱买了一副高档手套。于连还曾经梦想在高级糖果店里摆放他姐姐制作的橙子果酱，以恢复他们的财富，但是没能成功。于连在麦克·斯泰因（格特鲁德的哥哥）家里发现了马蒂斯的一些作品，他起先很讨厌，但是后来被一幅女性肖像所征服。这个女人"展现了无生气的美貌、性感的假正经的肥臀。滚开吧，母猪们，让我向前靠近一点。皮笑肉不笑的窘相，歇斯底里的目光……"

我们再说说于连在美国的岁月。在即将结束学业的日子里，他在那里疯狂地爱上了马克。一份从来没有坦白的爱情，毫无疑问是彼此心照不宣的爱。"他知道，他知道，我能肯定他知道。我的眼睛把什么都说出来了。"回到法国后，他开始了自己真正的使命：写作。他爱上了罗贝尔·德·圣让，走向一份决定性的爱情、绝对的爱情，一份受伤害的爱情，这份爱情常常责怪作家，说充斥其作品的那些人都是"粗暴的孤独者"。

还有什么比曙光中的生命更加感动人心？这就是一个忠实而充分的概论，就是一个《地上的游客》游历的本质。这个游客，他的踪迹将永远让我们牵肠挂肚。

（1992 年）

琼·里斯

拜会琼·里斯*

　　在德文郡的深处，在大片土地与浓雾的深处，在英国的穷乡僻壤，生活着一位年迈的女士，她就是琼·里斯：一位伟大的作家。去见她，这可是一次长途旅行，出租车司机格林斯莱德先生不得不在埃克塞特火车站等我，手上拿着一条白手绢！格林斯莱德先生是这个害怕孤独的女人与世界的唯一联系，她选择了孤独，直到暮年，她还继续走她坚定不移的道路，然而她又是非常脆弱的生灵、平凡的生灵，她和其他创作者一样，没有任何反抗能力。

　　格林斯莱德先生与这位他所谓的"伟大女性"岁数相当，我们正向她走去，出租车钻进一片大雾中，在无边无际的田野中行驶，路过一个个水洼，义无反顾地向前疾驰，偶尔也会遇到一些障碍——篱笆和灌木丛——沿着道路两边延伸着，似乎无法企及。我想起了那些城市、那些人群，琼·里斯的女主角们开辟了一条通向她们的通道，也通向她们的幽默，通向她们的孤独，迷失在小酒吧里的孤独，她们身处一群群定位的身影中，定位在每个人自己的孤独中，在自己的衰老中，在自己的失败中，定位在奇怪而又持久的勇气中，那是

---

　　* 琼·里斯（Jean Rhys, 1890—1979），英国女作家。代表作有《左岸》《黑暗中的旅行》《茫茫藻海》《四重奏》《离开麦肯齐先生以后》等。

街头人群和市区散步的勇气。我回忆起她们走过的路线，脚后跟踩在碎石路上那有节奏的声音，有时她们会穿越河流，灵动闪耀的河水让城市变得柔和。这儿，我们周围是一片寂静，平坦的大地，杂草丛生，那些跟海一样蓝的英国天空。格林斯莱德先生对我说："她太累了。不要让她说太多的话。"年迈的男性嗓音里略带保护的意味，这是那些在你生命中不起眼的人的善良，而琼·里斯很擅长描写他们这种中性的——无用的吗？——关怀。

然后，我们突然进入一片广阔的平原，眼前出现了一幢白色的房子，进去一看，里面的装饰很奇特。她就在那里。突然出现在我的面前。她的笑容带着忧伤、固执，好像顺从着某种规律，是那种不抱希望的微笑；这种微笑是她的挡箭牌，因为一个陌生人的到来，或许是一个希望，或许是一个威胁。我感觉自己给她带来了威胁，觉得自己很残忍；在她眼中，我无疑是个外人，是从具有攻击性和渗透性的世界来的人，她一直在仔细观察分析这个世界，揭示这个世界，也许正因为如此，这个世界才会如此拒绝她。这个世界对她笔下的所有女性都怀有敌意。突然，这些出乎意料、令人伤心、备受压抑的女性形象体现在她优雅的身躯上，她身着白衣，十分虚弱，腰略有些弯曲，这形象还体现在这张细腻漂亮的脸上，因上了年纪有点不修边幅，尤其体现在她的目光中，那目光炽热如火，又有些萎靡，还带着讽刺味，充满了恐惧和顽强，同时也很疲惫。琼·里斯已经八十高龄，的确生命对她并不宽容，她也反抗着生活，她具有反叛性格，既平庸又清醒，却总是被事先判定了生命的归宿。

她现在开始说话，整个身子埋在扶手椅中，在我们之间有一个麦克风。在这次访问中，我必须和她一起座谈，为法国文化广播电台（France-Culture）的《一本书，不同的声音》（Un livre, des voix）栏目做一次节目：主题是我刚刚翻译成法语的《四重奏》[1]，这本书即将出版。这是琼的声音，有点沙哑，但是很动人，她有时会保持沉默，略带一点迟疑，或沉浸在幻想中，迷失在过去中，有时又会加快语速，尤其是当她说到安的列斯群岛的太阳时。她就出生在这一列岛上，直到十六岁她才离开这些岛屿，所以她整个一生就是：这些岛屿的孤儿，浪迹于众多城市的欧洲，追寻着热情和华丽。这些东西不存在于任何地方，既不在任何空间中，也不在任何生灵中，尽管她非常了解人们的细小狭隘的差别。

当我提到她笔下的女主人公都"离乡背井"的时候，她打断了我："而我呢，我也是离乡背井的人……"琼·里斯就在那儿，和玛丽亚·泽利、莎夏·詹森、安托瓦内特·科斯威、朱丽亚·马丁等人物融为一体——她们的年龄、她们的堕落和她们的坚强都是如此相似。她就在那儿，除了一丝微笑外没有其他防备力量，但是她不再微笑了，她仍然温柔而又敏锐，但在任何地方都不微笑了。她说，自从她回到安的列斯群岛以后，发现那里变化很大，因此她就再也没有"家"，"我不再觉得这里是'我的家'，我也不觉得英国就是'我的家'，虽然我很喜欢很喜欢法国，但法国肯定也不是'我的家'。因此，我已经没有家了，不过这对我来说都一样。'我不在乎。'"她的声音中断了。这句话她是用英语说的。别人听得懂吗？怎样让她翻译过来，请重复一遍！琼·里斯用法语说："我总是处于离乡背井的状态。"

"对您而言，写作是否是为了重新找到您的根？"在这个打扫得很干净的平房里，摆放着不同的实用家具，这其实不是一幢真正的房子。窗外，一片英国秋天的死气沉沉而又丰富的色彩，在这个沉默的空间里，一个作家的嗓音在简单地诉说着无法避免的恐惧和疲惫："有时候，人会很累，有时候人会有点害怕一个人待着。我觉得这是一个艰苦的职业……写作，太孤独了。"琼·里斯随后对我说的话我没有听进去。这样显得很傻，我只是尽力控制着我的泪水。

我还向她提了一些其他的问题，她都一一做了回答。几个星期以后我才在巴黎通过磁带听清了她的回答。现在我跟这位女士在一起，不管是面对自己还是面对别人，她从来都不用作家这个"头衔"，没有什么能保护她。她活在自己的战壕中，其他人具有的荣誉对她来说姗姗来迟，她不在乎这一切，因为这不是她自己的语言，不是她成功的语言，这就是她的回答。而且有谁能治愈玛丽亚、莎夏和朱丽亚？或者治愈那些曾经伤害过她们的人、"抛弃"过她们的人、放任自流的人？而他们自己也是这个腐败体制的受害者。现在，琼·里斯告诉我她在写自传。然而她是否曾经写过其他东西？

然后，我们谈论了《四重奏》。海德勒就在那里，囚禁在自己的意义中，囚禁在自己的虚伪中，就在他为玛丽亚·泽利所设的陷阱中，然而他的妻子罗伊丝实际上也对他们进行封闭。罗伊丝就在那里，是个倒错的女人，是献给海德勒的女人，而斯特凡和玛丽亚夫妇则毁于自己的天真，玛丽亚在被海德勒抛弃后陷入了痛苦的地狱中，然而他对她说，他指出……从侧面看，他长得多么像维多利亚女王！

然后就是 20 年代的蒙帕纳斯街区。琼·里斯列举了一些名字：海明威、菲茨杰拉德、乔伊斯——"最重要的作家"。在创作第一部作品《四重奏》的时候，他们也在巴黎。她有了一点钱以后，就回到了巴黎，因为"在那里写作比较容易"。这些"迷惘的一代"的美国人，他们也在巴黎，但是她几乎没有见到他们。"这段时间，我在蒙帕纳斯的生活非常复杂。"她的生活可能有些懒怠，有些艰苦，和她笔下那些匿名的不知所措的人物的生活一样，时时受到生活中即时写作的困扰，忍受着矛盾的社会秩序的折磨。受到众多缺乏的折磨——阳光缺乏、热情的缺乏、获得交换的缺乏。

然后，琼·里斯给了我一张她的照片，我送给她一条从巴黎带来的项链，她笑了，向我伸出了双臂。来接我的格林斯莱德先生敲响了大门。琼吓了一大跳，全身抽搐了一下：那个瞬间一闪而过，她再次回到笨拙的生活中。她临别的笑容颇带失望感，既显得温柔又略带嘲弄味，我应该永远为这个失望的微笑负责。

"She is a great lady"（她是一位伟大的女性），格林斯莱德先生一边评价着，一边自豪地穿过我们来时经过的水洼。"She is a true writer"（她是一位真正的作家），我回答说。伦敦和巴黎在等待着我；这些领地对琼·里斯来说多么苦涩，但这是她的领地。

（1973 年）

下到冷酷中

琼·里斯书中的女主人公都是姐妹,她们经常受到迫害,但是都很顽强、纯洁和聪明,最后却都堕落了。她们没有互相宽容,都很冷漠、斤斤计较,她们的武器就是疯狂的讽刺,用在她们自己身上的自杀性嘲讽。她们之间是姐妹,与她们的作者也是姐妹。"一切都非常相似,这正是我不习惯的。而且处于冷酷之中。"安娜·摩根如是说,她是《黑暗中的旅行》[1](这是琼最喜欢的作品之一)里的叙述者,我听到了回声:"这里,冬天很冷,冬天会刮大风。"这是琼·里斯在去年春天在德文郡说的话,当时我遇见她,是为了拍摄贝尔纳·皮沃的节目《打开双引号》。琼·里斯是年八十高龄,家里却没有暖气,她的声音不由自主地颤抖着,她的眼睛温柔而带有嘲讽味,总是让人惊叹不已——这个充满希望的目光,每次却都失望,有时会突然闪过一丝冷酷的光芒。

琼·里斯和安娜·摩根从来没有得到过安慰,也从来没有被打倒过。安娜·摩根的手"非常冷——冷得像真理,冷得像生活。不,没有什么东西像生活那样冷酷"。只有在地狱的深处,人们才会说这样的话。还有比这种斥骂,比这种呐喊更坏的抨击、更犀利的咒骂吗?这种咒骂发自一个细小的嗓音——我们听到的正是这种冷酷的揭露,这正是琼·里斯一直忍受和揭露的东西,剥开安娜的简单话语,揭示她英雄般的软弱。

然而,发生在这个不太灵巧的小配角身上的一切都不重要,安娜迷失在伦敦的大雾中,被男人和女人们时而占有时而遗弃,因此转向一种寻觅,去寻找无人知晓的一种人间热情、一种可能存在的交换,因为她是如此漫不经心,她总是处在对时间的梦想中,处在童年的梦境中,那时她还是充满活力的世界的生灵。那时她并不是僵硬的城市中的一分子,而是——跟琼孩提时一样——蜷缩在安的列斯热带森林中的一个小女孩,她的家里很富裕,有很多黑奴,其中有一个叫作弗朗辛娜的老厨娘,总是抱怨她是白人——"我永远无法向她解释我也憎恶自己是白人",因为"黑色,就是热情和快乐,而白色就是冷酷和忧伤"。身为白人,就像安娜的继母海丝特一样,她是一个典型的小市民、典型的大不列颠人,她欺骗安娜,她的声音"就是英国女人特有的声音,充满了尖刻和犀利。当我讲话的时候,你应该能听出来我是一个高品位的英国人。而你呢,我有诸多的怀疑。你说一句话,我马上就知道你是哪类人。说话吧,因为我害怕你是最糟糕的人。她就是这种声音"。身为白人,就意味着时刻受一切的摆布,"所有发生在你身上的事情,年龄、忧伤和其他的一切"。这就意味着你被迫去回忆以前依稀可见的多彩节日,四周却下着倾盆大雨,排列着"所有完全相似的房屋。还有街道,东南西北基本一个样"。

这种生活具有一种不可逆转的疏离意义,一种被动地走向冷酷的意义,走向黑暗,使安娜变成一个更为中性的小女孩,比《四重奏》里的玛丽亚更加摇摆不定。对她来说,一切都如同英国的食物一样淡而无味,她越来越像她并不习惯的家庭寄宿公寓里的那些食客,"他们知道这里索然无味。如果突然有了味道,他们反倒觉得可疑了"。起先,强烈的痛苦和忧愁让她没有感觉到这一点,后来,在筋疲力尽后,她终于明白了这一点。她知道这些事情,而对沃尔特,这个她想象中可以代替太阳的男人,她不会对他说出他在别处听不到的东西:失去理智的语言、疯狂而愚蠢的话。因为这些话只有一个意思,"不要杀死我",而那男人甚至没有发现她还活着。

"但是你怎么知道呢?"她陷入了遐想,拼命地想说出话来,试图说服,但没能说出肯定会毁了她的话,"你怎么知道,当一个人溺水的时候,在水底深处说话能与什么东西相似呢?"但是,没有人会倾听安娜·摩根的讲话,除非写成书!沃尔特,这个模糊的男性身影,给人安全感的身影,却消失了,他自己一人就代表着世界,让人憧憬一个更加幸福的世界。于是旅行开始了,崩溃开始了,就在梦想的热情之外:一个男人,另一个男人,一个栖身之处,一间卧室;还有其他一些女人,歇斯底里的可怜的鸨母。然而没有人能从这个女孩身上捞到什么好处,她常常陷入一种冰冷的麻木中,她的烦恼有时候已经达到可笑的地步,只有怀念还能展现一个灵活的空间、有韧性的空间,在那里,阳光依然灿烂。

在书的结尾,当人们围着她忙碌的时候,她的书却流产了。她还能想起安的列斯群岛和"一轮清冷的月亮,月亮低头俯视一个荒无人烟的地方、一个到处都是石头的地方,那里没有一个人"。医生当时大概说对了,他说:"她会好起来的,随时会从头开始。"安娜随时做好不死的准备,她想活下来,但是不准备治好病。就像琼·里斯一样,桀骜不驯,却不堪一击,她非常无辜,却倍受惩罚,她说写作"是非常孤独的",她从来不给自己冠以作家的头衔,没有什么能保护她。而时至今日,在她身上闪耀的是迟到的名望,还有她的创作、她的文本。然而她仍然是那个冷酷的女人、倍受打击的女人,她"非常孤独",睁大着双眼,在忍受着,在见证着。

(1973 年)

格特鲁德·斯泰因

格特鲁德·斯泰因*热衷于让语言说话

　　要承认格特鲁德·斯泰因是本世纪初出现的一位天才，那就需要有一位天才。这位天才就是格特鲁德·斯泰因。她称自己是天才，她知道自己是天才。"成为一个天才要花很多时间，你必须保持安静，什么都不做，真的什么都不做。"1938年，她在《每个人的自传》中这样写道。格特鲁德·斯泰因是一位作家，但看上去好像什么也不做，至少没有做作家该做的事情。她任由语言和词语平淡无奇，这样的语言和词语好像没有对事物进行任何处理，生活就是那样，非常贫乏，但预示着骇人听闻的才能，正像在任何言语介入之前它应该是的那样。这种清晰重复的写作手法如同呼吸，完全与它说过的话语重叠在一起，这种写作代表了最激烈的思想探险，开启了最为动人的阅读，组织着一种更加新颖自然，也更加困难的感知方式，因为"大自然并不自然，这很自然"，格特鲁德·斯泰因愉快地感叹道。

　　她的作品是最为著名的作品，也是最为默默无闻的作品。一种疯狂的简洁，对文本的严格要求，使得翻译她的作品成为一项冒险

---

　　*　格特鲁德·斯泰因（Gertrude Stein，1874—1946），旅法美国女作家。在欧美人们把她视为对20世纪西方文学产生重要影响的人物，其代表作有《地理与戏剧》《三幕剧中四圣人》《毕加索》《法国巴黎》《每个人的自传》等。

活动。在她六十部作品中,只有极少一部分有法译本。只有一个例外:《毕加索》直接用我们的语言写成。闪光的分析,镜像式肖像:格特鲁德·斯泰因是否在描写自己?因为她这么说:"他不能超越他的时代,他正在经历着他的时代。"

这就是她独特的超越时间的方式:静静地经历时间,记录这个时间,却没有通过写作来超越时间的计划,让语言自己去说话,在语言本身的残酷贫乏中,在粗劣的简单中,在奢华的不育性中自行表达。语言在说话,在自言自语,不借助任何的计谋,没有任何的媚态,也不弄虚作假。它不再创造意义,而是吸收自己原来的意义,不管是否贫乏,而且通过这种做法,它揭示着原汁原味的思想,揭示着思想的自身能量。她探寻着思想的界限,并借此将它们区分开来。

是否正因为如此,在很少有人读的她的作品中,人们可以看到某种痕迹,即渗透在当代语言经验中的痕迹,而那些受语言影响的研究者(音乐家、画家或作家)对此也许有所意识,也许没有意识。例如,人们经常回顾她对海明威的影响,但是人们忽略了她对约翰·凯奇(John Cage)和波洛克(Pollock)的影响,可能还有贝克特。他们都是这种极端清晰的行家,这正是她擅长的方面,她将语言和思维都变得清晰可见,从此以后,语言和思维神奇般地变得极为相似。

今天仍然让人费解的是,格特鲁德·斯泰因起初作为作家却这么简单地被人忽视了。她不愿意自费出版她的原稿,也不愿意看到她的作品躺在抽屉里,所以在 1930 年,她冷静地决定写作……一部畅销书。这就是《艾丽丝·托克拉斯自传》,这本书是用她朋友艾丽丝的口吻来讲述(不如说是赞扬)的。打赌成功,这就成就了光荣。

《每个人的自传》报告了这个胜利,这既使她情绪高涨又让她感到困惑。1934 年,当纽约的摩天大楼以霓虹灯字母热烈欢迎格特鲁德·斯泰因来美国的时候,当她在白宫受到接待的时候,当默纳·洛伊(Myrna Loy)开心地当她的管家的时候,当格特鲁德在轰动一时的大学巡回演讲中吸引众多的学生和记者的时候,人们在赞美谁?

这还是那个来自德国犹太家庭、年近六十、体态臃肿的美国老太太吗?这是那个离开家乡三十年的巴黎女人吗?这是那个曾经在哈佛大学学习,对威廉·詹姆士(William James)的哲学课特别感兴趣的女学生吗?威廉·詹姆士是亨利的哥哥,他教会格特鲁德去感受 mais、et、si 的区别,就像感受蓝色和寒冷一样。人们是在赞扬那个画作女收藏家吗?她在巴黎居住了三十多年,是毕加索、布拉克(Braque)和马蒂斯,以及很多她发现和支持的画家的朋友。或者说这是那个毕生都经历着身份危机的女人吗?不管在美国或在法国,她都没有扎下根,她痛苦地意识到自己是"代替"死去的哥哥而出生的,哥哥在临死前问她:"答案是什么?"却没有得到任何回答:"那么问题是什么?"而尤其是这个问题,人们真的在赞扬这个热衷于让语言说话的作家吗?她让语言学会它在说什么,而不说其他任何东西。

特别要指出一点。有个奥地利人路德维希·维特根斯坦,他对格特鲁德·斯泰因一无所知,却从英国写信来说,无论如何,"直到死亡之时,世界都不会改变,它只会停止"[1],那么她还在担心什么呢?然而他同时也直接指出:"我们发现,即使所有可能出现的科学问题都得到解决,生命的难题也丝毫没有涉及。很自然,这时就不再存在任何问题,这本身就是答案。"[2]

维特根斯坦就是斯泰因?但是格特鲁德和路德维希并不相识,而且《每个人的自传》里漂泊的斯泰因突然出现在了自己的地域中:在这种语言里,事物和词语都表现得没有等级之分,艾丽丝失而复得的小阳伞与对圣洁的沉思有着同样的价值。维特根斯坦(路维,他喜欢这样定义自己)本该赞赏这一点,他指出:"词典上不仅翻译名词,而且也翻译动词、形容词和连词等;词典对它们一视同仁。"[3]

格特鲁德·斯泰因知道怎么自行取乐,说出第一个涌现出来的思想,即人们通常会拒绝的思想,因为它在我们的编码体系中没有自己的位置;她知道怎么迎接最容易被忽视的细节、最不恰当的连接,让充满气息的直接存在突然出现,而写作的传统一般都会歪曲这一存在。她发现了人们能够采集的资源,以便消除我们称为历史的这个传奇的谎言网络,消除被我们称为生活的已经篡改了的所有叙述。

例如"艾达"的一生,来自同名小说中的那个生命。她一生简单得令人瞠目。就像普通生活的一生。这是斯泰因生前出版的最后一部小说,于1940年出版,艾达不停地换男人,换狗,换城市,就是换不了生活。她只有一种生活,由行为和耐心构成的生活;艾达并不开始真正的生活。"她望着月亮,望着太阳,望着草地,望着街道——她很注重星期二。她总是需要星期二。星期二对她来说就是星期二。"我们渐渐理解了艾达。我们变成了艾达,我们吸收了艾达。"艾达,她就是这样。"

没有编年的时间笼罩着她,包围着她。艾达与她的男人们、她的女人们和等待。而爱情,这是一个身份问题。"现在,艾达不再是简单的艾达了,她是艾达·德·安德鲁,作为艾达·德·安德鲁,艾达就比艾达更艾达了,她是特指的艾达。"这个"特指"的感觉,就是从前从詹姆士教授那里学来的感觉。离开的安德鲁并没有消失,他只是进入了符号的领域,进入了艾达那令人心碎的疯狂:"你看,这里有一个'他',这个'他'重新成为安德鲁,这就是艾达。"艾达继续休息、死亡、生活,继续做"一些中间人的事情。她拿起了她的雨伞和小阳伞。所有的人都知道她真的要离开了,但他们又不知道她离开了,然而她还是离开了"。亲爱的艾达。

我们能否跟格特鲁德·斯泰因一起,去发现重新找回的现时的分量？当然不是像弗吉尼亚·伍尔夫那样捉摸不透的分量，而是持久的、持续的、永久的分量，具有侵占性的分量，就像爱伦·坡的失窃的信，正是因为它显而易见，所以才没有被人发现。这就是在最终恢复的精确性中看清生活。

（1978 年）

回到美国

　　地理，这是一个由土地和气候构成的持久厚度，在那里设计着我们那转瞬即逝的戏剧，在历史的所有组成部分中，这才是格特鲁德·斯泰因接受和承认的东西。她并不草绘画卷，也不描述风景或路线，然而文本对她来说确实就是一片广阔的天地、确定的天地。她从这里谈起，她就谈论这个天地：一个她大步跨越的空间、思维的空间。

　　两部作品开启了她与众不同的道路，改变方向的技巧，令人害怕的简洁。这就是小说《艾达》和《每个人的自传》。在自传中，她以精巧的天真、高傲的语气，讲述了衣锦还乡的过程，回到出生地美国的经历。那是 1934 年，是年她已六十高龄，在做巡回演讲时路过阔别三十一年的美国。这次回乡确实给这个坚强而又脆弱的女人带来极大的震撼，她一直在寻找自己的不同身份，这个来自德国移民家庭的孙女，她重新走过前辈移民的道路，即他们到欧洲、到巴黎来的路程，但方向相反——《美国地理史》揭示了这一点，激烈的沉思，使得她融入世界和写作的所有基点都失去了控制。

　　在大西洋的彼岸，格特鲁德·斯泰因似乎找到了与精神结构的广度相联系的生理广度的感觉，体验到了原始力量的临近，体验到了都市环境和尚未驯化的城市的土地暴力。这些城市充满了任性的活力,它们在逐渐扩大,被拆得七零八落,逐渐老化,又会重新恢复生机,就像一些既富有活力又容易受伤的机体。

她回忆起自己是"代替"一个夭折的哥哥出生的,她的父母事先就决定好要生五个孩子:"如果没有人死,那么就没有位置留给现在活着的人。"她的出生就建立在死亡之上,斯泰因与生命进行着搏斗,以便强加她在书本上的存在。她肥胖的身体、她言行的节奏,都会让人想到爵士音乐的气息,她在自己的空间里、在自己特有的语言里蔑视着死亡,玩弄着那些狭隘的思想:"我说'曾经是',那是因为她已经死了,虽不是那种可怕的死亡,不过她毕竟是死了。"

这一切都是书的来源,但不是书的主题。要说主题,根本没有。一个想法还没来得及介入,就被下一个句子推翻了,下一个句子又说出另一个句子,与之不相符的句子,或者该句子等于什么也没说。声称确定了主题,确定了某作品的内容,这便是作弊骗人,便是将闪光和反抗的思考缩减到概要的地步,这与分叉的路线和解构方法正好背道而驰。正是从中止和重复中——"如果你用同样的方法说话,任何方法其实都是另一种方法"——产生出一种全新的合理性、全新的活力,给思想和分解的图像提供不同强度的图像,这种强度并不按照其意义,而是根据它们的价值来进行分配。

斯泰因的文本不提供意义,而只注重自身的事件,与写作实践紧密相连,写作又突然转向自身,转向自己的游戏。一个没有感受的写作,或自称是这样的写作:"这是一种没有眼泪的阅读,然而是否存在一种没有眼泪的写作? 有啊,就在人家叫你不要哭的时候。"一个"真正没有回忆也没有任何遗忘"的写作,从神话中解脱出来的写作,这就是她自己的圣杯。这种布局正好违背了和她同时代的维特根斯坦的理论:"不能说出来的东西,就应该让其沉默。"然而,她所谈论的恰恰就是这个。

以这样的强度,以如此的烈度在文字中把握语言的最高步骤,这会让语言说出一切,或分解一切,它会谈论世界间隙,谈论时间间隔,对组成文本主体的东西却闭口不谈。这个语言会注重思维的连贯,却并不指出是哪些相连的思维;它根据即将发生的断裂功能去追踪句子和段落,而让读者处于失望的境地,喘不过气来,但同时又被一种亵渎行为所蛊惑,这是文学事物中一种既苦涩又快乐的亵渎行为。当一位记者问道:"为什么你不像说话那样去写作?"回答是:"为什么你不像我写作那样去阅读我的作品?"

(1979 年)

很像我们的美国女人

在她肥胖的身躯里根植的是傲慢和自负,格特鲁德·斯泰因总是让我们惊叹不已。她是先锋中的冠军,热衷于长期(还仍然)不被重视的朴实研究,这不,她就这样简单地向我们描述,就像给朋友写信一样。[1]

这位先锋,时常让人生气,又总是让人兴奋,她是语言的执着者,至少在文本中是这样,她将整个的力比多倾注到语法的探险中。瞧她又在幻想,恋恋不舍于她的童年,怀念青少年时期,她承认自己脆弱,容易激动:"当然,我是一个传奇,我竭尽全力去斗争,以避免死亡,以便忘却死亡是什么样子,忘却害怕不仅仅是害怕,所有东西都能让人害怕。"

是的,尤其是性别差异,这是死亡的标识,她所有的作品都在避免这个差异;战斗就是她作品的强度和极限的源泉。

她在这里忍受着界线,也许就是因为她在法国占领期间,在萨瓦省(Savoie)的屈勒(Culoz)为我们写作,因为有战争存在,而"战争从来都不是必然的,它也总是以失败告终,以失败告终"。

这个年迈的女人,她的战争也会失败吗?她是否会放任自己走出自己捍卫的界线?不,她不会。广阔、缓慢而危险的思考,在书的开头就涌现了出来,这种思考变得短促,改变了重心,分散了注意力，让位于大量生动的轶事、敏捷而又唐突的思考。这个生性温柔但又忧心忡忡的女人，藏匿于一位杰出的、令人赞叹的讲述者后面：她不再是那位左岸的文学资助者，即《艾丽丝·托克拉斯自传》中那个粗心的毕加索的保护者，因为书中每两页都会忘掉毕加索的名字，她是一位全新的斯泰因：屈勒的善良女士。一位很像我们的美国女人，那个村庄里的一位和蔼可亲的农民，这个村庄在 1942 到 1944 年间，总是在相互寻找的游击队员和难以站稳脚跟的占领者之间摇摆不定。

她以一种平静的模仿手法自我融入她的新环境，注意结识那里的农场主、铁路工人、阔太太、宪兵和糕点师。这是一部喧嚣的史诗。很快，这就构成了一幅画卷。没有任何宏伟的地方，却是今日史学家们偏爱的史料：平淡的编年史。没有什么比这个更为平淡无奇，她不喜欢德国人却不知道为什么，对美国人有所期待，却不信任英国人，她还非常崇拜贝当元帅：是他"拯救了法国"。那么犹太人呢？她不知道。然而她自己是犹太人。对当时所发生的事情，即关押犹太人的事件，她却浑然不知，或者说她不想知道。她不想知道现实中的任何东西。她至多说，20 世纪的犹太人不再是 19 世纪的犹太人，而且"从金钱角度来看，反犹太主义没有任何意义"。一个坦白地说很懦弱的格特鲁德·斯泰因，或干脆就是一位无意识的人，她会精确地用间接肯定法来表达，说有个多数派在保持着沉默，但是这种沉默相当于一种有害的喧闹。这个多数派现在被人们说成"深层的法兰西"，而她这位掌握着文学特色的皇后，当时全力要与这个深层的法兰西融为一体。

人们发现了这种官方的修辞学粉饰，后面掩盖着众多的集中营事件，斯泰因感人而虚伪地运用了这种修辞学。这种修辞，她在从前和以后都能够避免掉，直到让它丧失意义，在它自己的界线内分崩离析——乔伊斯成功地跨越了这条界线，而伍尔夫在跨越了这条界线后，又在这条界线上碰得头破血流。

这里又重新找到了这个修辞，斯泰因便巧妙地聪明地运用它来讲述很多故事——比如那位出租车司机的故事，他被迫将三个机动卫兵运送到山顶上，从那里向法国游击队员开火，绝望的司机最终找到了一个报复的方法：让他们付两倍的车钱！

这就是她还在玩弄的语言，但不再是那种憨厚的语言，相反，她任凭其智慧的模糊性大行其道："这场战争，他们从中什么也捞不到，因为所发生的一切都是简单的反面。我要说我喜欢这个。我不是喜欢浑水摸鱼，而是喜欢看见被搅浑的水、鱼和渔夫。我想我不喜欢浑水摸鱼，因为我根本就不喜欢捕鱼。"

这本书是用第一人称来写的，这个人并不像她想表现得那么普通，他很像一个自称已经失明的人，对周围的恐惧无动于衷。这种玩世不恭的中立、这种隐藏的懦弱，很好地刻画了具备这种特质的那部分民众，而格特鲁德·斯泰因在这里又重现了一部没有传奇的历史、由一个成年人刻画出来的历史，她和其他很多人一样，想忘记"所有东西都能让人害怕"。作为懦弱之辈，她竭力避免任何围绕在自身周围的恐惧，却刻画着施加在他人身上的恐惧。

（1979 年）

伊迪丝·沃顿

一位母亲的报应

在生命的最后行程中,尼斯的生活还会遭遇失败吗?似乎这里的温热、弥漫着水汽的空气、温柔甘美的水汽,能够帮助人们很快入睡,能帮助人们医治创伤,医治那些因放弃而导致的创伤,人们放弃了存在带来的更加贪婪和苛刻的东西。[1]

没有专门的衰老的年龄。在生命的每个时刻,都有一种放弃或享受,既要保持存在状态,又想看到存在变得朦胧不清,还有反复回味过去的爱好。怀念的激情,内疚的疯狂。凯特·克里芬来到法国南部时还非常年轻,她经受了很多挫折,但被这里柔和而又可疑的阳光所吸引,被休息的承诺所吸引,即使这个承诺是假的。凯特·克里芬生性轻浮,毫无地位,性格倔强,却身无分文,在地中海岸边艰难度日,处于一群和她一样丧失了地位的人中间。

凯特·克里芬屈服于这种平庸的流亡、这种柔软的边缘性,她生活在那些远离社会圈子的美国人中间,他们梦想着进入这种社会圈子,尽管他们有钱,却徒劳无益。他们被排除在圈子之外,就像凯特那样,因为某些丑闻而遭到排挤。他们聚集在赌场内,拥簇在桥牌旁,参加慈善义卖,希望能够消除几个小时的可怕的孤独,焦虑地模仿着被禁止进入的圈子,以漫画的手法来描绘这些圈子,并在这个不幸的微型世界中重新创造着等级和隔离圈,而他们正是这种圈子的微不足道的牺牲品。

伊迪丝·沃顿*就生活在这种对贱民封闭的富裕阶层中,她知道他们所经历的一切,知道他们那最微不足道的折磨和最阴暗的危机。她知道凯特·克里芬的一切,后者被困在一个压抑人性、使人僵硬的社会中。这个纽约的上流社会,在19世纪末20世纪初,人们发现它更加一本正经,严守戒规,比欧洲的上流社会更加刻板:这个19世纪没有经历18世纪的故作风雅、放肆傲慢和自由自在。一个没有贵族味的资产阶级。

这个社会就是伊迪丝·沃顿所处的社会。她出生于一个富裕的家庭,她的生平似乎只反映了一次平淡的婚姻、一个并不出众的丈夫,还有两段短暂而又模糊的关系,即和亨利·詹姆士与贝尔纳·贝伦森(Bernard Berenson)那严肃而又庄重的情谊,以及一个并不可悲的离婚事件。尤其值得一提的是,她一开始住在美国,1906年后住在法国,她的房子、花园、汽车、仆人、秘书、社交关系,再就是邀请、邀请,还是邀请;她的文学生涯持续了很久,她很勤奋,也很专业,创作了大量的作品,她的成功显示出许多不合适的细节和多余的事件。

这样一位伊迪丝·沃顿似乎远离于浑身冷汗、非常紧张的夜晚,应该不会像凯特·克里芬那样,经常会突然惊醒,每天早上都会感到有压力,也不会受到恐惧和算计的煎熬,不会有遮遮掩掩的囊中羞涩。"要到达这种境地,得忍受多少委曲,得装模作样,想尽一切花招,假装无忧无虑,忍受屈辱……"这是当时(我们今天还可以这样说吗?)很多女人的苦难之路。沃顿夫人,这位如此富裕的作家、如此孤独又如此失望的作家,这位有着庄重高雅举止的女士,有

---

* 伊迪丝·沃顿(Edith Wharton, 1862—1937),美国女作家,作品有《乡土风俗》《纯真年代》《欢乐之家》《黑夜的胜利》等。

时候表现得有些歇斯底里，非常疲惫，人们知道她经常跟幻想出来的"恐惧"做斗争，这些恐惧从她童年时代开始就一直让她焦躁不安——这个女人似乎认为，不注重自己的职业会更得体，显示出女主人的素质和家庭主妇的才能会更得体，这个女人很有条理，四平八稳，既不美丽也不丑陋，没有多少魅力，也不容易亲近，她肯定经历了很多强烈而又徒劳的欲望的夜晚，经历了许多迷失在难以忍受的苦恼中的白昼。只有持续的工作、繁重的劳动、整天整天的自律，才能够让惊恐、反抗和希望，变成残酷的纪录，变成尖锐的分析，变成异常精确的观察。

沃顿长时间封闭在金色的脉石中，她让那些编码的灾难自由地投射在小说中，其主人和受害者，受保护的人或被撕碎的人，都迷失在迷宫中，让自己陷入绝境，设置陷阱或让自己落入阴谋的陷阱。一旦走出属于自己的圈子，走出了保证他们不受性事曲折困扰的圈子，或者被困在固定的性事陷阱中，位于编码的网络中心，冲动受到管制，用金钱估价，他们就会成为秩序和等级的保障。

可怜的身体、可怜的命运，并没有遭到杀害，只是变得无精打采，憔悴不堪，由于相信围墙之外的某个天堂，他们便在比地狱更残酷的炼狱中忍受着煎熬。

作为年轻的新娘，凯特·克里芬因为新的家庭而感到窒息，她以为能够走出困境，逃离"家族中难以理解的众多礼仪，不再生活在时刻觉得有什么东西要监视的地方"，用不着时刻猜测应该听从什么命令，在这个沉闷阴暗却富丽豪华的家里，她面对着故作沉稳的丈夫、专横跋扈的婆婆，还有一个婴儿，那个人见人爱的小姑娘。她将离开他们；借口将是一个才几个月她就再也无法忍受的男人。但她决不会走回头路。

离开，离开。走出家门。就这样她拿自己的生命去冒险，可怜的富有的小女孩，又一位包法利夫人，充满着幻想：如果离开，那就是走出家门；如果离开，那就是为了重逢、到达，或至少是为了解脱。如果离开了，那就在外面了。在别的地方。存在一个别的地方，只要找到这个别处就行。但是这个别处似乎没有开口。到处都是同样的法院、同样的胜利者、同样的强权。没有其他的空间，只有离开的地方的郊区，更加平庸和阴郁的地方，更像是一座监狱，更要服从被抛弃的"礼仪"。凯特·克里芬继续生活在"恐惧和算计"中，甚至比以前更糟。

凯特是位反抗者吗？不。她是一个自己并不知道的异端分子，她内在地顺从着，但骨子里又无法完全顺从她那顺从的天性。一旦危机过后，她就会重新进入根本的消极，错误使消极越来越严重，从此以后，她得为此付出代价。

她没有能力去发现和承担新的价值。虽然被家庭排挤了出来，但她仍然是家庭的囚徒，她还是第一个自责的人，她不得不将那些她差点当作法律的规则神圣化，和法律的法官们分享其价值的意义，而这些价值观对她来说又是何等的严厉。她必须责备自己的任何违规行为。

她不知道，而且伊迪丝·沃顿可能也没有完全领会——说到底这也不是她的事情——这不是一种无足轻重的次要的抗争。凯特·克里芬这个脆弱的女人、身心疲惫而又轻浮的女人，她对抗着整个历史，对抗着多少个世纪的积累，对抗着由诸多斗争、探索和流血或掩饰的强权所组成的巨大混合体，对抗着这个充满神话与教谕，渊博而又野蛮的复杂体，对抗着由政治制度、社会检查、阉割市场、默契的合同、所谓解决人为难题的方法、对内心恐惧的掩饰、情感的巧妙利用、对性的粗暴使用或商业利用等组成的，过分而极有策略的组合体；她反抗对罪行的巧妙的平凡化，反对建立一种照搬原始野蛮模式，但又声称压制原始野蛮的罪恶秩序——反对这个向工业时代过渡的高唱凯歌却充满铜臭的强权制度，这些在美国这样的新兴国家，表现得将更为明显，这个国家在极大程度上就建立在这些机制上。

是啊，正是在这个极端点上，在表面上不可超越的这个"文明"上，可怜的凯特·克里芬撞得头破血流。她的女性痛苦、她的难处、她的恐惧、她的计谋、她的算计，等等，都是某个体制的巨大成功的后果，在这个体制中，一切都通过仪式在运行，借助金钱将性事纳于自己的监护下，以便为整个地球服务，就像使用由某些人管理的地籍册一样。

让我们回到克里芬的传奇中。凯特在失去地位后，突然遭到一场由呼吸的空气形成的飓风，这也是她一直寻求的东西：生活的感觉和爱情突然来到尼斯。那个男人就是克里斯·菲诺，年龄比她小十一岁，一个意志薄弱的艺术家。一段激情……他们出逃了。但是，对这个年轻的女人来说，前所未有的恐惧、狡猾的必要性、"恐惧"和"算计"依然存在。巨大的恐惧。这一次倒不是害怕被吞噬，被活埋，而是更为明显的恐惧，是被她情夫抛弃的恐惧。是这样一个执念，即"总是有某种东西需要监视，要付出耗人的精力，以便留住那个总是差一点就会溜走的东西，这就是她的尊严、很难重新树立的尊严，或者是她为其失去尊严的那个情夫"。他随时都可能"逃走"。

这便是她在尼斯的生活回归。一位可怜的女人，她很怕冷清，有着腼腆的虚荣，常常被糟蹋的虚荣，有时满足于一缕早晨的阳光、一杯热巧克力、一种社会的卑微满足，以便在一个短暂的瞬间，在败落面前，在更具毁灭性的蹂躏和威胁面前，找到一丝安慰。

就在这时发生了一个奇迹：凯特的女儿安娜，十八年前被母亲抛弃的安娜，召回了她的母亲。克里芬先生去世很多年了，生硬的继母也刚刚去世；凯特的回归不再有任何障碍，她的孩子为她开启了恢复名誉的道路。

表面上，"母亲"——凯特从今以后的身份——很快找到了她自己的位置。风尚已经发生改变，凯特的过去已经显得微不足道，况且在她度过了一段最为隐蔽、最为得体的生活后，在发生了那个小事件后，她不都已经赎罪了吗？克里斯·菲诺的那一幕并没有泄露出去。

凯特受到这个新的宽容的冲击。她难以接受这个现实，所有这些忏悔的岁月本来就没有必要，她曾经将自己摆在审判者和对手的第一行列里。审判者和对手都昏厥了。他们曾经存在过吗？凯特发现了普遍的冷漠。她那爱记恨的丈夫、与儿子一条心的继母都受到周围人的责备。不在场的凯特眼不见心不烦。即使她在场也不会在乎这些。

表面上，母亲和女儿从此以后形成了和谐自然的一对。但这只是表面上，苦恼并不来自母女关系。而是女儿扮演的是一个男人的角色，一个掌握权力和宽厚的男人角色，女儿给母亲强加了尊严和生活方式。安娜成了凯特重获的尊重的托管人，安娜颇有手腕，也非常体贴和宽容，那种温柔和才干简直让人无法安心，这让凯特感到害怕，她最担心的就是让女儿不高兴；凯特·克里芬一直被笼罩在恳求中；对女儿的依赖让她既兴奋，又觉得不堪重负。

她像一块漂泊游离的破船片，无力对抗社会，也不能承担一个妻子的角色、一个"社交女人"的角色，甚至不能承担一个情人的角色，现在却被铆定于她曾经最失败的角色：母亲的角色。如果不从生物学上看，那么她从来就不是一个母亲，而安娜也不是一个女儿。她们两人都很奇怪。凯特与一种闯入者的感觉进行着斗争。安娜固执地为自己创造这位母亲。"奇怪""入侵者"，这些词弥漫在空气中，她们每个人都在为避免这些词而努力着，演绎着母亲和孩子这个古老的二重奏。

很难估算母亲从中获得的乐趣有多大，她已经从持久的难堪中解脱出来，从帮助她挽回颜面却令人疲惫不堪的计策中解脱出来；一位重新找回社会地位的母亲。很难觉察到安娜从中获得的异常权力有多大，这是一种报应，也是一种报复，是安娜那谜一般的报复；在她身上，宽容之下有着多少情浓于血的严厉，有着多少被引导的攻击性，在两人之间，又有多少难言之隐和令人不安的烦恼！

母亲和女儿模仿着，感受着迷恋和温柔，感受着两人都缺乏的天性。在真正的感情冲动、真实的魅力和不惜任何代价相互占有或相互奉献的企图中，怎样区别一种约定的爱情模式呢？

凯特活在害怕让女儿不高兴的恐惧中，并试图去掩盖这种恐惧。现在，她想要的就是安娜的目光，这能让她得到满足。怎样猜测这个目光究竟在期待什么呢？安娜的眼睛所寻找的，也许不是一位应该珍惜和尊敬的无辜母亲，而是一个男人。有一个想法是如此可怕，即安娜也可能会恋爱，可能会结婚，而这就会打破这个脆弱的舒畅天地。在这个天地里，克里芬夫人找到了富足，上流社会的奢侈生活、杰出的社会地位，尤其给她带来了尊重感。凯特·克里芬是一个母亲吗？噢，不！她比任何时候都只像一个女人，一个被迫"耍耍手段和期待未来"的女人。

然而，焦虑在一点一点地缓和，安全感在渐渐包围着她。一切男性的痕迹都消失了。首先是克里斯·菲诺的痕迹，这种过去的尖刻的缺失，在尼斯的那苦涩而又痛苦的缺失，此时得到平息。这段生活的回忆本身就是对母亲的一种侮辱。凯特为能与女儿一起分享这种圣洁生活而备感幸福。这是一种平静的中立，其中浇铸出一种最终被人认可的生活模式。在这里没有诱惑，没有风险。这就是避风港，就是休息。就是纯洁。

但是这种纯洁的状态处于一个无性的世界中，在这里，她女儿是与世隔绝的，这正是最忌讳的状态。这部小说在这里残酷地避开了，首先讲述的是一个丧失地位的女人的可怜生活，但是后来，突然出现了一件令人更加紧张、更加感到迷惑的事情。

安娜即将毁掉她母亲舍不得放弃的人造天堂。她沉着冷静地重新点燃火把，爱上了一个男人，而她即将爱上的男人，其实她已经悄悄爱上的男人，当然就是克里斯·菲诺。

事情再次像在万花筒里那样，凯特的所有价值观，即似乎已经固定的价值观，一下子动摇了起来，倒错了过来。她将再次没有位置，没有轮廓，没有定义：母亲、情敌、丢弃的情妇？往事又来嘲弄她，讽刺她，特别是在克里斯眼中，在母亲身上是冒犯、错误、无能、失败的东西，到了女儿身上却是正常的事、被允许的事、众人鼓励的事。只有凯特，她才是唯一的障碍，而她们俩却浑然不知，只有克里斯心里明白。

她孤独地封闭在自己的秘密中，安娜似乎并不知道，凯特试图分开她的女儿和旧情人。她举止荒唐，令人窒息，但做得也很漂亮，她惶惶不安，一言不发，沉浸在作为母亲的尊严中，她要为阻止这桩婚姻而努力，充分使用她微不足道的权力，她要迫使女儿借给她一点威严。事情的关键不在克里斯·菲诺，她很清楚。她在嫉妒谁？难道不是首先在嫉妒自己的女儿吗？她想留住她，捆住她？不就是自己的女儿一直缠绕在她心头吗？她想剥夺的是她女儿的快乐，而不是克里斯的快乐。这是个人的快乐。她难道不是在竭力将安娜的命运捆绑在自己的命运上吗？她想留住女儿，借口说她孤独，这一点已经得到认可，是生存需要嘛。为的是——在我后面，应是荒无人烟——通过她来冻结未来、冻结他人的未来、其他人的未来、另一个她的未来，以便让自己更加屈服于寒冷。

贞节女子的快乐！

在秘密泄露后，当她母亲变得可疑时，变成女人和潜在的情敌后，安娜崩溃了。为什么她要让凯特回来？真正的原因我们不得而知。看上去她似乎最重视秩序，每一个位置都应该是满的。"你们两个我都要",当她的母亲一开始不同意她跟克里斯结婚的时候她这样恳求道,其实她母亲同意与否都没有用。她是否想成为任何的生灵呢?既是受宠的小女孩、幸福的情敌,又是忘恩负义的复仇者?在她眼中,凯特除了填补母亲逃走后留下的空白,她还有别的角色吗?而安娜呢,她无疑要用可怕女人的形象来填补幻想,这是一个有罪的女人、受到惩罚的女人、傲慢而又道德败坏的女人、失宠但又很危险的女人。她现在必须要保证,这个女人仅仅是个母亲,这里没有其他的女人。

此外,怎样经历女人的这种命运而不让母亲崩溃在这种危险中?只有对抗这个女人,将她赶走,真正击垮她,才能最终驱除这个泼妇姐姐。

而凯特呢,她看到的不是她的孩子,而是一个她首先将之男性化的女人,在她身上经常看到"一个小男孩"的影子,把她看作一个主人,看作一个可怕的男性身份、一个需要不停地哄骗的男人。

她们两人好像都在逃离另一个女人,使用"母亲"和"女儿"这些字眼和身份,以便避开那个女人。但是在"母亲"和"女儿"这些词中,女人从哪里开始?从什么时候开始,从什么东西开始,她们要成为一个母亲、一个女儿,而不是一个女人?从什么时候、什么东西开始,她们变成了女人?在这里怎么定位和避开一个女人?在这个情况下,男人,比如克里斯,是否是另一个人,不是那个荒谬地定义女人的男人?谁会指定"一个女人"?

对凯特来说,身为一个女人,显然就是一个他者。这个无法抓住的他者、这个似乎与人亲密的他者、这个生灵,其定义从来就不明确,她也找不到这个他者的痕迹;正是在找不到这个痕迹的失望中,她逃离了她的丈夫,又是在找到这个痕迹的希望中,她冲向了克里斯。然而这些都是徒劳的。

他者,总是在远处,他是陌生人,迷惑着凯特·克里芬,迷倒了她,迫使她感觉自己永远也不完美,永远也不完整,总是迷失在一种错误的模式中。坏女人和失败的女人。卑微而又叛逆的女人。可耻而又受到惩罚的女人。

然而克里斯的在场消除了她们两个人的身份,女儿和母亲的不同特性模糊不清,每个人都体现着另一个人身上的那个女人,这是一个魔鬼附身的幻想,是一个特别的虚境。如果没有形形色色的女装男扮者,她们就会在纯粹的差别中辨认出自己,在同一个差别中辨认出对方。每个人都在对方身上看到了心照不宣的敌人,同样的谜,一个不在场的那喀索斯的可怕镜像。这个不在场要求展示镜像所许诺的形象。

安娜将以可靠的形象走向那喀索斯,走向克里斯,一个无可争议的男性形象,她将把他变成自己的影子,以便在恋人话语中弥补这个根本的不在场。

对凯特来说,失败也许就是一场胜利,说到底是一种"报应"。战败的女人,最终被排挤出局的女人,难道不就是那个占据她一生、令她不幸的他者吗?现在她被消灭了,就像在吸血鬼的故事中,一旦吸血鬼被消灭,凯特就被解除了魔法。她不再是她自己的吸血鬼,不再是别人眼中的怪物;在举行自身丧礼的同时,她可以庆祝另一种和平,一种死气沉沉的和平,而从今以后,这种和平将以不可见的裹尸布,把她活活包裹起来。

他者,就是她的女儿,很好的典型,受人尊敬和大获全胜的恋人。一个如同主人的女儿,她就是主人。那么一个女人呢?无论如何她是他者。

凯特生了她,与她相遇,与她对抗,最后放弃对抗——对一位母亲来说,哪有这么多报应啊!

她是失宠的木偶,但是以后不用再受到任何木偶艺人的操纵,凯特·克里芬重新回到了平淡的尼斯。不再那么贫穷,比她去美国之前更引人注目一些，她变成了简单的旁观者，嘲笑一切，看破一切。她的生活，她曾经挣扎并备受折磨的生活，为了寻找丢失的形象而经历的生活，已经变成一个中立的地方、平淡的地方，这是一个没有希望获得快乐的地方，但再也用不着在镜子中摇晃，不用在倒影的混乱中摇摆不定。

就这样，在伊迪丝·沃顿后期的一部作品中，跟以前一样，没有夸张，没有自命不凡，很简单地叙述了一个故事，创造了一个纯粹的悲剧，就像《伊坦·弗洛美》。这是她早期的一部作品，一种严肃而又尖锐的叙述，其中讲述的是一对可恶的夫妇遭到天谴。或者如同《美丽婚礼》，这部作品讲述的是翁蒂娜辉煌而无法改变的轨迹。翁蒂娜美丽，轻浮，喜欢附庸风雅，同时也是冷酷的男性猎手，通过他们获得权力，然而自己也会掉入陷阱，就像凯特，与被困在笼中的松鼠一样，她们以为在不停地爬向诱饵，走向这些虚假的模特，而一个相同的系统就是用这种方法来吞并她们，耗尽她们。

又是一次，通过一部自称以娱乐为目的的小说、以观察为乐趣的小说，伊迪丝·沃顿动摇并揭示了全新的秘密、颤抖的秘密——也许她有些冷峻，有点严肃，有点距离，但内心充满着无声的激动，她远远地看着，看到芸芸众生在她周围忙碌，发现了这些不起眼的悲剧，这是一个没有火的地狱，却比地狱更像地狱。

（1986 年）

杂感录

今日，兰波*

兰波不再被人阅读。人们无法从中恢复过来。优美的语言被丢在那里，被不经意地搁置着，或者更惨：以另一种模式重述，而且——这是最伤人的——相当于重述。诗歌或笔法，同一种言语。而兰波又不能重新阅读或书写他的作品：他出售。用同样的手势，在同样的行为中。

他是颇有预见的人，认出了这个商业世界。会计式话语的优等地位。没有需要拉开的距离，没有另样的话语，没有拯救式话语。说出的话覆水难收，但也不会过分离谱。

兰波的不在场？无法补救。不是张口，不是沉默，而是饱和："同样的小市民的魔法"。武器、奴隶、语词、唯一的贩卖："种族、等级和牲畜的教育"。唯一的交易。贱卖。世界出其母亲维塔利·兰波治理。

剩下镜子和幻觉。马拉美说："我合上书本，闭上双眼，去寻找祖国。"兰波合上了书本。他找到了许多。太多？

兰波的沉默？事实上，至死他从未保持沉默，但也不再对我们

---

* 兰波（Arthur Rimbaud，1854—1891），法国象征派诗人。著有《最后的诗》《地狱一季》《彩画集》等，尤以《醉舟》一诗闻名于世。

说话。他把这个媚态世界里算得上言语的东西扔在我们脸上。怎样走得更远？应该对他重申？评说？以优秀供货商的身份穷追不舍？蔑视？甚至都没有。稿纸或是武器……他体验过一个诗人身体的分量。

如此说话的言语是什么？"哦，世界啊！新鲜痛苦的明快歌声"，"旗子飘向可恶的风景"，"需要出售身体，噪音，无法询问的无尽的富足……"，还有："啊！童年，青草，雨水，碎石上的湖……"说缺席、独居的言语是什么？"在那些日子、那些季节、那些国度和那些生灵之后……"而这个言语丝毫没有改变什么。

（1976 年）

无情的余生

（萨缪尔·贝克特*）

这里的生活不过是自身的记忆，因此曾经存在过的就不会消逝；成为无法减轻、无法摆脱的东西。无情的余生。

贝克特永远无法结束永别，这个与事物的缓慢永别，这就是衰老。分离不能到来，只有等待死亡。而希望在否认新生，否认最终"走出来"，希望仍然遭到拒绝。

湮没在沙地里、瓮坛中、垃圾箱里的人群，然而尤其在身躯里，他们的眼睛像瞎眼的窗子，眼神投向其他同样瞎眼的窗子。怎样突然出现在不再是质量的东西中？四周没有孔窍。会开个天窗吗？就像在《终局》里那样，在"零……零……零"里，但不是在空白里，相反在密集物中，在完整中。大海灰暗如铅。没有任何东西是自由的，没有任何东西在流动，只有那个讲话的流畅声音，讲述着那种无穷的悲伤。

内在而急切的忧伤，如此亲和而又如此僵硬，是各种冲突通常隐藏的那种忧伤。在萨缪尔·贝克特那儿没有冲突，只有事物赤裸的终极状态，缺乏想象力的欲望的丢失。一种可怜的耐心与惰性的

＊　萨缪尔·贝克特(Samuel Beckett, 1906—1989)，爱尔兰小说家、戏剧家。著有《等待戈多》《终局》《是如何》等。

时限:"整个一生,人们期待着这能给你一种生活。"没有到来的一个故事的故事、不会到来也不会消失的故事,你想不接受也不能够。

本可以存在的? 本该存在的? 有些人热衷于发明它,创造它。可能性的苦恼。在我们身边,凡·高、阿尔托与其他几个人纠正了生活,规定了我们制度上被剥夺的存在……而那些制度也做了驳斥。

贝克特局限于呈现《是如何》。巨大的沮丧性缺失,还有被召唤后却又不能为之激动的惊愕。些许战栗。些许感觉。性交的感觉。些许冲动。些许遗憾。还有被消除的冲动。坚定而无望的冲动……

于是在那出戏里,两位伙伴回顾着一个第三者的(无疑已经终结的)生活,这个第三者转过身去,两眼看着别的地方。他在听吗? 他还活着吗? 他曾经生活过吗? 他最终转过身来。泪珠滑过他的脸颊。他什么也没说。

救世主,他没有哭泣,这位发疯的上帝,他自以为是一个凡人。这是另一个故事;他玩弄着一个漫长回忆的题材,这出戏剧的题材。在这出戏剧中,激情试图篡改并固定住大地,然而在某个场景的角落中,有一些滑稽的角色在坚持着,这是不久前"大爆炸"催生的木偶,处于冷峻的嘈杂声中,而贝克特所说的永不休止的沉默将得以恢复。

(1985 年)

勒内·克勒韦尔*, 敏感异常

生疏的沉醉, 沉醉在那些信件里, 那些信并不是写给我们的, 而是写给另一些值得信任的人、可信的人、由亲密武装也因亲密而解除信任的人。生疏的闯入, 然而更为陌生的, 如同勒内·克勒韦尔那样, 是出现一种古怪的欲望, 刚刚对那些简单、火热与痛苦的信札做了回复, 刚刚听从了它们的召唤, 那召唤像一个所知过多、贪婪过甚、也许过于乖巧的孩子。[1]

于连·格林在一篇感人的序里写道, 在一封"撕心裂肺"的信件中, 克勒韦尔显得愈发精确, 像一个幽灵, 一个年轻作家的幽灵, "似曾相识", 然而, 在耀眼夺目的"巴黎名流"中 (Tout-Paris), 在这个同具世俗性与文学性的社会里, 在 20 世纪 20 年代, 克勒韦尔是一个宠儿, 那时的"巴黎名流", "敏感异常"。格林与克勒韦尔本有机会结为好友, 然而终未能如愿。他俩几乎失之交臂, 他俩在巴黎一家高雅奢华的沙龙里谈论革命。克勒韦尔被打动, 格林却有所保留。有人说前者原本可能出现在后者的一部小说内。

这个非常英俊的小伙子, 有着一头金黄色的头发, 有点像干草,

---

* 勒内·克勒韦尔 (René Crevel, 1900—1935), 法国超现实主义作家, 于 1935 年自杀。作品有《欲望与痛苦书简》等。

分身于超现实主义与共产主义之间,游离于沙龙与妓院之间,处于创造诱惑的狂热愿望与疾病之间。勒内·克勒韦尔这个文学的忠实信徒,其作品极具预见性的标题《我的身体与我》《艰难的死亡》,仅为几个友人所欣赏。一个"只同女公爵打交道的革命者",据他的一位女性朋友说,他欣赏超现实主义的创始人,最终他不相信"任何东西,甚至他自己,任何人,我还相信安德烈·布勒东"。信仰的表白经由马塞尔·茹昂多(Marcel Jouhandeau)得以表现,当后者与埃莉斯(Élise),即"他的女性小茹昂多"举行婚礼时,克勒韦尔做了证婚人。

这些信件带着希望,尤其带着痛苦,也带着勇气,大多数正是写给马塞尔的,经埃里克·勒布维耶(Éric Le Bouvier)精心挑选后呈现给我们。在这些信件中,我们不会与一位时髦的巴黎人或政治信徒相遇,看到的只能是一个可怜虫、一位英勇的作家,在这些"口吃的早晨",在极度寂寞与绝望的时刻,为他的朋友们潦草地画一些耀眼忧伤的东西。从即将上手术台时起,他在疗养院不停地败给自己保养得多少有点坏的身体,身体给结核病治疗中一连串的痛苦、手术、伤口、出血、感染拖垮了。不时出现的剧痛使他在崩溃的那几天向茹昂多坦白:"马塞尔,这个病对我而言简直是一种失败。"并且请求他为"蛋糕、结核病患者、失恋者"写作。甚至是喊叫,诗人现出了安托南·阿尔托的迹象:"马塞尔,这个肉做的大脑让我难受。"

这个勒内·克勒韦尔,还在因为自己的童年而受苦,有一个"留有沙发套与烦恼套的"母亲在身旁,在不久前自缢而死的父亲尸体前面,她训练自己十四岁的孩子。这个勒内·克勒韦尔沉迷在他得宠的女信友,即画家切利乔夫(Tchelitchev)的姐姐舒拉(Choura)身边。切利乔夫是个"老猫头鹰"——这个词意指同性恋,也指克勒韦尔所在的"猫头鹰"组织。舒拉也经受着结核病的折磨,她穷困,他帮她。他同情她,也抱怨自己,喊道:"女同性恋,你得不到上帝的爱。"

勒内·克勒韦尔同时也是诱惑者，他"紧盯不放"是为了更加光彩夺目。他发觉"这个卢加诺非常热情，很像曼陀铃"；他撤铃"叫来室内男侍，看看是否能与之做爱"；他回忆起"我儿时深爱的书的味道"，认为"俄罗斯人的黄头发太像苔藓，太做作，太扭捏，太放荡，很少有干净的时候。美国人则让人闻到一种动物气味，或植物气味"，梦想"一种像一杯牛奶一样简单的生活"，即使"他不再是那个人，那个年少时期开始繁重劳作的人"，即使他看来像"一截用劣质猪血做成的猪血肠"。

艾吕雅(Éluard)、达利、加拉(Gala)、纪德经常与他的生活相遇，毕加索、阿尔普(Arp)、唐吉(Tanguy)、恩斯特(Ernst)，这些友人的画作装饰着他那各式各样房间的墙，活像一些"结核瘤"。但是他本该卖掉那些画，缺钱外加其他的困扰。这有什么！他尤其不会有"忍受痛苦的力量"，在他看来，"只要我的肉体不再(最终)受折磨，过着一种非常平凡的不起眼的生活就是无所谓的"。但是他经常梦想有一本"又大又美的书"，他在日内瓦时笑着说："这是一个新教徒的黎明。"他试着再开点玩笑，常对茹昂多说："我不会杀你的，如果我要杀人，鉴于我声名远扬的自私性格，那我就会从我自己开始。"

于连·格林承认，"了结需要勇气，还是需要勇气"。"在勇气之外"，勒内·克勒韦尔会奔跑过去，因"饥饿的孤独"而筋疲力尽，被共产党与超现实主义分成碎块，他曾经徒劳地试图让二者和解。1935年，他用煤气自杀，衣服上别着这个词："厌恶"。人们于是回忆起，在他给舒拉·切利乔夫的信里，他常说："亲爱的，我们是一个迷途的孩子。"人们从他的脸上猜得出，骄傲的笑容上抹上了一丝目光的忧伤。

(1996年)

卡森*的声音

　　快乐的创举：这个《心是孤独的猎手》¹的极其漂亮的新译本，引发了对这部有力、干净、令人心碎的代表作的重读，而且揭示了一个秘密，即1904年这部书问世时，卡森·麦卡勒斯只有二十三岁。这个高大的有点像假小子的年轻女子，长着一张娃娃脸，制造着那个广阔的宇宙，那么多的主人公在其间出现，行走，打斗，呼吸，从来不是大人物，但是每次都是一个被写进政治空间的人。

　　卡森·麦卡勒斯不只是给几个兴奋的存在以生命，她懂得如何在那些明确的、历史的且常常伪装的限制中将他们插入，那些限制控制着他们的命运。反常的插入，常被定格在驱除、拒绝及无能中，原因是白人与黑人都有的穷困，还有针对黑人的种族主义。

　　只有很少的小说能同麦卡勒斯的小说一样不含自恋。卡森完全转向其他人，为他们的主体性所折磨。诚然，读者在麦克·凯莉身上认出卡森，凯莉是个风度如男孩的少年，一个酷爱音乐的女孩子，但是作者并没有对她特殊照顾。麦卡勒斯的写作仍然是为多个穿越她的声音服务，潜伏在最秘密的惊人生命中。

　　＊　卡森·麦卡勒斯(Carson McCullers，原名 Lula Carson Smith，1917—1967)，美国女小说家。作品有《心是孤独的猎手》《黄金眼睛的映象》《没有指针的钟》《伤心咖啡馆之歌》等。

这正是这位如此年轻的作家的神奇才能,她一下就揭示了老医生科普兰德,在 20 世纪 30 年代末期,作为为数不多的几位黑人医生中的一员,同样为白人所侮辱,他的同胞因为穷困而无法让自己的结核病得到医治。辛格这个聋哑人也一样,在他周围,万物寂静,而他的沉默像是对每个人的回答。然而辛格需要一个人来支撑他的存在,这个人是安托纳普罗斯,另一个目前正在收容所的聋哑人,辛格每年在过节日的时候都会带着礼物去看他。

他们都是令人难以忘怀的人。他们明白自己身上的穷困与不幸所带来的意义,强烈地开始一场徒劳的争斗。他们忍受着自己的命运,像一场宿命,专注于让自己适应压迫自己的那些最细微的病痛。小说的活力本身忽视了本来能变为信息的内容,但是这活力也建立了一种政治经济机器的明晰分析。它的分量。

像来自远方的河岸,读者听到这部毫不妥协的叙事作品带走愤怒,允许希望,至少是希望的希望。像来自古老的声音,读者听到对于总在活跃的不公的抗议,然而不久,读者即失去了对那些不公的记忆;那些抗议像迷失的或几乎被遗忘的语言在回响。天真。然而我们还是回来了,被卡森·麦卡勒斯的明晰拉回来,被她的创造物快速而令人震惊的显现拉回,她的作品向我们发问:在我们的玩世不恭里,天真还存在否?

粗鲁、温柔及令人振奋的清爽,或由这几个人发出的悲叹迷惑着我们,从这些麦卡勒斯赋予意义的细节里,我们与之相逢,如同不幸与宽恕,如同他们的乐趣,如同一杯美味咖啡带来的快乐,如同一块白色桌布带来的满足,如同一顿晚餐的热烈气氛,如同那些计划的狂热。

如此种种只能支持不可承受:罪恶的截肢,由于威廉,那个被永久剥夺双腿的黑人青年所承受的种族主义残暴;安托纳普罗斯的死亡与智者辛格的自杀。又老又病的科普兰德的失败,被他自己的家人扔在远离城市的一个农场,他在那里行医,随后被交给了失败,将死亡给予了生活。

　　人们不禁要再次问道:这么一个涉世不深、初出茅庐的卡森,她是怎样穷尽这几十年的经验与知识的? 读者想更好地认识与理解这个奇怪的女子,她的那些难以移译的诗章,正如以下数言所表达的"静止的绝望,然而时间这蠢货并没了结,它在继续流逝,围着世界尖叫"。

(1994 年)

凯鲁亚克*的渊源

　　在他的一生里，在他那些书里，杰克·凯鲁亚克度过了怎样的童年？通过这个自由清新且呈现与承诺的童年，每一天都被旅行重新创造的童年，或许他转向了《杰拉德的视角》[1]里回忆起的童年，他——奇怪地——接近皮埃尔·洛蒂（Pierre Loti）、阿纳托尔·法朗士（Anatole France）、勒南（Renan）的方式：一个被重看的、被成人模仿的"青年回忆"的童年？一个被遗忘、被删去、被背叛的童年。一个老人的童年。一个死亡与道德的童年，两者搅在一起，无法理清，搅拌在虚假而迟钝的天主教教义中。

　　在这部短小而沉重的叙事中，作为叙述者的兄长，杰拉德被一种心脏病判了死刑，与死神抗争了几个月，在九岁那年死去了，这部叙事像一份圣徒的辩护书；然而要注意的是，它唤起了几种相当反常的阅读，从前是给孩子们的——我们想起了泽纳伊德·弗勒里奥（Zénaïde Fleuriot），我们想起了塞居尔伯爵夫人（Comtesse de Ségur）——在那里，最典型的小男孩们可怜地一一死去，在那些感化人的雄辩潮流里，在无尽绵延的省略号的公里数中。杰拉德并没

---

　　* 杰克·凯鲁亚克（Jack Kerouac，1922—1969），美国垮掉派作家，著有《乡村与城市》《在路上》《地下室居民》《达摩流浪者》《垮掉的一代》《杰拉德的视角》《孤独的旅行者》等。

有丢失这一传统："上帝难道没有照看我们这些人——在所有人当中——是的，所有人——让我们善良些——善良对待彼此，还要善待动物。"还有："上帝已经把这些小生命安置到地球上，看看我们是否愿意伤害他们——那些不会伤害他们的人，而且能这么做的人，他们会去上帝的天堂——伤害他们的人则不能去上帝的天堂。"依此类推。这里，破折号代替了省略号，然而这种节奏仍然来自一种奉承和间断的话语，显然对中断做了承诺，如此逼迫着同情，但更是敬畏与拥戴。

然而，这个令人作呕的故事本该感动一个病中喜欢说教的孩子，他从那些年富力强的成人那里懂得了死亡：在这些讲法语的加拿大人中间，与新英格兰寒冷多风的气候做斗争，对于那些喝酒、唱歌、吃饭的人来说，那也是与某种贫困做斗争。然而这个孩子只是一个形象；他的顺从恭维的话语与态度、那心甘情愿的行为，都是制造来的。杰拉德只是一个主意、一个计划、一个孩子的典范。一个成人的倒影。人们说他将成为一名"善良的教士"，他的话已经像从一位老主教嘴里说出，一位因经验丰富而谨慎、热衷于那些僵化价值的老主教。

那么，尽管有苦恼，一种确定的狂热从何而来？也许就来自从苦恼本身，或许来自一个谎言，能使叙事作品闪光的谎言。在爱的誓言底下，在杰拉德的视角下，由于恐惧被缓和，被阉割，被计算，而转变成了暴力与仇恨。尤其是仇恨。在这些矫饰的游戏下，涌出的是圣绪尔比斯修道会式的讲话、令人安慰的虚情假意、流产的反抗、失望与蔑视。道德建筑抑制着难忍的叫喊，这是最粗暴的拒绝。杰拉德满怀激情经历的不是死的恐惧，而是生的恐惧："事情不应该是这样。我不喜欢，我想去天上。我希望我们都能上天。"这种死亡如同一种彻底的反抗被人经历，这个人是个被窒息的生灵，躲避在服从中，而在他短暂的生命中，上演了一出具有机械温柔与虔诚痛苦的戏剧,在矫饰的宗教传统里,"小耶稣"隔着一段距离,保持着两位苛刻的神灵,灾难性的自由。

这段距离,杰克·凯鲁亚克曾试图穿越它,其他几本书可以证明:《在路上》《大瑟尔》。在《孤独的旅行者》中,杰拉德已经出现。然而这野性的追寻不就是从"被祝福的兄弟"而来的报复吗?杰克·凯鲁亚克声明:"我从来没有写作的唯一理由……是杰拉德,是理想主义;是杰拉德,这个宗教英雄。"这个英雄,他"永远不会长胖,不会冲着别人那些印刷的、清楚愚蠢的字体的缺点低吼"。这是倒退的书,当然笃信宗教并且如泣如诉,然而在杰克·凯鲁亚克的写作中,仍然会不时涌现出抒情与细致的特征,夸大一种浪漫的东方情调,在这种粗鲁的气氛中显得极不寻常,到处是"全部的希望、全部的坦率尖锐的失望、洛威尔的冷淡扭曲的悲伤"。

离奇的迂回、离奇的作品,揭示了凯鲁亚克的渊源,然而也是某些当前流派(很快在政治与商业层面上被收回利用)的渊源,他们借助过时的假虔诚,借助低劣的神秘主义,宣称逃离了系统,保留了系统的价值、它的口语、它的禁忌。幸运的是,凯鲁亚克从这些杂乱中脱颖而出,并且保持着他作家的身份,保持着他的视角:"大地黑暗的大岩浆、人类生活的大堆积,还有阴森的永恒那细雨蒙蒙的伟大的梦。"

(1972 年)

痛苦的疑难文字

（朱娜·巴恩斯[*]）

"我对您讲，慢慢地爬行，慢慢地，什么也不要学，因为一切都是从他人身上学来的……爬行吧，最终您会爬到天沟尖上，而别人并没有发现你的不在场，人们不再记得起你。"医生但丁·奥康诺这样叫道，由于喝酒与苦恼而精疲力竭，在圣绪尔比斯广场的市府咖啡馆里，咒骂着那些来向他"学习堕落与黑夜"的人——那些人用他们的伤口加重他的伤口，用他们的"肮脏故事"凌辱他。朱娜·巴恩斯在她发表于 1936 年，并随即消隐的代表作《夜森林》[1]里，借助奥康诺医生的声音，泄漏了一切痛苦的秘密。在这本书中，马尔科姆·劳瑞会倾尽必要的力量与技巧来移译这如此简单的痛苦、爱情与生命的怪异。

但是她，朱娜·巴恩斯，记住的是奥康诺医生的建议：在她作品出版五年之后的 1941 年，她在消隐的作家人物之外缓慢地爬行着，然而不失为时尚的记者与伟大的女旅行家（她甚至有段时间在尤金·奥尼尔的剧团里做演员），仍然声名显赫，她隐居在纽约第五大道帕钦广场的一间小房子里。那时候她已经四十九岁，在随后那些日子里，时间延伸在生命长河余下的四十一个年头里，她在那里生

---

* 朱娜·巴恩斯（Djuna Barnes，1892—1982），美国女小说家，著有《夜森林》《赖德》等。

活着,孤身一人,不久就病了(而且病情在加重),还酗酒,最后几乎失明,然而冷酷到底,清醒之极,那般脆弱。随后,她于去年,即1982年,在那里离开人世,在她九十岁生日后第六天——一世英名,一朝遗忘!

事实上,这漫长的沉默(在那段时间里,她只在1958年出版过一出诗剧,《圣歌唱本》)、这位智勇双全的作家的退隐,比起某个神话中的朱娜·巴恩斯,更像是她的一系列作品:一个女人的神话,她的美丽藐视那些时尚,像她的优雅、她的洒脱,她今天仍然可以上《时尚》杂志的封面。作家巴恩斯没有被她所投射的人工形象所束缚,在那形象背后,她无疑已经与之保持了若干距离,或许比随后她在纽约居住时更为突出。

读者不能局限于把她看作第一次世界大战后的美国公民,把她与海明威、福特·迈多克斯·福特(Ford Maddox Ford)列为一派,他们陶醉于天资并且四海为家。而且,读者也不应该停留在她作为女骑士,即纳塔莉·巴尔内(Natalie Barney)的女性朋友,或其他自称已经迷失的社会上流女性的形象上。如果狄兰·托马斯(Dylan Thomas)或格雷厄姆·格林(Graham Green)那样宣称,如果她真是詹姆斯·乔伊斯的朋友,如果她称作"汤姆叔叔"的艾略特,用"但这是你在没有丢掉时间中所做的"来应答她的"我丢掉了多少时间!",那么,她大可不需要这些参照。朱娜·巴恩斯是一位懂得太多的作家,她不用"学习",然而她能径直走向最为生冷的认识,走向生命的行动与感情的知识。她的几本书就是对这种不能承受的才智的突然揭示,是她的歌唱。

请阅读1926年出版的《赖德》[2]——立即成为畅销书——您已经能听到福克纳那些伟大作品中的节奏……那些其时尚未写出的作品!读者在这部书中找到那个涉及《写作》并被永远也抹不掉的记忆接替的叙事。我们不会弄错的,这个淫荡古怪的传奇故事,《赖德》的那些私通方式、那些孕育过程、那些分娩事件全部以各种方式来讲述；英格兰的清教徒家庭，根植于上个世纪的美国，经历了一种抒情的悲剧的思想，与基本的海淫方式进行对抗。透过那讽刺、模仿的兴致、嘲弄，每个人物浮现出来，沉湎于生命的眷恋，其中身体的历史与它们的生物规划并不抵消倾注于它们的欲望。朱娜·巴恩斯的微笑，同她的哭泣一样悲惨，一样残酷。

朱娜·巴恩斯会辨认"睡眠与痛苦的疑难文字"，像她所创造的人物那样，试图借助缺失的贪欲来补偿爱的缺失，在向前的逃逸中迷失了长长的半辈子，放弃了表达，"不是一种思想，而是一种思想的感受"，与大多数人一样拒绝谈论沉默问题。她沉默不言，在她生命结束前，就用某种方式杀死了自己，傲慢地摧毁了自己鲜活的生命，因为"除了毁灭，没有什么是永恒的"。

（1983 年）

玛尔加*的命运

　　这正是激情本身,既简单又具有破坏性。正是在 1895 年,一个十七岁的德国姑娘没有真正明白什么是激情,而只知道忍受着,只知道绕过激情。由此而来的是灾难。然而在组成《在莱斯莫娜的一个夏天》¹的真实信札里,那些日常的信件,既清新又自发,随后又充满怜悯之情,这是玛尔加·贝克写给她刚刚结婚的女友贝尔塔(Berta)的信,我们在其间看到的更多是这种写在每日中的激情,显而易见,然而很快又被撕裂、毁灭,她既没有完全估计到它的力量,也没有觉察到其严肃性,她任由自己被本可以无意地突出的障碍所击败。

　　五十六年之后的 1951 年,这些信件在德国出版,获得了极大成功;这部通信录也成了一个经典。托马斯·曼(Thomas Mann)读后,被其突如其来的严肃所震撼。托马斯或许已经察觉到那其中的广博。他成功地得到许可,年已六十五岁(她在二十年后谢世)的玛尔加答应给他讲述这个故事的后续部分。

　　这些令人心碎的信札,阅读后会让人心提到喉咙口,女编辑似

＊　玛尔加·贝克(Marga Berck,原名 Magadlene Pauli,1875—1970),德国女小说家,著有《在莱斯莫娜的一个夏天》等。

241

乎没有意识到在这个悲剧里抗争的紧张，似乎没有意识到残酷的程度，不可能诠释那些日复一日被发现的事件，也就是说沉浸于细枝末节中的事件，那些杂七杂八的神秘，而神秘正是任何命运的起源。这里没有涉及一部由作者本人管理的小说，也没有涉及一部已经思考过的回忆录，而是一个即时出现的文本，它活生生地快速出现，一个危机，数个生命将在没有尽头的年代中依靠着它。

这本可能成为一个言情故事，却成了一个悲剧。这位漂亮的玛尔加，她一开始看起来无所谓，像蝴蝶一样飞过一个个追求者，只担心爱不上别人，她的父母经济富有且有声望。他们有点像商场上的"阿莱城姑娘"（Arlésiennes）。是伟大的见证者，是法官。敬而远之之辈。对玛尔加来说，他们是父母，是监护人，监护的并不是法律问题，而是上流社会的无法规避的代码。很奇怪，她好像内化了他们的观点，甚至支持他们的观点，创造并相信能预先知道他们的观点。她提前屈服于他们的观点，而不违抗她的父亲，她父亲被看成很难说话的人，然而每次都证明她父亲相当宽容。

玛尔加遇见了她来自英格兰的表兄珀西（Percy），随即产生了爱情，一次绝对的邂逅。时值盛夏，就在莱斯莫娜，在一位宽容的老叔叔的庄园里，老叔叔向玛尔加的父母隐瞒了预定监护人的不在场。玛尔加自然地滑入了极乐之中。她和珀西两人一起唱歌，跳舞，骑马，沐浴，拥抱，谈心，理解。有的只是红玫瑰、几抹微笑、一种将他俩淹没的情投意合，然而玛尔加不敢去估量其中的意义与价值。那些代码没有预示这种关系的质量，抑或在怀疑其质量。

狂欢随着假期一块儿结束，悲剧开始上演。玛尔加像陷入绝境一般，僵在那儿，她拒绝了珀西提出的等他五年的建议，更是拒绝向她父亲提起这事，她想象着父亲会去裁决这个出身优越、年龄太轻、太不富有的追求者。

这将是永远的痛苦。玛尔加抗争着，却只是跟她自己过不去，她从来没有试着在父母身边做些什么："我无法应付那般争斗。"然而，当她不久后，满怀失望地与那个年长她十岁、知识渊博的艺术史学家，严肃的鲁迪·埃特博格博士(Dr Rudi Etberg)迅速订婚时，她的父母显得十分恼怒与失望，况且埃特博格被当作一位肺痨患者，但她父母最终还是同意了，并没有太为难她。

尽管她与珀西有着令人心碎的邂逅，尽管鲁迪对她不冷不热，她在他身边也"战战兢兢"，尽管她有一次次的昏厥与严重的生理病兆，尽管她有无法承受的长久的绝望，并且如她讲述幸福一般描述的悲痛，玛尔加还是走向了那可怕的婚礼。

下文是什么？我们将通过玛尔加写给托马斯·曼的那封信，了解到这场理性婚姻的结局，那时玛尔加已经变成一个老妇人。珀西后来变得极为富有，于十年后结了婚，后来在洛杉矶自杀。鲁迪这个谜一般冷漠的丈夫，却是个正直的人，在被希特勒罢免了所有职务后，任由自己伤心地死去，因为他反对希特勒。

他们的三个孩子也死了。有两个是自杀的，其中一个是在被纳粹百般折磨之后，另一个是因为对爱情的失望。最后一个是在战争中被打死的。玛尔加从她那个"唯一的房间"开始讲述，她在那里过着贫困的流放生活。玛尔加一如既往，坚定地生活着，保卫着父母、她的丈夫、她的诸般选择："珀西是个神奇的年轻恋人——鲁迪·埃特博格是个伟大的男人，我崇拜他。"托马斯·曼在他优雅的回信里，好像不大相信这一点。

（1994 年）

"我不再喜欢烟……"
（让·凯罗尔*）

　　这个世界俨然不是一个真正的久居之地，至多是一个迟早要离开的居所，那么定居何处呢？这些我们发明与建造的外壳和封套只是一些脆弱透明的薄膜；没有一面墙保护我们，甚至我们的皮肤也不能。没有人比让·凯罗尔更了解这一点，他在生命的肉体里经历了任何藏身之地的无用性，经历了纳粹集中营的空间带来的无法医治的皮肤创伤。通过这个无法医治的裂口、这种眩晕的才智，凯罗尔讲述了《一幢房子的故事》[1]：平庸而可怜的西梅翁的典型奇遇，一个小小的会计师，没有明确的理由，他梦想着在一个由他自己确定与选择的地方，在一个确实属于他的土地上，建造一幢他的房子。

　　1938 年。战争迫在眉睫。不：战争已经开始了。让·凯罗尔在他所有的书里都已经暗示了这一点：战争没完没了。战争没有开始也没有结束，既不在前也不在后，就在那些指明的时代，在战争宣布的时代。面对西梅翁并不过分的梦想，许多力量在一起较劲。在这个还没有被侵蚀的小雇员的生活里，一切都还是一张白纸。法西斯已经在折磨着那些生命、那些事件。一种首先是阴险狡诈的法西

---

　　* 让·凯罗尔（Jean Cayrol, 1910—2005），法国诗人、小说家。作品有《最后的人》《夜与雾之歌》《太阳的寒冷》《人类空间》《一个沙漠的故事》《大海的故事》《一幢房子的故事》等。

斯主义——一种"气候",家庭在一个仍然被伪装的世界中盲目地挣扎。

在第一层面上,这则叙事作品显出浓厚的现实主义,它极力采用细腻而讽刺的描写,截取了西梅翁与其妻子奥黛特的平庸。

这部小说的美感与力量,就在于普通法国人生活中所暗示的"令人担忧的古怪性"。他们的梦想尽管愚蠢,但狂热严肃,是一种安全的梦想,它来自一幢有绿色百叶窗、一扇门与一个小花园的房子,仍然是那个最难以进入的圣杯。在他们周围,没有一样东西变坏,没有事先发霉,没有被压垮。他们并不生活在一座火山上,而是在谎言与人造的陈词滥调中消耗并抹掉他们自己的生活。他们徒劳地挣扎着,追逐着他们存在的那一小部分,他们只是让人们参与故事,一段地狱的故事。一段自我满足的故事、由废墟与死亡喂养的故事,而不是建筑与避难地的故事。

在那段左右为难的时间里,一切进入了"夜晚的秩序",进入了"风暴献媚的田园画卷的尾声",西梅翁将成为俘虏,将逃跑,将参加抵抗运动,或做任何什么事,就像奥黛特那样,将被一种机械的合作所引诱,就像丈夫一回来她就将怀孕一样。然而在这次奇遇中什么也没有留下,那些最可怜的希望也是最疯狂的希望。男人、夫妻、家庭、房子与计划互相瓦解。他们仅仅是向他人和向系统投射的方便形象,以便操纵那些被缩减到客体状态的生灵。对于沉溺于令人安心的公告中的这对夫妇来说,在日常生活与灾难之间没有任何界限。居住的房子和那些集中营占据着同一片领土。还有堆放尸体的花园,同样的地理。

诚然,这是1940年的故事,然而凯罗尔明白,这是仍然而且总是涉及我们的故事。到处都是为生存奔波的男人和女人,即使那种束缚并不起眼亦然。强加到西梅翁梦想中的那幢房子,仍然是一种危险经济的基础,这是一种破碎的致命的经济。

让·凯罗尔在这个世界中漂泊,具有疯狂的好奇心,尽管他在纳粹集中营里学了不少恐怖的知识,尽管他了解我们地底下的诸多情况,而在这个地面上根本不能建造房屋,他还是那么好奇。西梅翁将死在毛特豪森(Mauthausen)的集中营里。让·凯罗尔的力量使我们震惊,用的一个句子如此简单:"我不再喜欢那每晚从烟囱里冒出的烟,还有烟的气味。"

(1976 年)

睡眠的住所

（安娜・卡万[*]）

　　奇怪的庄园、更精确的庄园，那是安娜・卡万的庄园¹——睡眠的住所或另一个苏醒的住所？安娜・卡万掌握着梦想的写作，这种语言，我们知道它是最忠实于我们身份的语言之一，或许是唯一进入我们亲密网络、到达我们秘密的语言。我们将在此阅读这个异于我们的梦想或苏醒的故事。安娜・卡万徒劳地、不停地描述那些表面上抽象的、与整个叙事没有联系的场景，悲剧一步步呈现，滑稽模仿吱吱作响；这整个世界令人心碎、令人生畏，带着冷淡与讽刺，向我们袭来，抓住我们不放。

　　通过这个透明的视角、这个冰冷的梦幻地域的即时资料，在被反射、夸张和歪曲的逻辑中，在我们的逻辑中，我们听到了那个迷途小姑娘的声音，她被献给了黑夜，不能享有白日，不能见光亮。她就在这里，自打童年受惊的时候起，就得面对他人的阴险，面对众多的恐惧。她无法在白日的细节中经历自己的生存。

　　安娜・卡万充满活力地穿越她的作品自然讲述的不寻常之事；想象就来自她的日常生活。我们几乎可以说她的写作就是现实主

---

　　* 安娜・卡万（Anna Kavan，原名 Helen Emily Woods，1901—1968），英国女作家。作品有《睡眠的住所》《雪》《收容所组曲》《朱丽叶与巴祖卡》《没人喜欢的人们》等。

义写作，因为她以一种过于细心的精确来移译那些幻觉，对她而言，那些幻觉呈现了一种偶然性。

具体而精确的写作，首先是新颖的：没有任何一位作家像她一样，发现了移译那个梦想的诸多技巧、表达初等狂热的技巧，并且使用他们自己的节拍，在他们自己残酷的在场中，在恐怖的细节里，在缓慢中，在令人眩晕的加速中。安娜·卡万使她的文本运动起来，正如她操纵着一架摄像机，没有语法与句法的限制，疯狂的对调也没有界限；她在最简单的语言中达到成功，我们可以说这是经典语言，在这种语言中，近景、慢镜头、叠化效果等找到了文学的对应手法。

稳定的场景就在这个梦境的持久运动中，逃逸的场景上立即覆盖上其他意想不到的场景，一个完整的世界——牧歌般的春日田野、阴郁的郊区、中世纪的小旅馆、骚乱、湖泊、不通人情的办公室、事故、萦绕着普通恐惧的仙境般城堡、残暴的节日、不以计数的嘈杂、几何物体、疯狂的奔跑、楼梯、惊慌的匪徒穿过的车站、年老的夫妻、年轻的大学生、宇宙大灾难、精神灾难（经常是混在一起）、旋涡、恐怖、小屋……还有各种各样的风暴、波浪、岩石、不同地方，还有各种各样最熟悉的情景，然而每次都有所不同。

这种被拒绝的致命生活里的一切元素也重新生产，延迟到这种痛苦的混杂里，制造一种中性的混乱，这种安娜·卡万迂回的普通生活，将这种洪亮有力的生活留给他人，然而这生活一直纠缠着她。这种平庸而迷人的生活，它常常迷惑着那些被排斥在外的人，还有那些同时经历回忆、伤口的科学和孤独存在的伤口的人，他们的存在已被判了死刑。

安娜的生命在伦敦的一所公寓里结束，当人们找到她时，她已经优雅地死去，手里还拿着一支装有海洛因的针管。那是1968年，她六十八岁。她过去有两次婚姻，两度离婚，每次都在疗养院短暂停留，在那里她养成了吸食毒品的习惯。唯一的儿子在"二战"中战死。悲伤的结局，与记者生涯中的旅行形成较大的反差，那边是社交界生活，还有几个朋友，还有——这可以称作"尤其"，然而我们在这里应该说"或许"——工作，然而我们没有在其中发现任何乐趣、任何欲望、任何计划，仅仅是一种必需。她的小说、她的故事、《雪》、《收容所组曲》、《朱丽叶与巴祖卡》只是遭到冷遇。《没人喜欢的人们》由作者自费出版。只是在她轰动一时的死亡后，人们才满怀激情地发现这位奋力逃避生活的女子，她极力与生活保持距离，就像一位仙逝者，这时人们才明白这种仙逝的意义。

安娜·卡万表面上看起来非常脆弱，但她善于击碎现实，反抗现实的断续性、多元性或不能承受的冷漠。她拒绝了缓和的代用品，这是人们向我们推荐的东西——她选择了其他的东西。《睡眠的住所》向我们揭露了我们所接受的东西，这是装饰了虚幻连续性轶事的东西。人们在这里发现了一些存在的条块，被孤立在时间和空间中，不与任何东西有关联，然后不知为什么，又突然被其他唐突的部分所替代。

然而有时会在一天之中，在另一次阅读中，在对某幅画的回忆中，在旅行的梦想中，突然出现一个挥之不去的景象，一种似曾相识的惊奇。读者要问这些模糊的回忆从何而来，我们可以攫取安娜·卡万的某些片段，看出这种回忆来自她那在梦境中摇摆的生活，来自她那新颖的幻想能力，来自她那自然而又不幸获得的才智。

自童年起，她就感到了威胁。她明白一种无法抑制与严酷的控制，是一位荒谬且专制的母亲的控制，她富有，狂乱，诱惑人，无法企及，比死人更加贪婪：她是那种废弃孩子生活的人，而孩子的生活尚未开始，她迫使孩子走向破产，走向没有尽头的失败、屡试不成的失败。

在这部作品中，这种对梦想的探索、对被刺痛的生活的探测，便成为一种长长的抒情控诉、一种近乎吼叫的叫喊，简洁地讲述着她的童年、她那无法磨灭的印记、她的被禁止的未来和那无法医治的创伤。她永远是而且总是处于中心位置，这位咄咄逼人又如此令人渴望的温柔母亲、这位无法离开的母亲，她在晚上行动，以避免堕入白日的痛苦、光亮的痛苦、背叛的痛苦，还有承担的无言恐惧的痛苦。只有雨水孤单地打在窗户上，将它的秘密轻声讲给这个孩子听，这个孩子永远被幽禁在走廊与房间里，身处阴影与阴影的黑暗中。

这位女子，有过那么多的经验，在几次企图自杀后幸存下来。她曾经是精神病院的常客，曾经经常吸食毒品，曾经经常戒毒，在精神分析方面有深刻的认识，她忘记了所有这些多少带有资料性质的知识，以致力于天真而带有野性的生活经验，其间充斥着烦人的冲动、凝结的颓唐；悲痛的女观众，她既不再评论也不再希望，只有讥讽，这多么让人心烦意乱啊！

很少有作家能够带有同样的公正来交流那样的惊慌、那样克制的愤怒、那样的失望，还有那样的逻辑，针对那注定是非理性的景致，没有任何评论，如此这般地呈现出不可能的同化。在这部世界不在场的叙事中，在永远的镜子和永远的穿越的叙事中，没有丝毫感情的印记，只有被疯狂的组织无情包围的在场，而我们正好参与其中。

或许，"自由"这个术语比其他任何词更适合于卡万？卡万无疑是毒品的囚徒，被指向了不幸——毕竟是相当平常的不幸。卡万是被动的，然而也是自由的，卡万对现时不屑一顾，认为存在所奉献的现时已经腐化透顶。卡万被梦想的拓扑学所侵扰，然而也被离去的土地所萦绕："根据我们自己的愿望，我们来到了这里，我们在必要之前已经尝过了睡眠，因为我们酷爱面对夜晚。然而这并不完全像我们家里，甚至在被爱过的影子中……我们无法完全忘记太阳的辉煌……我们有时应该梦想一下我们来自的地方。"*

　　然而这个地方更妙,轻率的人甚至生活在无意识中,在那些地带的忘却中,那里肆虐着庸俗卫道士们的性错位生活。在这些"睡眠的住所"中,有更多的人造连贯、更多悲剧性的期限、更多使人产生犯罪感的回忆。这是原样生活的穴窝、最低等的没有被控制的避风港,在那里,被俘虏的恐惧将惊愕与麻痹的平庸保持在一定距离之外。安娜·卡万的住所,没有她,我们去不了。

(1977 年)

---

* 安娜·卡万是否读过波德莱尔的这段话:"关于睡眠,每个夜晚凶险的历程,我们可以说是男人女人以不太明智的胆量每天在睡觉,如果我们不知道那大胆是危险的无知之结果,那么这种大胆就无法理喻。"《烟火》)——原注

乔治·艾略特*的回归

　　阅读这些厚厚的书是令人愉快的。在这些书中,读者花时间去跟踪,到近处发现人们可以仍然称作为"人物"的"性格"的东西,发现他们的"心理"。《米德尔马契》[1],乔治·艾略特的最后一部小说,毫无异议也是她的代表作,这部小说集合了大量的故事元素,乔治·艾略特运用轻快而又凶猛的观察悟性,并加上一种平和的讽刺性宽容,这是盎格鲁-撒克逊人的特性。

　　敏锐的智性,与一种扣人心弦的敏感并驾齐驱,在这里揭露着任何的"似是而非",以至艾略特——对此,弗吉尼亚·伍尔夫曾经写道:"她令我着迷。"——达到一种幻想者的工作,穿越安静的叙事网络,用她的清新和烦恼还原着生活。凡·高向她致敬,将其列为"现代文明的大师"之一;他非常喜爱《牧师的若干生活场景》[2],将这本书作为生日礼物送给了他当牧师的父亲。在乔治·艾略特的崇拜者中,我们还想到马塞尔·普鲁斯特,他在给爱德华·罗德(Édouard Rod)的信中表达了他对这位英国女小说家的赞赏,说她懂得如何展示"在同代人里面的个体,就像潮汐中的涨潮与退潮,那

---

　　* 乔治·艾略特(George Eliot,1819—1880),英国小说家、诗人。原名玛丽·安·伊万斯(Mary Ann Evans),作品有《米德尔马契》《清秀佳人》《弗洛斯河上的磨坊》。

潮汐更加缓慢,然而更为确定,更为广阔,也更一致"。

　　这是那个时代政治、社会与文化风云的一幅广阔画卷,是被宗教性掩盖或贯穿的风云画卷。乔治·艾略特构思了这幅画卷,她一边经历着,坚持着,一边记录着这个"世上独有"的画面。她出生于1819年(六十一岁去世),起初因贫穷而被排斥在这个世界之外,然后又因丑闻被人耻笑,最后却因成功而流芳百世。

　　她是一位木匠的孙女,父亲是个和爷爷差不多的小资产者,她在极其严格又非常虔诚的父亲的抚养下长大成人。十六岁那年,她失去了自己的母亲,从此承担起家庭的责任,同时开始自学德文、意大利文、拉丁文与希腊文。她决定写一部关于教士生活的长篇作品。她的目的? 为重修一座教堂筹措必要的资金。然而她与那些持不可知论的哲学家的相逢,使她陷入了长久而痛苦的思考,她失去了自己的信仰。父亲把她赶出了家门。她去了伦敦,在那里生活,与一家叫《威斯敏斯特评论》(Westminsiter Review)的知识分子杂志合作,与亨利·G. 刘易斯(Henry G. Lewes)处于同一个时期。因为有了这个男人,她鼓起了勇气,在那个清教时代里,在三十五岁时,她没有结婚(他其实已经结婚)就和他生活在一起了。正是他劝她打消了继续撰写清教论著的念头,鼓励她向小说方面发展——《米德尔马契》正是献给这个男人的,在"我们神佑婚姻的第十九个年头"。

　　诚然,这是一种幸福,然而也是一种幽禁。乔治·艾略特经常谈起,因为害怕碰钉子,她从来就没有邀请过任何人来家做客——总是朋友请她去做客。稍晚一些,她的荣耀并没有拉近她与读者的距离:在这个被人抛弃的女人身上,老天就是这么不公,人们只把她当作最庄严的文学美德的典范,说她"比但丁更伟大"。当那些虚构作品被伦敦图书馆撤架的时候,她的小说却留了下来。

　　面对这一小群人,怎么能不欣喜若狂呢? 他们光怪陆离,感情倒错却不知道,其激情从来不会停留在——在无法抗拒的叙事中——他们起初感受到的那些激情中。仅仅讲述《牧师的若干生活场景》中三个女人的不同命运,那就是不了解乔治·艾略特的细腻、她进入最意外的曲折情感的手法,还有那些栩栩如生的人物的最为隐秘的层面。

然而怎么能不提及《米德尔马契》中那对奇怪的卡苏朋夫妇,还有他们所经历的迷恋呢?多萝西娅是个年轻、富有、漂亮的女孩子,她狂热地爱上一位博学、滑稽、丑陋的老教士,她嫁给了他,她相信自己"嫁给了帕斯卡",她想通过教士达到那种渊博的学识,那种无法企及的创造性,这是"女性的无能"无法达到的境地!天哪!可怜的卡苏朋只是一个书呆子,他从各个图书馆聚集笔记,却无法凑成一部作品。普鲁斯特(又是他)于是也不安起来,给玛丽·诺德林格(Marie Nordlinger)写信:"很久以来,我一直在努力工作,却没有做成一件事。有时候,我自忖是否就像《米德尔马契》里多萝西娅·布鲁克的丈夫,我是否在堆积一些残迹废墟。"读者不会忘记卡苏朋,那个长期被妻子弄得惊慌失措的男人,他妻子不停地提醒他那无法治愈的知识贫瘠,然而他停止了对她的憎恨,因为他得知自己将不久于人世,非常害怕,于是在一个令人心痛的场景中,他小心而温柔地靠近她,突然对他们两人产生了一种怜悯。

(1981 年)

被迷住的万人迷

（让-诺埃尔·维亚尔内*）

在《女性的陶醉》¹的这些场景中，让-诺埃尔·维亚尔内向我们展示了，那些漂亮的女演员，即那些圣女，她们正在向一个"秘书"讲述令人陶醉的故事，向那个年轻僧侣、象征性的听众和被迷住的观众讲故事，而这些场景让人回想起另一个场景，即今天已经被扩张到无限的场景：正在倾听的弗洛伊德。他正在倾听那些着迷的歇斯底里病人，那些情绪激动或多少有些痴狂的病人？他们就充当那些他所梦想的幻觉。

因此，弗洛伊德同样在梦想着爱玛们的位置、埃米们的位置、安娜们的位置、他的女患者、那些她们不会去做的梦，然而她们将梦暗示给他，给他讲述，例如关于"伊尔玛的嘴"的梦，他没能做出真正的分析，他自己数年之后也患上了同样的症状：下颌部位的癌变。

被迷住的万人迷的场景。弗洛伊德更加惊恐，或没有年轻僧侣们那么听话，他没有倾听那些圣女，很快就避开了这些健谈的吸血鬼的目光，他也避免看到她们。

这里没有受神秘现象折磨的圣女身体，没有她们"不可腐烂的"

---

* 让-诺埃尔·维亚尔内（Jean-Noël Vuarnet，1945—1996），法国哲学家，于1996年自杀，著有《在一个岛上的英格兰人》《哲学艺术家》《女性的陶醉》等。

尸体,这种尸体常常长时间裸露着,一览无余,鲜血淋淋,气味冲鼻,切成碎块,由书记官们细细检查着,这一次只留下了这种倾听,这种比任何解剖学都要冒失的声音。

"用你的耳朵去看",李尔王这样建议,而精神分析学家把这个建议当作样板。让-诺埃尔·维亚尔内笔下的圣女们更像是被眼睛倾听的。然而从修道院的单人房间到维也纳的长沙发,是同样的女性的气息(odore di femina),是圣洁的气息,弗洛伊德不能从中平静下来。她们不能平静。我们也不能平静,因为在她们激情的讲述之下,在多少个长沙发周围,还继续着并且永远继续着永无休止的分析,关于"圣女的叹息"和"仙女的叫喊"的分析。

(1980 年)

深渊边的弗洛伊德

（弗拉迪米尔·格拉诺夫*）

死亡、黑暗、女人、女人身体的秘密地带……

通过弗洛伊德的通信录、作品、生平和身体，弗拉迪米尔·格拉诺夫一反从前的做法，将这位维也纳智者的恐惧推到了前台。西格蒙德·弗洛伊德？他这时成了一次奇特探寻的主人公，去寻找一个来自新土地的语言：潜意识。他成了所有被禁止去爱的人的恋人：他的男性朋友、他的母亲、他的女儿、他的女病人。弗洛伊德独自经历了分析的诸般折磨。格拉诺夫那时还没有阅读弗洛伊德。那么格拉诺夫的工作，反过来说，是否就是弗洛伊德自我分析的一个片段呢？

在《思想与女性》[1]一书中，他以极大的热情来表明，如果说弗洛伊德发明了这种阉割情结，即"掩盖那种无法代表的东西"，那是由于一种恐惧效果、一种焦虑的计策。怎么来防御"男人们在女性生殖器面前所经历的恐惧"？通过绝望天才的一闪念，弗洛伊德用一个缺失代替了这个深洞，这个可怕的深渊、无以名状的深渊。从此以后，关键一招已经成功，整个表现体系由此演绎而成。阴道？一

　＊　弗拉迪米尔·格拉诺夫（Wladimir Granoff, 1924—2000），法国精神分析学家，著有《思想与女性》《分析的欲望》《血统：俄狄浦斯情结的未来》等。

种简单的阴茎缺失。两性的差异？一个不幸。一个错误。

仅仅存在一种性别：女人被阉割掉的性别，男人害怕失去的性别。至于女性生殖器，它没有任何现实性。格拉诺夫热忱而坚定地进行着他的调查，目的是要弄清这一堆借口与诡计如何把这位智者的一系列严肃工作变作"精神的创造"，最终表达的还是弗洛伊德自我分析的死胡同。

作为弗洛伊德迷宫里的歇洛克·福尔摩斯，格拉诺夫用显微镜仔细观察其童年的一个重要片段。小西格蒙德有一个捷克斯洛伐克籍的奶妈，她因为偷了给小孩的零钱而被辞退。你们知道用捷克语怎么讲"零钱"吗？格拉诺夫是第一个提出此问题的。就叫作……"peniz"。这些语词在潜意识里做着怪诞的旅行。当然，那个奶妈没有零钱（某种潜意识，毫无疑问是有的，然而关于"peniz"的潜意识，尤其是阴茎*的潜意识，绝对没有）。奶妈肯定是嫉妒小西格蒙德了，因为他有那个东西。对于弗洛伊德，这是多好的运气；而今天对于格拉诺夫，又是多好的运气。诠释就有这样的甘甜乐趣……

这个小故事仅是一个例子，在标示弗洛伊德领域的既专注又大胆的路线上，有上百个这种巧妙的标记。这些标记使这个传说变成了最受尊敬的作品之一，然而也是弗洛伊德文学中最具颠覆性的作品。对此，格拉诺夫非常明白，他心里很清楚那些精神分析学会的迷宫。他与老师拉康一起经历了所有爱情故事——还有拒绝故事——的整个系列，这些故事造就了这个内婚制群体的美好日子。

他很长时间保持着沉默，然后决定说话，滔滔不绝地说话，在1973至1975年之间的几次研讨会上演讲，而这部在《血统》[2]之后的

---

* 法语中"阴茎"（pénis）与捷克语"零钱"（peniz）谐音。

作品就是他演讲的结果。他说："有些东西没有故事，并不准备被人看到。"是的，有些东西就是没有故事，这正是阉割情结的功能，其没有明言的功能就是掩盖：掩盖女性的性别、女性的故事。这个无声的故事，我们将在某一天听到他讲述吗？说到底，这是"两性之间的不确定性、差别和困难"的故事。

（1977 年）

在缺席的波涛之间

（莫德·马诺尼*）

弗吉尼亚·伍尔夫与西格蒙德·弗洛伊德见过面。就一次。诚然，人们可以想象他们两个人可能给对方引起的麻烦，也可以梦想两个人可以从对方或对方作品中学到或吸收的东西。然而弗吉尼亚并没有以作家身份拜访弗洛伊德。1939年1月，她和丈夫伦纳德以编辑的身份，来到这位纳粹时期避居在伦敦的年迈智者家里喝茶。不就是他们夫妻俩共同创立了霍格思出版社，并选择弗洛伊德作为他们的第一批作者吗？不就是他们将弗洛伊德的所有作品介绍到英国的吗？那次相遇非常短暂。弗洛伊德首先送给弗吉尼亚……一朵水仙花！对于这位其时已经成名的女小说家的作品，他没有做任何影射，弗吉尼亚在这里被降为妻子的角色，而弗洛伊德主要和伦纳德交谈，他以某种方式阐明了莫德·马诺尼那本引人入胜的书的标题：《她们不知道自己在说什么》[1]。

然而如果说弗洛伊德从来没有读过弗吉尼亚·伍尔夫的作品，那么伍尔夫也只是在1939年才决定阅读弗洛伊德的作品，差不多在他们相遇后一年、西格蒙德离世两个月后、她自己自杀前十五个

---

* 莫德·马诺尼(Maud Mannoni，1923—1998)，法国精神分析学家，著有《虚构的理论》《不可能的教育》《真相中无法说出的》《她们不知道自己在说什么》《命名的与无法命名的》《成为精神分析师：潜意识的形成》《与精神分析家的第一次约会》等。

月。人们从这次迟来的阅读中推断,弗吉尼亚的作品与西格蒙德的作品之间的任何关联都是偶然的,作家伍尔夫并不知道存在这种关系。

莫德·马诺尼与那些普遍的成见背道而驰。她表明弗吉尼亚·伍尔夫在十多年间,通过其主要的作品,与弗洛伊德和梅兰妮·克莱因的著作对话。而且是有意而为之。她指出,即使她没有读过弗洛伊德,女小说家当时也正处在数不清的讨论中,在英国知识分子阶层中,在以她为中心的布鲁姆斯伯里小组里,那些讨论无不围绕着这位维也纳大师的研究在进行。她还强调了如下事实,1925年在弗吉尼亚的哥哥阿德里安与嫂子凯琳·史蒂芬的家中,梅兰妮·克莱因做了数次讲座,而且阿德里安与凯琳还到过维也纳,西格蒙德·弗洛伊德给他们做过分析,他们是第一批英国精神分析师(和精神分析对象),就像阿利克斯(Alix)与詹姆斯·斯特雷奇(James Stratchey),伍尔夫一家的好友,霍格思出版社弗洛伊德作品的译者。

即使弗吉尼亚把精神分析当作对其创作完整性的威胁,我们在这里也会发现,她其实一直身在其中,已经全身心地参与其中,在推行精神分析的探险,更确切地说,已经参与了弗洛伊德的思想。她和弗洛伊德一样,被那些血统问题所困扰,被那种"转向某种缺失的痕迹"所困扰,伍尔夫成了那种"并不描述而只让人感受"的作家,她是"言语被阻止"的作家、"欲望迷失"的作家,其"真相被埋没着,而弗洛伊德正在不知疲倦地追问着"。

由于她擅长所有的语言,她就让人们听到那些沉默的语言,让人们感知那些沉默的声音,弗洛伊德却"放弃掌握言语的秘密","让说话的可能性成为病症";他的"功绩就是能在拒绝与沉默中辨认出一种情感转移"。在这些相互渗透的地区,他们二人向思想提供全新的自由,向言语活动提供革新的诸多角色。

我们发现弗吉尼亚一边读着《摩西与一神教》[2]，一边在写她最后一本书《幕间》[3]，这本书走得最远（太远？），《幕间》让她彻底地离开她的母亲（太彻底？）。终于有一次，在她的作品中，水不再流动，而只以干渴的形式出现，一种"对水的强烈渴望"。一本大地之书，将她推向登山运动员的父亲的身旁，这位重新变得不可抵抗的父亲，因为她刚刚重新读过父亲的书信。在这样一本书中，作者重新处于与写作相关的"退缩的欲望"里，以至她这一次不想通过其他方式来弥补这种缺失，而是在乌斯河里平息与母亲相连的对"水的巨大欲望"。

在弗洛伊德与伍尔夫的信号下，通过一种对于创作的广泛而大胆的思考，莫德·马诺尼探索了疯狂的各个方面、歇斯底里恶魔的各个方面、女性特征的各个方面，还有"妇女们的问题"的各个方面，这个问题如今和弗吉尼亚时代一样激烈，然而她赋予我们一种崭新的视觉。

(1998 年)

向帕索里尼[*]致敬

"发生了什么？"——"Che è successo?"在帕索里尼的第一部电影里，没有任何东西回应年轻的阿坎特内，这个身处社会边缘的人物，他目睹了自己的葬礼。嚅动的嘴唇没有发出任何声音。甚至连"乌有"也没有。一具棺材消失了……在这个没有表达出的"乌有"与流动在作品中的意义的力量之间的，就是我们的文本、我们生命的文本、在历史中完全呈现的文本，帕索里尼把悬念留给了我们。在世界缝隙中，进行着各种冲突，为他而抗争，还有他的自身痛苦、他的内心矛盾，永远处于激烈之中。

然而，"在识别出资产阶级历史与人类历史的前夕"，他敢于越过语言与历史的计谋，担当罪名走向简单。轻轻地——很多人在他的诸多电影中消逝——非常轻地，他谈起了无辜。这就是自我宣判有罪。人们要碰上罪行的性交易市场，就不可能不受惩罚。

人们要让中性的图画自由流传，表现恐惧的平庸与平庸的恐惧，也不可能不受惩罚。人们要制作那些完全体现人物的电影，以证明肉体的深度、肉体重量的苦恼，也不可能不受惩罚。只有"不

---

* 皮埃尔·保罗·帕索里尼(Pier Paulo Pasolini, 1922—1975)，意大利诗人、小说家、电影剧作家，"后新现实主义时代"的电影导演。作品有《生活的年轻人》《激情的生活》《索多玛120天》《乞丐》《定理》等。

定"的肉体,永远没有"确定"的肉体,永远没有他者,永远没有自我。

帕索里尼以小说家的身份转入电影,他相信进军电影就像"技术的转变",他意识到这更像是"摈弃一种语言而采用另一种语言",这种语言无疑更适合吸收相反的事物,同时囊括知识与无知,使无辜的可耻与真正的真相保持在同一水平上,真正的真相:那个几乎从来就没有道理的真相。这个真相,人们在碰巧遇到后不会从中解脱,就像《定理》中天使那一段之后的人物。

多么炫目的人生旅程!无人的广阔中回荡着婴儿俄狄浦斯的吼叫,他就居住在承诺给资产阶级扩展的豪华房子里!他的旅程被概括为一次次面向母亲的不可回避的回归,伊俄卡斯忒或美狄亚,或另一位母亲,面向她们智慧的微笑。而对于女人们呢?没有任何旅程。徒劳或悲剧性的等待,或是缺席。你们想一想,在《定理》中,那位少女因天使的离开而陷入惊恐,她试图测量那个曾经被所爱躯体和暧昧躯体填满的空间,她只得到一种虚无的无度,然后便滑向一种疯狂。屏障在这里不能充当任何东西的屏障,甚至不能将空虚隔开。

帕索里尼让自己置身于难堪中,迫使自己处在无所适从中,甚至陷入共同的鸿沟中,在那里,生命相互伤害,虽然宣称在地狱之外,但展示着地狱的律法。

被丑化的帕索里尼!为此真是令人发指。何况他转移了那些丑闻,拒绝突出某些丑闻,以避免其他的丑闻。他并不怕走向危险的边缘:还是阿坎特内,他将平庸的无产者的工作比作布痕瓦尔德。正是帕索里尼说电视"或许比集中营更加令人讨厌"。他拒绝——常常在夸张中,在亵渎中——分割,拒绝分级,拒绝对被利用的睡眠进行良性评估。

希望从这个预先伪造的世界中脱身,从一些被历史做了假的陈述中脱身——试图到达原初的满足,到达精妙的美感——他接近了这些被禁止的知识,在这些知识中,尼采、爱伦·坡、奈瓦尔、伍尔夫与阿尔托相继崩溃,被人击碎。他明白我们的矫揉造作依靠的是何种惯常的与感情的堕落之物——还有家族小说的醇美怎样萌生我们的世界末日。

他的现实主义电影更加揭示了叙事的阴险。就像那些纳粹集中营,就像那些极权制度,就像那些种族大屠杀,它们就具体呈现在我们这个星球的表面,《索多玛120天》揭露了隐藏在我们歌剧曲调背后的一切,帕索里尼捅破了我们的文明。他揭露了秩序的愚蠢与皮肤的脆弱之下的法西斯契约。文明的、帝王的、阴险专制的世界显露出来。

萨德式的女叙述者和着电影的节拍,叙述着不能承受的东西,她们改变了我们的习惯,改变了我们的日常事务。她们运用我们的话语。她们仅仅在叙述中向前多迈了一步,就跨过了我们伪善的专栏编辑望而却步的门槛。还有更多的言下之意,抑制着生理器官,抑制着内脏的气味。最大的限度,它似乎撕碎了所有十四和十五世纪的画作,即献给激情的崇高画作,也似乎揭露了它们的内幕、它们的背景、直到现在仍然被封存的东西,即那些充满各种酷刑和中止的乱伦、性的绝境、精液、胎盘、汗水、脓血等东西的故事,这些故事通常都被崇高的结构显现出来,镶上金丝,没有污秽的痕迹,没有粪便的气味。

《索多玛120天》,世界衰老的一个残酷画面,这个世界因太多故事而疲倦,沉溺于它的内脏中,沉溺在永远重复着的轶事中。众多躯体在寻找另一个躯体,一个封闭的、不在其秘密中的躯体。然而那些撕破肉体,在华丽管理中并通过这种管理觊觎喘息的人,通过庆典仪式寻找气息的人,他们错过了渎神仪式。狂乱的寻找常常被封阻,因为不再有更多的东西,"外面"什么也没有。任何超出都无法达到欲望,一切都在里面。

那些把生命据为己有的人，那些抹去生命的人，那些肢解生命的人，那些放弃躯体以便获得一声喊叫、一滴鲜血的人，那些想得到一点他人的尿液以光洁自己陶醉的面孔的人——那些想成为他人的人，他们想获得他人的所有状态和最残酷的状态，却无法得到生命的清新；他人的脑髓、他人的核心，他们想得到这些，然而得到的只是怪相而已。除去了他们想要的东西的尸体：说到底要么跟这尸体相近，要么与尸体融为一体。

在《索多玛120天》中，那些弄得一身粪便的人、吃粪便的人、让别人吃粪便的人，他们相信还存在一些不是渣滓的食物，甚至不是尸体的食物。他们还相信纯洁，因为他们是肮脏的；他们还相信性事，因为他们被阉割了。他们给神灵增光，以致把一切都变成了渎神。他们在完全的亲密后奔跑。他们不停地逃避缺失，逃避距离，但无济于事。

他们已经被钉在恐惧中，竭力想制造危机，以便逃离危机，因为这种危机正是来自他们。残酷压迫，这本身也会变成危险，变成捕食者，但能够让人自以为得到保护，被惊吓后，只有通过激发恐惧来防止恐惧。

"杀了你？你做梦！我情愿把你千刀万剐。"《索多玛120天》中的一个刽子手说，他重复着这些判决（这些判决充满了残酷折磨的历史，这要比快捷的屠杀更糟），谴责着那些尚处于酷刑状态的种族屠杀、那些不断重演和被消费的大屠杀。这种屠杀让那些刽子手心满意足，他们欲壑难填，一直在寻找最糟的结论——崩溃的结论。

贯穿帕索里尼全部作品的就是这种不适感，作品中的生命活力充沛，但遇到了袭击性冷漠，还有地狱般的重复事件，为的是一种散乱的结局、已经经历过的结局。现实在其外衣下期望着投射，仅仅从利益的力量中预支权力的快乐。这种现实常常假设我们更加服从已经完成的死亡，转向我们生命中心的死亡。

违背整个的可能是可能的。帕索里尼知道这一点，他也说过。然而他也敢于坦诚谈论这般奇迹，谈论生命，谈论这个无法居住的豪华的星球、这个居住环境恶劣的星球，人们控制着任何的生命形式，以便阻止任何活跃的东西能够浮现出来，而且使用的是唯一的话语。以便无法言说。

以便不会提出真正的问题：如何活着出生？如何活着死去？

帕索里尼写道，"在我看来，新电影的作者在自己的作品中并没有完全死去：他们还在挣扎，因痛苦或焦虑而扭曲身躯，或甚至濒临死亡，然而他们并没有死"，而且，"死亡将完成我们生命中强烈的蒙太奇"。

帕索里尼死了。

昨天晚上，1977 年 12 月 28 日，我在孔德大街的电影院，又一次观看了《索多玛 120 天》。是晚上十点钟的那一场。银幕上浮现的恐惧、在胶片上穿行的恐惧，就是意大利十四、十五世纪的画卷上那种恐惧。放映大厅的灯亮了。在我的周围，从不同的地方传来各种声音，那些声音互不相通，互不应答，也不互相"激励"。那些亲密的声音传向男性伴侣，传向女性同伴，没有愤怒，更像是温柔，像是被抑制的愤怒下的虔诚声音。有个男人说："幸好他死了。"远处的另一位年轻姑娘对其他人说："他们把他杀掉，这就对了。"而走到街上，又有一个男人说："这人有病，他就该吃颗枪子儿。"他们就在那儿。但承担着对无辜的沉重负担。时刻准备着。永远准备着。准备上演《索多玛 120 天》。随时准备杀人。杀掉帕索里尼。杀掉活着的帕索里尼。

（1978 年）

凡·高

对画家下手

　　不带一点惭愧,不带一点难堪,我们将要庆祝的不是文森特·凡·高诞辰一百周年,而是他自杀一百周年。标示他耻辱的死亡、阿尔托揭露的死亡,这个"不愿意辛苦地活在人世的人",他更愿意沉睡在一场鬼魅的睡眠里,让那些"天才"的艺术家细心地冒险代替他生存。因此,在漫长的岁月中,人们是否会为死去的画家庆贺,围绕着画家的文化而自得其乐,而死去的画家曾经试图"让人原谅他的作品,然而这几乎只是一声焦虑的呐喊"。他担心的是什么?原谅他的焦虑、他的贫困?然而怎么原谅!人们已经忘了他的画作。

　　在画家出生的这个国度里,在这个几乎完全排斥他的国度里,在那些超级的博物馆里,谁会回忆起瓦兹河上奥维尔镇(Auvers)那个闷热狭小的阁楼?那个画家曾经在那里奄奄一息、如今人们又在那里庆祝的阁楼呢?然而,在远离奥维尔的地方,在阿姆斯特丹,人们才能看到他最激动人心的展览。请不要错过这个展览,带上纪念钥匙圈,穿上T恤衫(同样也有短裤),还有装饰着凡·高标志的饰物,也不要错过那些具有文化价值的其他小玩意。一张生日卡?将《割掉耳朵的人》印在精致的"疯狂生日"卡上!请您打开生日卡,图像变成了一个快活的凡·高,正在吹着芦笛。无法抗拒的形象!马塞尔·普鲁斯特说:"不只是孩子会这样,诗人们也是会相互打耳光的。"

"谁在指挥？是逻辑还是我自己？"凡·高以真实画家的身份自问。然而逻辑仍然存在，并不是他的逻辑，并不酝酿他的作品，这个逻辑在指挥着，以致对保护着凡·高的死亡躯体来说，它在滋养着这个曾经杀害他的秩序。

凡·高已经失而复得？这话软弱无力。成千上万次地被廉价出售，被削价出售，成千上万个市场、美丽的传说，而如今变成了一种时尚，致力于忘记这个被排挤的人、这个人们还在排斥的人，以便只想到"这个画家"，好像画家并不是他这个人。"与他的作品相比，他的生活有那么重要吗？"在法国文化广播电台的一次节目中，有位凡·高的"专家"这么问我。然而跟活生生的生命相比，一块画布算什么？凡·高（和他的同僚）是我们的供货商吗？而我们这些审美家的眼光真有这么珍贵和博学吗？真值得"这些用头脑和鲜血做成的特殊开支"吗？是一笔欠款吗？"这些人要比东西更加珍贵"，文森特在思考这些画作时如是说，他非常欣赏基督，说"这是一位出奇的艺术家，几乎不可想象"，凡·高很羡慕基督，因为"他鄙视黏土和大理石，也鄙视色彩，他只在鲜活的肉体上创作"。如果某些人经历了生活，然后又被屠杀，以便让各种字典、博物馆和银行保险柜装满……那么多的拯救性激情，回忆起这些事件至少是一种礼貌。回忆或许会让人理解这一点，凡·高并不因为是一位杰出的画家才成为一个典范，相反，正因为他是一个典范，才变成了这样一位画家，因为他成功地将画作提高到生活的水平。

他的生活？一个有发疯灵感的乡巴佬的传说（凡·高是一位无与伦比、才华横溢的画家，一位气势磅礴的作家，但也是一位罕见的博学之士，他以一种不可超越的自尊经营着自己的生活），继而被另一个传说所代替，那是一位成功者、一位艺术品超级市场上的贵宾，在当之无愧的喜悦中欢呼雀跃，在一片赞誉声中手舞足蹈。死后的荣耀,这倒是真的。

"什么!我画过的一张画要比一张空白的画布还值钱!"他将信将疑地抗议道。错了。他得耐心一点。还记得那幅《向日葵》吗?那是"世界上最昂贵的"油画,用铁栅栏护着,还有优秀的枪手看守着!这可是创作不出来的。《鸢尾花》则更加昂贵。不起眼的细节:这次拍卖是一次造假。一次旨在让市场行情上扬的投机。没有卖出的《鸢尾花》,它的难以言表的光辉被封在保险柜里了吗?这有什么关系呢?重要的是它的价格能扶摇直上!还记得这次拍卖!一张张陶醉的面孔。一阵阵雷鸣般的掌声。人们为之鼓掌的并不是这幅作品,也不是画家,更不是竞购者,而是它的价格。

"金钱是一种货币,绘画则是另一种货币,"文森特笑了笑,又加强了语气,"我不是一个凡·高!"以此否定了那些否定他的人。然而,怎样才能提前拒绝他的画作那通常的命运,奇怪地拒绝那不体面的命运。

然而凡·高仍然活着,匹克旺斯(Pickvance)教授遇见了他。这位能干的大型展览组织者向我们透露了凡·高的存在:凡·高是"一位实力雄厚而又大胆创新的艺术家",其生活"高雅而又富有激情"。独家新闻!然而语气坚定。这并不侵扰凡·高家族,其家人非常担忧他们这个奇怪的亲人那晚到的尊敬,这个人人想见的亲人,他的家人通过一个基金会一直关注着他的威望,他们控制着这个基金会,掌握着有关画家的所有档案材料——凡·高家族根据凡·高的标准,准许或拒绝别人来查看这些资料,而不是根据文森特的标准来行事:难道不应该把处理这种利害得失的事务交给一些有理智的人吗?文森特是这样的人吗?他承认"在生活中一塌糊涂",在他的种种罪行中,在他的种种诡计里,他是这样的人吗?他和卡夫卡一样,也知道"从杀人凶手的行列中跳出来"。

然而你离开了那一帮人,那一帮人就追赶你。"我感觉自己一事无成。这就是我的账目。"文森特在自杀前几天这样写道。说他一事无成，依据的是今日流行的标准，而不是从前的标准，文森特确实是一个一事无成的人。这是无法弥补的。他现在的"成功"归属到商人手里，成了各种机构和投资者的胜利。

"可是，"文森特叹息道，"我亲爱的兄弟，我欠的债太大了，当我还清这笔债务的时候，作画的痛苦将占据我的整个生命，我甚至会感觉到自己从来就没有生活过。"然而他的绘画仍然活着，而且通过他的作品，他的生命也存活着。正是这些画作在注视着我们。我们不要那么透明嘛。"想要简单一点有多难啊!"加歇医生面对凡·高的一幅油画发出这样的感叹。让我们试着达到这种简单，再有一点尊重就足够了。这是我们最后的机会，因为"绘画作品会像鲜花那样凋谢褪色"，在将麦田和金黄的麦子交给乌鸦们之前，凡·高提前告诉了我们这个道理。

(1990 年)

凡·高交易

人们曾经见过这样的画家吗？画家在自己的画展目录中和展墙上被人嘲弄，被人否定。有呀，凡·高就是这样，在阿姆斯特丹的文森特·凡·高博物馆里，正值他自杀一百周年纪念，那欢庆的欢乐气氛、那媒体的猛烈冲击、那么多广告赞助、那么多的商业热情、还有开幕式当天晚上那种巧妙的关注、那些灿烂的焰火。

唯有一个问题有点破坏这种节日气氛：博物馆里还有一位画家吗？那两位负责官方目录[1]的官方序言的"专家"，他们似乎也对此抱有怀疑态度。他们的文章本该是权威的，却做了如下忧伤的证词："画家作品的真正核心包括了肖像画、人物画，这是艺术家在他一生中非常喜爱实践的画种，然而令他痛心的是，这些画作几乎没有什么成功之处。"这就是他们的结论，当然还留下一个乐观主义的音符："不过，如果说绘画作品是一个失败，至少在这个意义上，凡·高日后的荣耀并没有受到什么影响。"

现在时间已到！因为如果凡·高较迟"做出绘画的决定"，那是因为"他深信，这个决定是他获取某种个人成功和商业成就的最后机会"。

说说这位精明的野心家生涯中的几个例子？在巴黎，"即使一幅绘画作品的尺寸看起来好像表明了某种抱负，它的风格仍然不大

275

突出这种抱负"。在阿尔勒他说,他的目标,"就是建造一个生涯"。然而他认为"只能借助完全、整套的画作才能获得一个画家的名分"。况且,"这套画作的价值在凡·高的脑子里将是永恒不变的:一万法郎"。他不会放弃这个价码。甚至在圣雷米(Saint-Rémy)精神病院里,即使"他的情绪不太乐观时",他也是这样。剩下的就是在奥维尔镇。然而在奥维尔镇,"圣火不再令他鼓舞",而且"凡·高一般将自己限定在一种大约的印象主义风格中"。不过还是有"风格上的一个例外":《加歇医生的肖像》。我们的博学家们兴高采烈,从中觉察到"对一种深度抽象的追寻"(?),然而他们没有弄错凡·高的种种意图:"他无疑在想,将一种现代风格应用于这种类型,即他的朋友们很少使用的实践类型,这可能会提供许多真实的商业价值。"

这种对文森特的颂歌,那些因目录价格而扫兴的参观者可能关注不到,于是便提供了一份梗概,免费提供给参观者,这份梗概用金色字母印刷,以双语形式贴在博物馆的墙壁上。

让我们向这次画展的正式顾问匹克旺斯教授致敬,让我们向临时基金会现任主席约翰·凡·高先生致敬,该基金会负责这项活动,负责鼓励、出版和张贴这些展板,在画家凡·高逝世一百年之后,该基金会还揭露着那个令人惊愕的欺骗,这个欺骗让人们在某个时候相信凡·高的天才。

更有甚之,要克服这样一种反感,邀请上百万参观者前来参观,这是何等的慷慨。这些参观者抱着慈善的冲动,在这些拙劣的画作前鱼贯而过。而对画家的侄孙约翰·凡·高来说,这是多么感人的家族精神的见证,这个家族从那时起就直话直说,那时凡·高的两位叔叔都是大画商,他们都觉得那位不幸侄子的画作"既不是画,也做不成画"。他们本来可以为这个画作目录签名的!

文森特说,他担心自己会"跌落在凡·高先生们的魔爪里",凡·高在很大程度上依赖于他的记忆,依赖于他们的后代,因为他们的后代控制着凡·高基金会,他们是陈列在博物馆里的全部绘画作品的所有者和管理者,他们还掌管着有关这个画家的所有档案资料。凡·高基金会以一种特别的热情监管着这些档案资料,可以根据自己的标准来准许或拒绝研究者查看这些材料。这些研究者兴趣盎然地分享基金会的自信,宣传这个显而易见的事实:文森特·凡·高的生活是一条静静流淌的小河。

他们可以从官方的档案中获取灵感,但其中画家的观点被人有意地忽略掉,只有与画家同时代人的拒绝被记录了下来。克里斯廷·霍尔尼克(Christin Hornick),这位文森特所爱的女人,然而也是画家周围的人所唾弃的女人,被列入了索引。而阿尔勒人的请愿书却没有留下任何痕迹,据文森特说,"这些充满美德的食人者",曾经请愿将他关进阿尔勒精神病院。最多是"邻居们对他居住在黄色房子里提出抗议"。重获自由后的文森特拒绝了萨勒牧师(他在一封信函里做了证实),没有签署新居所的租赁契约,为了能住进圣雷米精神病院,他选择一种无法超越的尊严,给弟弟提奥写信:"饶了我吧,别让我解释了……"对于这位经济拮据的兄弟来说,这是最省钱的解决办法了,这位兄弟在经济上资助他,但他不久后也得结婚。欧特罗(Otterlo)国立博物馆的版本是这样:"他那古怪的行为令人害怕,并且使他远离众人。最终,在萨勒牧师和提奥的坚持下,他同意住进圣雷米精神病院。"还有几个触目惊心的错误例子,这是官方定论并且从未修改的错误,这些错误一直支持着凡·高家族对文森特的怨恨。

然而画家已经尽了他的职责,他让所有艺术品市场的行情熠熠生辉。一种对旧价值的普遍回归,向凡·高父母推崇的价值的回归，这似乎更适合当今的品位。将威胁他们的这个人重新安置到他的位置上，这是自然而然的事，不会引起危及利害得失的华尔兹舞。

奇异的偏离。人们仍须等待解释！

(1990 年)

凡·高或怎样摆脱

阿姆斯特丹博物馆里奇特的周年纪念！凡·高家族用很大的排场来庆祝自杀百年，文森特的自杀百年纪念，试图借此机会来最终了结这位不幸的亲属。规模宏大的场面。一出持久的心理戏剧，在以这位画家名字命名的博物馆里，揭示着针对画家的一种潜在的敌意、一种根深蒂固的蔑视，这个机构的负责人对这种反常现象毫无意识，也顾不上掩盖。

这些旁系的好心人坚持不懈地追寻着同一个固定观念：如何摆脱这个令人讨厌的家伙，除掉这个出生整百年的人物（在凡·高家族里，大家都有纪念日的感觉），就在另一个死胎文森特·凡·高之后。怎样消除这个非常懂得复活的文森特·凡·高？"必须死上好几回才能这样作画"，在成为画家之前，面对伦勃朗的《犹太新娘》，他就这么想。死上好几回，就是说每次都要复活，在一个无生气的世界里让生命涌现。麻烦的是，在文森特"这样作画"和实践了复活之后，他就会不停地活着了。然而他那不幸的家族，通过他的档案材料，实施着对他的记忆的控制，竭力搅动和消除着文森特的痕迹，与痕迹一道被消除的还有他那无辜的冷酷天真、对其作品的不能承受的目光、对其见证的精确性、那几个"生命符号"的精确性，他希望将这些符号"停留在这里或那里"，家人却把它们变成了……财富的

279

符号。

在他以后的幸存者并不想逮住一个死人，恰恰相反，他们要抓住诸种惊人事件中最坏的事情：一个真实的生命。阿尔托再次表现出预言家的天才，凭直觉一下子就理解了"凡·高家族的贪婪，他们只对文森特坚持要画的东西感兴趣"。

这种贪婪如今被某些"艺术史学家"所使用，他们急切地证实说，"与凡·高一起，永远只涉及绘画"，他们将画家与文森特其人分割开来，让他保持自己的角色，保持供货人的角色。

从那时起，人们可以将画作委托给一些理性的人，真正知道利害得失的人，或者说把"生产"交给他们，希望将其产品摆在博物馆的小展台上，而据文森特所说，在那里，"绘画作品会像鲜花那样凋谢褪色"，同时面对那些被精心除去信息的人群，他将继续"在世界上所有语言中保持沉默"。人们还可以将画作委托给一些投机者，他们懂得把它们封存在银行的保险柜里。人们也可以把凡·高化装成贵宾死尸，最终可以承认的死尸，最终获得荣耀的死尸。

他耐得住吗？仍然存在一次重大打击，这就是百年纪念。最终不仅要把他溺死在艺术品市场中，还要把他变成一个"承载标识"，扔在乱哄哄的集市上。

没有任何东西被忽略。目录呢？人们找出了两只罕见的鸟儿、不可抹杀的"专家"，很快就写了序言。一件代表作，其结论永远被人不厌其烦地引用："如果说绘画作品是一个失败，那么凡·高日后的荣耀并没有受到什么影响。"或者做出如下评价，说凡·高在奥维尔的作品"大概属于印象主义风格"，说"他的巨大悲伤"就是在这个种类中"几乎没有成功"，"在他生命的整个历程中，他曾经梦想要实践"这个种类……肖像画！

不可匹敌的章节，然而在各个展厅入口处排印着金色字母的文字，那里存放着文森特在阿尔勒、圣雷米和奥维尔完成的绘画作品。

在那些地方，人们以为理解了文森特，以为文森特那时候正值天才的顶峰期，以为他在"努力创作成熟的当代作品"，"试图找到一种风格"，其实他在阿尔勒提供了一种风格，"其特征就是变化多样、强劲有力的笔刷"。幻想！刚到圣雷米，"他就想达到他在阿尔勒作品中缺失的这种协调性"。在奥维尔怎么办。谢天谢地！"与职业生涯相关的沮丧"夺取了他所有的"圣火"，不剩任何一点"激情"，在六十七天里竟然画了七十幅油画作品，更糟糕的是，这次是一种"粗略的"印象主义风格，墙壁、博物馆和我们温和的学者们都为之叹息，不无坦率地说："只有在《加歇医生的肖像》里，他才试图找到一种真正现代的风格。"太晚了。他死了，在身后留下一幅"未完成作品"。

我们以为是在做梦！或说得更准确一些，我们确实理解了这次庆祝的规模的意义、那数千上万的嘉宾、为展览所做的雪片般袭来的广告，毕竟这次展览庆祝的是在艺术史上独一无二的日子：在这一天，骗子中最伟大的骗子决定自行了断。

这有什么！我们只是有点吃惊。因此，在《群鸦飞过的麦田》这幅画里，凡·高以大师的气派，描绘出了驱赶乌鸦的景象，更有甚者，我们在各个地铁站看到了这幅画的巨型复制品，相比这下，原作仅仅是一张蹩脚的涂鸦？在这张蹩脚画上，承蒙荷兰皇家航空公司垂青，公司字母的缩写KLM和广告标语套印在上面。付款吧！

这样，那些以上亿价格廉价或削价购得凡·高作品的投机者，他们自以为为画家讨得了好价钱，摆脱了他的自杀，赎买了他的贫穷，成为他的灵魂，亲吻他的作品，帮助处理这些过时货。这也要付款吗？然而不需要。这没关系。焦点不在这里。想想在拍卖大厅里竞价（《鸢尾花》和《向日葵》）结束时响起的阵阵掌声吧，这些高价使市场上的所有行情熠熠生辉。被卖出的不是一幅绘画作品，而是它的价格。真正的价值，就是价格中的价格。

在这个20世纪结束之际，在这个向19世纪倒退的世纪，文森特不再表现为先驱的角色，提奥也不是；承担先驱角色的倒是他们的父亲、他们的母亲、他们的亲属，即与这位令人担心的画家敌对的人们。凡·高基金会对此一清二楚，并且忠于他们的祖先，在画家的传记中删除或修改了令基金会主席约翰·凡·高的前辈们不快的细节。比如除去克里斯廷·霍尔尼克，即那个娼妓、"被耕耘的女人"、文森特喜欢的女人、他"珍贵的女助手"，通过她，文森特发现了他情感洋溢的作品。有人似乎知道他们曾经在海牙共同生活了两年。纯属流言。

说说这个克里斯廷·霍尔尼克，我们对她总是一无所知，只知道她在当时受人蔑视，受到文森特亲朋好友的侮辱。这是画家组成的唯一一对夫妻。一对真正的夫妻。在周围人的要挟下，文森特最终只得忍痛割爱抛弃了她。克里斯廷的传记不容忽视，那里有水在流淌：一个可怜人的弗吉尼亚·伍尔夫——真可怜，她有一天对文森特说："如果你离开我，我将被迫重操旧业，或者我只好投水自尽。"文森特曾经问过一个蔑视其女伴的人："如果她要投水自尽，您会伸手拉她一把吗？"答案是否定的。不久后，她最终还是自杀了，是年正好五十岁，她跳进了鹿特丹的港口。

然而对于博物馆来说，克里斯廷并不存在：在海牙，文森特只是在学习绘画课程，和那位备受尊敬的画家表弟莫夫（Mauve）在一起。而当他出发前往德伦特（Drenthe）时，正是他与克里斯廷和孩子分离后意志消沉之时，但根据博物馆的版本，这是因为他"受乡村生活的吸引"……无疑是为了去打高尔夫球。

至于在阿尔勒发生的那些事，那些令人心碎的主要事情，即文森特非常在乎的事件？要么只字不提，要么面目全非。

我们真不愿意被刽子手、老学究和投机商等乌合之众牵着鼻子走，我们只想念凡·高，想念他的眼光，但并非幻想者的眼光，而是他那准确的眼光，准确得似乎有些过分的眼光。想念他在普通惰性中揭示出来的情感冲动。想念这位伟大画家的伟大作家。"我的画作没有什么价值,确实,它们费了我许多心血,付出了非同一般的代价,甚至是鲜血,甚至是脑髓……我就不多说了,你想让我对你说什么呢?"他在给提奥写信时这样写道。什么也别说。尤其是现在,人们展出凡·高,为的是更好地阻止我们看到凡·高。

(1990 年)

"我不是一个凡·高!"

即便我们可以不喜欢文森特·凡·高的作品,要讨厌他的作品,并把为其作品目录作序的任务委托给他的诽谤者,还是有些奇怪。范蒂尔博赫(van Tilborg)和范乌特(van Uttert)两位先生是被正式指派从事这项工作的人,他们最终得出了这样一个可爱的结论:"如果说绘画作品是一个失败,那么凡·高日后的荣耀并没有受到什么影响。"

在文森特·凡·高逝世一百年之后,他仍然像生前一样被人嘲弄,总之还是那些人在嘲弄他,因为他的亲属控制着阿姆斯特丹的凡·高博物馆,还控制着凡·高基金会,而该基金会如今负责庆祝这位不幸亲属自杀的百年纪念。人们可以看到写这段话的人有多高的热情:"有多少画家在创作过程中死去,或者发疯,或者瘫痪,因为没有任何人能够爱上画家本人。"

这两位卓越的双簧演员没有忘记在他们的判决词里强调几句,说"文森特书简的出版和他传记中的资料是很有分量的",这些材料可以掩盖凡·高的"失败","隐藏他的种种意图"和"作品的品质",这两位先生预先就不厌其烦地向我们展示了这种显然的愚蠢。

他们这种说法与某些艺术史专家的评价如出一辙,艺术史专家们拒绝考虑文森特·凡·高的生活,认为他的生活不过是一些"社会新闻"的堆砌而已。

由于艺术史专家们只重视作品,所以就将作品交给了他们本该澄清的变味传说,交给了商人和投机者,交给了"美丽的觉悟",而这些美丽觉悟却逃避着凡·高那可怕的意识。这个美丽的世界很早就这么做了,它花费上亿的钞票去清除作品,去摆脱画家,给画家一个固定脸谱:"活着的时候只卖出一幅油画,如今却是世界上画作最昂贵的画家"。这些艺术史专家只评判他们认为值得关注的作品,却从不试问他们的评论有什么用处。

然而,他们中没有任何一个人达到了范蒂尔博赫和范乌特这两位先生的广度,后者站在自身"能力"的高度上,对这位可怜的乡巴佬缺乏足够的傲慢性同情,也没有足够的傲慢性微笑。这个乡巴佬居然觉得自己的画作还说得过去。他们讥笑说:他"那样煞有介事","那样自命不凡","不无虚荣"。

剩下的就是让这篇文章来回答众多问题,比如:您知道奥维尔的麦田代表着什么吗?在奥维尔的麦田里,文森特自己说"完全被吸引住",在这些"模糊天空下广阔的麦田"里,他承认能够"毫无拘束地表达极端的悲伤和孤独"。根据我们的"杜邦和杜庞"*说法,这是对"画家米歇尔的语句抄袭",不过凡·高与这位米歇尔又有所区别:"更为直接,更为自发"。

如果说文森特最后画了《加歇医生的肖像》这幅还看得过去的油画,那是因为他终于在自己的"现代"风格里看到了"真正的商业价值"。有一个我们的专家不屑一顾的细节:文森特在他生命的最后一刻写信给弟弟提奥:"我所希望的一切,就是有一个雇佣画家的

---

* "杜邦和杜庞"(Dupond et Dupont)为比利时连环画《丁丁历险记》里的虚构人物,是对形影不离的侦探。

位子，只要人家还雇得起。"口是心非的家伙！

另外一个细节：凡·高在那幅肖像中看到的"像是一种期待，像是一声呐喊"，他确实想为"他的作品几乎只是一声焦虑的呐喊"而道歉。原谅他？蠢话！凡·高只是一个失败者。他在自杀前也这样承认："我感觉自己是一个——失败者。"高更也一样，他在死前三星期认识到了这一点，他写信给蒙弗雷（Monfreid）："我什么也不是——充其量是个失败者。"

你还能怎么样！不是所有的人都能成为范蒂尔博赫先生或范乌特先生！

然而成为约翰·凡·高，成为凡·高基金会的主席，成为百年纪念的负责人，这在另一个领域内则是另一码事。

有一位文森特·凡·高作为堂祖父，而且凡·高只用文森特署名，并强调"我不是一个凡·高！"，这是另一码事。有另一位文森特，即提奥的儿子作为父亲——这位文森特，一出生就卷入了这场悲剧，加上他的名字，出于种种原因，他毫无疑问能够（完全无辜地）协助家族将他叔叔从生活中清除出去——这又是另一码事。[1]

是啊，作为这个文森特的儿子，完全是另一码事。

我永远忘不了与约翰·凡·高会面的情景，我们相约在凡·高博物馆，那是 1983 年，一个闭馆日。他突然在大厅的尽头喊我，不拘礼节，他大声喊我，有点狂劲，又好像在恳求："我父亲并没有罪过！"

这位年迈的凡·高，一位退休的商人，他还经受着痛苦，忍受着其他人很久前经历过的犯罪感和悲痛，这些痛苦仍然在他血脉里汹涌流动。约翰·凡·高，看上去很平静的普通市民，却千方百计地利用着另一个凡·高的作品及其精神痛苦，他一直挣扎着，感到已经谢世而且没有见过面的那些主角的命运的沉重，感到并不是他自己的长久痛苦的沉重，这些痛苦超越了他的能力，就像挂在我们周围墙上的画作所体现的痕迹那样。

这种围绕百年纪念的深深苦恼，也许确实能够忠实地摆放"放在一边"的位置——这里就是博物馆。这种苦恼显示了过去经历的持久复活，显示了组织者出生前所忍受的东西的复活，投射着他内心澎湃着的东西，即一直煎熬着他的一群幽灵。同时还有作品，作品产生于仍然流行的痛苦中，它忍受着痛苦，永远超越着痛苦。

（1990 年）

高更与其他几位……

"唯有我合乎逻辑"

（保罗·高更）

　　"人类的叫喊什么也不是吗?"一个被抛弃的男子声嘶力竭地吼叫着,他慢慢地死于悲惨,他的名字叫高更。他知道这个答案、这个断言、这个他有生之年一直听得到的沉默。他也怀疑有另一种答案,他已经变成了一具尸体:在拍卖大厅里价格的回应,这绝不是"什么也不是"。然而"金钱是一种货币,绘画则是另一种货币",凡·高肯定地说,他也"被自己的天才撕碎了",凡·高多么希望"同他(高更)一起结为伴侣"。

　　人们习惯于把那些成了著名人物的人的命运同他们的名字混淆在一起。这个名叫高更的人,他曾经经历了高更的生活,这在今天似乎很正常,也很明显。[1]他的生活不是在字典里被字母 G 预见了吗? 他的生活难道不是命定的吗? 他的精神痛苦、对他的谋杀难道不是必需的甚至很有用的吗? 因为一幅绘画作品就源自这里,更恰当地说,是一个签名源自这里,它们形成了博物馆的荣耀、百科全书的荣耀,成了投机商的财富;它们供养了好多个业余爱好者的虚荣心——这是一个细节吗? ——它们(也)激发了许多独一无二的情感。

　　然而高更曾经存在过。高更的生活、一个受挫男人的生活、一个在社会和经济地位上双重脆弱的男人的生活,从此以后,人们很平常地、残暴而平静地了结了——这种生活，一个男人不得不在其中挣扎，在痛苦和屈辱中挣扎。这个男人的名字不会出现在任何一部字典上，这个男人的存在不会被概述成一部传记；一个其作品需要完成的男人，他还没有任何明显的特征，没有任何的命定形式。一个更需忍受痛苦的男人，因为他还存有一线希望。

马塞尔·普鲁斯特注意到，"对于不信神的艺术家来说，他没有任何理由去相信，自己会二十次重新开始一幅画作，因为这种绘画引起的欣赏对他来说，对他那被诗句吞吃掉的身体来说，并没有多大意义，就像一面发黄的墙壁，一位默默无名的艺术家在上面作画，不管他才华有多横溢，其画作有多细腻，也几乎看不出是弗美尔"。

然而，难道不就是这种理性的缺失，才唤起了一位高更或一位弗美尔的关注吗？或者说，不就是那里还存在一种唯一理性的事实吗？他那活着生活的欲望、实践生活中即时经验的欲望，尽管有周边的体系扶持着，但注定会陷入麻痹状态。

"唯有我合乎逻辑，"他断言道，"我的艺术中心就在我的大脑里，而不是在别处。"早在几年前，文森特·凡·高就写信给弟弟提奥说："谁在指挥，是逻辑还是我自己？"凡·高和高更两个人，在他们临死之前分别写了信，一个写给提奥，另一个写给蒙弗雷："我感觉自己是一个——失败者"（凡·高）；"我什么也不是——充其量是个失败者"（高更）。

然而即使在今天，想到这两个人，如同在他们身边的其他几位朋友，即同样身心俱碎的同伴，难道我们不倾向于把他们的存在看成失败的人生吗？把他们判定为失败者吗？人们接受他们的作品，但经常带着冷嘲热讽来质疑和批评他们的性格、他们的取舍和他们的生活方式……他们的"逻辑"。凡·高，他疯了！高更，他不负责任！例如，被认为颇有"天赋"的高更，他没有被人接受，没有被人认可，至少他的"逻辑"不为人们所认可。相反，人们用"天赋"这个词去强调他与别人的差距。他被定义为非同一般的人，然而这种非同一般远远不是当作典范，这一次最终被弃置在博物馆不起眼的角落里，注定被人远远地欣赏，他被不可逆转地、官方地和荣幸地归属于另类。然而在这位画家和他的同代人中，在阿尔托和奈瓦尔等思想家中，在安静地决定规范的那些人中，谁又是正常的？

"我是一个伟大的艺术家，我明白这一点。"为了使这群人陶醉于他们在抛弃、孤独甚至敌意中生产出来的东西，他应该具有这种才能，即自我认识的才能，还有为此所需要的牺牲、在最残酷意义上的牺牲、在最沉重词汇上的牺牲，因为他对此非常明白，"生存"意味着"变成"，即摆脱日常生活，摆脱内心痛苦，以便在一个没有生气的环境里出现某种有生气的东西。没有任何结果的保证，但充当着评判者，抱着一种令人害怕的责任感，迫使人们去追寻尚不存在的东西，或者无法发现的东西；这一点与其他人所说的"逻辑"相去甚远。这么说等于白说，或者说其代价是一种冷峻的揭示，即大家普遍信服的一点：说到底，这毫无用处。

"我没有发明某种新的东西的抱负。我想要的就是一个属于我的角落、还不为人知的角落。"他是否能猜到，一种看上去不起眼的探索（而事实上它代表着被禁止的秘密、重大的禁忌），将会把他引向那么多的身体苦难、那么多的普遍苦恼，在五十五岁时把他引向一种油干灯尽的死亡。

身处社会边缘，这是布尔乔亚式的奇异启蒙。然而他期待着这种状况吗？停止做一名银行家，去当一位研究者，在三十五岁时停止做一名业余艺术爱好者、艺术品收藏家、业余画家，以便成为一位思想家、一位全职画家，这是否要冒很大风险？这会使自己落入社会边缘吗？

与此同时，在如此熟练地发明自己的绘画作品时，高更便与自己的视觉不期而遇，他知道了什么叫贫穷，并且发现自己的毁灭有多么迅速，还有他在荒漠中的进展，因为从此以后他似乎不再有可求助的人，没有任何可求助方法，有的只是严峻、更多的惩罚。他知道了在何种程度上这是一种不幸、一种无法宽恕的错误、一种作为穷人的错误。由于饥饿，仅仅由于饥饿，他从此以后知道，"在饥饿面前，一切都会消失"，拿他的安逸来冒险，那就是拿他的艺术来冒险，拿他从事艺术的手段来冒险，何况这些手段对他来说还常常缺乏。如果除去若干个罕见而短暂的缓解期，在他余生的二十年里，这都不太"济事"。他将因此而死。

"思考，这就是抗争，这就是受苦。"他叫喊道。他除去了绘画中非思想情感的东西，让绘画恢复了接触事物的清新感和残酷性，还给绘画以不可分辨的视觉简洁性。

这下高更变得更为凶狠，更为坚决，同时又如此脆弱，如此备受威胁。他那确定的傲慢、常常使他变得可恶的傲慢，仅仅是一种自我防卫的手段、一种可笑的防御法。因此，当他的画商提奥·凡·高在其哥哥文森特自杀后不久发疯，并且在六个月之后死去时，高更便写信给他的保护人兼朋友，即画家舒芬耐克（Schuffenecker）说："让我们冷静地考察一下，如果我们聪明一点，也许能从凡·高的不幸中得到某种启迪。"然而他在几天后又承认他所知道的事情："一切都完蛋了，古皮（Goupil）商行再也不愿意打听我们的消息。这真是一场灾难。"他彻底崩溃了："我被烤煳了！"

文森特明白这种左右为难的情绪，明白高更的可怜花招，明白他的自吹自擂，明白他那不幸的力量，明白他的创造力，谈到高更时他这样说："我在他的身上看到一个还没有开发的具有野性本能的生灵。"他们俩是怎么走到一起的呢？

提奥上场了。这位笨拙而又虔诚的商人，坚决地站在艺术家的一边，见了顾客很腼腆，然而不乏狡黠，是一位大胆的发现者，如果不是在三十四岁时就死去，他会长期接济高更的。他从他的雇主那里争取了一些权利,在画廊的二楼展览他所喜爱的画家,其中有莫奈(有一段时间被迪朗-吕埃尔[Durand-Ruel]夺走)、奥迪隆·勒东(Odilon Redon)、西斯莱(Sisley)、毕沙罗(Pissaro),另外还有文森特在巴黎那两年间引来的一些画家:高更、修拉、图卢兹-劳特累克(Toulouze-Lautrec)、西涅克(Signac)及其他画家。在底层,陈列着至今仍不为人知的一些艺术家的作品,这些画成为其拥有者布索-瓦拉东(Boussod-Valadon)的巨大财富,后者是古皮国际大公司的继承者,该公司是正宗的"老字号"……文森特·凡·高!得名于一位叔叔,那位森特(Cent)叔叔,他是很富有的艺术品大商人、大收藏家,但膝下无子。在众人眼里,他将来的遗产继承人看起来就是与他同名的这位年轻后辈,他敬爱的哥哥的长子。然而这位文森特的行为无幸博得这位画廊拥有者的欢心,而他的作品则更加糟糕:"既不是画,也做不成画"。这位艺术的良友、这位出名的行家,却从未资助过他侄子半个子儿或给过什么忠告。在死的时候,他给提奥遗赠了其中一小笔财产,多亏了这一点零星储蓄,提奥才能以私人身份与高更签署了赞助协议,但隐性的条件是:高更必须与凡·高一起作画,就在阿尔勒的"黄色房子"里。

文森特那时的热情没有妨碍他的自知之明。如果他强调,"说白了,高更的旅行费用,都是你掏腰包,是花我的钱。说白了就是这样",那么他还评判说,高更是个"工于心计的人",他"感觉自己处在社会的最底层",希望通过"某些当然是诚实的手段",但也是"政治的手段"来获得一种地位,"高更并不知道我能意识到这一点"。高更写信给朋友舒芬耐克说:"请放心好了,尽管凡·高*非常热爱我,但他绝对不会为了我漂亮的眼睛而在南方供养我。他已经以荷

---

* 这里指的是提奥。对画家们来说,凡·高就是提奥。他们称呼提奥的哥哥为文森特。——原注

兰人的严峻态度进行了实地勘察。"

然而，有多少希望在高更那里破灭了，高更在此前不久向提奥恳求道：难道没有卖出的"任何一点微小希望"吗？而现在他开心了："有了提奥，人家就会要我们的画了。唯有他可以吸引爱好者……从今以后，我不再插手交易的事情，我相信未来。"然而文森特在早些时候说："我相信高更的胜利！"现在却担心他过于乐观："高更对无尽的麻烦没有先见之明。"

这个梦持续了差不多三个月。在巴黎，德加激动地说："他们不是很幸福吗！这就是生活！"不是的，他们并不幸福。

他们两个人都过于激烈了。他们之间过于相互理解，过于相互了解，每个人都是对方的镜子，反射着各自复杂的探索、可怕的冲动、各自的沮丧、对方的伤口。两个"被放在一边"的人，已经彻底摧毁。已经受伤倒地，以致无法再忍受同代人引起的任何一点挖苦。如果文森特准备了"一间与高更相配的完备画室，而且由高更当头儿"，那么他不会放弃批评这个"头儿"，高更一到那里就感到不舒服："文森特非常喜爱我的画作，可是当我创作时，他总是觉得我这里不对，那里不行。我呢，为了相安无事，就这样回答：'长官，您说的有道理！'"

然而就在第二年，当爱弥尔·奥里耶（Émile Aurier）写了一篇关于他的令人兴奋的文章后，文森特在精神病院里这样回复："看起来好像有许多东西迷失在我的名字里了……如果您在谈论我之前，首先对蒙蒂切利*和高更做出公正的评论，那么您的文章会显得更加公允。"他当时所说的高更，正想在他们分离前画下那把空空的扶手椅，"缺席者的位置"。

---

* 蒙蒂切利（Adolphe Monticelli，1824—1886），法国画家，主要在马赛和巴黎活动。他并不是去重现自然光的瞬间变化，而是发明出一种绘画光，把它放到了自己的作品之中。作品明亮的色彩和粗放的笔触影响了后来的凡·高。

这种分离？这种缺席？在两位画家之间，气氛非常凝重，夸张点说一触即发。高更觉得文森特不太像个"弟子"，他讨厌阿尔勒，那里一切都是那么"小气，狭隘"。文森特经历了一个跟高更不相干的悲剧：提奥将要结婚。高更已经决定离开。文森特恳求他"好好想想，绝对心平气和地重新盘算一下"。

这是在圣诞节前夜。第二天，提奥就该动身去荷兰正式订婚。令人感到奇怪的是，文森特的信中并没有提及这件事，他掩藏了这一事实。

12月23日这天，文森特将一个装有苦艾酒的酒杯扔在了高更头上。他一边道歉一边问："您真要走吗？"高更向他们共同的朋友爱弥尔·贝尔纳讲述了这一幕："我说是的。他从一本日记中撕下一句话，然后放在我手上：'杀人凶手逃跑了。'"早几年前，当文森特离开他父亲的房子（他的父亲惯于抱怨："你要杀了我"）时，他也是这么喊的："再说，杀人凶手已经离开家。"这天也是圣诞节前夜。

高更出了门。于是发生了一个情节，这是许多传说里最糟糕的脚本，它歪曲了文森特·凡·高的形象：文森特描述，他手里拿着一把剃须刀，夜里在高更身后奔跑，唯有高更那"统治者"的目光才能挽救这场谋杀！然而这里只是高更的叙述，近似于《达拉斯贡城的达达兰》的夸张故事。尤其这是一篇写在事情发生后十二年的叙述，处在一部相当夸张的回忆录中：《此前此后》。另外一个来自同一个高更的版本，经过却大相径庭，还是高更讲给爱弥尔·贝尔纳听的，在这件事发生后三天，贝尔纳不久后在一件信中说："在我离开阿尔勒的前夜，文森特追着我跑——当时正值深夜——我又往回跑，因为从某一时刻起，他变得非常古怪，我一直提防着他。于是他就对我说：'您是一个沉默寡言的人，我也会变成一个沉默寡言的人。'"

就这么完了！

高更在旅馆过了一夜之后，第二天大清早返回到了那所黄色房子。房子周围围满了看热闹的人。在屋子里面，到处都是血，床单上也沾满了血。警察来了。一位"带着甜瓜帽"的警长控告高更杀了他的朋友。高更大为震惊，赶快跑到文森特所住的二楼，文森特躺在那里蜷成一团，高更扑上他的身体，还是热的。高更又活了！他请求警长把割了自己耳朵的凡·高送到医院去，并请警长转告，当文森特恢复知觉后，告诉他自己已经离开他回到了巴黎，并说："看到我他会恶心死的。"

高更又回到了自己难以忍受的生活。文森特则在一种明显悲剧性的存在中摇摆。他们仍然相互通信，相互欣赏，相互爱慕，然而再也没有见面。

然而文森特为此感到愤慨："高更怎么能这么说，说他的出现让我感到疲倦？他明明知道我一直请他再来，我一次又一次地带信给他，我真想立刻见到他。"不久以后，他又嘲笑着说："假设我当时完全昏了头，我这位杰出的伙伴怎么也那么不冷静呢？"他还指出，"没有任何东西妨碍我们在高更身上看到印象主义的小拿破仑"，他把高更从阿尔勒的匆匆离去比作"小伍长拿破仑从埃及归来，他同样将自己的部队扔在了无米之炊中"。

不到两年后，文森特自杀了，提奥正在精神错乱发作期间，他的最后几个举动之一，就是发一封电报给高更，高更还是没有经济来源，正在为离开欧洲四处筹钱："出发热带已有保证。钱随后到。管理者提奥。"

然而出发已成事实。"野性的人应该回到野性之中。"于是高更第一次踏上了塔西提岛，在那里致力于人们所熟知的那些绘画作品。他走的时候充满信心，拥有一笔他可以在塔西提岛生活很久的钱，然而他的那些债务人、那些悠闲的巴黎人，利用他不在巴黎的机会拒绝付款；他不得不被人当作贫民遣送回国。

当他重返塔西提岛时遇到了同样的挫折，这一次他没有再回来。他已经快五十岁了，已经有了一定的名气。马拉美和德加都很欣赏他，很多行家知道他是重要人物。他自以为会得到支持，轻信了一些承诺。然而他被完全抛弃了；人们任由他耽溺在世界的另一头，辛勤又忘我地工作着。"我不知道这一切将会怎样了结。我祈求上天让这一切赶快结束。"

是呀！画商们并没有小瞧这位画家，即另一位画家凡·高没有杀死的这位画家，尽管高更曾经这样声称。另一位商人沃拉尔（Vollard）毫无顾忌地暗杀了他，并且囤积了高更的许多油画作品，既不出售也不会付款，或只按比例——仅有几次吝啬地——支付所卖画作的部分款项。沃拉尔已经在准备那些绘画作品的牌价，而它们的作者正在世界的另一头慢慢死去。

（1986 年）

荷尔拜因*,伊拉斯谟**的镜子

　　在博物馆某个展厅¹的入口处,一切突然都消失了,唯有一幅油画仍然保留在那里,它吸引着我们,迷惑着我们,就像一则通告,宣告着一个尚未到达的国度、一个没有表白但情深意浓的亲人,这样一则通告来自哪里?

　　因此,在沙特尔(Chartres)这座如此和谐的博物馆里,一切就像事先与它所庇护的绘画作品达成了一致那样,我体验到一种凝重的情怀、一种期望的幸福、一种许诺的幸福,它来自画作那窄小而长方的表面——然而是一个信手抓住而又摇晃不止的表面,处在一个无穷的空间里。在区分出一个男人的面孔或一个身躯形象之前,我们如何去分析这种预感到的希望? 这个人时刻处于这种缓慢的活动中,处于持久而勤奋的剧烈活动中,即处于思想中。在知道这就是伊拉斯谟之前,我们怎样进行分析? 这位伊拉斯谟潜心反对现状,与时间的消耗背道而驰。伊拉斯谟思考着,同时也被小荷尔拜因的思想和技术反思着。

　　这样一个地方的神秘,即生活深深印刻在自身逃逸的瞬间中不

---

　　* 本文中指小荷尔拜因(Holbein le Jeune, 1497—1543),德国画家,以肖像画著称。其杰作《死的跳舞》不仅是最初的木刻连环图画,而且是最早的长篇讽刺画。
　　** 伊拉斯谟(Érasme, 1466—1536),文艺复兴时期人文主义思想家、神学家。

能自拔。一种并非取决于图像感知的神秘,也不是人们解译图像的神秘,而是取决于所谓惰性物质(画布、油画颜料、色素)的神秘,取决于一个身体所谓活动着的秩序,还有他的肉体,尤其是他的目光,那目光放射出人们称为精神的东西。

这是一个人类机体与另一物种王国的婚配。这是不经由生物学繁殖而进行的生命生产,然而它传达了一个人的本质,伊拉斯谟的本质。他的实质的真实写照。这幅作品是献给小荷尔拜因的,对此所产生的怀疑有什么了不起的呢?在所罗列的怀疑中,其中就有那只高尚的不成比例的手,按画家的心愿与书籍一起升华的手。这只手突出了书中的章节和特征,成为伊拉斯谟肉体的在场和似乎是他引发的不在场之间的媒介。然而羊皮纸和墨水的具体性传达了通向沉默的诸种符号。正是从这些符号开始,或许从这个突破口开始,伊拉斯谟与荷尔拜因一起在沙特尔,在一家博物馆的墙上,最终到达了复活的境界,进入了充满活力、持久耐心和严肃认真的地域。

金霍尔茨[*]的女人们

金霍尔茨的女人们[1]就在那里，还有她们的整套行头。她们征服了那个她们统治着的空间——受害者？吸血鬼？在场者。哪种说法更好？哪种说法更糟？

一个不断被驱赶的在场者，他并不像一幅油画上表现的那种形象，而是复制品上的形象，他占据着面积，占据着篇幅，侵犯着我们的面积和篇幅。金霍尔茨占据着我们的领地。他每次都照着我们事物的样子创造一个背景，背景中充满了三维的人物和物体。

然而我们这些错时的观众，在这个无情世界的目光下，我们究竟是谁？我们虽然不在场，然而我们要显示自己的形象，因为他也会显示我们的形象。这是一个任何帷幕都不落下的场景，一个从某一精确时刻起就将我们固定住的场景，但这个时刻位于一张永远空悬着的时刻表上。

这些躯体、这些衣服、我们饰物的重量，带着沉重的眷恋之情，深深地烙刻在期待中，我不相信你不能分辨它们，不信你猜不出其中流动着的欲望与缺失感、无意识的瘴气、无情的生物学编程，还有

---

* 金霍尔茨（Edward Kienholz，1927—1994），美国装饰艺术家、雕塑家。代表作有《州立医院》等。

死亡的危险和享乐的危险。一种期待的威胁。以及你的同类，过激的人的威胁。

在《双女咖啡馆》里，那些桌子都是真实的桌子，然而其他的桌子，它们就很不一样，就像是反射在不在场的镜子那一面的桌子——就像是一个典范世界中的选拔物，在那个世界中，它们的时间与我们的时间不是对应，而是占主导地位；它们的精确性有着魔法般的意义。

在《双女咖啡馆》里，一个男人、两个女人、他们的浓汤、他们的举止、他们的饭菜，而在他们之间，相互的距离、各种呼唤、悲剧的缺失和缺失的悲剧。

而我们呢，面对的是他们在习惯里的温柔的监禁，面对的是这种平静的剧烈，他们的膝盖、汤勺、画作；面对的是邻近的一次次挫折；面对的是孤独的分布，面对的是一次交换的假设性建议。而他们呢，面对的是他们迫近眉睫的未来，但还不知道解开未来的密码。而我们呢，如痴如醉，异想天开，因为他们静止不动，因为他们看上去静止不动，好像还有时间去解开这个密码，去分辨和了解其中正在编结的东西。

他们就在那里，与我们很相像，或者说与其他人一模一样。与他人一样，这总是很奇怪地令人担忧。他者，总是承载着一种生活，一种被假设为与我的生活相同的生活，这个他者总是令人怀疑。他者，我的谜。

雕塑家掌握雕塑的时代已经不复存在，雕塑家曾经标定了我们的比例尺，担保着我们至高无上的形式，而世界就附着在这个形式的周围。金霍尔茨将我们原样地反映出来，我们是被谋害的人、筋疲力尽的人、愚昧无知的人、迷失在迷宫里的人、走进了性别死胡同的人。

可怜的，可怜而又亲爱的帕蒂·佩卡维，她在这里属于这一类事物,即被弄皱的床单、毫无魅力的床、湿漉漉的肉体,她的腹部是未来产妇的腹部。帕蒂,她坚强而又执着地靠在窗前,窥视着光明,一种幽灵出现后的强烈光线。帕蒂,全身的肥肉,臃肿饱满的机体,背对着金属和木材家具,沉湎于布料被单之中,那里展开着她的一丝存在,她在那里寻找着能充当一点点生活的符号。

她就在那里。对于金霍尔茨家族来说,她"由自己的环境来限定,极有可能带有天主教的特色"。女人们的双手放在窗子外,每只手里挥动着一个耶稣像十字架,似乎质疑着一种或有或无的权利,即"教会从梵蒂冈请来一个心术不正的单身汉,让他来检查她们的身体"。是的。毫无疑问。然而帕蒂尤其代表了您在她身上将要看到的东西。她就在那里。

帕蒂就在那里。她对自己一无所知。她在追寻,或许并不知道,或许知道。或许她在等待。我相信她在窥视着。关于她的一切,我们完全可以假设,就像对任何存在的生灵进行假设那样。我们永远都无法给她定位,也永远无法了结她的事情。她在那里。因此她在逃逸。

她一动不动,被金霍尔茨截获,成了一个完全的有机体生灵,和你、我或是金霍尔茨完全一样。虽然精力充沛,也不合时宜,但她仍然活着。

从金霍尔茨的强大力量中得出这样一个事实,即他的创造应答着、理解着自己的种种意图,表现着这些意图,对应着他的象征化计划,却并不缩减自身,而是超越这些意图,逃避这些意图,变得更为可怕,更加矛盾。

不,帕蒂·佩卡维不是同一个帕蒂,今天与明天不一样,此一刻与彼一刻也不一样。谁都无法解释她,阻止她,固定她。爱德华·金霍尔茨和南希·雷丁-金霍尔茨(Nancy Reddin-Kienholz)对此非常了解,对帕蒂非常了解,但并不是什么都知道。金霍尔茨启动了一个故事,而有了一个故事,那就没完没了。这个故事必然包括其他的所有故事,包括帕蒂·佩卡维的故事,她从自己那笨重的身体出发,永无止境地、奋不顾身地望着他处。

这些身体多么笨重啊!这些家具多么笨重啊!还有那些游戏、那种兴奋!这种愉悦深深地混合于众多事物的物质中!这些狡猾的电动弹子,有多少男性对其施行诡计,粗暴地驯化它们,驯服这些捣乱的悍妇,使劲摇动着,使劲摇晃着,往里加进硬币的效果,硬币使它们震动,做出反应,做出回应,尤其是回应!从这个金霍尔茨的弹子机里,冒出女人们的大腿、敞开的性器官,它们似乎更加简单,更加清晰,比生出它们或它们延伸的弹子机的零乱回路还要清晰。它们比这个组织还要无辜,这种组织要么吞吃着弹子球,要么将弹子球抛出,让那个永远不能平息、永远不能获胜的游戏者神经紧张,心满意足,一直处于对策略的谋划中。在这种游戏中,每个人都是输家,其野蛮性就在逼迫人的心愿里,就像在逮捕人的网络中那样。

深度就在这里。这是金霍尔茨家的一个武器。他那些具有颠覆性的作品,常常造成丑闻的作品,它们并不咄咄逼人;它们只是一些见证。而深度呢,他还是要的。要指出恐惧的所在,指出恐惧的分量,指出战争的恐惧,指出异化的恐惧,指出明目张胆的或遮遮掩掩的拘禁的恐惧。这是有分量的。这是可触知的,是一些印迹,而这种沟纹,现在有,将来也会有。这种在场。现在有,将来也会有痕迹。

唯有这些面孔。这些与身体垂直的面孔、装裱了的照片、被浇铸在肉质石膏里的照片,有了分量。已经成为图像的面孔,属于其他现实的面孔。寄希望于其他可能性的面孔。半路上的面孔……

面孔和反光,被狂热需要的反光,就像在这座玻璃房子里,一个女人在同一个空虚里观看同一个女人,她们唯一的分享物。除了她们就是乌有。然而……她们就在那里,然而迷失在复制的副本中,迷失在透明中。迷失在"我们就在那里"这个事实中,而她们呢,仅仅是为我们而准备的,或许是这样。

为他者而生存? 控制? 奴役? 让我们去看看这个女人,这个在窥视秀中满足窥淫癖的女人。人们在一场演出中观看的这个女人,就像在集市上,她顺从于一个男人的欲望。这个女人俯首听命于她的老板,而老板通过电话向她口述该如何如何做,与此同时,这位老板自己在手淫,而她所做的只是做给别人看而已,只有不在场的老板除外,他仅仅露出一只胳膊。被强迫的姑娘。然而他呢? 然而他呢,被谁强迫? 然而他呢? 他向她要求什么? 事实上,他向这位被展示的姑娘要什么? 她作为什么东西的中介? 她自己实际上就代替了答案。

然而真正的问题是什么? 真正的要求是什么? 她的问题和要求是什么? 这里是否没有任何的对应物? 没有任何联系? 真的没有任何交流? 然而说话的说话,干事的干事。总是那么离谱。要求的要求,或命令的命令。然而尤其是追寻的照样追寻。这个男人究竟要求什么? 得到被剥夺的东西? 他以为通过强加于他的性别法律,就可以得到被剥夺的东西吗? 他会给这位姑娘什么东西? 这位姑娘非常顺从,然而无疑会使他一贫如洗?

他们就在那里。被钉牢在失败中,或心平如镜,或放荡不羁,见证着时间的密度,见证着事物的不成熟性,见证着心神不宁的肉体,见证着不可能的控制。

他们就在那里,体积庞大却又脆弱无比,就在一个错乱真相的边缘。离跌入其中仅有半步之遥。他们正好与这个令人惊骇的谜相切,这就是我们的谜,我们一直在回避的那个谜。他们也与这个限制性真相相切,在这个真相中,金霍尔茨得心应手地逮住了他们,同时也同情着他们。

(1983 年)

对西班牙绘画的外行之见

（格列柯-戈雅*）

在法国评判一幅西班牙油画，就像在西班牙欣赏一幅外国绘画作品一样难。

在我们那柔和、纯净而又单调的光线下，在这种只为照亮事物而存在的光线下，那些事物显而易见，符合我们的尺度，像我们一样神秘，以我们的意志为转移。大自然与其照明在这里有着紧密而复杂的关系。

而在那里，却是冷酷的光线、燃烧而曲折的光线，它掌握着自己的存在，掌握着自己的诸多问题，它将自己与物质完全区分开来。如果你好好看一看，这就是光线里的事物。一个野性的世界，密集的影子光怪陆离。奇特之物仍在里面，表现为奇异和魔法般的风景。在这些空旷的地面上，乱石丛生，植物罕有一席之地。在普拉多博物馆里，没有任何一幅西班牙油画表现花朵或是植物；偶尔有几枝温室里的玫瑰，很像是无机物做成的假花，没有任何植物的气息，陪伴着两三套女人的行头，或者延伸着委拉斯开兹**画里公主

---

* 格列柯（EL Greco，1541—1614），西班牙画家、雕塑家、建筑师，代表作有《托莱多景色》等。戈雅（Francisco De Goya，1746—1828），西班牙画家，18世纪末19世纪初欧洲最有原创性的画家，代表画作有《裸体的玛哈》《着衣的玛哈》《波尔多卖牛奶的姑娘》等。

** 委拉斯开兹（Diego Vélasquez，1599—1660），西班牙画家，巴洛克时代最伟大的画家之一。代表作有《火神的锻铁工场》《镜前的维纳斯》《宫娥》《教皇英诺森十世》等。

们的僵硬身躯。风景永远是背景而已。

西班牙的绘画大师们很少有共同点,然而大家都面向着一种热烈而又神秘的气氛,是西班牙那种快乐中透着忧伤的气氛。流露出的是痛苦前的陶醉和节日前的快乐焦虑。

戈雅和格列柯代表了整个西班牙,然而他们也代表了整个人类。戈雅的画,是人类性格的众多变体,总是带着焦虑的色彩,从快乐直到失望应有尽有。就像一种西班牙舞蹈,这是各种色彩的幸福,是各种姿势的喜悦,是各种态度的悲伤,是不同眼睛的疯狂。

格列柯,这就是用绘画表现的神秘一生,绘画中有一种深沉的神秘感,这就是修道院回廊的朴素热情和崇高活力。对于戈雅来说,所有的问题都是酷刑。所有形而上学问题都被格列柯改变了原来的样子。

戈雅,只见田园般的快乐舞蹈,只有怪相百出的女巫,还有社会不公的无情逻辑——恐惧,例如深夜的一阵排枪、雪地里的枪决,在最为奇怪而又最美丽的光线下;令人叫绝的蠢举,可笑得让人流泪,一张国王的面孔;一个女人那色情的裸体,通过朋友的面孔而得到的抚慰。这一切都在戈雅的绘画中歌唱着,回荡在日常的或神奇的世界里,回荡在一种平庸而又怪诞的秩序里。

然后还有他的素描、素描中的文字,这些文字通过一个符号,建立起世界中最不能承受的丑恶,然而通过这个符号,正好能美化这个世界。寥寥数笔,我们便拥有了一种憎恶、一种可耻的美感。这是一个肮脏的词汇表,这是词汇的规范过程,是在自己特有的世界里对词汇进行的合法化的程序。

这是童年噩梦的迷宫——最坏的噩梦。痛苦的蠢事没有呕吐,相反还在歌唱,在街头古老的恐惧中,各种热度藏匿在所有的角落里,蠢蠢欲动,使骨头折裂,影子颠倒,让人当即逃跑,使戈雅原地踏步,踉踉跄跄。患强迫症的戈雅。

如果我们逃离了这种迷惑，那么怎样与这些肖像画的无情在场做斗争呢？这是草率之作、可笑之作、辛辣之作，或许你们会说：这是冷酷之作。冷酷之作，对，直达痛苦之作：请想象虚空，乌有。什么也不曾存在过，然后有个女人拿着一个黑色放大镜，硕大的放大镜贴在太阳穴上，她突然出现在肖像画和漫画的交界处，就在纯粹在场的精确点上。她就在那里，问题、麻烦、微笑等，你将永远无法摆脱这些东西——然而同一位画家的幻影、狂热、错觉并不在我们自己的区域内演变，所以不会太困扰我们。

格列柯？法兰西的思想，他的作品在我看来属于正常的奇特，然而待在西班牙的那一年中，当我长时间地凝神它时，当我每天都去凝视格列柯这幅作品时，而且直到去年，我才发觉它属于奇特的正常。

应该感受到一种对神秘能量的欲望，应该给独一无二这个意义以栖身之地，然而更应该感受到大地的吸引、美学的吸引，不要拒绝那种苦涩的流畅，不要拒绝平和的折磨所带来的静态冲动，以便能进入格列柯的一幅画作。

应该让卓越的绿色和盲目的蓝色并列起来，让其提供足够的物质满足，以便让人们在人类大众过往之时，去品味躯体的精神境界，去品尝出众人群的精神境界。

应该感觉到被一种绝对冷冰的衣褶，即福音传道者圣约翰（那幅小小的油画，上面只有他的头部和肩膀）身上的那种衣褶支持着，以便能溜进神秘而稠密的阴影中，这种阴影勾勒出他那有些模糊的审美家形象。何等的说服才能、何等的恐惧，他与我们夜间相聚，夜色描绘着他面部轮廓——然而我们认识他的衣褶、衣褶的玫瑰色和绿色；衣褶像圣约翰一样支持着我们。

凡人众生在跳跃，在打滚，在长高，唯有基督挺直身子，一直冲向天空。通过一条令人心碎的捷径，某个人身体的双肩挡住了大地,以其精确的重量否定着大地。精彩极了,一位巨人拔地而起直冲天穹……双脚着地坚如磐石。这位巨人既高大又魁梧。只有瘦而长的基督"像一个格列柯",拉长着身躯逃之夭夭。

诚然,这种象征主义有点沉重,或许还有一点可疑的品位,然而这是一幅独一无二的油画、一幅永远引人入胜的作品。莫里斯·巴雷斯(Maurice Barrès)本该会这样,当他看到这个完美比例的巨人,看到这些画面的缩影,看到这个向低处不断扩展的人类,看到这个朝向基督升天的人类时,是啊,他就会理解格列柯的用意了,格列柯故意歪曲画作的形式,他并不因为光学问题而对形式进行拉长!

格列柯的神秘主义?人在工作中与其本质的相遇总是非常脆弱的,这是一种绝对物的感觉,就在怀疑的痛苦中。

一种充满智慧的经验,从内部的目光中透露出来,这种神秘地缺席的目光,也正是使徒们那专注的目光。

在将我们的目光等同于他们的目光时,在通过他们的眼睛观看他们时,我们似乎就能够进入他们的世界。这是参观者与油画之间的一局网球赛。观众看着这个圣人,然而在看的同时,观众也吸收了这个圣人,观众自己也变成了圣人,即被观看的那个圣人;因此这个圣人便与观看圣人的那个观众相聚,最终再次与他混为一体……

格列柯看到的不是人,而是他们的经历。他们的衣服、景色的某些标示,或变幻天空的某些标示,这些仅仅是他们精神历险的标杆、他们目光的标杆、他们所达到的目的和经历的标杆。

如果说这些使徒肖像代表着格列柯的个人经历,那些巨幅画作则表现了他的哲学,他对《福音书》的严格观念。

天堂、仙化、升天,这些至少都会像那些殉教者及其考验一样,都会历尽苦难的折磨。

对他来说,赐福与欢乐并不存在。画中人物见证着他们的信仰,神情庄重地体验着这种信仰,他们时刻被推向他们的信仰,随时都有失去他们努力寻找的东西的危险。这些人物已经超越了二元论,他们既没有激情也没有品质,紧盯着格列柯能为他们找到的东西。

格列柯有着唐突而又大胆的技艺,他的油画启发了当代一些画家的灵感,然而这些画作仍然保持着创作的神秘。这些油画对其自身提出了问题,原样提出,生硬而又露骨,毫不掺假。而对这些油画的回答将永远不是最终结论。它们揭示了正在运动中的怀疑、正在进行中的追寻的反响,但又不计划超越这些追寻,更不会取消这些追寻:这些油画本身就是自己的结果,走向一个无法到达的结局。

当代的绘画则与此相反,它整个就是一种假设。当代绘画从研究者出发去创作,他渴望着一个定义,或者一个建议、一个倾向性步骤、一个结果、一个解决神秘的方法,而不是抓住神秘不放。今天的绘画力求成为自己的答案,成为自己的结局。

一种宗教的绘画或绘画的宗教,这两条道路同样令人伤心,令人心醉,奢华无比。

当代绘画以怀疑的态度在检验着什么是绘画,而面对当代油画的这种活力,观众在寻找一个他们可以与他人相遇的角度——过去大师的油画,如格列柯和戈雅的作品,它们仍然存活着,探索着,沉思着,一副无动于衷、孤独无援的神情,时刻准备着被人理解。

(1946 年)

被展览的侮辱

那是在一月份，就在几个星期前。若干年以来，我再也没有重访过伦敦国家美术馆，我知道在重逢的承诺前，是一种怎样的快乐期待——这种相遇的确定性，是一个被安插在日常生活中的奇迹：现实。再向前几米，还有几分钟，突然找到了本质。

然后是……屠杀和阉割，人们可以说，是的，是罪行。在修复的借口下，许多重要的作品被摧毁，基本的生物界被摧毁。绘画作品就是生灵；它们的生命陪伴着我们，建立并提炼着我们的在场，洗练着我们文明的历史。这些作品是我们机体的组成部分，即使许多人看不见，甚至有些人不知道，它们仍然是它们所穿越的时间的基础，是它们所标示的空间的基础。那些绘画有一个年龄，有一个命运。它们会衰老（比如像大山那样），以一种比我们更加缓慢的节奏在衰老，甚至它们的磨损也属于自身颤抖的范畴。

作者，这里指的是画家，他将那些活生生的画作抛到生命的浪尖上；这些绘画作品神经紧张，激动无比，它们承载着一些东西，若没有绘画作品，我们这些匆匆过客将看不到这些东西。曾经有多少地方，"美"这个字变得多余，因为"美"的统治如此显而易见。然而这家博物馆，这家世界上最重要的博物馆之一，这个奇观百出的地方，如今不再是一种迪斯尼博物馆。一个整套的……非动画作品系列。一座公墓,或者一个打了败仗的战场,被征服的作品尸横遍野,死去的作品随处可见,它们永远都是被掠夺的作品。在那里,人们从这些僵化的画像面前走过,这些画像还声称代表了那些已经消失的作品、被凌辱被强奸的作品。永远被摧毁的作品。

那些作品(这里指的是意大利早期画作的陈列室,那天只参观了这些)没有得到清扫,即古典意义上的修复,而是重上了画油,可以说做了涂改,总之是进行了修改。这些画的颜色现在变得平淡无奇,像是一位画家的画作,每张画都一样。至于形式嘛……

因此,在这个地方,真实最终显示出它的生硬性,显示出它无穷的精确性,还有它的象征物、令人眩晕的多样性;在这个地方,人们接连不断地发现为什么生活值得去经历,这里现在已经变成一个物品陈列架,能够唤起一些回忆,它与代表圣心教堂的镇纸一样,或与圣绪尔比斯教堂的"回忆"一样。

在修复的借口下,人们在毁坏。这里已经不是"修复"(这对将油画保存在良好状态是必不可少的)问题,而是一种不可逆转的取代。

Nevermore,我永远也不会看到这些油画原来的样子,永远也不会看到这些本来应该永存的作品,永远也不会看到这些在其生存中被活活杀死的作品。永远也不会。基于这个事实,我们每个人都被从身体上截取了一块肉,因为这些作品是(过去也是)我们自己的一部分,即使对那些从来没有看到(也许偶尔复制过—— 从今以后我们复制什么呀?)这些画的人来说,那也是他们的一部分,甚至对于对此一无所知的人来说也是一部分。这些作品一直在流传。然而现在,它们的身体本身已经消失,它们的影响也将会消失,因为这并不是让记忆沉湎其中的假期,也不是可以激发我们记忆的不在场。恰恰相反,这是一种不正当的替代。这是声称能代表那些被歪曲作品的替代品,将作品讽刺到要死的地步。我们想到了希区柯克的电影,在电影中,突然出现的不是那个已经消失的女游客,而是另一个女人，一个失败又专横的酷似别人的女人，她声称取代了那个被偷走的人的位置。应该看到（或者最好不要看到）这个干燥的透明漆系列、这个愚蠢的颜色系列、这个毫无价值的素描系列、这个空无一物的形式系列——被展览的愚蠢。被展览的侮辱。

这个博物馆不过是一个装满了陈词滥调的仓库，它装满了埃皮纳勒的图像，没有任何自发的天真，它既很幼稚又人为做作，装满了——刻板成见的图像，只剩下被压扁的轶事。一些形式单一、可以互换的图像，从中看不出每个画家的技艺；这就是那些有魔力有智慧的表面所变成的东西，这些表面让界线爆裂，使我们面对我们真正的领域。

应该看看《十字架的降临》，看看这些《下葬》，看看这些《天神报喜像》，手法完全一致。应该看看这位晕倒在十字架脚下的圣母玛利亚，双颊上映着一层柔美的玫瑰色，双唇绯红，好像是一位化妆师为雅诗兰黛公司做的一个广告。

破坏文物者的论据？人们已经找到了那些作品的初始本性。错，大错特错，这在物质方面和哲学方面均不可思议。显而易见，看看这些没有生气的系列海报，它们与画家激起的情感没有任何关系，包括他的姿势、他的怀疑表情、他的肯定态度、他身体的重量、他举止的强度或停顿等。这与他的个人历史没有关系，与他时间的历史也没有关系，基于记忆的事实，他的时间就是我们的时间，也就是说已经流逝的时间的时间。事实上，就是那画家预先确定的时间，画家将他的作品投到时间中，投到时间的空间中。而在今日的背景中，在当今的时代，画家不再像史密斯或杜邦两位先生那样做事，这两位先生是绘画作品的修复者，他们认为应该那样做。

显而易见，从这些令人忧伤的色彩面前走过，从这些曾经重要的作品前走过，可以看到这与令我们激动的画家毫不相干，与他所激发的情感产物毫无联系。或许我们还忠于最初使用过的颜色，同样的颜色甚至没有同样的价值,它可能不出自同样的搭配,也不属于画家的同一个计划,更加明显地说,不是出自同一个举动,不是同一种生理的方法,不是同一种笔触。在我们这个时代,画家压根就不会选择这种笔触。

那些不幸的雇员机械地乱切着,在摘除这些绘画作品,他们与那些罕见的创造者,哪能同日而语?

画家在创作的同时,知道他的绘画作品将会衰老(对他来说,这部作品无论如何不都活着吗?),他甚至会无意识地考虑到这一点。观众最初的激动大都基于这个事实,即观众提前获得了作品存活的能力,它能够经历许多年代而不变坏。而我们今天的激动,主要依赖于时间的真正历史所揭示的那个时段。那个痕迹。

一幅绘画作品的现实价值就在于它的长久性,在于它能够承载符号,在其期限中缓慢过渡的符号,还有其奇怪印记的符号。这里再次不是修复问题(修复或许完全是合法的,甚至是必要的),而是一种傲慢的闯入、一种专横的破坏。这是反常的消失、令人遗憾的消失。这消除了我们的存在的主要表现活动。这是我们在这个世界上存在的最显见符号的海难。这是在场的世界。是我们费尽力气想截获的那个生活。

尽管年代已久,那种铜锈、那些阴影、那些差异证明着(过去也证明着)我们的现时,也就是说时间的年龄,人们并不是通过将事物现实化,或声称重新找到事物最初的本质(而且以如此愚笨的方式!)以达到一种"真理"的。相反,人们要一劳永逸地摧毁最珍贵的宝藏:最终落入自身精确性中的生活。

面对这种垃圾品展览,怎么办?说什么好呢?不然就说:受够了!别处不要,这里更不要。停止杀戮!

(1992 年)

激情,思想

一天，我的王子……

　　如果哈姆雷特不是王子呢？如果他不是与权力离得那么近——被王位的未来所吓倒、所迷惑呢？如果权力没有从父亲那被嘲笑的幽灵身上减去，又由母亲把持，然后通过她交给一个男人呢？这个男人既不像国王，也不像继承者的父亲，而是一个像我们所有人一样的不知所措的孤儿？

　　向谁复仇？向谁进攻？所有人。然而短剑碰到的都是波洛涅斯家族的人，"一堆饶舌的虚空角色"[1]，他们的女儿一个个都发了疯，被诸多荒谬的秩序折磨着："爱吧"，"不要爱"，"假装爱吧"，"假装阅读或假装不爱"，"不要轻信啊，害怕才是最大的安全"，"害怕吧"，"害怕他吧，害怕他吧"。而欧菲莉亚说："我不知道，老爷，我不知道该思考什么"，"我会服从，老爷"。就这样没完没了地说。欧菲莉亚是所有被扰乱的代码的汇集地，她没有目的、没有计划地在自己的"疯狂"中重复着这些代码，揭露着这种荒诞、这种罪行，首先是语言的罪行。欧菲莉亚很危险，以致有人可能已然溺死了她。霍拉旭说："她可能会在危险的猜测中误导那些没有文化的人。"因此她将带着她的"古圣歌的只言片语……从悦耳的歌声走向一种泥泞的死亡"。啊，弗吉尼亚！这就是为什么您的女儿们没有成为哑巴。

　　哈姆雷特的问题依旧，这个拒绝一位公主的王子、拒绝成为国王的王子、拒绝成为父亲的王子,他让自己当儿子,当一个男人的儿子。这是不可饶恕的。一个不当白马王子的王子,一个不为权力所动的王子,他不想使用权力去指点江山,安排时间与地点。于是迷途王子们的时代便到来了。就在普鲁斯特的书中,夏吕斯非常清楚,男爵的头衔比赌场和故事中王子的平庸要高贵得多。他的白马王子就是一群健壮的小伙子,他所选择的名字充满自负,既很平常又极其罕见。王子嘛,必然是……然而,今天到底是谁在统治这个地球俱乐部?

好吧!好吧!请回忆一下!从前呀,在我们的屏幕上,有一位来自英格兰的王后母亲,一位没有带着大灰狼的外婆。这个梦幻般的神话补偿着——又怎样补偿——那条假蛇带给夏娃的预告。请注意,我们就处在历史的症结里:如今是大灰狼被笑容可掬的胖外婆一口吞了下去,家庭主妇般的平静,然而不乏皇家的气质。

这位王后母亲只有一个女儿当作儿子,即女王。那里没有一位国王。多么快乐啊!而实际情况呢!这位王后曾经有一个儿子。但他对此没多大兴趣。人们试图用威尔士白鼬、用马匹、用船只去鼓动人群,但都是徒劳无益,人群并没有提起兴趣。零度的冲动。女王和她的王后母亲,这正是我们所需要的全部,两位面孔紧绷、臀部圆滚的贵妇人。不要夺去我们的预告(我对自己再重复一次),这种预告在我们的时代会自行重新完成。谢天谢地!母亲们不会死亡,她们会进入圣母永眠状态,然而并非永恒。怎么办?很简单:重新煽起一种激情。说做就做。于是便有了激情。真实的激情。

在智利的矿井中,在南泰尔的老人家中,在爱尔兰的监牢中,在东欧的集中营里,在因饥饿而死的成千上万的尸体中间,简言之,在王子的王国里,历史最终得以发生。真正的历史,又是一次。我们能相信的历史,我们的历史。希望的土地。王后母亲和女王在哈姆雷特的功能中展示着她们的子孙后代,而这位哈姆雷特的父亲最终又不是一个王国的国王，这个王国也不是母亲们可以公开地（多么公开啊）统治，但什么也不统治的王国。一位其父亲最终在其位的王子。根本不需要到回顾性的，但很流行的十字架上去等他，可以毫无享受地去结婚，通过各种媒体而生育一大堆孩子。冷静地激起民众的性欲高潮。那些绝食者，他们完全可以在贝尔法斯特赌气。而我们这种婚礼蛋糕则到此为止。

"我们所知道的东西就应该存在。"克劳狄斯对哈姆雷特说道。而我们所知道的就是这个：我们就是为此而生的，为了怜悯的泪水，为了我们相互抚摸的手，为了害羞且公开的昏厥，为了四轮马车，为了黄金，为了宝石，为了指环，为了化过妆的肉体，为了鲜活的尸体，为了令人垂涎的偶像，并把自己视为永久以来的偶像。将会打碎一切的婚礼。这正是我们的命运。阿尔托、耶稣、佛陀、威廉·莎士比亚，他们可以重新更衣上场。我们的生活就在那儿：在大排场中夺去公主的贞操，在天真的土地上吸收她的微笑，在人世间品味她甜甜的吻。而我们这些掌握着操纵手段的可怜罪人，让我们快活吧：欧菲莉亚不会嫁给卡列班，这已约定。希克拉库斯将会保存巫婆的秘密、她的洗衣机。普罗斯佩罗仍然是同伙，永远被人亲吻。未来的国王将被三重女妖吞没，将会消失在巨大的白帐之中。

唯一令人担忧的细节：两处口误。黛安娜没有重复教士的话，即"查理·菲利普"，而是宣称要嫁给菲利普·查理。啊，亲爱的公公！查理答应"与我分享他的所有财产"。这是最后一句台词。王子的事实。错误重新享受它的权利，节目继续往下演。王子将成为国王。一个民族之父。然而正如克劳狄斯所说："最平庸的主题就是父亲们的死亡。"然后才是王子的出生。然后才是平民的生活。

（1981 年）

母亲的语言

唯有寂静不会哑默。那么如何听到它呢？

所有这些妈妈和她们的母亲的语言，制造出诸多的噪音，然而几乎什么都没说。至于闲谈，自从蒙昧时代以来就已经开始了，为的是只让我们听到这种闲谈，为的是让我们既听不到人类种群的呐喊，也听不到任何一种语言，因为这些语言将会质疑我们用于占有词汇的专有性。一种公证人的语言。妈妈们的公证人，妈妈们不会留住任何东西，甚至也留不住我们，她们听任我们一个个从自己身上坠落，走出来——这就叫作出生——也不特别明白在什么地方降生。我们从她们的内脏中通过，来到这种同样的物质中，来到她们的肢体中，最终我们却无法从中出来。有关想象的死亡，我们只了解尸体。

一位作家，也就只能做这样的事。

我母亲在不久前去世。从她的出生中走了出去。这是语法上的意义。我所热爱的母亲，她成了阴郁而富有魔力的人。

这天夜里，事情有了了结。她死了，真的死了，直到我的梦境里。留下的只有语言。母亲的语言。

然而她的语言呢？我母亲的语言呢？她讲的是哪一种母语？通过那种如此纯净、如此明了的法语，通过那种既平静又富有乐感的声音，这种母语就像专门为了陈述母亲而制造出来的语言。她逃避的是哪一种母语，以便在她的记忆中绝望地寻找她所热爱的死去父亲的母语？她逃避的是哪种语言？憎恨她母亲的语言——我那美丽的外祖母，母亲承认外祖母很高雅，很苗条，然而她又抱怨外祖母的口音丑化了自己的形象，对母亲来说，在她内心，虽然缄口不言，但无法忍受外祖母的语言，说外祖母是一个带有慕尼黑口音的"德国姥"，还说当她听到"你们将无法收回阿尔萨斯和洛林"的话时，她常常想抽外祖母一顿，虽然好心的母亲从来也没有觊觎过这两个省！

哪一种母语？母亲的母语，带着她那早已死去的父亲口音的母语？我的外祖父来自波希米亚，中途经过了美国，我那昏厥的母亲过去经常描述这种崇高的嗓音、这种细致高雅的美洲口音，却从来没有提及——不曾觉察到？——其意第绪语的音调，我的外祖父是犹太教士的儿子，他应该被强烈地浸染了这种口音，当然我和我姐姐从来也没有见过他。这位外祖父的母语不是法语——也不是美语。

父亲的语言，我母亲的父亲的语言，夹杂着许多其他语言的语言，我母亲在临死的那一刻仍然听见并且期待的语言，我母亲在意识混乱之际还以为在与她的父亲下棋，正像她在父亲临终前与他下棋一样。"吃掉这个卒子。总会有一个卒子留下来。我不需要任何人。"仅有一人留了下来，只有我一人陪着她，而且只有她。够了。问题不在这里，关键是语言——不是死亡——母亲的语言，没有任何爸爸的语言。

母亲的语言？然而其他语言呢？外国语言呢？据应该说的话，据可以说的话，似乎所有的语言均不是母亲的语言。所有语言都与我想写的语言不相适应，所有的语言都是禁止我的语言。

迫使语言说出它应该保持沉默的东西：作家的工作。

在这个创造出来的方言之外,在这个使我们对鲜活的喧闹充耳不闻的方言之外发现言语活动;为一个正在寻找其记忆的身体服务,在预先制定的目录之外寻找任何的记忆,这就是一位作家的计划。

能够这样思考,好像还没有任何东西被人承担起来,好像我有权力以不出生的方式生出来,在我家而不是别人家里。于是我就有能力区别一个他人、一些其他人。我不至于陷入这个闪光的合唱队陷阱,受制于先于我的没有价值的明天。

拒绝在家里翻看这支合唱队的照片?出门?聆听?说话?试着看看吧!阿尔托、尼采、帕索里尼,整个(特别小)一支帮派这样干过:一群流氓。"然而幸亏有我在那里,妈妈们说。"这些母亲口袋里没有现成的(母亲的)语言,她们区分出"比什么都没有要好一点的人"和"正规正矩的人"。另外,区分事物,这是她们唯一能做的事情。

她们更喜欢的话语?政客的话语。她们不辞辛劳地让政客不讲政治,对有性别的人说话时,似乎他们已经不具性别(asexué)。这与语法分析非常对应,通过这些分析,小学生们懂得了这个规则,即人们不能既是复数又是单数,也不能既是阳性又是阴性,并且不太推荐使用第一人称。"我"?满足于一个专有名词,它更容易受人指挥,更容易回复命令。自摇篮到坟墓,只用同一个称呼。

同样顺从的回音,结结巴巴地讲着这种母语,这母语擅长于填补虚空,嘲笑欲望,鼓吹贪婪,灌输耻辱,获得保密禁规。创造某些母亲成分,以便填补那些女人,填补那些安排我们的工作地点。"当我知道工作地点在哪里时,我就放心了。"在这里或是在那里。赞成或者反对。然而还要加上。还要加上许可。"它们真让人操心!"

然而最大的操心事,就是语言应该留存在记忆中,语言被创造出来就是为了获得一个东西:忘记一切。永远也不要忘记这个忘记。忘记了一切，也不要忘记这个忘记。

忘记声音，忘记意义，以便能倾听噪音。忘记这东西会在血脉中流淌，它生活在紧迫中，这正是那个将会变成尸体的躯体、那个给予生命的躯体，没有其他的躯体，至少是没有同类的躯体。忘记这个生命而去否定死亡，其证据就是妈妈能够存活，能够画出圣母哀悼耶稣像。

要忘记，永远没有任何东西可以不通过人类的声音而发出。没有一种思想不来自一个躯体或人体内脏。除了我们的声音之外，除了人类的声音之外，没有其他声音。与我们的语言不同的语言的缺席，这个不同的语言对静默的嘈杂声不会充耳不闻。

另一种声音的缺席。忘记缺席的声音。"埃利，埃利，你为何要抛弃我?"一位被钉在十字架上的诗人的叫喊。圣子的最精确的叫喊，圣子明白除约瑟以外没有别的父亲，在这个世界上只有世界本身和它的周围环境，只有在这里才有爱，就在仇恨中。只有死去的父亲才能成为没有肉体的父亲。

对启示进行否定的呐喊，它更喜欢除空白外的一切。"你为何要抛弃我?"这个问题宣布了圣父，创立了圣父，他虽然有罪，受到指控，但是具有生存的天赋，并没有将所有的空间留给哀怨的圣母。没有将身体留给缺席。没有将死亡留给终结。

肉身基督的身体，反抗的人的身体。这个身体不停地叫喊着圣父，发自教堂的深处，在道路的十字路口，在女人和运动员的颈项上，圣父处处被垂直地展示着，被惩罚着，他期待着，永不气馁。

而我们呢，我们被抛弃在与我们相像的东西中，而且永无止境地在时间的岁月里摇摆不定：没有什么是另一种东西的皮肤，只是相像而已，它不能够"自成宗派"。没有什么能够逃脱维尔迪兰夫人的掌控，她是母语的冠军，对母语有很好的适应能力：整个母语都在她的宾客名单上，对某个东西、对某些没有进入宾客名单的人的忘记,在她看来是显而易见的事。

该我们忘记这些女人的肚子,进入其中的不是受检查的父亲,而是一个活生生的阴茎。该我们忘记被拒绝给予玛利亚的约瑟,即他儿子只能用肉身体现的约瑟,儿子被钉在十字架上,是躺在勃起的十字架上的垂直尸体。当然这是一位复活的儿子。是人们要求的不可缺少的"大团圆结局",以便最终能够给筋疲力尽的妈妈加冕,她扮演着圣母的角色,并且没有战栗的男性。玛利亚就是伊俄卡斯忒的妹妹,后者的丈夫俄狄浦斯本人也很快宣布,在谈到他的妻子时,说她只是一位妈妈。

俄狄浦斯是放弃的冠军,从人们所爱的东西的角度来看,他又是背叛的冠军。他是服从规则的典范,这规则又与法律混为一谈——除非法律本身就是那规则,除非法律有道理。况且法律确实有理。这个有理便招致了悲剧,伊俄卡斯忒竭力想回避这个悲剧,她藐视俄狄浦斯没有"在意"这件事,没有让"生活变得更加容易承担"。

没有人想过要听听伊俄卡斯忒的心声,倒是跟着俄狄浦斯进入了语言与性别的编码。伊俄卡斯忒明白她丈夫的情结,这就是要将她变作一位母亲,禁止她成为妻子。而对伊俄卡斯忒来说,区别并不在名字或身份中,而在爱的事实中:"不要害怕娶你的母亲做妻;人类已然梦想过他们与自己的母亲结合。不要在意这个事实,让生活变得更加容易承担。"然而俄狄浦斯不会比任何其他人更强,他不愿承担生活,甚至(尤其是?)轻松地承担生活,他强调了应该害怕伊俄卡斯忒这位母亲的事实,她是拉伊奥斯被他杀死后的"女幸存者"。

俄狄浦斯仅仅听到妻子的官方名称、她的语法职位。她过去的亲戚。帕索里尼知道怎样观察伊俄卡斯忒的微笑——一个忧伤的微笑、一个渊博的微笑,是一位与人们所说的母亲不太相像的母亲。当然绝对不像梅菲斯托将浮士德送到她们身边的那些母亲,这些母亲"不会看见你,她们只会看见图解"。伊俄卡斯忒善于观察。

当一切根据法律和确定的血缘关系变得清晰的时候，俄狄浦斯并没有批评法律，并没有在他们鲜活的爱情中与伊俄卡斯忒结合，他更愿意失去光明，进入这个黑暗的大陆，在那里，女人们变得眼不能见，与她们内脏的昏暗混为一体。正如泰瑞西阿曾经提醒过的那样，正是在这里，他变成了"你所寻找的杀人凶手"；然而不是这样，这一次不是，在拉伊奥斯时代他是无意识的弑父凶手：这一次，如果说他没有杀死伊俄卡斯忒，却杀死了伊俄卡斯忒的命运和他自己的命运，这都是有意而为之。

伊俄卡斯忒，如果说她选择了自缢，正如奈瓦尔自缢那样，正如普鲁斯特、马拉美和卡夫卡胸闷而死那样，正如弗吉尼亚·伍尔夫和欧菲莉亚窒息而死那样——那是因为这种话语、这种语言，还有关于性事的语言，它们不允许真正的生者去呼吸。

俄狄浦斯可以弄瞎自己以便留在失明的法则里，他不能发现浮士德的母亲们所看到的图解，他也不会"用他的双耳"听到什么东西，就像李尔王向格罗斯特所建议的那样。他不会像弗洛伊德那样自问："女人想要什么？"也不会像莫扎特或者不如说像达·彭特（Da Ponte）的莱波雷洛那样问："Ma cos'ha voluto donna Anna?" *俄狄浦斯陷入了政治欺骗的陷阱，他将对等级的兴致、他对国王的信仰、其父亲的身份延伸到科罗诺斯，延伸到他的敌人兼同僚克瑞翁的身边。

唯一不知道母亲的人？当然是唐璜，然而是莫扎特的唐璜，唐璜说话如同在唱歌，其音调要胜过意义。爱情的语调要胜过爱情的表述。在他的故事中，女人们和男人们所不知道的——莫扎特知道，然而达·彭特呢？——他的罪行就在于声乐中令人震惊的精确性，在于这个男人越过方言而去爱的执着，那些女人、她们的父亲、

---

　　* 意大利语，意为："安娜女士想要什么？"这是莫扎特歌剧《唐璜》里的一句台词。

她们的未婚夫对他讲的都是方言：签订契约的方言、户口簿的方言、建立关系的方言。在这种语言里，爱情、爱情的瞬间，这都不算数。在这个爱情的瞬间中，唐璜迷失了方向，他虽然爱别人，自己却从未被人爱过。

他的罪行就强加给他义务性，如同对所有的人一样，他被迫说话，因为开口说话即承诺。然而他唱歌，歌唱即时的未来，他是唯一知晓即时未来的人。是唯一忘记了忘记爱的人，他忘记了爱意味着签名，而签名意味着……他是唯一不知道爱本身是不能被听到的。阿奈尔维拉斯家族的人的呐喊并不针对爱的缺乏，而是针对契约的缺乏，它们的哭泣是为缺席的签名而哭泣。

"女人要什么？"唐璜在躲避众多母亲时他在寻找什么？会不会是那位父亲？他会找到他的！如果采琳娜犹豫不决——"Vorrei e non vorrei"*——把她的手托付给唐璜，就一会儿，他却没有慎重考虑，就向指挥官回答说"行啊"（正是这个），当后者向他要求他的手时……没有婚礼的承诺，难道不正是他从头到尾与指挥官真正地打交道吗？

唐璜即将追随的是一位父亲，他具有怎样的印鉴、怎样的契约啊！一位发号施令且不多嘴的指挥官。一位追他而且不撒手的父亲。一位聆听他、预测他、希望他的父亲，哪怕是为了惩罚他也罢。从第一个场景开始，难道他没有用他女儿曾经用过的同样字眼命令女儿的情人，"不要躲避我"吗？然而唐璜躲避的是他的女儿，还有他女儿那段时间里放纵的礼节队伍，以及成为障碍的随从人员。如果他带着这种宿命的意义，急不可待地与把他拖入地狱的指挥官的雕塑重逢，这也许是出现了一种必需的欲望，即需要一种不同的东西，不是肉体的不同，而是石头的不同。而尤其是他知道这一次是

---

* 意大利语，意为："我想要，我不想要。"这是莫扎特歌剧《唐璜》里的台词。

故意的、人们所欲望的，哪怕是最糟的东西也罢。

这个唐璜，那一千零六个女人只将他设想在未来中，置于协议的条件下，在诸多保证的承诺下，在生殖与王朝的协议下，而不是在他男人的气味中——为了找到原样的父亲，以便能更好地将他据为己有，唐璜只找到了那位被凌辱的女儿的父亲、那位他杀死的父亲，这位父亲不论生死，都想将唐璜置于自己的命令之下。

这位指挥官能爱吗？无论如何他是可以这样想的。他想固定住爱。然而他与他不屑一顾的女儿不同，他知道他想要的东西，而且也知道这东西是什么，即使是消灭掉他女儿的情人也在所不惜，为获得这个东西，就是以自己的死亡作代价也在所不惜。然而这是永远做不到的。

向唐璜的嗓音道声永别，在这种嗓音里道别，与爱情的清新歌曲道别；与这个天真的唐璜以为已经足够的歌曲道别。然而这种歌曲都是用母语唱的，那一千零六个女人没法听到这种歌声，也听不到声音中的意义，即每个音符而不是每个词汇所指出的意义束。

听到诸种嗓音中的声音，听到声音中的意义，听到每个词所指出的而他又不说的意义，听到他的每个字母和间隙所传播的意义，距离词典与词典定义如此遥远的意义——这已经不是在聆听背诵话语，而是在试图超越认识的极限。（分析家了解这一点。）语言的声音、气息、犹豫感和口音，意义中的诸种意义和诸种意义中的意义，话语的构建就是为了拒绝这种意义，文本却要求这种意义，只有嗓音包含着这些意义。

母亲的嗓音并没有被排除在外，母亲同样陷入了母语的陷阱，她也不该为母语负责。

写作《遗迹》[1]，并且用两种语言写作，对我来说，这不是一种走出这种母语的企图？无论如何，这不是一种有意识的企图。一个没有动机也没有理论计划的经验。我仅仅是（由于种种轶事性原因，由于传记的反复无常）用英语想到这事，并且在这种语言中找到了回应节奏、显明的诗律、那些称心如意的东西的答案，有时还能达到某种精确性、某种准确，能够拥抱一种已经迷失和放弃的观点。随后就是长时间地、辛苦地而且经常是徒劳地寻找，寻找法语中的对等词。

为何要给我强加这种返工？为什么要禁止我随心所欲地从法语到英语，或者从英语到法语进行思考？即使在同一个句子里也是这样。面对这种令人愉快的自由，我突然拒绝去拒绝自己。

这就是要给嗓音的抑扬顿挫以自由。而且也许是要给语言的复数变化以自由，或许是要给所谓有阴阳性的语法性别以自由。无论如何，我也不大会用这种术语来思考，这是对母语的一种摆脱，更妙的是，在不废除母语的情况下：可以解放它，给它以自由。

而对其他人来说，我必须很快形成一种享乐，确定它的激动范围。其他人有时会在我之前理解这些情感。我回忆起纽约大学的一次研讨会，那次研讨会是为教授们主办的，讨论主题是那本还未出版的《遗迹》：其时正在印刷之中。其中有好几位听众感动地流下了眼泪，这令我惊愕不已，也让他们自己惊愕不已；他们不再生活在自己的母语里，在美国也不太使用他们的母语，他们经历着一种无意识的痛苦、一种缓解的痛苦、由他们的泪水展现的痛苦。他们发现，不但从一种语言过渡到另一种语言是可能的，而且可以同时经历它们，同时使用它们，让它们进行共时游戏，让它们一起唱歌，一起结成同盟，一起思考。倒是听众们一一发了言，分析了他们的激动。

一种语言加上一种语言，我是否在说，这将比两种语言还要多。这种现象是另一回事。两种语言相互繁殖，以镜子的方式相互反射，并且形成第三种语言，然后形成其他更多的语言。我似乎更像是在指挥一支交响乐团：没有止境的排列，纹心式的音域，而且没有了隔板。没有了封锁。即在痛苦中走得过远的疼痛，即过分瞄准果肉和果核导致的疼痛。那种抵抗，即法语中硬生生地阻止我的抵抗，我超越了它，我不理睬它，我用其他的词语、语言中自由的词语来延长句子，这个语言已经走到了其忍耐的极限；我使用另一种惯用语的清新，这种惯用语并不面向威胁性的危机，或者已经忘记了这种危机，它可以承受句子的延长，并且希望如此。

人们有可能首先写下他们想说的东西，然后写他们不想说的东西，最后写他们不愿了解的东西，写真正使他们痛苦的东西，即管理机构不愿了解的东西，组织管理机构的目的就是为了不让人去了解事物。为了服从书刊审查。英文文本在一个以法文开头的句子中突然涌现，这时我还没有防备，正像我经常无意识地做的那样。当法文重新介入的时候，它对我来说已然变成了另一种语言，它自身使英文发生位移。奇怪的复合语言、全新的语言，它嘲笑着那些绝境，在绝境中，它比呐喊、比召唤传播得更快：被称为召唤的呼唤、在沉默里的呼唤，永远没有回答。

翻译家们都知道这一点，有那么一个时刻，翻译的对象停留在半空中，没有可以表达这一对象的词语，如同它自身存在于一个形而上或神秘的空间中，并不需要一个意义，并不进入意义的范畴。从一种语言到另一种语言来回徘徊，突然在某一时刻出现一个半悬的幻觉、一种正在流动的空气网的幻象，它可能流到隔板的外面，越过界限。这也许是一种幻象，然而这种幻象或许表现了一种可能的认识，形成了我们唯一的自由、我们唯一的决定、我们唯一的创造。一种情深意笃的游戏。

在一种语言里写作，而且不是母语，康拉德、贝克特还有其他作家都写过。然而这是一种不同的行为，这种行为需要建立一种语言收养关系。人们在征服一种被选中的语言——就算是……父亲的语言吗？这还像是在家里，在他的庇护所里，有他熟悉的法则。而要用两种语言来做游戏,那就是一种违抗——不受刑罚的违抗! 这是出口,也许就是走出母亲内脏的出口,但还没降落到母亲的分设肢体里。还在清单和唠叨的出口处。还在出生的地方。

从一种语言到另一种语言跳舞,让两种语言互相跳舞,为什么不玩这样的游戏呢? 文本将在其中吸取那些全新的瞬间,对自己做出应答,摧毁各种界限,迎来全新的振动,而声音对这种振动做出反响,转变成清晰意义——都是一些能够欺骗母亲信任的操作。

用两种语言写作,我不会再这么干了,谢天谢地! 这或许是个无用的玩意儿。然而用多种语言写作,那又如何舍得放弃? 比如无意识会一直在其间流动,每个符号都开辟着稿纸中缺席的其他文本,这些潜在的文本能够自行减速衍生。遗忘在寂静中的文本,并非由印刷页面所分割的文本。这些文本所指示的空间脱离了警觉的母亲们,逃离了被截去的文本的语言。脱离了人们建议的字母表,使我们忘记这种短时的记录,在这个记录中,我们的消失时时在表述着。

而我们呢,书籍的酷爱者,所有记录物的酷爱者:我们热爱这些温柔的印记,无法归类的标记,其修改的计划将使生命存活下去,从现在到现在,从音位到音位,在小草的清单中,在雨水的声音中,在恐怖的科学中,在拥抱的疼痛中。在人们的呼吸中。

(1980 年)

谁爱我们？

　　我们不被人爱。大山不爱我们，小草不爱我们，草地、海潮、鸟儿不爱我们。在我们充满欲望的这个世界上，谁欲求我们？我们只能相互爱着对方。在物种里爱。总之是乱伦（然而我们欲求的是更为复杂的乱伦）。谁爱我们？我们中间的某个人或另一个人。但也不真的是"另一个人"。矿物、植物与空间不知道爱我们。然而作为孩子，我们曾生活在一个完全色情的世界里，在这个世界里，一切都对我们做出应答，一切都向我们询问，我们以为自己受人关爱，既感动别人，也被人感动。而且还惊恐不已。不久便是解释的时间、指示的时间、与冷漠模式完全不同的故事时间。分离的时间到来。不太熟悉世事的女人们，她们似乎长时间地延伸着什么，如果延伸的不是首次色情的接触，至少也是对此类事情的记忆与欲望，然而这些感受只是初露端倪，更像是某种眷恋。

　　奇怪的物事：这种在场、这种亲密、说到底强烈的感受、女人们有意无意所要求的东西，就像一个糊涂的梦返回给她们，有人断定对她们来说，生活的意义就迷失在这个糊涂的梦里。

　　生活，你们了解它吗？它那管理的胆识、它那消费的奇迹、它那宏大的机智，男人们发挥到极致，女人们也不失时机。梦想并要求一个充满爱情、充满欲望、称心如意的世界？妄想！让女人们与这些无能者分担吧,与这些在苦涩意义上可以被称为诗人的人分担吧。爱玛·包法利疯狂追求的就是这个。福楼拜与她一样,而如果说福楼拜就是包法利夫人,包法利夫人则不知道有福楼拜。

让我们看着她怎么去看她的花园,看这个毫无生气的世界,看她怎么欲求被人拥抱。这是和伍尔夫一样的拥抱,是她万念俱灰时到水中寻找的拥抱。"死亡就是一次拥抱。"她在《达洛卫夫人》中写道。这个流动的水,它懂得怎样更好地从四面八方包裹住一个躯体,如同其他任何身体一样——但无论如何,这也不能与前子宫(pré-utérin)的扑水相提并论,而是源于一种与出生离了婚的关系。

让我们看着爱玛怎么看那些杳无人迹的小路,看那些抖抖瑟瑟的小草,小草抖瑟是因为微风的吹拂,而不是因为她的气息;风景对她无动于衷,对她的差别毫无感觉。对她的在场毫无感觉。她被扰乱的在场并没有扰乱"大自然",并没有扰乱镇定自若的石头,不动声色的房屋。地理把她留在了那里,"扎了根",一副贪婪相,在一个寒冷的世界里贪念着热量,或者更糟一些,这是一个温暾的世界:什么也不会发生。又是弗吉尼亚的感受:"他们就在那儿,全都在,中了圈套,被关入笼子,成了囚犯,正在观看一个演出。然而什么也没有发生。"说到强迫,弗吉尼亚是被语言强迫,爱玛则被行动强迫,这个沉默无语的世界,人们无法追逐。试图将无生气的周遭,即我们所处的环境引向我们的冲动,这种努力全都枉然。

去爱?包法利夫人试图这么做,试图脱离烦恼,然而她这么做,陷入了另一种烦恼,男人们所经历的烦恼,她绝对希望男人们是另外一个样:在他们编码的烦恼中,在他们承担和见识的……烦恼中,男人们希望通过她来逃避这种烦恼。这是对男性圈子感到满足的男人们的烦恼,这些男人愚昧无知,对总体的环境又很健忘,而包法利夫人正好期待着他们的召唤,她以为这些男人掌控着这个环境,而且会将掌控权转交给她,以作为炽烈的交换。性事的庆典。

　　然而他们仅仅掌控着包法利夫人所逃避的不在场。她对一种活跃生活的要求，似乎被表现为忧郁而单调的漂流，但反过来也表达了一种野性的力量、一种破坏性的拒绝。这种处于可笑之中的"包法利主义"，所指的就是无能的极限，事实上，它依赖于一种强烈而又大胆的追寻，那是福楼拜的追寻，是福楼拜这类思想者的追寻。是啊，包法利夫人就是处于形而上需求里的福楼拜，是对普遍陈述进行拒绝的福楼拜。

　　然而就是这样！对爱玛来说，做包法利夫人变成了一种残缺，这使得她与自己的欲望混为一体，并且禁止这种欲望。是啊！如果那时候包法利夫人敢说："包法利夫人，就是我！"然而没有，这个特权，她留给了福楼拜，福楼拜用这个特权装扮自己，他利用这个特权，他猜测这种苦闷而新奇的意义、合法且精确的意义，包法利夫人把这种苦闷当作一种生存的障碍，而且这种苦闷，福楼拜非常明白，这是一种才能，是要求一种生活的才能，这种生活应该处于消磨她的种种编码之外。

　　做包法利夫人，就是要位于一种知识的边缘上。就是要不接受这些限制。敢于要求那种禁止。不甘于屈服。这就是与空虚的对抗。拒绝接受一个不接受我们的世界，在提供给我们的世界背后，要求有另一个更为真实的世界。

　　爱玛（爱过）的致命错误？她相信的正是这些话语、这些做了假的说法、这些让她坠入陷阱的话语，她相信这些话语，以便让鼓动她的热情有所结果：正是在这些男人的身上，在他们的身份上，爱玛期待着对她的要求的回应。她以为他们拥有一切，掌握着她所缺乏的一切。她轻信了那个她所希望的性欲性童话，于是遇到了性欲的贫困，她自认为是性欲的罪人，只有她一人最为无能，而其他人都会到别处经历那种她被排斥在外的生活。爱玛拒绝接受一个事实，即罗道尔夫和莱昂并不掌握着神奇王国的钥匙，不知道魔镜的入口，爱玛情愿自己一无所有,被剥夺精光,也不愿看到那里既没有向导又没有主人。也没有特殊的空间。

一个人也没有?连爱情也没有?不。但是这要出乎百科全书范畴之外,这是布瓦尔和白居榭*殚精竭虑去做的事情。完全出乎使我们结巴的虚构作品之外。爱玛梦想着那些男人,梦想着男性秩序。她在作品中的女人形象装扮着男人的众多相应特征:她的裙子、她的言语、她的脸色,还有她克制的愤怒、被压制的疯狂、人为的拙劣模仿。于是她与自己所认为的那些男人的形象是如此接近,与她想从男人那里获得的东西是如此接近。

有些男人想从她身上寻找对他们认为的模式的遗忘,而爱玛钟情于这个模式。她的信仰是全部的。对她来说,他们是"男人",也就是说是她的对立面,即她所不是的一切、她所不具有的一切。通过他们,她确信会获得这种能量,让她降生到这个世界上,来到属于我们的这个聪明的世界。她可以将自己从自己身上卸下来,并加载到他们身上,吸附在他们身上,从今以后,她将被吸收,被接受,融入心醉神迷中,能够两个人一起管理一种痴迷的生活。爱人,被人爱,消失在另一个被俘虏的人体内,这个爱玛,看她有多简单呀!太简单了。

她相信这一点。她自认为是女人,并且正在走向男人。她不知道她自己也拥有那些男人所寻找的钥匙,这种精密的技巧,即他们同样也缺少的技巧,他们仅仅拥有这种技巧的替代品,一些自我消遣的处方、一些"消磨时间"的方法。

而她呢?她没有答案,然而她至少知道问题。她拥有生硬的烦恼,是启发福楼拜的烦恼,也是他所熟悉的烦恼,这种烦恼是他们的

---

* 福楼拜的另一篇小说题名为《布瓦尔和白居榭》(*Bouvard et Pécuchet*),里面两个主人公——布瓦尔和白居榭,极力要撰写一本百科全书,福楼拜也希望在这篇小说里表现出一种百科全书式的渊博。

激情的根源，所有人都在疯狂地寻找（就像布瓦尔和白居榭在寻找那个知识，但每次都令人失望）那种并不奉献给他们的东西。这是能够开始的知识和庆典，只要爱玛懂得合理摆放，管理好她的失望，就能够见证到它们。居斯塔夫也非常清楚这一点。然而，如果就他一人，他只能观察他的女同僚的堕落，他只能在没有爱玛的情况下，继续他自己的对无知的探索。居斯塔夫加爱玛……谁知道呢？

然而爱玛自认为是单独一人。可怜的爱玛不知道她的作者、她生命中的男人，可怜的爱玛不知道他就是她，她也可以是他！爱玛，她想依据社会地位和编码去爱男人。这位唯一的爱玛，她走向一位莱昂，或者走向一位罗道尔夫，随便什么人，但必须是男性，她深信他们每一个人都会严格地回应他们语法上的性别，通过性别，他们具有而且也是一种解决方案。可怜的莱昂，甚至可怜的罗道尔夫，他们虽然随时准备去爱，去爱她，也许会爱爱玛，然而他们没有能力塑造一座她在他们身上看到的雕像、一座她要求他们成为的雕像，而他们所期待的是她能够给他们带来消遣，甚至给他们带来安慰，从他们的现状中解脱出来。

男人？女人？可是亲爱的爱玛，在每一个男人身上，在每一个女人身上，涉及的都是一群人。涉及的这群人，他们每次都来自蒙昧时代，永远体现着挣扎中的一代代父亲、母亲、儿子、女儿、兄弟、垂死者、婴儿等，所有人都被封闭在同一个躯体中，处在同一个名义下。去爱？这或许就是最终让所有这些生灵身心解放，或者整个地替代这些飘忽的幽灵。

那些女恋人在哪里？"阿丽亚娜，我的姐妹……"剩下的只有那位凝固在一旁的女情人高亢的崇高赞歌，即阿丽亚娜的姐妹合唱的那首赞歌，然而那只是在照片小说中。

在那些伟大的文本里，有什么样的女恋人？凯瑟琳吗？然而希思克利夫只能在她的不在场周围表现激情，她已经死了——只有当她成了亡故者时,她才能侵扰《呼啸山庄》。这些女人善于用死来表现生活,就像欧律狄刻、阿尔贝蒂娜、玛德莱娜·舍尔夫人,生活在禁止的边缘;这些深谙世事的女人,她们在死亡中也能保持不被死亡所吸收,继续将男人们空悬在她们那假想的生活边缘,让他们惶恐于可疑的死亡边缘。

那些女恋人在哪里?她们精于世事,正如娜娜那样,她既可怜又贪婪,受尽盘剥,被出卖给左拉及其同代人十分厌恶的爱情,即金钱能够轻易买到的爱情。她们这些没有身份的肉体领土在逐步消失,在这些领土上,男人们从今以后可以异想天开,尽情享乐,与女人们一起丢失掉他们卓越的理性,丢失掉这种理性的产品:金钱。金钱被吸入一个无底洞里,而在他们看来,这个无底洞就是女人。那些女恋人在哪里?她们被手扼住的、被光芒照射的、光芒四射的身体在哪里?

爱玛因爱而死吗?不是。她死于高筑的债台,如同福楼拜一样。死于爱的缺失吗?不是:她死于金钱的缺失。这种解剖性的谈论经济的故事,这种谈论钱财交易的故事,世上比比皆是。福楼拜非常明白这一点。在爱玛最终破产时,在夏尔·包法利不知情的情况下,那些执法员来"查封"(可怜的爱玛,最终被查封了!)她的财产:"随后,他们检查了她的裙子、内衣、梳洗间,她的整个人生,直到最隐蔽的每个角落,就像一具正待解剖的尸体,分别摊开在三个男人的身旁。"这便是这三个(爱玛所拥有的情人的数字:夏尔、莱昂、罗道尔夫)男人在爱玛身体上进行的手术,他们跳过爱玛的死亡,用他们的体系对她进行解码。爱玛曾经苦涩而又贪婪地渴望过这个体系,最终碰到的是兰波所揭露的"经济的恐怖"。爱玛的衣物变成了她的尸体。然而她的身体呢?她的名字呢?罗道尔夫之前曾经说过:"这不是您的名字!另一个人的名字。"他又重复道:"是另一个人的名字。"是哪一个呢?福楼拜吗?或是夏尔·包法利,他是唯一因浪漫之爱而死的人，他也是个多面人，在他那乡下人的外表之下，他不知道怎样为他已经失去的欧律狄刻去讴歌，只能在没有爱玛的情况下孤独地死去，为爱玛而死。默默无闻地死去。无助无能地死去。那些男恋人在哪里？

有多少欧律狄刻被那些笨拙的奥菲斯所遗弃，不过倒是奥菲斯们在歌唱着他们的怨言，而欧律狄刻们呢，她们还在地狱里默默无语，甚至听不到他们的怨声载道。还有那么多的黛莱丝·达韦拉，以便找到一个终于没有抵抗力的情人、一个能激发其歇斯底里的情人，并从他那里开始去掌控"剩余的事"。还有那么多母亲，即歌德在《浮士德》里所说的母亲，他说她们"只看见若干外形"，只看见建树地位的痴呆雕像。还有那么多费德尔，她们对一位主人的儿子异想天开，从此以后被人征服，喜剧般地被父子们相互的同性恋所堵截，那些个阿丽西、那些个费德尔只能是生不逢时！

有那么多不是父亲的女人，有那么多只需要自己的儿子。有那么多不断寻找自己母亲的女儿。有那么多男人和女人，充满对温柔的欲望的人，充满对欲望的温柔的人，他们有时会迷失，任由自己迷失，在这种举动中，两道目光、两类戏剧将相知相爱。两个生灵结伴共舞。

（1980 年）

"书写该扔进火堆的废纸……"

　　这些在法国乡村已经低语了一个多世纪的噪音,大部分是女人们的噪音,其中一个哀叹道:"我曾经生活过,但没有存在过。"于是在这里,在当代艺术博物馆里,她们变成了公开的声音。这就是人们所听到的那些噪音,来自一个即将没落的小贵族家庭的噪音;这些来自墙壁的噪音,这些来自兰波即将揭露的"经济恐怖"所控制的风景的噪音,这些在他们的阶层里被压制的噪音,有一种与身体相隔如此遥远的语言,有一种与礼仪相符的语言、一种受礼仪凌辱的语言在压制着它们。这种不太"通用"的语言,阿热丽、奈丽达,还有她们的母亲亨利埃特执着地使用着,在这种语言中挣扎着,她们顺从于它的代码,然而本能地试图通过这种语言来破译代码的自身活力,试图达到她们所禁止的力比多区域,到达她们所建立的各种禁忌中,而我们会看到,她们常常通过一种不妥协的简单性的优雅而达到自己的目的。

　　她们的天地,西蒙娜·本·穆萨(Simone Benmussa)将它搬上了舞台,将它做成一次展览,或者说在一个鼓动人、解释人的热闹的行程中,这些在某一迷失时刻的人,似乎突然找到了自己的存在。对一段时间的怀念、对已经忘却的生活的眷恋,此时历历在目,通过这些噪音,通过这些字母,通过这些物品,通过一种气候,一一鲜活如初。我们即将穿越并分享这几个生命存在的地点和偶然事件，这几个表面上如此安静、名不见经传、被窒息的生命，这个过程和其他一些文本会使关于他们的传闻和戏剧突然涌出。所有资料都是真实可靠的，众多家具、来自卡斯蒂利亚的各种附属用品、偌大的住所（或小城堡），还有她们在法国西南部的封地。

从一大堆信函与日记中，西蒙娜·本·穆萨提炼出一部圣剧，让这些生命重新融入那个排斥她们的世纪中。或者更确切地说，她将这个世纪重新融入它所压抑的东西中。当然，这里还保留了种种悬疑、种种空白、种种被记录在《穿越似水年华》这本书里的命运间隙，这本书参照了家族档案的详细资料，将这些遗忘中的生命，将这些处在漫长而缓慢的消失之中的生命一一复活。在信函和日记中，女人们（偶尔有几个男人）统计着她们的情感贫乏，体会着被排斥在外的平凡境遇，在空虚与荒诞中寻求与自己被剥夺的东西相逢。

从一个大厅到另一个大厅，从一个章节到另一个章节，她们自我安置，同时，安置她们的秩序在她们周围分化瓦解。只需在去里昂的旅行中的一顿饭，就可以展现整个世纪，概括那个世纪的所有交通。这顿饭的时间，某几位宾客，来自富有的旁系，他们似乎一下子就有了巨人的身材，这是那种被资本主义充气、夸大和拉伸了的巨人，也是对资本主义来者不拒的巨人。然而他们还进入不了正史，在重回卡斯蒂利亚后，房屋将把它的房主人恢复到各自的级别上。那个住所还在。被穿越的时间好像又重新消失，对居住者来说永远消失在永恒中：阿热丽、奈丽达还有她们的母亲，然后有一段时间，还有萨维尔妮，即她父亲第一次婚姻的女儿，这是一位灰姑娘式的萨维尔妮，因此她也是三个女儿中唯一一个从母亲控制下得救的。

通过她们的文本，我们能听到她们的声音，她们试图浮现出来——然而随即又返回到她们自己身上——被迫进入身体的沉默，落入惯例的束缚,落到缺失中。话虽如此,但在她们周围,各种空白沉默不语,充满的都是事物的统治、各种人为的事件。作为无意识的战士、显然是出师未捷身先死的战士,这些固执的女人沉迷于作家们的繁重劳动,这些作家互不知晓,在固定的钟点写作,总是面向着文本,面向着她们唯一的私密领地——啊,有多少这样的领地!这些文本直到今天才为人所知,才被出版,它们标明了多少无疑已经被破坏的手稿。她们的母亲以范例来教导她们,叮嘱她们:"阅读吧!多写一点吧!书写该扔进火堆的废纸……不要宽恕任何东西。看着你们自己如此走过吧*。"

然而让我们从反面看看她们的静止状态吧。让我们听听她们浑浊的呐喊吧。没有任何应答。这些言语是身体发送给身体自身的言语,是发给隐身的言语,这言语既不会谈论身体,也不会为身体而谈论,但它就在自己的位置上,在它沉默的冲动的位置上,在它被压制的动作的位置上,就在统治它的物件之间:在这些沉默的机体的风景之间,在这些"家庭的"房屋和嵌入的物品之间,这些物品布满一个文明系统的荒唐的发明创造,而这个系统吞噬着众多生命。

作家就是这些女人吗?是的,出于写作的发自肺腑的需要,出于勤奋,我意思是,出于一种办法。也是出于精确性的作家,她们以这种准确性去解译,直到语言的这种瘫痪状态,这种语言将更加恰当地表达她们生活的迟钝——而且还致力于确定这种状况。作家吗?"我要叙述的更像是我的感觉的故事,而不是我生活的故事。"她们其中一位这样大声说道,径直走向一个生命的真实故事。

然而阿热丽和奈丽达都明白,她们其中一人这样描述,"男人们一点也不喜欢那些女性作者",因为"这样一个女人会从男性特质中借用某种东西,这会动摇羞怯和不信任的枷锁"。还有,男人们会忽

---

* 这句话强调为我自己所加。——原注(原文为斜体,中译对应以楷体。——译注)

视阿热丽和奈丽达,他们最终会忽视她们,把她们当作无价值(没有嫁妆或几乎没有价值)的商品,他们得出这样的结论,一个女人"不应该写作,即使她拥有最强烈的愿望,即使她拥有最好的才华亦然"。

然而她家中的那些男人,就在同一时间,写得要比她们少得多,或者根本不写作。他们已经拥有那么多的代言人、那么多的官方的作家。他们还会撰写吗?他们模仿着从中学课本里借来的含糊文本,而女孩子们是不去上学的。那位父亲,即追求未来妻子亨利埃特的让-雅克,他的情书似乎就是从一本信札教材里抄来的。这些情书里充斥着来自一种现存文化的陈词滥调,这是一种模糊吸收的文化、匆忙消化的文化,它使人不再能够思考,而是以对感情最为节俭的方式去计划和组织那些事先清点过的片段。

这种文化,亨利埃特并不拥有。然而,她摸索着对求婚者做着应答,很精确;她寻找着自己,也寻找着那个人,有些犹豫不决。她拒绝那些空无情感的现成句子的幻象。她要求的不是承诺,而是数字和事实;她将一个自己需要猜测的未来安排就位,她希望这个未来平淡无奇,时刻准备迎接这个未来——然而她对母亲的激情仍然一无所知,母亲的激情将会淹没女儿,会毁坏她女儿们的生存。

那些男人,他们只会留下一些浅浅的痕迹,潜心投入他们自己就是惊恐玩具的各种活动中,这是新兴的资本主义强加给他们的玩具。让-雅克死于债台高筑。债务,男人们的地盘,或是利益。而女人们虽然处于被动,但心里有数,她们远远地站在一旁,观察并忍受着男人们进入经验活动,看着他们走进一台他们并不了解其原理及配置的崭新的经济机器。

父亲的离奇死亡,小丑般的监护人,无能的管理人。那一年,阿热丽看上去已是垂死之人,身体残废,再也无法行走。当她父亲去世的时候,阿热丽反而得到重生:"随着我可怜父亲精力的一点点衰退,我的精力在一步步增强。可以说我正在捡起他生命中失去的东西。"正是在给垂死父亲最后一吻的时候,她扔掉了任何的依靠物,重新找到了走向病床的力量与平衡。让-雅克死后,他的女儿得以与"她的孝衣和她的健康"相逢,与她的家庭核心联合起来,以修补那位家长在他一生中积累下来的财务缺口。大家都懂得节衣缩食。这是一个大家都可以当大师的领域! 生活又恢复了原样,清苦,略带怀旧味,以一个强人为中心:母亲强人。

这段时间的印记充满着魅力,那是一段缓慢的时间、一种古朴的生活,这种生活以它的单调令人着迷,通过它的重复,通过它的兴盛,通过种种遥远的政治事件的传闻,通过人们细心聆听的钢琴声,通过细微的肉体享乐,甚至通过某种缺憾令人兴奋,它提供了一种苦涩的在场、一种敏感的在场,转瞬即逝,无影无踪。

她们有时候又非常有趣,阿热丽、奈丽达,甚至还有母亲亨利埃特。她们精力集中,考虑周到,具有天生的才能,当生活需要精打细算时,当需要对少量的生活资料进行长时间盘算时,就会获得这种才能。她们有时也会找到一种不合时的语言、圣西蒙的语言——更为简洁,更为有效——以描述诸如一个"绝对没有抱负"的年轻女孩。在与一个习惯于复杂圈子的男子散步时,阿热丽忍受着一种持久的不适感,这就是羞涩,她害怕令她的同伴生厌,然而正是由于她的无知和愚笨,她可能成他眼中的一种有趣现象,"就像他刚刚读到一本崭新的书"。

这位半现半隐的可怕绅士,他是诸多被尘封的梦的一部分,只有通过只言片语去猜测,当语句停留在朦胧的忧伤中时,当作者宣称这种忧伤是一种温柔时,就可以推测这样的梦。阿热丽和奈丽达没能在姑娘交易会上找得买主,或者说得更确切些,没能在嫁妆交易会即婚姻中找得买主。她俩肯定不太富有,毫无疑问也不太漂亮,显然有些捉襟见肘。她们渴望生活,渴望情感,不断捡拾着、挑选着感情。她们沉迷于卡斯蒂利亚的日子、那种安全的安静,还有她们的房子,她们被婚姻吓坏了,因为婚姻预示着一种乏味的生活、一种寄人篱下、背井离乡的生活。她们所描述的婚礼有许多恐怖的方面,新娘们"被打扮一新是为了祭献"——还有未来的快乐、非常神秘的快乐,其中一位姐妹认为她身上就有这种快乐的"胚芽"。

阿热丽一天夜里梦见了一群猛禽,它们在她自己和一位女友的头顶上盘旋,女友吓得半死。对这个梦,她做了非常尖锐的阐释:"我们难道不该成为这些先生的猎物吗!"。不。她不会成为男人的猎物。她倒是她母亲的猎物,她不会像其他女人那样,去一个男人怀里寻找母亲。

想结婚的愿望,她至少感受过一次。简短的插曲,但非常强烈,直到省略中;不是失控的行为,而是被禁止的行为,其缺失感吸收并贯穿着整个的暴力色情。静默的或几乎静默的场景,但在那里流动一种生动的活力,通过这种力量,那些可怜的生命任人摆布。在这段插曲中,首先出现的是家产问题,就像一个重要的人物、一个专横的男性生殖偶像。

巴尔扎克非常明白是怎样的强大力量使《人间喜剧》中的人物活跃起来,使这些承载着名字的木偶活跃起来,然而这些木偶身上驻留着一种对他们来说陌生的能量,将他们带向遥远的地方,成为金融流通的俘虏,而且还对此一无所知。有那么多的角色,男人和女人,所有人都面临着他们以为自己能掌握的命运,体验着他们以为能开列出清单的激动,他们以为来自心理和当下境况的情感,还有他们以为自己需要匆忙管理的境况。然而巴尔扎克还知道另外的故事、神经质的故事,知道哪些网络在暗自掌握和贩卖着人物的生命。一个海岛上的天然居民卡利班与普洛斯佩罗之间的斗争,后者成为一个篡位者,19世纪的每个个体都能成为这种斗争篡位的戏剧。没有任何个人是他自己生活的主体,然而所有人都宁愿相信自己是其生活的主体。这些生活的地点、这些真正的地点,那是公正人的策划室,是会计的账本柜,是交易所的过道,是银行家的王国。在那里上演着一幕幕曲折喜剧,而人类生灵仅仅是其抽象的信号灯。

因此,当一位皮条客来到卡斯蒂利亚时,他并不是什么熟人,只是对两个女孩中的这一位或那一位感兴趣——但这有什么关系:他要的是一个数字,他来这里为的是面向嫁妆的数字式"承诺"——阿热丽和奈丽达倒是在打听这人是谁,这个人怎么样,别人怎么任何关于他的事都不告诉她们,而对他来说,这两个女孩代表了这份家产。

她们徒劳地希望拥有一个在社会性遗弃中不会受到损害的未来,一个在孤苦伶仃的老年中不会倒塌的未来!这个场景激动起来。阿热丽和奈丽达再次希望,希望她们能结婚。但是不可能。这份家产以它的微薄阻止着她们结婚,以其有限的分量禁止她们结婚。她们的兄弟们在母亲亨利埃特的要求下突然前来干预,母亲向来只向儿子们咨询,从来不征求女儿们的意见。在这个插曲中,他们将不谈钱的问题,那谈什么呢? 也许是道德品行,还要谈理性。这些都没有谈。

阿热丽和奈丽达被搁在一旁,然而完全明白他们在干什么:如果她们姐妹中有一个结了婚,家产就将落到她的后代名下,就像落到她们兄弟的后代名下一样——让她们当老姑娘,那就不会分割家产。她们将不会结婚。

亨利埃特听从儿子们的意见,粗暴对待吓呆的女儿们——她们不敢揭发,甚至不敢在日记中暗示兄弟们的贪财行为。她们更不怀疑母亲的严厉态度,母亲是财产的保护人,是进入了家族体系的人,她得保护男性后代。她将温柔传给女儿们,既抽象又空虚,是令人心碎的东西。是管束女儿的母亲。而对儿子们,她提供的是生活的武器、生存的钱财。还有传宗接代。她给他们提供了广阔的空间。对女儿们，她只提供了自己的空间、臂膀够得着的空间，就在她的膝下，在这里蜷缩着女儿们畏畏缩缩的迷茫面孔。她挺立身子，怒火冲天，对着两个姐妹大喊大叫，在她们眼中俨然一副"神灵愤怒"的形象，她辱骂她们，想把她们碾碎。她当然是承上启下的守护者，然而也是被背叛的疯狂情人，有那么一刻，她会因发现她的猎物们对她漫不经心而伤感。她们很容易被征服，正是在一种终极性的萨德式受虐狂中，亨利埃特恢复了对她们的掌握……姐妹俩陶醉于母亲的"爱"，一时间被扰乱的爱。

稀有的风雨。其他的插曲？一次到吕松的出游，另一次到里昂的出游，几场婚礼，几次丧事。一个旁系家庭的出场，那是里昂的一个资产阶级家庭，与社会变革的联系更为直接。他们的生活就是下乡，购买物品，听钢琴。然后还有文本。还有保持着沉默的工作、历史的工作、受抑制的身体的工作。

而身体呢？它们仅仅在疾病中显露出来。只有在疾病中，身体才能进入话语，并且有权利参与评论。人们以为在"思考"，羞怯地做着梦，想象着在做决定。人们只是通过一个个隐喻来体验生活，处在欲望和享受之外。然而人们对家族故事总是有一种热忱，人们坚定地相信"那个"性爱场面，那个缩减为正式操练和编码式错乱的性爱场景。尤其是被禁止的行为。被窃取的行为。人体器官不再有言语活动。弗洛伊德要听的正是这种失语症。是那个他要令其开口的静默。也就是阿热丽、奈丽达和她们的母亲要保持的静默，这些女人位于被废除的边缘，然而又被穿插在文本中。她们的文本就像她们一样，体现了文本无法触及的东西，内化了文本无法体验的东西。绝妙的文本。

女儿们在这座微温的坟墓中出生并长大，在这幢房子里；男孩们命中注定要进入**历史**的悲剧性戏剧，被历史的轶事所吞没，被历史的法则(法则给他们提供女人)所废除:性别的相遇是不可能的,尽管有种种礼仪、种种契约。

女人们被排除在滑稽模仿之外,被排除在做假的**历史**叙事之外,男人们陷入了为他们自己制造、适合自己尺寸的枷锁之中——这就是阿热丽的种种梦想所承受的一切,也是奈丽达的梦想所承受的一切。

历史,通过敲打、喊声、战役而制造的历史,讨价还价和公证的历史,被刹住的言语活动、各种任意事件的历史,死去的编码的历史变得更为明显。这一切开始自我明白起来,即有些事件没有被包括在历史中,没有被固定在日期中,这些日期既不能限制什么,也不能留住什么;说记忆是一个隐迹纸本,说未来并不取决于计划,而取决于不断重复。而这个人们将事情封闭于其中的现在,这就是空间本身,复数的空间,唯一没完没了的苦恼的空间,历史正是从这种苦恼中编织而出。所有语言的轶事、所有的账目、所有战争的叫喊、所有的秘密口令,都无法覆盖那位去世母亲和痛心的女儿们那长长的哀歌。什么也没有,没有任何干预,没有任何花招,没有罪行,没有狂欢,没有公约,也没有(哪怕一次)革命,没有任何努力,没有任何舞弊行为能够否定或掩盖阿热丽和奈丽达从生活中看到的一切:无效、空虚、易碎的韧性,还有我们疯狂的在场那奇怪的平庸。

(1978 年)

一次演讲，一个夜晚……

这是一次演讲，你们能听到的鲜活的东西，那是我的嗓音。

我的嗓音说出的东西，一经发出便立刻消失。一个音节的声音一经发出，它就像前一个词的声音那样立即逃走。而下一个词刚刚发出，几乎还没听到，就已经不再有声响。至于它的意义，难道不就是声音消失后的余音吗？难道不就是另一些沉默的嗓音的回音，即嗓音创造的反射和棺材的兴致吗？即使我发出的音是生命，我说的也是死亡。

我还活着，即使我说的是死亡，这个自行保持沉默的声音，就在这个瞬间，仍然保持着它的鲜活，正如我的气息所证实的那样。

然而从这个气息开始，从那个声音起，有时会出现一种企图，发出或发表一个语调、一种转调，以便去撼动那种冷漠，扰乱那种冷漠，并借助一种残渣：一种文本。

一种在失语症的啰唆声中打开缺口的文本，以便抵抗编织语言的那些词语。这种语言裁定着那些任意的界限，这些界限用知识让我们失明，让我们在我们的主要危机中保持沉默。

生活是一场危机，我们的词汇表和我们的句法试图规避或引导这场危机。试图排斥这场危机。

嗓音就属于危机的范畴。

这个噪音常常被抑制着,话语对它进行倾注和转移,试图掩饰它,扼杀它;几乎与危机一样的噪音,或者就是危机本身,被隐藏的危机。

尽管如此,这个噪音最终能通过声音让人听到它,通过思想的声音,通过那么多劳作让人听到它,这些劳作也是一些诡计。

这种危机的噪音,如果说它并不表现出其整个的物质,其含义却比它所说出的要多得多。更多一些。更好一些。

它也可以仅仅作为宇宙大爆炸的回响。

它也可以不被上帝的语言所卡住。

它也可以不再被大批已经死去的死人的话语所窒息,而死人占了人群中的大多数。它也可以不与唱经班的声音相呼应,而唱经班为一个个忙碌的明天高声吼叫。

世界之初,有没有过宇宙大爆炸?有没有过没有语调的噪音?一种不大巧妙、不太令人信服的天神报喜,没有任何的矫揉造作。一种村野匹夫的噪音、一点也不精明的噪音,对其干预的可能收益毫不敏感。雷声大雨点小。

然而:

声音之后,噪音从何而来?

世界之初,是否立刻就有堕落和虔诚的语言?然而是什么通过语言而构成噪音?语言和噪音的区别在哪里?

叫喊又到了什么地步?

那个不顾忌持续的天神报喜的噪音怎样了?从那条蛇到夏娃,从泰瑞西阿到俄狄浦斯,从天使到玛利亚,这些天神报喜都像是一些婚礼或出生的通告,就像在《费加罗报》的社交消息栏中那样。

"我们成家吧,我们成家吧。"女人们这般建议,正如维尔迪兰夫人恳求的那样:"形成集团吧!形成集团吧!"

这个比任何生殖特性更具进攻性的力比多声音从何而来？这个比任何精液物质更具有流质感、更具亲和力的声音从何而来？

当上帝创造世界时，上帝就说话了。他创造了光明，还有一堆其他的物品。他不创造嗓音。他就是嗓音。嗓音就分配给**他**。首先是嗓音，它突然开始说话。不再保持沉默。然而还是需要沉默。

需要发明和制造嗓音唯一可以做的事：细枝末节、各种装饰音、各种小物品。

况且**创造世界**首先就是缄默无声的，是献给一位任性**上帝**的广阔的无声风景，献给了那个永恒神灵的任性，对这个神灵来说，仅仅是存在或永恒的存在是不够的，仅仅是这个是不够的。

没有任何可以让人肆虐的东西。

于是在耶和华的语言下，诞生了这个无声的背景，在这个背景中，只有**他**开口说了话，然而也是在这个背景中，突然有另一个不同于他的嗓音，**蛇**的嗓音——也是天堂的嗓音，我们要注意到这一点——高声响起，这声音没有朝向上帝，而是朝向那个女人，即夏娃。人们以世纪的角度与其说话的第一个女人——不是为了禁止，而是为了建议。

夏娃做了应答。

亚当也来帮腔。

对话得以进行。

野外进餐（寒酸的餐饮：一个禁果）。

神的一切就这样注定了。至少他一个人的俱乐部就形成了，构思得很好，是**他**酝酿的结果。

为获取嗓音，亚当和夏娃取消了他俩与神分离的区别。而神呢，他就像一位害怕乱伦的父亲，发现他的造物与**他**是同一个类型，有同一种欲望，也是统治的种类，他惊恐万分，于是就开始驱逐他们。

请注意:他没有以神灵的口吻向那对男女说:"去吧。让你自己有用起来吧,生存吧。"而是说:"受苦去吧,赎罪去吧,累得大汗淋漓吧。"还要注意一点:不久以后,耶稣这位卓越的闲逛者,他劳作吗?不,倒是约瑟在"做"木工。

然而作为排斥他人的先锋,神确实在劳动,他自己在管理着治安,这就是说他很简朴,很有正义感:"他们糟蹋了我的草地,偷吃了我的苹果,令我的蛇生厌!我不是说这已经成了妓院,但你得相信我,这一切并没有拖得太久。我急忙把他们派到你那里,让他们看看我是否也在那里。但愿此后他们的众多孩子还能提出这样的问题:一帮蠢货。他们比从前更糟。请记着,他们总是在搞园艺。他们甚至发明了割草机。但愿他们不要毫无顾忌地向我建议那种割草机。但愿人们不要以任何借口把他们派到我这里来!我的苹果就是我!天堂,就是我的'哆莱咪发唆'。它必须得到尊重,不是吗?不得有移民侵入!"

然而事实上,一位并不熟悉的耶和华的愤怒证明了造物主面对无价值分支时的失望,即我们所处的这个分支中的失望,这是造物主误解和疏忽的结果——他失败的场所,从此以后成了一个忧愁的复制品的场所、一个物种乱伦和生物学的复制品,这个物种来自上帝的爱好,来自一种希望的和奢侈的任性。

第一个天神报喜的第一个结果,建立在营养学的背景上,是**蛇**的天神报喜吗?夏娃被驱逐后,注意防止与亚当的任何乱伦行为,因为她是从亚当身上生出来的,她"借助神的力量去做一个男人",然而并不成功。

圣女玛利亚与圣灵所做的是同样的事。就像夏娃听信了那条蛇一样,玛利亚听信了天使的话,天使更加神秘,然而更加超凡脱俗!

在《圣经》的一段文本中,有一条启示是关于玛利亚的——不像在《马太福音》中是给约瑟的，或像在《马可福音》中是给圣子的，或（当然）像在《约翰福音》中是给约翰的——而在《路加福音》的文本中，圣处女获得发言权，人们听到玛利亚那温柔的嗓音，充满优雅的玛利亚，她成为一个又一个世纪的女统治者。她说了什么？"我的灵魂颂扬着我的主，我的精神因上帝而快乐，他是我的**救世主**，因为他能正眼看一下自己的女仆……因为从此以后，世世代代的人都会说我是最幸福的人，因为无所不能的主为我做了许多伟大的事情。他的名字和他的慈悲将在惧怕他的人身上一年又一年地流传下去。"

怎样的仁爱啊！怎样的谦逊啊！圣女被人们保护起来，并不是任何人的保护："上帝发挥了自己臂膀的力量。"哦，多么温柔啊！"他驱散了那些心中怀有骄傲思想的人儿。他将那些权贵从他们的宝座上推翻下来。他提携那些谦逊的人儿，如此等等。"这就是《圣经》中所说的！话语的范例，经过多少次的反复筛选，从多少个世纪的开端起，人们每次都了解这些个结果。然而她是深信不疑。她具有说服力，她在祈祷中是如此美丽，在画卷中是如此美丽。

她被选为圣女。

从此以后，不再需要任何男人。从逃脱了玛利亚的约瑟，到逃脱了波提乏的约瑟，他们都一样。

然而圣女仅仅是被选中，她投身于预定的计划，整个是一种策略技巧。有几个例子——哗众取宠，生态学：麦秸、公牛和驴子。交流：占星术国王（喷气机游客）事先已经知晓。严格的计划，被设想为男性的计划。人们理解基督对仁爱的需求，还有圣父的愿望，这位圣父最终会分泌出些许母亲情感。

"女人啊，在你和我之间有着什么东西？"基督会这么发问，他对这件事情是如此陌生。然而她仍然是这个事件的幸存者，在十字架的脚下激动得缓不过气来，面对人群有止不住的眼泪，几乎在饮用圣子肋下的鲜血。这个死去的圣子，他将统治天下。

这就是被排斥出局的男人。一个成为主人的圣子、被杀死的主人。然而他永远赤裸着身子，被抱在母亲的怀里，一具死尸或一个婴儿。

玛利亚，她是否听到了儿子的叫喊："为何要抛弃我？"他证明了这种荒诞缺席的痛苦，即一位父亲缺席的致命痛苦。一个没有答案的叫喊。即使有一个答案，会不会是这样："为了不吃掉你，我的孩子"？她是否听到儿子在无助中的叫喊，儿子想通过对父亲的抛弃去尘封一切，以便不去接受，不去面对，以便否认父亲的缺席？为了在倒下的那一刻去否认**虚无**？这是一次最响亮的叫喊。也许是唯一一次果断的叫喊。终结的叫喊。

但是谁听到了这次叫喊？她没有，她知道大团圆的结局已经临近，这是必然的结局：没有乐观主义，听众已经很不耐烦，公众开始厌恶。因此便有了**复活**。她知道儿子即将邀请她去替代父亲，去替代那位她从未停止过承担角色的父亲。儿子即将为圣女加冕，把圣女带向一个革新过的天堂。亚当和夏娃这一次却无能为力了，他们重新转向并返回起点的格子，而在人间则是钉在十字架上裸露的身体，就像一些道路的路标，为亡灵们保证着他们的复活。

一个关于父亲的漫长故事。尽管人们坚持这样说，但这正是没有母亲的故事。缺失的是母亲。这种**激情*** 正是"以圣父、圣子和圣灵的名义"被人提及，而不以圣母的名义提及。俄狄浦斯出了差错。可怜的伊俄卡斯忒！

哈姆雷特知道自己没有出差错，他向他通奸的继父——国王克劳狄斯喊道："永别了，亲爱的母亲！"因为所有的母亲都是国王。然而并非所有的国王都是母亲，最常见的是只有国王。"The king is a

---

* 原文为"la Passion"，在法语里亦有"基督受难"之义。

thing"（"国王是一件物品"），其中一位国王看到了这一点，他就是李尔王，被自己的女儿们剥光了的国王、被清除了儿子的国王。所有这些国王都被去除了没有父亲的儿子。

乔伊斯对此也了如指掌，在他最后一本书《芬尼根守灵夜》最后一页的末尾，他毫无幻想地做了如下宣告："我又回到你的身边，我冷漠的父亲，我冷漠疯狂的父亲，我冷漠、疯狂、可怕和受惊的父亲。"或许正是由于这一点，他几乎因为失明而死去，然而也并不是像俄狄浦斯或泰瑞西阿那样——而一个女孩，即乔伊斯自己的女儿露西雅·乔伊斯（Lucia Joyce），也许对这个"几乎"做了调整，以她的理性（他父亲死后，她在一个疗养院度过了整个一生）支付了一种才能，她的父亲却"几乎"被这种才能所惩罚。

不过，这是多长的名单啊，有多少人花大价钱付出代价，以便在母亲的赞同和父亲的失语症之外寻找他们的嗓音——这是那些在堕落中寻找自己气息的人的名单，他们要寻找的不再是过期生产时被注入的气息，也不是那些死者所承诺的口授文本。名单上这些人征集了精确的语调，也是他们自己鲜活的神经所过分夸张的语调。

名单上的这些嗓音希望自己在场，每一个嗓音都来自某个明确和独立的身体，这个身体意识到自己被奇怪地计划着，被许多死亡的嗓音奇怪地贯穿着，如同被鲜活的嗓音和窒息的嗓音贯穿着那样。

用他的嗓音说话，这就是一次复活。"必须死上好几回才能这样作画。"凡·高在谈论伦勃朗时如是说。

然而如果过分寻找它的独特性，人们也会死于这个嗓音。一种更具解剖学意义的死亡。在我们身旁：普鲁斯特死于哮喘，奈瓦尔自缢身亡，马拉美死于咽喉痉挛，伍尔夫死于水下窒息，卡夫卡因喉部结核而死于口渴。

现在,夜幕降临。寂静向噪音开放。凡·高还说他本应该"在世界上所有语言中保持沉默"。卡夫卡则陈述了废除的自由,他还陈述了儿子的叫喊、父亲的沉默,因为儿子和父亲都被抛弃在讽刺性冷漠中:"没有什么逼迫你说话。"

什么也没有。

然而音乐,它呢……?

(约在 1980 年)

"很受鼓动,但很被动……"

　　童年。生活是那么冷酷、遥远、刻板和规矩,而我起初对生活是那么疯狂,我颤抖,我狂热,被一种愿望煎熬着,只想沉迷在生活的多样性中,发现生活的真谛。更何况我怀疑生活的存在本身。一种彻底的怀疑,不停地压抑某种虚无的怀疑,这种虚无是我起初希望被否定的虚无。啊!我真希望被人说服!然而到处都是这种依然笨拙的全套装饰,正如在图凯(Touquet)度假时所看到的那样。干冷、寒风、飞沙、杳无人迹的海滩空间,还有荒凉的街道、人造般的森林、凋谢的花朵、花园边的花坛、森林娱乐场周围那人工修剪的枯草坪。每天下午,贝帕奶奶和我们一起悄悄地来到这里,将夫人的禁令抛在脑后,夫人认为我们如果大口地吸入凉气,就会冰冻得与波涛连成一体。

　　这里没有凉气也没有冷风,奶妈玩一小会儿轮盘赌,然后将我和妹妹妮奈特塞进秘密原罪的忧虑中,自己则就着室内的温暖编织起毛衣;是啊!她把我们带进了电影院,我们有多高兴呀。我们被从呼吸海上冷风的忧虑中解救了出来,这冷风被认为会刺激我们的支气管和我们的命运。

　　图凯,它的森林,它的娱乐场,森林娱乐场,它的电影院。我们摆脱了愚蠢的白昼,远离了花园的俗气,沉浸在黑暗中,沉浸在图像和运动中,全身心地享受着这些疯狂运动的快感,这种运动使我和妹妹两人发愣,全身僵直,痴迷地面对全新的骚动——我任自己在任何其他地方都无法为我提供的事物里传播,在能够让我忘记某个不久前造访的星球的吝啬事物里传播,在能够阻止我所察觉到的普遍退缩的事物里传播。

对于银幕上的事件,在这个标示无限深度的固定的长方块中所发生的事,我一无所知,既着迷又被动,处于美妙的摇篮中,充满着愚蠢的念头。我欣喜若狂,浑身是劲,处于绝对的缺席中:我自己的缺席。全身心的投入。可以说被完全解体。贪恋于多多益善。可以说是某种补偿。

如何从这种惊人的贪食过渡到批评的尖锐性,过渡到愉悦的精确性,过渡到清醒的骚动,过渡到跟随这种启蒙的无用性的骚动。违反常情的电影,初始的和启蒙的电影,它留给我的只有一些脆弱的记忆、一些无法解读的情节、一些模糊而又令人担忧的情节,我也预感到这是一些私密的情节。没有一个电影标题,没有一个演员名字,没有一部基础作品从中脱离出来,没有充满冲动和思想的作品,没有开创了崭新维度的作品,没有出乎意料之外的考察方法,即从那时起让我浮想联翩的一切。没有。唯有惊愕,而且是虔诚的惊愕。孩童的惊愕。好像随后就什么也不会到来。

在谈到电影时,你曾经要求我做出一个"最为主观的贡献"。主观的!你说的是主观的吗?看这有多奇怪:我已经听命于你了。

(1995 年)

冷淡的享乐

作为自恋者,我们相互爱慕,怀着一种既温柔又持久的仇恨,然而我们在别处遇到的不过是同一种激情的不在场。

起初,没有什么东西在觊觎我们。原风景造成了一桩丑闻,因为这是一个空白的场景:消除了享乐。没有性爱。**上帝**漫不经心地要了我们。然而有性欲吗?没有。没有任何力比多的成分。我们被关进(并在其中消失)一个被称为生者秩序的社会中。其他地方则是性冷淡之地。没有任何别的现象在追寻我们。给我们留下的只有乱伦。一切都缺乏性刺激。只能在家和爸爸妈妈做爱。

一大摊生物学产物的稠液,施行在它自己身上,在其周而复始和不断重复中。以同样的技术制造的同样的产物。自蒙昧时代以来,永远都是唯一的同样姿势。一种由混沌的死亡和出生构成的理不清的交织,形成了这种由生活赋予生机的复数机体;这种机体吸收了死亡,却没有经历过死亡。这个机体,人们坠入其中的机体,人们突然出现在家里的机体,它总是由同一阵脚步和同样的目光鼓动着,由贯穿着相同情感并可以互换的身体队列鼓动着,这些身体总是占据着不适合于其居民的同一个星球。

一件致密的母亲腹腔的事务,人们以为自己从那里出来,从中出生,然而这还是为了进入致密物质中,进入其他的内壁中,进入我们无法走出的同一种材料中。即使通过死亡也走不出去。

死亡,这种可能通向别处的涌现的发明,其唯一的表现就是尸体,这仍然是母腹。是致密物质,甚至是被溶解的物质、被烧毁的物质、被水溺死的物质,甚至是"尘埃"。一种对生活的无法弥补的封闭,这是一种局限于生活的生活、没有传播到别处的生活,这种生活至多只能传播到我们的想象中——我们当然也不能肯定这种想象是毫无道理的。

死去吗?然而活着,我们还会做任何别的事情吗?至于出生,我们已经懂得了吗?从母腹到坟墓,有多少我们喜欢在里面睡觉的封闭的剧院啊!有多少营地、多少契约、多少身体啊!它们致力于在工厂里、在床上、在办公室里制造死亡!

出生到光亮中?更可能是失明!俄狄浦斯出生正是为了失明。这一切至多也只是在管理我们欲望的疯狂威力,针对强加于我们的潜在空间:一个生命的空间,这个生命显示了它消失的时间本身。**历史**承担起了我们的生命。让我们避开我们的故事。我们则要求排解任何威胁我们的恐惧,不管以怎样的强制手段为代价。

尤其不要出去。此外人们也无法出去。我们已经看到:在所有其他地方,到处都是母亲腹腔的分部。不要去寻找女人。在被母亲堵住后,女人变得无处可寻。去寻找差别吧。你也会找不到,除非去制造差别。制造另一个差别。

某些创造者的颠覆性本能正是在这里,即去看看生者是否就存在于一个非生物学的、非乱伦的生产中。一种并非繁殖的生产,而是一种发明。从生物学上来看,一个生物学生灵会引起一个非生物学范畴的群体——多余物的生产、不可能有尸体的生产、没有无差别剩余物的生产、阉割之外的生产、普通乱伦外的生产。这种生产甚至可能有一种节奏和意义,即出生所鼓动的意义、立刻成为木乃伊的意义。

这种生产叫作一部作品，这是非常危险的。

文学文本、音乐文本、绘画文本、由思想开辟的突破口、引起性享乐的文本，它们是否就是一些物质的生灵？另样的器官生灵？另一个生灵、我们所摆脱的区别，人们不是可以在一大群符号和兴奋中找到它们吗？符号和兴奋似乎很适合于交流，两者位居于惬意（不管这惬意是快乐还是痛苦，是感恩还是背叛）的界限瞬间中。

符号、兴奋，都是一些活生生的实体，它们似乎能够享用我们；好像能将它们自身的激动加到我们身上。好像能干预我们特有的孤独。好像能闯入我们的孤独，把我们从失语症中解救出来。似乎还能教会我们失败。而从这一点出发，给我们提供些许气息、些许嗓音。些许知觉。

在穿越我们的语言中，在我们穿行其中的各种言语活动中，我们竟然拥有如此之少的表达式。我们的话语在这里担任着警戒任务，以便给我们强加遗忘的记忆，将主要的喧哗和起初的沉默贬谪到它所说的寂静中；保证的缺失。没有欲望的可能性——或有欲望的可能性，也许从乌有开始的欲望。

这个在大多数情况下显示最坏一面的"什么都没有"，是我们听不到的词。以至当沉默的考狄利娅回答她父亲"什么都没有"时，弗洛伊德非常钦佩她。似乎说出"什么都没有"这句话等于什么也没有说。好像不是在陈述一次这里的爱的缺席，而是谈论爱情的欲望的缺席。就像李尔王的其他女儿那样，似乎更值得陈述一种惯用的享乐、性冷淡的享乐，一种碰到替代品就颤抖的享乐、碰到人造阴茎就颤抖的享乐。

与弗洛伊德相反，李尔，那位李尔王，他听到了这个"什么都没有"。这个他女儿在谈论对他的爱时必须说的"什么都没有"，这是真实的。李尔王起先否认这个"什么都没有"和它的女陈述者，以便能躲藏到他另外两个女儿喁喁私语的陈词滥调中。这就像许多其他人那样，用他的权力来交换假装的爱，这种假装的爱献给了被人需要的贪婪——以换取这样一个承诺，一个剥夺他一切的承诺。

李尔王被剥夺了一切。作为父亲、被废黜的国王，李尔学着去经历衰亡，经历统治的失败，还有对失败的把握。知道了"已经死去和仍然活着"之间的差别并没有什么其他好处。在一个鲜活的令人恐惧的世界里死去也没有什么其他好处。这个世界充满雨水、风暴和吼叫的自然力，这种力量骚扰着他，侵犯着他，然而并不是他的产物："暴风雨啊，你们为什么与我为敌？你们为何要迫害我？你们又不是我的女儿！"他这样号叫着，穿越了差别。跨越恐惧，活生生地死去，能够接受他女儿的性器而不想到阉割。他在弥留之际命令道："看看她的双唇，看看这里……看看这里"，手指着已经死去的考狄利娅。他在死亡时看到了弗洛伊德没有听到的东西。

李尔、弗洛伊德，两个可笑的家伙。李尔在向瞎眼的格罗斯特建议"用你的耳朵观看"时，难道没有宣布弗洛伊德的计划吗？

问题在于不要根据语言所建议的方法去使用组织器官或机体。在于要认识到没有她被指定的地方的性享乐。或者说她有性冷淡症，像是一次强迫的练习。问题在于要达到亲属故事的彼处，即被称为性爱故事的另一边。在语言的另一边，在这个语言中，"什么都没有"就是界线。格罗斯特也许明白这一点，他也同样与"什么都没有"打过交道。然而那是他儿子的"什么都没有"。

当格罗斯特问儿子埃德蒙手里拿着什么东西时，他的儿子回答他"什么都没有"。那是一封信。他所展示的并不像爱伦·坡的"被盗的信件"，也不是拉康所评论并且揭示的信件，以便不让他人看到它，相反，他在展示时毫不掩饰藏匿那封信件的动作，以便主人去读那封信。那封信件是他写的，并且模仿了哥哥爱德华的笔迹和签名，其目的是让哥哥在父亲的眼中失宠。"你在读什么？"那位父亲问道。为了确定他那封想公开掩藏的信件能迷惑他的父亲，埃德蒙回答说，"什么都没有"，并指出这个物件如同一桩丑闻、一个禁忌物，甚至连掩藏它的动作都该取消。"什么都没有"，他这样说，以便让他父亲想得到那个物件。事实上，格罗斯特强行得到了人们用诡计强加给他的东西。一封什么都不是的信件。这是那封不是当作信来写的信。虚假的信件成了物品。

"乌有的品质能做的就是藏匿自己。"格罗斯特大声叫道，将他儿子从乌有中拉出来。他接着说："如果这是乌有，那就不需要眼镜。"不久以后，他再也不需要眼镜，因为眼睛已经被挖掉。弗洛伊德学着不看病人而是听病人，让他的病人转过身背对着他，这是否是为了让自己失明？

李尔王的悲剧，就是这种特殊的因果连贯，在这种因果中，儿子们和女儿们将父亲抛弃于他们的空虚中，而不是像哈姆雷特或基督那样，去设法弥补这位父亲的空缺。我们也注意到任何母亲的缺席。总之是女性的缺席。因为在倒向女儿宣布的乌有之前，李尔首先经历了母亲身份："啊，瞧这位母亲在膨胀，在我心中升起！Hysterica passio（歇斯底里的激情）。"激情，李尔在转变的极度痛苦中的享乐，直至最后的享乐。于是，双目失明的格罗斯特再也看不到任何东西。然而他看到乌有了吗？李尔，他最终变成了乌有，**疯子**向他喊道："你是一个四周没有数字的零，我是一个**疯子**，你是一个乌有。"

格罗斯特，一位受这个乌有折磨的父亲，这个乌有将他的儿子当作有形的物品扔给他，这个物品并不是他想要的物品，为了显示是他要的东西，便给这个物品装饰上"乌有的品质"。李尔变成了那个女儿向父亲陈述的乌有；一个真实的乌有，如此的乌有就不是乌有了。

这个乌有，人们在超越母亲的其他各个地方所否认的乌有，它是神圣化的工厂。它超越了这位父亲的缺席，这位父亲可能是气息或流体、隐迹无形的说情者、短暂的体形；这位天使父亲扮演着天神报喜者的角色。由于他的距离，由于他微弱的介入，这位父亲可以单独评判，单独宣布法律，这位父亲，他的缺失可以创造形成人类的两性现象。

基督明白这一点，在一生的奔波中，他失望地发奋于发明这样一位父亲，直至最后，直至最后的呐叫："你为何抛弃我？"这种呼喊绕开了缺席，否认了缺席，直至极度的痛苦，直至最后的苦刑，他情愿被说成被抛弃者，而不愿承认是失败者。况且他还是在她的怀抱里，在圣母的怀抱里才找回了自身，就像从前那样是一具赤裸的尸体，就在圣母的怀抱里，那个婴儿。

哈姆雷特也明白这一点，由于没能杀死幽灵般的父亲，由于没有杀死克劳狄斯，即幽灵父亲的替代者，他至少尝试着废黜母亲，明知无法战胜母亲，哈姆雷特便转向克劳狄斯，以为能借助一个男子的名字，一个幽灵的替代者、父亲的替代者，来驱除母亲，逃避母亲，于是向母亲吼叫："Farewell, dear mother!"永别了，亲爱的母亲！

怪诞的故事，也许只有萨德可以解译（或者平息），他在坦白的语法中，在他真正的结构中还原了这个故事的场景。在萨德式的狂欢中全是胡言乱语，语言的词语做了语言所禁止的一切，让人说话，让人选择去说，并且不放弃自己的修正，不放弃自己的规则。

于是权利的关键被胡乱地展示出来：语法与性别。一种制造出来的性别语法，以便对能够生存下去的东西做假，那是萨德用来杀死一切的东西，却无须对这种语法进行篡改。在他看来，形形色色的父亲、母亲、儿子、女儿、夫妻，所有人都纠缠在契约中，被牵连在各种公式里，身陷于各种实践中，这些实践导致最坏的结果，并且按原样呈现。结果是什么也不会发生。没有享乐。没有报复。只有重复。除了平庸中的死亡外没有其他的界限。最坏的结果被陈述了吗？语言仍然完好无损，句法仍然无动于衷。没有答案应对被冒犯的界限，应对对语言所做出的界限的冒犯。面对挑衅，其回应是：乌有。真的是乌有。

语言是可以允许一切的，它可以制订律法。在语言的领域内，一切都可以发生而不受惩罚。一切都可以在其中进行体验，被书写下来，就像萨德那样记载下来，况且他也确实这么做了，就像语法和正确用法所规定的那一样，而且非常经典。在语言所清扫的这个非常狭窄的领域里，一切都可以肆无忌惮地表达出来。作为结果，有的只是书页。作为惩罚：什么也没有。没有任何东西可以转向原罪，没有惩罚，也没有奖赏。市场崩溃了。

一切都是无偿的。由语法建立的结构崩溃了。不再有邪恶。萨德揭露和实践的就是邪恶的缺席：一切都在光天化日之下，由一个监禁着的思考的身体显示着，他的身体，因禁在诸多制度下的身体。然而他的造物仍然得到宽恕。严格按字面理解的语言。无懈可击的语言。

语言能够与自己的词语很好地交配，其场景有些性冷淡的味道。除了它选择说的话之外，什么也不会发生。

这是**激情**的反面。在福音书里，一切都处在悬疑之中，固定在其自身的精神紧张中。在激情中。保持在没有到达的享乐中。改变了方向的无止境的承诺。没有明显的性欲味。只有狂热。十字架上赤裸的身体、勃起中的尸体，将世界上整个的怜悯倾泻到他身上。他像所有的男性和女性后裔一样，从相反的方向经过了圣母的性器，仅此一次。圣母泪流满面，半昏半死，直至最后还一直在场。甚至在事后还在场。总是在合适的时候在场。唯一可能的出生的见证人：复活。

享受快感的唯一方法就是复活。然而并不是在死后，而应该在鲜活的生命中成功完成这件事。最好是在没有妈妈的情况下。是啊，正是在这种不合时宜和愚蠢的片段中，在短暂的鼓动中，我们才能在我们这个材料中有些许躁动：正是在这里，在这个生命的进程中，我们应该冒点风险，去还原生命。别让我们再想起凡·高，想起他面对伦勃朗的《犹太新娘》时发出的呢喃自语："必须死上好几回才能这样作画。"

然而我们不能冒着无休止出生的危险，冒着死亡的危险而出生。从摇篮到坟墓，我们宁愿沉睡在我们自己的丧礼中，并且遵循针对我们的尸体僵硬的法则。

如果说我们没有政治，那是因为政客们令身体让位给了被禁止的性、受检查的性。他们全部出现在同一种话语中，脱离肉体的话语、非机体的话语、永恒的话语、没有亲密感的话语。无意识？我不知道。无非是为了操纵其他人的话语。没有焦虑。这是你想要即有的慰藉。是分配给你的妈妈。考狄利娅姐妹们的计划：提供错误的东西，以便获得他人不想要的真实东西。将那些只要求清除自己生活痛苦的人从生存的焦虑中解救出来，即使付出最高代价也在所不惜。为了避免最坏的结果，为了避免最坏的东西被说出来：就让它什么都没有吧，甚至连欲望也没有。

一切都是为了避免从乌有出发，为了避免享受快感。一切为了不让这东西被唤醒。一切为了让陵墓充盈。一切为了永久延续那个模仿我们痛苦和欢乐的幽灵队伍。一切为了能在这些已经死去的死者的控制下生活，这些死者宣布的消息说，除了我们的身体和生活之外，他们没有别的坟墓，从蒙昧时代和永久以来都这样。还说我们的生活也就是他们生活的机械性重复。没有任何其他东西。没有任何陌生的东西。

然而不是。

我们制造这个东西。我们善于制造这种对我们来说很陌生的东西。通过这种方式就可以制造享乐。甚至制造差别。我们善于与自己的机体保持差别。或者说，我们善于充当这个被忽视语言所经历的机体，充当这个经历被忽视语言的机体，这一语言即被我们语法话语所忽视的经过检查的语言。我们善于成为这个被话语曲解的机体。我们善于与他人一起享受快感，我们也善于成为这个他者。而且我们也了解陵墓的虚空。

然而去爱呢？在哪里才有可能？才能去爱？"世界的意义应该处在世界之外。"[1]维特根斯坦如此断言。在世界之外？在哪里？即在他明确指出并且藐视的边界之外："就像在人死亡之时那样，世界不会改变，而只停止……死亡并不是一个生命中的事件。死亡不能被人经历。"[2]那么生命呢？在怎样的隐迹生命中去爱？到哪里去享受快感？享受怎样的男性气息？享受女性或圣洁的气息？

那些人群到哪里去享受快感？因为他们在被迫交媾的时刻躲藏了起来。在这个没有政治的世界上，到哪里去享受快感？

在这个世界中，即乔伊斯所说的世界中，"这一切有多么渺小"。事实上，世界被大大地缩减了。那些人已经知道了这一点，他们在寻找世界的边界究竟能到哪里，他们常常会在过早的死亡和疯狂中身心俱碎，这并不是因为他们冒犯了性事模仿的枷锁，而是他们有意忽略那些性事和语言的滑稽模仿。没有幻想。而是完全的精确。

此外，乔伊斯在《芬尼根守灵夜》的结尾中写道："O bitter ending! I'll slip away before they're up. They'll never see me. Nor know. Nor miss me. And it's old and old it's sad and old it's sad and weary I go back to you my cold father, my cold mad feary father."*
然而这一切一结束——谁知道？——这位如此冷漠的父亲，这位失而复得的无情的父亲，或许我们就会碰到，在遗忘的另一边，在梦境中，在梦境中遇见遗忘的对象。或许我们将会听到这些声音、那个

---

* "哦，苦涩的结局！在他们起床之前，我将悄悄地走远。他们将永远看不到我。也将不了解我。也将不想念我。这已经老了，老了，忧伤和老了，忧伤和累了，我将回到你这里，我冷漠的父亲，我冷漠、疯狂和受惊的父亲。"——原注

卡利班听到的音乐、那些我们听不到的令人向往的噪音，一切都遵从普罗斯佩罗，即那座海岛上的篡位者的律法，在那里，卡利班被洗劫一空沦为奴隶。也许我们将会像他那样一声叹息："And when I wak'd I cried to dream again."（"当我醒来的时候，我哭了，我哀求着再次进入梦乡。"）

（1982 年）

这不能承受的喧哗

基督临终前的话语，最为美丽、最为自由的话语，带着狂乱音调的话语："上帝，上帝……"那嗓音强劲有力，诉说着怀疑，还有希望和幻灭。精确性的嗓音、博学而即时的嗓音，这嗓音在询问着，召唤着，拒绝知道这一点，即唯有那寂静……这是阻止寂静的嗓音，它永远占据寂寞的位置，由此变成复活的保证，变成永久兴奋的保证。"你为何要抛弃我？"未满足的嗓音、永远活跃的嗓音、敢于坦白的嗓音，这嗓音放弃了满意的痛苦、牺牲的满足，放弃了顺从的难以对付的胜利。不能承受的喧哗，在各各他（Golgotha）的夜晚中，揭露着伤痛，向着无限开放。

对约伯的嗓音的奇怪的回声。那个约伯并没有哀叹，而是提出抗议。约伯反抗了，然而没有到达怀疑的程度：他没有怀疑的才能。他为别人痛哭好像是为了俯首听命，他将死去，"上了岁数，过腻了日子"，他逆来顺受，在**上帝**面前倒下。结束了。总之是无动于衷，就像他所谈论的那些人："那些俘虏全都和睦相处，他们听不到压迫者的嗓音。"约伯从此双耳失聪。在那些**复活**的光年中。

另一个嗓音、处在年岁中的嗓音、安托南·阿尔托的嗓音："诞生，就是放弃一位死者。"阿尔托通过荒诞来解脱，释放生命和死亡。

在各各他——意为"颅骨的地方"——的黑暗里,他的嗓音是如何产生回响的? 基督又是如何听到这个声音:"我更喜欢自己留在大地上的脚步声,而不愿践踏永恒物。"

(1997 年)

热草的气味

作物*？

我在孩提时，是否对布洛涅森林里生长的荒草有所感悟？我想不会比对菜蓟的感悟更深。在布列塔尼我舅舅家的周围，到处都是这种菜蓟，舅舅（我那时更意识不到）死于奥斯维辛集中营。

然而那些野草，我在战前咀嚼过的野草，它们的芳汁，它们的甘液，那些被人践踏的野草，这种记载日子的野草清单，这也许是我唯一经历过的作物。也许正是通过这种味道、这种糟糕的草坪的气味，通过来自巴黎的令人担忧的奇怪传闻，从树枝和树叶那边传来的女人们那女性嗓子的声音，那些女人——意大利的奶妈——"看护"着我们，通过时间漫长的各种游戏、令人生厌的搭房子游戏、各种打斗，还有身处在孩子圈之外的孤独，我那时常常被排挤在外——也许正是通过我们这些小孩动物，那些文章、那些音乐才向我走来，还有对我来说非常重要的整个神奇魔法。

那些至今还萦绕着我，当时对我来说却缺席的名字，他们的躯体当时已经死亡或现在已经死亡。另一个躯体，我所不是的那个躯体，那就是整体的布洛涅森林，就是那里的外部事物。我所渴望的

---

* 法语中"作物"（culture）一词也有"种植、培植"的意思，引申为"文化、培养"。

东西,它并不想要我。

　　我所经历的痛苦就是大人的训斥,双氧水在膝盖伤口上的灼痛,还有我所居住的这片人间荒漠。我对自缢的奈瓦尔,对死去的伊菲革涅亚*一无所知,对杰苏阿尔多**一无所知;我对福雷斯特这个姓氏也一无所知;我能稍微读一点书。我并不知道各种花草的名字;我将永远都不知道每根小草的名字,要给它们发明一个称呼得花多长时间啊。我当时已经知道促使我写作的东西是什么——可如今已经记不得了。

　　作物? 无意识的作物? 这不是菜蓟的作物。菜蓟能清醒地生长,按计划成长,我们还说里面富含铁的成分——说这对肝脏很有益,或者说正好能医治有害的肝脏。我们说,我们说……

(1981 年)

---

　* 伊菲革涅亚(Iphigénie),希腊神话中阿伽门农之女。传说狩猎女神阿尔忒弥斯为惩罚阿伽门农打猎时的不敬行为,兴逆风。阿伽门农以女儿伊菲革涅亚献祭,求神放船起航。众人可怜伊菲革涅亚,求神宽恕,神乃息怒,让风浪平息,并让伊菲革涅亚至陶里德的狩猎女神庙当祭祀长。以伊菲革涅亚为主题的作品很多,起初有欧里庇得斯的悲剧《伊菲革涅亚在奥利德》(405),《伊菲革涅亚在陶立德》(414),后有拉辛的五幕悲剧《伊菲革涅亚在奥利德》(1674),又有歌德的悲剧《伊菲革涅亚在陶立德》(1674)等。

　** 杰苏阿尔多(Carlo Gesualdo, 1560—1613),意大利作曲家。

成　就

　　问题:成就、效率、效益、成绩、成功,这些似乎是我们这个时代的关键词,然而应该运用到何等程度?

　　维维亚娜·福雷斯特:行动比成绩更重要,而且不要把成绩与成功混为一谈。如果说具有成就能力,就是采取一次首创,坚持并一直达到某个计划的极限,那么怎么能不想具有成就能力? 怎么能不想保持这种能力? 然而根据《罗贝尔词典》的释义,"成就"意味着"功绩""由数字量化的结果",于是我们在这里遇到了存在于成功与效益之间的悲剧性混淆。如果要具有成就能力,那就应该表现出具有效益的结果——后果是关闭医院和学校,牺牲社会和人的生活中不可或缺的种种要素,简单地说就是要牺牲生活,借口是这些东西毫无用处,因为它们对收益没有好处——那么,让我们避开成就吧!

　　再说波德莱尔,他具有成就能力吗? 那凡·高呢? 卡夫卡呢? 有多少杰作,有多少可歌可泣的行为具有成就能力? 因为它们都要冒风险。具有成就能力? 这也许就是要直达自身的极限,不"向自己的欲望让步",即使失败也在所不惜。

(1997 年)

复数的女性

"我杀了你吗？那么你就来纠缠我吧！受害者往往要纠缠他们的凶手。我知道有一些幽灵曾经在大地上游荡着。请你永远和我在一起——使用全部的形态——把我整疯吧！但是不要把我留在我无法找到你的这些深渊里。"这是希思克利夫对凯瑟琳讲的话，然而凯瑟琳很久前就已经死了。然而这正是艾米莉·勃朗特穿越荒原向另一位并不存在的人发出的呼喊。正是她大声叫喊着一个欲望，即男人对一个女人的欲望，然而这是一个徒劳的欲求，因为已经没有女人，这个女人已经被消除了。在消除这个女人的恐惧中——这也是她的女人——为了消除她，勃朗特试图借助希思克利夫的嗓音和气息；她联合他一起来恳求这位女性缺席者，那个填充着男人想象的女人："我在观看地面时，不可能不看到石板上她那自行出现的轮廓。它的形象包围了我，填充着夜晚的空气，而白天呢，它将每个物品分割成碎片。男人们和女人们那最平常的面孔——我自己的面部——在嘲弄我，我的轮廓与他们非常相像。整个世界就是一个可怕的符号混合体，这些符号让人想起她的存在，想起我失去的她的存在！"

不在场的女人，一切都是她的屏障，然而这个隐迹女人也是一切事物的屏障；女人的遮挡使任何的在场贬值，歪曲了在场，败坏了在场。这是艾米莉·勃朗特所渴望的女人，像渴望她被如此忽略的自己的存在那样。她的说情者是这个单数的男人，阿尔托意义上的"被撇开的"男人，每个人都会自问，他自己究竟是人类还是一个幽灵、一个吸血鬼、一个鬼魂的创造者。

明显的盎格鲁-撒克逊的领域：超自然的领域，女人可以去"萦绕"的领域；在那里，在各种幻影之间，男人和女人如果不能相遇，那至少能够相互看到。他们不禁自问盎格鲁-撒克逊女作家的这种过剩的道理，她们那些创作于 1840 至 1940 年的作品依然存在。在一个世纪中约有十几位女人，而且在两个大陆！* 面对同等地位的男性作家，这个数量是微不足道的，然而相对于斯塔尔夫人、乔治·桑、柯莱特等几个凤毛麟角来说已经相当可观。如果说有那么多由操英语的女作家写的文本为写作界带来崭新的维度，这难道不是部分地取决于盎格鲁-撒克逊民族的精神风貌吗？这种精神风貌更为开放，更具有吸纳能力，更加善于让卡夫卡所说的"外部事物进入其中"。这个外部正好适合于女人，当然是被封闭的女人，然而从社会学意义上来说，她们又是墙外的女人。

这些"墙外的"女人被排斥在官方的任意性真实之外，所以她们更能够进入一种被接受的复数的现实、一种被认为失礼的现实。这里没有分化，没有习惯的禁忌，然而在她们自己的怪异中，在作为象征的怪异中，有各种革新的能力，有一种使空间膨胀的天分，尤其是属于文本的空间，以便向这个空间中记载各种差别的意义，记录一种另样的力比多分配。她们熟悉这些崭新的领域，奇怪的东西和可触摸的东西就在在其中相遇。事实上这是一些向渴望自由的男性

---

* 在 1840 年到 1940 年之间，我们尤其可以列举出：乔治·艾略特、艾米莉·勃朗特、夏洛特·勃朗特、艾米莉·狄金森、多萝西·理查森、弗吉尼亚·伍尔夫、格特鲁德·斯泰因、伊迪丝·沃顿，还有凯瑟琳·曼斯菲尔德、艾维·康普顿-伯内特，等等。——原注

或女性作家开放的领域。

面对语言,女人们和作家(不管男性还是女性)面临着同样的条件。为了生存,他们必须使普遍话语服从于现实,况且这个话语已经屈服于一个功能性的非现实,被正式定义为"一种"现实的非现实。这是一种完全服务于种种权力的话语,它出自这些权力,而且是男性的权力,这些权力压迫和约束着男人的思想,也约束着女人的思想。

任何排除妇女和橡皮的制度因此都被证明为与现实不相符合。男人们也会在其中丢失他们的能力,即体验自身躯体和命运的能力。还有他们的差别。不管是天真汉还是伪君子,如果说他们中的大多数人都以为能自行习惯,那么任何一个追寻者都会碰上话语阉割的秩序;无论是画家、作家还是音乐家,任何一位思想者都应该首先在语言中进行操作,将语言连接到被掩盖的差别中,以便获得他自己的身份。如果所有的女人都事先被排除在一个做假的制度之外,那些男人也会将自己排除在外,心甘情愿地与妇女们的非存在相遇,以便达到那种直接性。

在这个领域中,女人们自己并不需要摆脱那个排斥她们的制度,也不用摆脱这个制度的糟粕。她们会立即处于一个无人之境。她们可以自行苏醒,而不需要依靠一位白马王子。她们需要执行对等级秩序的遗忘,忘记那些来自反射和回声的等级。正是在遗忘中,任何作家,不管是男性还是女性,都应该让自己变成女人,以便执行操作。

语言的不适合性,一个女人发现了某种禁忌后就会发现这一点。这种禁忌将女人与自己的计划分离,与她所建立的东西分离。话语对她来说明显是陌生的:这个话语是由男人,也是为男人设想和形成的,它强调和确定了对女人的流放。这种话语也可以引发与制度相关的自由,正是这个制度为男人们决定了欲望,让他们变得有利于某种权力，而男人们捡到的仅仅是这个权力的碎屑。然而女人们并没有被这种陷阱所害。她们没有受到一种并不针对她们的制度的肆意践踏，男人不是女人的受骗者。事实上，女人才是男人的受骗者，而男人又是制度的受骗者，女人不过体现了制度的某些碎屑。她们在任何组织中都是不速之客，人们清楚，妇女在几乎任何文明中都没有足够的地位。

还必须注意到，在我们的时代，在世界许多地区，这种排斥的荒谬性被法律感受到，被法律所抵制和废除，且不说（这是常事）事实上究竟如何。这种排斥在减弱，正处在消失的进程中，然而在世界地理的总体中不是这样。

再回到她们的**历史**这个问题上来，且不说女人们的经历，除了被排斥外，她们至少拥有一些新的方向和不同可能性的直觉。她们并不依靠一个"既定的"整体，因为这个整体并不完全是赋予她们的。一位格特鲁德·斯泰因，一位艾米莉·勃朗特，从表面上看如此不同，却与弗吉尼亚·伍尔夫和艾米莉·狄金森拥有共同点，即不圈定这个需要填充的"既定的"空间，而是指明一种像她们一样的外部的东西，虽然没有说出，但是是最主要的东西。她们与之混为一体的不在场，即那些男人总是缺少的不在场——也许只得由她们去探测其中的奥秘。

在镜子的门槛边——她们知道现实位于镜子的两边，就在镜子的表面上——她们首先让位于她们所熟悉的沉默；她们指出这种沉默，给其定位，聆听沉默。那里并不是空无一物，没有否定，而是她们长期以来所听到的东西的深度，即从蒙昧时代以来就已经是她们表达的东西的深度。话语的反面。这种话语对她们来说仍然是一种喧嚣，她们只需理解这是一些命令，是通过这种话语对她们发号施令。"只要美貌，不要多嘴！"于是她们便接近了这种空白，接近了某种沉默的调频，那是不久前像马拉美、布朗肖、巴塔耶等其他许多作家所期待的沉默。

她们正是从沉默开始说话的，并不是去替代沉默。

历史来到她们这里，"全部都是噪音和狂怒"，是没有说出的历史。这也不是一连串的波折，不是节目编排，不是一系列操作，而是事件所威胁的她们环境的语音切分。她们与历史（与犯罪感和计划一样）无关，她们可以在场……就在现时。弗吉尼亚·伍尔夫、格特鲁德·斯泰因和艾米莉·狄金森探索着一个膨胀的现时，抓住一个正在消失的瞬间，探索着禁忌。还有一位勃朗特，她似乎依靠一种更为古典的叙事作品，却能移动空间和事件，使其错位于超自然的被跨越的地方，正在抵达某种颠覆性，并由其主人公们扮演着讽喻。这是死亡后的一些地区，它们并不来自原始的神奇，而是侵占着既是散文又是想象的领地，在读者那里制造一种混乱，即在失去编排的身体狂热面前所激发的混乱。

希思克利夫否认生与死的分隔。如果凯瑟琳那时不在场，在生命中飞逝而过——如果她将自己停留在那个男人即丈夫的无定形部分中，停留在那个如此平庸的林顿身上——已经逝世，她有可能为另一个不同的生命所操纵，所激励；她活着，但是另样地活着。这样，各种情感和力比多流体将在墓墙之外流动，两性生活不再封闭在失败的传记中，死亡的独断专行将受到蔑视。一种新型的欲望结构将向新的交流开放。仇恨和善良等类别将自行坍塌，与其一起坍塌的还有编年史的栅锁。

这是爱伦·坡所探索的地区，他深深地"迷失"在女性灾难的科学中。无差别的灾难，灾难的差别。瓦尔德马尔*先生在死后，尸体立刻腐烂，留下"令人恶心和几乎是流体的一堆东西——一堆可

---

* 本段中的瓦尔德马尔（Valdemar）、利格伊亚（Ligeïa）、莫莱拉（Morella）等都是爱伦·坡《怪异小说集》中的人物。

恶的腐烂物"，而利格伊亚和莫莱拉在咽气后却不消失，她们坚持着一个歇斯底里的计划，要"征服那个**征服者**"，有时就是那个蚕食尸体的蛆虫，而她们自己则并不自我同化为蛆虫。

她们在死后展现出狡诈的一面，变成这种半透明的状态，变得更为迷人，好像一个活着时没被识破的女人，在存续生命中却找到了根基。爱伦·坡到达了女人名字所显示的最为隐蔽的深处，在死亡之外将男人永远归并其中，让女人为男人表现死亡，用自己的死亡去取消这种死亡。惊恐之中，爱伦·坡发现了这个与死亡融为一体的女人，将她激活。女人无限地增加死亡的缺口，这种死亡不再关闭俗权，也不再建立神权，而是悬空在这两种秩序之间，也许牺牲了女人身上似乎本质的东西：过剩物。那里没有任何东西需要阉割，因为需要阉割的东西形成了整体本身。

女人们很难死去，就像勃朗特笔下女人们很难生活一样。任何这类等级似乎都不适合她们。希思克利夫和凯瑟琳试图在这些中介和秘密的范围内，去完成曾经在别处被阻止的事情。在《呼啸山庄》的后三分之二部分（不太为人所知，因为不管电影是否尊重原著，它都会忽略这些东西），希思克利夫被喜剧性地卷入了"幼儿园"的故事，热衷于不停地进行儿童式的复仇游戏，向最初敌人的所有后代复仇——包括他自己。然而人们如果好好考察一下这种颠倒的循环时间的企图，那么这就具有另一种完全不同的意义。这会很奇怪地预示弗洛伊德的循环式时间。

小说一开始，那位游客讲述这个家庭的故事，这是他从一位见证了这个家庭的老女仆那里听来的，这位游客被纳入了故事，进入了现时，进入了变成这个故事未来的东西之中。然而在凯瑟琳死后很久，他来到了呼啸山庄，并且看到了凯瑟琳，这时老女仆还没有给他讲述之前的事。他透过玻璃窗看到的是一张小女孩的脸庞，这个小姑娘的落款却是已婚的凯瑟琳的名字：凯瑟琳·林顿。实际上这是凯瑟琳的女儿,和妈妈长得一模一样。

希思克利夫的众多行为像是在不择手段,要将这个女性后代的名字重新纳入他童年的那些名字中,也包括其他的所有孩子,即所有属于这个家族的生物性繁殖的后代。在这个场景里,有一个幼小的希思克利夫,有一个幼小的凯瑟琳,还有某个哈热顿,这个人如果没有他那个"历史性的"名字,就会与死去的凯瑟琳非常相像。他们所有人的脸在他看来像是被分成了碎片,所有孩子的眼睛都是凯瑟琳的眼睛,凯瑟琳之二的鼻孔、前额的一部分跟凯瑟琳之一非常相似,凯瑟琳之一的尸体却被否认掉。

希思克利夫玩弄着这个充满可触摸躯体的小小世界,但这些躯体具有幽灵的名字(根据弗洛伊德的看法,孩子们是由这些幽灵变来的)。希思克利夫对他们施行他的施虐受虐狂的本能,即被凯瑟琳的离开和死亡所阻止的本能。事实上,他通过一代代人组织了一出宏大的心理戏剧,在这个戏剧中,他通过悲怆的场景重复、每次都失败的重复,致力于重建那个原风景。一项孤独无援的事业,它需要一种非常规的力量,唯有幻想物能够提供的力量,因为幻想世界可以创造一个潜在的空间,而在这个空间中,一个另样的计划、对象征体系的违抗、满足不可能的欲望等都是可以实现的。

在这同一个空间里,格特鲁德·斯泰因,表面上看与勃朗特那模糊的幻想物相距甚远,却建立了她的语言幻想物,她将这个语言移走,安置在她通常并不使用这种语言的地方。斯泰因严格地给自己强加所有的可能性,从所有不能成为叙述的地方汲取素材,以便为自己构建叙事的网结。

她说出了那些无法说出的东西。她谈论了间隙,谈论了世界缝隙——更有甚之:众多的重复——以此让文本的意义与其强度相互交流。她忽略了看起来最基本的东西,这东西将向我们提供某种尊严,即我们能大致和突然抓住事物的尊严:这个对我们来说臆造的连续性，这个选择的天赋，这个定义的优越性，这些都能粉饰初始的愚蠢，即我们处理事情的孤僻性。她又回到了（或者更确切地说她不曾离开过）这些字母排序的地点。

她所截获的惊人的简明性与维特根斯坦清晰的思想完全吻合。句子仅仅由自身支撑着；句子与斯泰因所说的绝对一致。既没有损失，也没有剩余。没有参照对象。况且在空间或时间里也没有。当勃朗特转移这些事件的时候，斯泰因则静静地删除了历史，其中包括女人，女人已经被删除。她那精确的目光忽略了那种对她来说并不存在的东西。她致力于"持续着的现实"，与弗吉尼亚·伍尔夫的"特殊瞬间"非常相近，况且伍尔夫曾经指出："人们对女人知之甚少。英格兰的历史就是男性谱系的历史。"

这种女人的历史可能就是一种停滞的历史、一种排斥的历史，这些直到不久前还不为人知。然而正是由于这一点，它才能成为一种在场的历史、一种常在的历史，也许还可以是一种以无处不在的缺席（可与上帝的缺席相比？）形式呈现的历史，这种缺席具有一种神秘的权力、对男人们来说可疑的权力，然而男人们也许就是这种权力的"发明者"，在初显差别的地方强加了一种划分。

这种差别，正是包法利夫人在上面撞得粉碎的差别，她被历史碾得粉碎，这个历史，她贪婪地想进入，又想阻止，向其中引入了膨胀的现时，在这个时间里，铁事被吞没、被贬值，在这时间里，"历险"并没有发生。她希望这时有她认为的男人掌握的"无限物的波折"发生，并不是她所具有的分配好的"一系列相同日子"。然而她所缺失的东西并没有给予那些她所觊觎的男人，她把男人看作一些分发者。而且她想要的东西并不是她所欲求的东西。她想要一种身份，然而她要的身份是当时女人们能看到的唯一模式：男人们给予的模式。这是一个男性的图式，根据这个模式，女性天生就是失败者、被忽视者，女性显示出一种不在场，而男性唯一有效的天地就建立在这个不在场之上。

这个男人的世界、她无法抓住的世界，她将它升华，将它幻想化，给它加上某个世界的广度，这个世界它并不拥有，却是爱玛的传说所容许的。例行的性事、改换成启蒙模式的性事，用抒情的术语来宣告，显示为一种归宿、一种无止境的超越。可惜啊！那些启蒙者，罗道尔夫或莱昂，爱玛投入他们的怀抱，指望借助他们去跨越那一堵堵平凡的墙壁，正是这些墙壁把她挡在童话故事之外，然而他们能给她提供的就是这同一个粗俗狭窄的空间，即她希望逃离的空间，准确地说，这正是男人们的空间。新事物的来临从未发生。

这些并不爱她的情人、没有秘密的情人，他们没有什么可以向爱玛揭示，他们至多说说他们对她所具有的粗浅形象，事实上，这正是折磨她的那个形象、她想从中摆脱的那个形象。他们主要向她指出了他们对她的使用方法，指出了他们让她承担的角色。她隐藏在诱人的面向男人的面具下，从中辨认出了她要从自己身上逃避的东西；从中发现了男人们与她的相像之处。他们不是也和她一起分担着（一起生成着）属于她的缺失吗？这种缺失也是对她的缺失。这些情人不是也像她一样，没有能力满足这个缺失吗？他们也像她一样被固定在她的替代品里，固定在**这个**女人的人工模型里，而这个女人创立了一种全面的剥夺。

爱玛冲向男人的世界，她仅仅遇到一面透明的玻璃，这面玻璃窗面向着她自己的惰性，面向着她自己的烦恼。这种感受八成就是福楼拜的感受。她所期待的东西，就像勃朗特，就像福楼拜，就是通过这个男人来遇见这个女人。期望相互遇见。然而这里没有女人。也没有男人。却有包法利夫人，其实就是福楼拜。如果福楼拜能够将这个包法利夫人赶进一段文本中，并且认可她，说"就是我"，那么爱玛则完全在她的本体上，她无法与自身保持距离，而且说："包法利夫人，就是我。"因为这不是她。她不是福楼拜。包法利夫人没有自我。

为了达到一个可以承受的身份，而不是通过男性狂欢节所想象的节日，为了达到她自己的力比多式介入，她就应该自己去回应"无限物的波折"的要求，回应对"一系列日子"的拒绝——而不应该从男人的偶然焦躁中等待这个身份。她应该承担来自她自己的冲动和欲望的缺失感觉，把它视作一个珍贵的身份，就像一种形而上的期待——福楼拜的身份和期待。她不应该逆来顺受，而应该最终留在这种身份里，以便或许能够和男人们的感觉相通，这些男人将会是她的同类，互相认可为这样，与她一起进入他们的差别。

然而就这样简单吗？简单地留在这种身份里？这正是那么多思想家、那么多作家试图做的事情，其中有男人也有女人。因此，像寂寞、孤独、边缘、疯狂和自杀这些语词常常标示着他们的生活，尽管是很低调的生活。

这些女人本能地注定要探索，注定要劳作，她们自我保持在标准之外，这些标准会把她们当作几乎不道德的人看待，然而她们毫不夸耀地做了该做的事，事实上，这种夸耀本来可以让她们与周围的场景联系得更为紧密。她们能够安静地、顽强地、不紧不慢地达到她们苛求的专长。她们必须在默默无闻中耕耘，在一种模糊的生活中劳作，对某些女作家如狄金森或勃朗特来说，她们的作品在她们在世时并没有传播发行。她们所有人都生活在家庭小说之外，大多数人孑然一身，谁都没有孩子；她们的爱情生活仅仅在想象中爆发。她们的性生活被看作一种次要角色。错误的见解。这种错误并不是无辜的，人们指责弗吉尼亚·伍尔夫性冷淡，认为她抑制了伍尔夫全部作品中强烈的颠覆性性事，一切都颤抖着一种广为传播的性事，以至性事不再显示出来，与文本已经浑然一体。

弗吉尼亚·伍尔夫完全性欲化的世界。在场的色情化，被分布在无限复杂性的流通中，在那些没有发生的交流中，不在那些人们通常观察的地方，而是在间隙中，在世界缝隙中。总之"在幕间"！——伍尔夫最后一本书的标题，这本语言最为透彻、最具线性的书中，包含了许多与死亡有关的信号，而她的自杀做了最后标示。

"死亡本身是它自身的例外。"艾米莉·狄金森这样写道。人们会想起她父亲的死亡，在他中风后身体的衣服里找到一张名片上，有这样一段壮丽的留言："谨以此言回到上帝身边。"与此对应的是艾米莉在自己去世那天写给父母的便条："小表弟们。要想我啊。艾米莉。"

艾米莉·狄金森，这个外表不讨喜的小个子女人，她总是隐居在父亲家里，生活在一个不会欺骗她的家庭里："他们都是教徒，只有我不是。他们每天早晨对一个被称为'圣父'的椭圆形说话。"她并没有离开过家宅，年复一年越来越陷入阿默斯特的居所，躲在一扇门的后面，在一个昏暗的门厅尽头，不时接待着少有的几位来访者，她只和本街区的孩子们来往，用拴着吊绳的篮子与他们交流。她一边做着家务，一边致力于她所从事的和喜欢的语词，她推敲着，生吞着，重复着，或掏空着，就像爱伦·坡的那位主人公，"以一种单调的方式重复着某个通俗的语词，因一次次的重复，这个语词的声音停止表达任何一种思想"[1]。再说狄金森会径直走向唐突的思想，将其表达得赤裸无遗，甚至包括其初始的粗暴性，其大胆之举无与伦比。

她那生活中的惰性，表面上看起来是一种怪癖，实际上创造了写作的场地。在她逝世时，人们发现了两千多首从未发表过的诗作。一个女人的诗作，其思想高度达到了苏格拉底之前哲学家们的敏捷。

默默无闻的工作，秘密从事符号的工作。这些被排斥在所指以外的女人向着各种语言迈进，而在这些语言中，意义并不先于它所分割的东西，并不侵吞无意义的领地，为无知留下一席之地，而无知便是其中一种意义，还为错误留下一席之地，错误也是其中另一种意义。她们试图达到那些"最初的词语"。

说话对于狄金森来说并不意味着知道，也不意味着有道理。而是"任凭事物从外部进入"，这事物是语言之外的事物、卡夫卡所青睐的事物，即身体、感官和智力有机地吸收的事物。

所有的身体。从这里出现了这一事实，即并不存在女性文本，也不存在男性文本。文本应该在它自身的区分中接纳差别。我们在那里遇到的不是男人或女人，也不是男性或女性，而是工作中的差别本身，在身份的诸种躁动和变形之中。在每个男人之中，在每个女人之中。"我是个人！你是谁?"狄金森问道。"你也是个人吗? /那么我们是两个人。/什么也不要说! 他们将公布这件事——这你知道!"

丢失了身份的文学，欧律狄刻的说法，男人们丢失了身份并且徒劳地寻找着，于是文学便自行寻找自己。文学在远处，"这个主要的**女人**，处于时间之外，这个有毒的赤裸的**野兽**、这个**黑暗**的女佣人、这个**魔鬼**的绝对的奴隶"，她制造着于斯曼（Huysmans）笔下的恐惧和各种快乐。然而这些女人呢? 她们是否会变得不太危险? 她们会不会或想不想——而且男人们也像她们一样——强迫生活的文本进入流通中，这种流通来自被现行体系的死亡之风所破坏的地区。在这些仍然荒凉的，和其他地方一样，缺失仍然肆虐的土地上，还有一个叫艾米莉·狄金森的女人仍然写道："口渴传授喝水之道。"

（1977 年）

"有些时刻，我很害怕音乐"

安德烈·罗兰:您的写作用纸是什么颜色?

维维亚娜·福雷斯特:哦! 白色的。然而从写一本书到写另一本书,我不会用同一种练习簿或同一种纸张。例如为了写《凡·高》,我用过各种各样的纸张和练习簿。[1]

各种各样的练习簿吗?

什么都可以。我甚至都没有那本书的手稿了。起初,我用过几种练习簿,这您知道,带有环扣的练习簿,活页的那种,装有硬皮封面。我是躺着写作的,所以练习簿要比较坚固。后来呢,我更喜欢这种练习簿,这很神奇,我从前从未用过这种练习簿,这其实不是一本练习簿,而是一种把稿纸连在一起的东西,一些活动的稿纸。当然这就有稿纸散失的危险。

这种情况发生过吗?

事实上我发现,当书写完后,原本应该在那里面的一些片段不见了!

您丢失过稿纸吗?

确实如此,我重新找到了一些稿纸和其中我非常喜欢的一段,这一段并不在那本书里。然而这无关紧要!

您是在地毯下面重新找到那些手稿的吗?

不，不！是在其他一堆与那本书无关的纸张里。

您是为了写作才躺着吗？

一直如此！坐着让我感到非常疲倦，我不喜欢这个姿势；我总是躺着写作。再说，我不喜欢意识到自己在写作，这会让我有强烈的印象……如果我坐在一张桌子前写作，如果我对自己说我要去写作，我就会瘫痪下来，而当我躺下来听音乐时，当我周围放满书籍时，我就会读书。这丝毫不意味着我处在第二状态，完全不是这回事，然而我常常是在不知不觉中写作。根本没有这样令人印象深刻的步骤：开始。就我最近这本书而言……在连续几个月里我马不停蹄地写着，从来也没有像一个作家那样坐在桌子前！是的，我特别喜欢躺着写作，不会知道自己何时开始写作，被包围在一大堆自己喜爱的东西中间……例如为了写这本《凡·高》，我有三本厚厚的书信集，我有如小山般的摘录资料，因为我从前在阿姆斯特丹居住过，我带回了成堆的文献资料。我被包围在一个真正的杂纸堆里！自然而然，我在自己需要时从来找不到需要的东西。这一切，这一切成为我生存方式的一部分：别那么井井有条！说到底，在这种无序中，我的感觉会更好。

您躺在什么上面？坐垫上吗？

啊！那当然，是的！到处都是坐垫！甚至当我要打字时，我也是躺着使用一台电子打字机，这台机器并不大，但是……

机器搁在膝盖上吗？

是啊。也许吧，是的，我自己甚至都不知道！我必须一点也不动弹。让时间流逝，体验时间的流逝。在我工作的房间里，我只能看到天空，听不到任何声音，就是在乡下，也听不到乡下的各种声音。什么也听不到。我只能看着天空。从前，我的视线面对菲斯腾贝格广场，然而我无法忍受这种视觉，虽然它是那么美丽；我写作的时候，百叶窗是关着的：这样我就处在一个几乎与世隔绝，因此也是可以随意支配的空间里。现在,我只能看到天空,什么也听不到,因此我不需要关上百叶窗了……

　　那您的床呢?

　　那是一种长沙发。放在一个很大的房间里。我特别喜欢这种沙发。我特别喜欢什么都在我周围。事实上,我曾经居住过一些有四百平方米大的地方,然而我仍然只生活在唯一的卧室里。我就在这个卧室里写我的书,其余的空间只作为我防止巴黎侵犯的空间。现在,我就在这个大房间里写作:音乐在这里,书籍在这里,一切都在这里!

　　全都在长沙发上吗?

　　不,音乐还是要稍远一些……

　　您要时不时地起床吗?

　　是啊,我觉得这很累人!(大笑)很难谈论我的写作方式问题:从一本书到另一本书,方式会很不一样!每次都是一种全新的生活方式。各种全新的方式自然而来,从来都是不一样的……只是我从来没有坐着写过!现在说到底,写作是我唯一的差事。但是在很长时间内,我做过很多广播节目、电视节目,去美国做巡回讲座,还有很多的事情。写作的时间(此外这是很美妙的事)是从其他事情中挤出来的。有时我会拥有属于自己的一整天时间,我会诅咒自己,因为我只是听听音乐,读读书,就是不写作——或者至少我认为不是在写作。我会对自己说:这还是有点浪费时间,我有了时间,我能够写作,我却什么也不做!不过我发现我仍然在写作,从某个时间起就已经开始了……

　　现在,闹钟响了,那么……

　　闹钟不会响,我总是自动醒来。我睡得很少,我只需要四五个小时的睡眠:这就是尺度!即使在我做很多其他事情的时候,早晨五点到九点这一段时间也都是属于我自己的。这是我非常喜欢的

激情,思想

几个小时。如果有紧急的事情,我可能会在夜里工作,直到凌晨三点或四点钟:这是一段美妙的时间,有点让人兴奋,这时候身体已经疲倦,有时还会干得更迟。然而到了早晨,一切都是那么清新,更加唐突。

您和周围的手稿睡在一起吗?

啊,经常这样,是啊!我早早醒来,然后喝杯咖啡。我非常喜欢自己醒来的状态,我会一下子完全醒来。我喝着咖啡……我等待着。当一切顺利时,我会有一种急躁情绪。一种欲望,这也会有,其实这是一码事——我是想说一切都为写作服务,即使是妨碍写作的东西也一样——阻止写作的沮丧,心情抑郁。有时也会有焦虑、虚无的感觉、无用的感觉,一大堆难以排解的因素。

您怎样做才能躺着写作呢?

这不成问题。我已经习惯于这样生活了!然而写作,这是一项非常艰苦的工作。它会引起肌肉疲劳,一种紧张感,就像在我写作时那样,当有人突然闯进我的房间时,我会突然从床上跳起来……躺着能让我将所有的力量集中在我的写作上。不让身体的疲劳分散我的精力。写作是一项非常耗费体力的工作。那些脑力的工作说到底也是体力的工作。没法区分出脑力和体力!写作是一项最根本的活动:整个身体都要参与其中!如果我坐着,我想我也许不能……

您躺着可以保持多长的时间?

我不知道!我也会出门,我并不过着隐居的生活。不过我可能会写整整一天,或两天,并不想到时刻表或时间的问题。

您用什么写作?

这要看情况。最近这段时间,我用一种叫斯塔毕洛(Stabilo)的自动水笔来写作,这种笔在光滑的纸上写起来又快又流畅。这种笔有各种各样的颜色,而且颜色非常非常漂亮。当我用黑色写作时,就用一种笔头很细又是毛毡的笔。这种笔写起来非常快。这是最重要的，速度！没有障碍、没有阻力的感觉非常美妙。在躺着写作这种姿势中，存在一个墨水来源的问题。用这种自来水笔，问题就不存在了。但糟糕的是，如果让笔头敞开着，墨水会蒸发得很快，而我呢，我总是忘记拧上笔套。我经常会有三四支水笔就这样散落着……墨水干掉了，我又得多花不少钱去买斯塔毕洛自来水笔，一支笔要花三点五法郎，这太狠了！

这些是写作的风险吗？

真正的风险！就那一次，这也是第一次。我让人帮我打字，但不是要交给编辑的手稿，而是交给一位非凡的女子给我慢慢打，然而她真是一个既让人沉重又令人兴奋的在场者，她催着我写作，好像是我们两个人之间的赛跑，这种情况从前从未发生过，因为在从前，打字对我来说是非常重要的事。我总是先用手写，随后用打字机誊写出来。这样每次都有新发现。在第一眼时，我就看得出：如果没有问题，我的视线会很快跳过去，确实是这样！如果有问题，那就是一行无声的文字。我很快就意识到，在书写时，我指的是书法书写，我可以玩耍。我可以根据我所听到或希望的节奏，去拉长或压缩那些字母。我可以加大或缩小那些文字。而用打字机，这就不可能了。文本就在那里，是毛坯的。我随后正是在这种文本上修改文稿。而且量很大。比我想象的要多得多。当我重新找到一些手稿时，我就发现了这一点。有时涂改的杠杠和补充的文字非常漂亮，文字组合的方式也很漂亮。但这是无法阅读的，只有我自己能读得懂！然而这一次，因为不是我自己打的手稿，因为那些稿纸不是一次完成，我指的是所有连续的初稿……我必须很快写完这本书，所以那个累啊——打字很累人的——全都在这本书里经历过了！于是我一直在写，我发现要重新誊抄所有这一切，要让打字员读得懂，就得有各种各样的彩笔，即统价超市能买到的那种彩色笔：

这是为孩子们生产的大包彩笔，这种笔写起来特别特别地快，字特别大，很容易看懂，各种颜色都行。

这些稿纸写完，您会将它们整理归类吗？

不一定。我知道这应该是我工作的一部分；疯狂！丢掉稿纸，重新找回，再……

那些稿纸在房间里飞来飞去？

不会的！我把它们夹在练习簿里，但是因为我有很多练习簿，所以我哪本里都放。它们肯定都在，只我不太知道它们在哪一本练习簿里。至于其他的书，我习惯于在一本练习簿上写，总是一种同样的记号。只是在稿纸的右侧。在稿纸的左侧，我记录一些词、一些我阅读过的书籍段落、一些记下的电话信息、一些地址，或者更常见的情况是什么也不写……但是，在《凡·高》这本书上，我放弃了练习簿，因为有这位帮我打字的朋友。

她就在床角等着：你写完一页，她就打出一页！

差不多吧！不，她打电话催我的："我已经打完了，你写到哪儿了？"这非常刺激！作为工作就不那么孤单了。说到底，我并没有什么原则。我就在随手可及的东西上写。如果是在户外，我会使用笔记本、信封什么的，什么都行！

您还在户外写作。

有这样的情况。

在户外，您也躺着吗？

有什么不可以呢？不，我不躺着写！但是，比如说在电影院，电影片头一开始，我就感觉被要写的绝妙东西淹没了。一下子，我看见了一整部作品、一种显而易见的东西、一种总体的视角，我就在黑暗中做笔记，这些笔记是无法阅读的！当我偶然能够辨认出这些笔记时，我却发现这完全是平淡无味的东西，没有任何意思。电影让我兴奋，但我很少去看电影！我可以同时写作又做很多其他事情：

听听广播或者看看电视——不是真的看——这不会妨碍我写作,恰恰相反! 音乐,这是另一个故事。

有些时刻,我很害怕音乐,有些时刻我不能听音乐。

音乐会妨碍您写作吗?

音乐可以帮助我或妨碍我,我不太清楚! 有时候,我不能听音乐。在另一些时候则相反,我因音乐而陶醉! 为了写作《跑马道》这本书,我一直听着佩尔戈莱西 * 的《圣母悼歌》,最后我简直无法忍受这张唱片了。当我听音乐的时候,我会整天整天地听同样的东西。要么什么也不听。

为了写作,您有一定的穿着方式吗?

一点也没有。我从来没有固定的穿着,不管是在家里还是在户外。我不照镜子。我应该自由一点,不受拘束一点。什么都能干。多点可支配性。不用的,我也不需要什么特别的物件,我没有什么癖好。

在您的卧室里,没有挂点绘画作品吗?

以前有过画,现在没有了。它们的在场是……很具体的。我尤其想要一些复制品,我很想要,其实是一些明信片,经常是三百或四百天使报喜的画。然后,是迪耶普市这类过时风景,如港口、货轮,还有海滩上的人群,他们的穿着像本世纪初,有点像不知所措的哨兵。然而这很难解释,倒是所有这一切连在一起更为重要。还有一些干枯的大玫瑰、风干了的玫瑰,一些银质器具,或是镀金的旧木器。正是这些物件的分布,它们相互回应的方法,形成了我真正的秩序,一种属于我的和谐。我从中找到了自我! 这就好像一个产品系列。这就是我所能看到的,这并不妨碍我,我就依靠这个。还有

---

* 乔万尼·巴蒂斯塔·佩尔戈莱西(Giovanni Battista Pergolèse, 1710—1736),意大利作曲家,其最受欢迎的作品正是本文作者所听的《圣母悼歌》(*Stabat Mater*)。

一墙壁的照片，作家的照片，他们的目光。普鲁斯特、福克纳、乔伊斯、爱伦·坡、伍尔夫、弗洛伊德、卡夫卡，还有其他很多作家。尤其是他们的目光，在所有作家那里都一样，一样的忧郁，一样忧愁的希望，一种对失败的追寻，一种要看到其他事物的执着。我不太喜欢的作家没有这种目光。我不知道怎样去写下一本书。很奇怪，在我写作初期，一本正在写的书还没有结束，当我写到三分之二的时候便意识到这是那本书的结尾了，因为另一本书已经迫使我去写它。那时候写的是一些小说，有那么一段时间，小说有它固定的形式，并且拒绝那种不能进入这种形式的素材，所有不能进入这种形式的素材将采用其他地方的形式，它将成为我的下一本书。现在已经不是一回事了。我写书要比以前快得多，但是我也有不写作的间隔，在间隔中，我也自问我是否还能重新写作！

（1986 年）

"写作并不带给我什么"

写作的快乐是通过受虐狂症得到的吗？

有什么不可以呢？

在您看来，是否存在一种女性特有的写作，或一种男性特有的写作？如果存在，这种写作是怎样进行的？

一位作家会聆听，观察，试图通过语言去接近语言还不知道的东西，或者语言所包含的东西。作家的视角不是唯一的，即不是仅仅观察一个封闭于自身内部的生活、一个禁闭于同一名字下的生活、一个唯一走向死亡的生命、一个唯一处于一段时间内的生命，作家观察的是一个复数的身份。为什么要回答关于男性或女性写作这样的问题？好像一切都应该用二元论的术语来概括？

我一无所知，在写作之前我对此一无所知。也就是有个念头——各种念头形成一个遥远的风景、一个视野——我有一个印象、一种对那些事物的感觉。说穿了是一种难以言表的感知、一种必须表达的感知，尽管话语中没有足够的语词，尽管这种煽情的话语只能让我对该说的东西更加保持沉默。我没有事先就感知到的理论，而是在写作中逐步发现。对我来说，写作就是探索，这不是探索人们所知道的东西，而是探索人们所不知道的东西。

面对语言，一位作家，不管是男人还是女人，都应该与这种正统而又具功能性的话语做斗争，这种话语任意分割现实，使之更适合于现有制度，更具有可操纵性；一种阉割思想的话语，不管这思想是来自一个男人还是来自一个女人。任何有思想的生灵、有创造性的人都会面对这种话语，而且必须废除它或超越它，改造它，"转变"它。写作的乐趣也在于：在语言的层面上，一位作家能够以自己的名字去代替任何东西，成为他所写的任何东西。他可以成为任何地方的"我"，高兴在哪儿就在哪儿。变成一个膝盖、一颗石子、一只猫头鹰、一封书信、一张稿纸、一个逗号，变成山峰、寂静、一个罪行、苍蝇的翅膀、一座城堡、一个孩子的喘气。为什么只想到男人女人，而不想到山峰、时间碎片、马蜂的飞行踪迹，尤其不想到这是一种差异？文本是它处于骚动中的差异的地点，处于操作中的差异的地点。

您认为儿童是否有能力写作？您是否相信儿童能够以写作的成人的身份说话？

儿童与成人不一样，他更加临近知识和遗忘。而成人与儿童则没有什么不同，成人会逃避儿童，他已经被蛊惑了。

在您身上，创作的力量在哪里？

在呼吸的层面上。就在这一刻，我还活着，至少我有这样的幻觉。这种存在经过一些隐蔽的地方来表现，这令我十分恼火。而且有一些限度，这是我无法接受的。我希望了解这些限度。我的精力正是来自这里，欲望的精力。

在您的写作中是否存在一种自律？您认为这种自律属于什么性质？

写作中就是这个，还有与这种自律的斗争，我用言语活动来反对语言。

对作家在人类进步中的作用，您是怎么想的？您又起了什么作用？

那么您对在作家进步中人类所起的作用又是怎么看的呢?

相对于正常生活来说,您是否认为您经历的是一种精神分裂的存在?

可是我的存在就是正常的生活。

写作带给您带来的最珍贵的东西是什么?

写作并不带给我什么。我们之间应该保持一定的距离。我感觉不到这种距离。

(1978 年)

维维亚娜·福雷斯特

（当代作家自述词典）

在孩提时期，她发现自己就是一个谜中之谜，她的唯一标识就是这个"我"，这个在躯体中思考（思考自己）的"我"，除去这个躯体外没有其他的保证，这个躯体没有保证。没有其他的参照对象。青少年时期，她开始阅读蒙田（《雷蒙·塞邦赞》）和帕斯卡的作品，随后是圣十字若望（Saint Jean de la Croix）或乔治·巴塔耶的作品，她自认为明白自己并不孤独，当然也不疯狂。[1]

语言不能回应她的贪婪，不能回应她的言语活动，不能回应她的目光、皮肤和嗓音所感受到的沉默。世界保持着自我的平衡，它高高在上，凡事在先——充满色情，世界并不侵犯她。世界的法则在她看来是由一队队尸体制定的，那些尸体创造了**历史**，这是一种为地籍和等级服务的**历史**。在同一片土地上，从花园到墓地，自蒙昧时代以来都是同样的地理。

然而曾经有过欢笑、爱情、爱抚，还有痛苦——拟像的现实。刻骨铭心的真理。有机的思想。安慰，控告。写作。很长时间内，她并不理解人们竟然不用生产文本也能够活得很好。三岁时，她就知道自己是作家。即使她活一百岁仍然没有出版作品，她也会写作到最后一刻。直到生命的最后一刻，她都试图在短暂中截获那个瞬间，抓住自身的消失。同时记录下那热草的气味、历史的超验、皮肤上掠过的微风的意义,她会走向毛坯的思想,见证诸多媚态,见证各种制度的罪行,走向暴露无遗的秘密。走向一个世界的奇迹与灾难,这个世界,总之说到底,将是她的所爱。

(1986 年和 2004 年)

我是奇怪的人

（第一人称）*

人们知道在这个世界中会丢失什么吗？当人即将死亡时，当他不再出现在永恒的持久运动中时，在这种永恒的急迫中时，他会知道吗？怎样的数字，而不是怎样的价值，是怎样的数字会被与人一起减去？怎样的符号、怎样的秩序会完好地恢复这个世界的地点、人群和事物的状态呢？这个世界完全可能与人一起倒塌。然而这种运动只会引起动荡。

我们将使什么动荡？激动的分量有多少？痛苦的分量又有多少？遭受的剥夺究竟会怎样？剥夺的印记又会是怎样的？有一种具有拯救价值的东西，它不能充当任何的功绩，也谈不上任何的优雅，然而就在于它曾经有过。曾经经历过这种状态，虽然人们甚至不知道它是否是一个事实。假定这是一个事实，人们也不知道这个事实的深度或广度。一个已经完成的事实，经历和穿越了可疑事务的事实，属于那种奇怪的庸俗的事实，属于那种幻觉的事实。属于生活的奇迹。属于存在的灾难。

我们都明白，不久后人们将用过去时来谈论我们，而我们将会

---

* 有人说这本书只见证了已经作古的作家。因此才会有当今作家在文本中的缺席，然而他们带有自传特征的作品仍然具有相当的意义。——原注

在那么多先于我们的过去的重量下生活,而现时甚至在我们截获它之前就在不停地逃离我们。

对于这一切,怎么能不想着与其玩一招?即我们自己用过去时来谈论我们自己。人们可以这样说:对自身进行冥思。不一定非要是悼词式的。最好不要悼词式冥思。

总之,要回收那些接连不断的消失、自己过时的消失。不管是哀歌或是非哀歌,都要去见证,要自己去体会,体会自身。要提示那些适合我们不在场的语词、那些填充这种不在场的语词。这就是我,我在这里说话。我将会在这里说话。我的踪迹。我的诸次不在场。这将在某个时刻取代我的不在场。圣托马斯这样要求过:"做一个过客。"也许没有比这更美的东西了,这就是一次路过的迹象,他的冲动、他的疲劳、他的贪婪的符号。

有那么多的方法来指示这种路过,哪怕是否定这种路过的方法!或是怀疑这些路过,正如贝克特或卡夫卡曾经做过的那样。因为这个第一人称,即自传中证实的第一人称,是最为摇摆不定的东西、最为可疑的东西,是首先指定要摈弃的东西。普鲁斯特就这般呐喊过:"我是奇怪的人!"

这个第一人称?然而它是数不胜数的!于连·格林在他十九岁时就这样写道:"昨天的我或一小时前的我已经不再是真正的我,它只是像我的影子。我一分一秒地在变化。我体内有成千上万个生灵想出来生活和行动。你要害怕的是他们,而不是死者;正是通过这些死者和影子,我们才能预言一个人的行为轨迹是什么。"[1]

这个能回忆起自身的第一人称,它要求回忆自身,重视自身并且见证自身,正是这个第一人称出现在斯特恩的作品里,既古怪又唐突,与蒙田一同探索的也是这个第一人称,它与圣奥古斯丁和卢梭一起推心置腹,一起与夏多布里昂为伴。我们不禁想起尼采的断言:"我总是被我自己讲述。"

正是这个第一人称垄断着普鲁斯特和塞利纳的小说世界，并且与作者本人混为一体，干扰作者，磨炼作者，令其膨胀，以其隐迹纸本的效果，使普鲁斯特与塞利纳的小说和自传混淆不清，使得《追忆似水年华》²的叙述者，或《重现的时光》的叙述者大声惊呼："假如我从前明白了这一点该多好，即要成为一位贝戈特，并不是最有才华、最有教养、最懂人际关系就可以，而是要善于变成一面镜子，能够反射自身的生活，哪怕是平庸的生活。"贝戈特，那位**叙述者**眼中伟大的思想家和**作家**。

这种第一人称——从来没有在一段时期内，即像法国 20 世纪上半叶那样如此泛滥于伟大的作品中，并且以其权威的方式，以那么明目张胆的方式——自 20 世纪下半叶开始，也是这种第一人称备受质疑，比以往任何时候都要明显。在此期间经历了第二次世界大战、纳粹集中营。从那时起，贝戈特的镜子所反映的事物也许变得不能承受了。

新小说派的探索工作在战后不久开创了写作和约束的全新网络，创造了全新的严格规定，这些新文本以另样方式照亮舞台，使想象道路偏移，也许它们这么做的目的就是通过与图像保持距离，通过怀疑图像去避开人类的图像——让我们回想一下娜塔莉·萨罗特的书名：《怀疑的时代》³。

毫无疑问，这些作品无意识地来自一种差距，来自一种与人类相关的对安静的欲望；这种欲望与人类的图像相关，与人类垮掉的地位相关。令人感到惊愕的是，在重新面对贝戈特的镜子之前，也许已经需要一段休息时间、一种不在场的时间？因为在战后不久，不仅人物的概念被新小说作者们所质疑，而且人的概念也受到萨缪尔·贝克特或安托南·阿尔托的怀疑。

卡夫卡已经从根本上将人的概念转向了嘲讽："人还没有出生，就已经被迫在街上散步，和其他人说话！"⁴我们和普鲁斯特的**叙述**

者相去甚远,他肯定已经出生,可惜的是盖尔芒特尚未出生。我们和被"适合于唯——张面孔的上百个面具"所感动的那个**叙述者**相去甚远。与那个自问的**叙述者**相去甚远:"真让人生气,这个让我痛苦的陌生人是谁?而我发现,这个陌生人就是我自己,他就是我曾经是的那个孩子。"这位叙述者、正在衰老的男子,他发现"他的人称只是一个被遗弃的生涯……然而每个回忆都可以像一位希腊雕塑家那样,从这个生涯中雕刻出不计其数的雕像"。

普鲁斯特还断定:"看起来在外部的东西,我们只能在我们体内发现它。"我们,这对他来说是个确定的地点,此外从这个我们中可以诞生出怀疑,然而它从来就与自我性无关。"我的宿命就是这样,它只让我从我自身中获得益处。"他给埃马纽埃尔·贝尔(Emmanuel Berl)的信中如是写道。尽管他的评说颇为奇怪,但他不怀疑自我的有效性,也不怀疑这个"奇怪的人"。相反像卡夫卡、萨缪尔·贝克特,他们甚至质疑出生这个事实;更准确地说,怀疑得到体现的这个事实,即以人的名义做出回应的事实。

这个名义,我们似乎也很奇怪地认为,从摇篮一直到坟墓,是同一个人在回应它。

在收录于《再次终结》⁵的《恐惧》中,贝克特甚至质疑那个摇篮阶段。或更为严重的是,他扰乱了这个阶段:"我在出生前就拒绝出生,然而又别无他法,该出生还是要出生,这就是他,我就在里面……是他在哭叫,是他来到了人世,我没有喊叫,我没来到人世,可能我也有一个嗓音……是他曾经生活过,而由于我的缘故,他生活得并不好……"于是,这个自我、这个第一人称便变成了它们自己不在场的对话者,它们自身不在场的对话者。

而哲学家兼逻辑学家维特根斯坦,他以另样方式与贝克特殊途同归,在他死后出版的最后一部作品《论确信》⁶中,他写道:"对那位说'我在'的人,可以问问:'谁在用这张嘴说话?'"

　　这里可以加上一个括号——然而是个括号吗？——以便聆听一下维特根斯坦在他最后一部作品《论确信》中的最后一句话："那个在梦中说'我在做梦'的人，在现实中是不太真实的，就像那个在梦中说'天在下雨'的人一样，也不太真实，哪怕天真的是在下雨。即使事实上他的梦与雨点声有一定联系亦然。"因此，用维特根斯坦的嘴巴说话的那个人，用他的手写作的那个人(况且他还质疑那只手的现实性)，最终会归结为"正在落下的雨"——"梦"和"雨点的声音"，归结为逻辑学家的生活。

　　仍然是维特根斯坦——这也不是一个括号——他在剑桥时每晚都去罗素的寓所，在那里坐整个晚上或几乎整个晚上，而且沉浸在自己的沉默中。因为他预先告知了罗素他要自杀的想法，所以罗素便陪他坐着，同样也不说话，然而常常打瞌睡。随后有一天晚上，罗素恼火了，便问他："说到底，维特根斯坦，你究竟在想什么？想逻辑学还是你的原罪？"维特根斯坦立刻答道："两样都想。"卓越的哲学性回答、卓越的思维性回答，也就是说卓越的情感性回答。

　　这正是第一人称在颤抖，在不停地搏动。从来都没有任何理论、任何信心、任何明显的事、任何一种考察虚无的方法能够结束我们内心的混乱、忧虑、狂热或是陶醉，即在我们这个场地上发生的一切……精神、皮肤和年龄浸透了我们的意识。要见证这一切的本能处于优先地位。任何东西都不能让颤抖、叫喊、震动、哭泣和高兴的东西，让我们身上所期待的东西保持沉默。然而这个承载其他事物的嗓音，这个自言自语的严厉的嗓音，它常常被压制着，被责难着。被变成无声无息后，这个嗓音不久后便使我们窒息，使我们堕落。

　　安托南·阿尔托明白这一点，所以喊道："这是一些逃离人类的自我的军队，他们在所有人的意识里原地踏步。"阿尔托，他一直走向事物的结构，走向生存的核心，在这些地区，否定或许更像是接受，更像是自我服从，或许还是游戏。避免禁忌。在那里，身体变成了自我的隐喻。在那里,谈论生存变得更具有亵渎性,更具有腐蚀性,比否定生存或毁灭生存更像是一种渎圣行为。也更加痛苦。也许没有人像安托南·阿尔托那样走向痛苦。然而正是阿尔托这样表明的:"我,安托南·阿尔托,我是我的父亲、我的母亲、我的儿子和我自己。"奇怪的事情,《让·桑德伊》在普鲁斯特死后出版,而且正好是在阿尔托死后才出版的,书中,马塞尔·普鲁斯特在谈论年迈的桑德伊夫人时写道:"请你再靠近一些,这就是她,这是她父亲,这是她母亲,这是她儿子,这尤其就是她。"不期而遇的巧合吗?幻想家阿尔托与善良的桑德伊夫人。马塞尔·普鲁斯特与安托南·阿尔托?惊人的意外?然而当人们坚持走在这些"生存"或"不存在"的危险小径上时,有时会到达同样的地区,不管他们多么不同,也不管他们可以拥有的视角有多么不同。

其他情况虽然不同,但也是非常惊人的,这几年在法国出现一种现象:土地似乎反而得到巩固,在作者们的脚下得到固定。人称的轮廓又重新出现,语言在《怀疑的时代》中得到丰富,语言经受了战争洗礼。人称和第一人称得到了自传里的一种人物功能,尤其是从萨特的《词语》以来,自传一部接一部,甚至犹如潮水汹涌。

我就不多说西蒙娜·德·波伏瓦或玛格丽特·尤瑟纳尔了——她们很有逻辑地记录在自己的作品中。也不多说莱里斯(Leiris)的作品,即出于自传原则的作品,很像克洛德·西蒙(Claude Simon)那另样的作品。况且我也不能全部列举,我也不会将自传与精神分析联系起来——这会让我们花费很多时间,也会走得太远。然而这也不失为另辟蹊径。

值得一提的是,在《怀疑的时代》的同时,出现了这样一种现象:"介入作家",他不能够也不应该对他自己感兴趣,否则会被冠以自我中心主义和不介入主义——自恋和小资产阶级的心胸狭窄。对此,普鲁斯特预先做了回答:"当人们只在自己身上探索而毫不关心他人，以漠不关心的方式去寻找客观现实（这就是我的情况）时，他们所做的唯一事情永远也不会对他人有益。那些想到达他人的作家，他们一边写着一边想着他人，就像有些人那样，他们以为自己是在为孩子们写作。"

我将首先说说于连·格林，一位不属于任何时期，但是属于所有人的作家。他从来也没有归属过任何一个流派。在九十四岁高龄的今天，他已经穿越了这个无法企及却又完好无损的世纪。他天天坚持写一篇日记。在他十九岁时就写了第一卷，刚刚被找出来，也刚刚出版，与他在九十三岁时写就的那一卷同时出版。

在他的自传序言里，于连·格林毫不自恋地表达了他对过去童年的温情，并且指出"一个被上帝原谅的人无法被他自己原谅将非常令人沮丧"[7]。公正无比。然而小说的地狱在硫化。在他那些小说的魔法回忆中什么也没有，没有不能承受的痛苦。于连·格林今年夏天告诉我，他不知道这些小说出自哪里——它们就这样来到他这里，而他似乎并没有参与。他把这些小说比作幻觉。

人们很想知道于连·格林是怎样成为这些作品的作者的，这些作品拥有一种毫不留情和非常神秘的清晰，由一个有分寸又有幻觉的人写就，他能听到有关罪行的一切，有一种对原罪的感觉和爱好，这种感觉与纷繁的智慧和确定的救赎是分不开的。

关于《利维坦》[8]，即被马尔科姆·洛利（Malcolm Lowry）当作关于痛苦的最伟大的书，格林向我保证说，他写作这部作品的时候正是他幸福的时候，以至他无法承受那种幸福！在他的作品里，自传什么也不反驳，一点也不会改变作品进程的方向，只是常常绕过自传而已。

人们对娜塔莉·萨罗特讲述她的《童年》[9]的方式也不惊讶。那是一种创造的天赋、一种自然的天性、一种从不被犹豫所减弱的信念，她把这些都带进了作品，即使是对那种她意想不到的作品也是如此。

更不寻常的是那些哲学家对自传的痴迷,例如罗兰·巴特、雅克·德里达或让-图桑·德桑蒂(Jean-Toussaint Desanti)。在他们身上有同样的犹豫,因为生活过也就罢了——这是可以原谅的——然而还要存在?而且还要重视它,当作一个显见事实?像一个人物那样还要讲述?

对于所有人,或几乎所有人来说,需要一个借口,需要若干迂回的办法,以帮助他们跳过障碍。因此娜塔莉·萨罗特在《童年》中,在开头几行中就考虑到她的顾虑、她的退路,设定了一位向她挑衅的对话者:"这么说,你真的要去做这件事?'回顾你童年的记忆'。因为这些词让你难堪,所以你就不喜欢。可是你得承认,这些是唯一适合的词汇。你想'回顾你的记忆'……别跟自己较劲,就这样。——是啊,我没有办法,它在引诱我,我不知道为什么……——这也许是……这是否就是……人们有时候就是不明白这个,或许是你的力量在变小……你是不是应该退隐了?把你自己安排妥当?离开你的要事,而直到现在,这事做得还是勉勉强强……"

于是出现一个不可避免的小女孩,既扰乱别人又被人扰乱的热切的小女孩——娜塔莉、娜塔莎或塔绍克,正如她父亲所称呼的那样——而人们不禁要问,面对这个女孩的教育,是娜塔莉重新找回了她自己,还是小女孩从来就没有松开过萨罗特?

然而有多少次,在提及《童年》时,萨罗特强调说:"这并不是一部自传作品。况且你看,我甚至有必要创造一位对话者。"

说真的,她在这里突出了所有自传作品中都有的三大要素之一,我们所说的自传就是这一种。是这三大要素吗?否认。中止。母亲。

否认?根据这些作者的意思,从来就没有一部自传作品。总是存在一个借口或一个托词,以便解释它为什么仍然被写了出来。一种迂回方法，使这个不完全像是……

借口吗？所有人都有……或几乎所有人。我们刚刚遇到萨罗特的对话者。对罗兰·巴特来说，事情起于一次约稿……为"永恒的作家"丛书[10]而发给另一个人的约稿。他拒绝被人讲述，拒绝被另一个人定义，这就促使他决定当自己的传记作者——不是自传作者。然而是另一本书，一本关于摄影的书——《明室》[11]，而且显然不是当作一本自传来构思的作品，在这部作品中，先是喷涌，然后便迸发出声声埋怨和脍炙人口的隐情，颇具巴特的个人特色。

在乔治·佩雷克的《W或童年的回忆》[12]中，他对生活的叙述逃脱了恐惧，逃脱了逐出：逃脱了说出不可言说的东西的不可能性，能够讲述他童年的缺席、他那失踪的波兰籍犹太父母，父亲在战争中被打死，母亲被关进了集中营。一些悄无声息的非在场者。一种脱节。他一边讲述一边脱离了这些非在场者，就像脱离了他自己的非存在一样——与他的故事缺席一样——另一个故事与他的回忆交互出现。一部拥有萦绕过去那个小男孩的主题的叙事作品：是田径运动员W在一个有点让人惊恐并且很像运动场所的叙事作品。是与记忆叙述尤其是记忆缺席的叙事似乎很不相容的一种科幻小说。然而就在那里，就在虚构中，佩雷克能够稍稍说出一些与他没有看到的东西相连的语词，与他没有陪伴的东西相连的词语——关进集中营——这些语词曾经支配着他的生活。

让-图桑·德桑蒂吗？这里有两封信件，一封来自莫里斯·克拉韦尔（Maurice Clavel），另一封来自贝尔纳-亨利·列维（Bernard-Henri Lévy），他们两人都质问过德桑蒂。为了回复他们，他感觉不得不走得更远，直到就整个命运而撰写了一本书，叫作《一个哲学的命运》[13]。

雅克·德里达则与巴特相反，他允许在"当代伟人"丛书中出版一部关于他自己的作品。乔弗雷·贝宁顿[14]承担了这项任务。然而德里达突然无法再忍受他:嫉妒! 他立即与贝宁顿争风吃醋,与贝宁顿共享稿纸,将稿纸一分为二。他还顺便提了一句,说他希望找到"我嫉妒地寻找着的秘密,正如寻找我自己嫉妒的最后一个词那样"。每页稿纸的上部(三分之二)是贝宁顿的;每页的下部(三分之一)是德里达的,一篇在灰底上印刷的德里达的文章。处于最高程度上的自传性文章,在激动和坦白之下有些支撑不住,他称之为**边缘忏悔**(Circonfession)。

借口? 这个针对他传记作家的嫉妒场景。他喊道:"我说,我要对抗乔弗雷,我要夺回我的名字。"他表明自己喜欢并崇拜贝宁顿,然而他自己也非常惊讶:"我这么个非常嫉妒的人,我从来也不能接受与另一个人合写一本关于我自己的书,而与他争夺那个剥夺我的事件的权利。"于是他便试图重新发明自己,自己写自己,与贝宁顿对着干,就在同一张稿纸上,然而每一个人都各干各的,从表面上看并不考虑另一个人怎么做。"他会忘记我并让自己成为写作的主人,借口是他理解我,在此之外,他也被迫承认我,从忘记我的健忘症中走出来。"

第二个要素:一种边界。所有这些自传作品,或几乎所有这些作品,在青少年以后便中止了,中止在成人生活的边界处,就在爱情生活、婚姻生活和职业生活的边缘。好像人们已经将那个无法形容的孩子和他的家人——他的父母扔在了一边,父母是他唯一的星座,或几乎是他唯一的星座,而孩子,那个启示者——总之是启蒙者——那个提示者则一再强调他们,以便找到自己的位置。首要的位置。真正第一人称的位置。好像他再也不能保持整个的温情,那些滋味,热草的气味,各种收成,表面上微不足道但又无法平息的愤怒;这些尖刻而又残酷的愤怒从来都无法解决。好像他是一位复仇者,总是想回忆孩提时的事,那时候孩子还希望这个他所爱的世界、那些事物、那种空气和那些树木都能爱他,希望这种愿望是相互的。

好像他这个孩子一旦迈出第一步，后面的事就是自然而然的附录，是预先选好的附言。从源头看只是一些无须考虑的结果。

好像这个孩子、这个少年曾经就是他自己的祖先，是我们从那里而来的祖先，好像生活的启蒙是进入平庸的启蒙，而要变得有点与众不同，也就是说成为一个作家，这仅仅是这种平庸的突出形式。好像这一次作家希望忘记自己是作家。好像他想说，就像那些富有的女继承人那样，"我愿意为自己而被人爱"，因此大家都希望这个孩子为人所爱。

然而还存在一种绝对的不在场、一种令人震惊的空白，不可能的空白，一种丑闻。我想起了佩雷克，他端详着他仅有的几张波兰犹太人父母的照片。父亲的照片只有一张，穿着法国军服的普通士兵，他在战争中战死。母亲的照片有五张，被关押在奥斯维辛集中营，佩雷克写道："母亲在死前重新见到了故国。"她死在故国。其时佩雷克年仅五岁。

人们这下会更好地理解乔治·佩雷克作品的意义了，他是研究者、档案员，"兼做其他"。兼做乌有。兼做一切。一条街道，一幢房子，字母表中的一个字母。佩雷克这样简洁地写道："我不知道我是否没有任何话要说。我知道我什么都不说。"在他的絮絮叨叨中，永远只有那些事物沉默的丑闻。"我写作不是为了说明我将什么都不说，我写作也不是为了说明我没有什么要说。我写了：我写是因为我们曾经一起生活过。因为我曾经在他们中间，他们影子中的一个影子、他们躯体旁的一个躯体。我写作是因为他们在我的身体内部留下了难以磨灭的记号，这种记号的痕迹就是写作：他们的记忆在写作中死去；写作就是他们死亡的记忆。"

然而正是在书中，在那传奇和幻想的部分，在他那古怪的祖国，田径运动员 W 梦想举起奥运火炬，梦想进入军事堡垒。正是在这里，乔治·佩雷克揭示并描写了那些他在其他地方用第一人称不说和不能说的东西:"将来有一天进入这个堡垒的人首先只会看到一个个空空的、长长的和灰灰的房间。在高高的混凝土穹顶下回响的脚步声将会使他感到害怕,然而他必须长久地继续走他的路,然后才能发现这些深埋在地下深处的遗迹,那些他以为已经忘记的这个世界的地下遗迹:成堆的金牙、成堆的结婚戒指、成堆的千万件衣服、布满灰尘的卡片。"类似的叙述与形式固定的自传作品不相吻合,然而正是在这里埋藏着被永远清除了的根。

当代这些传记作品的第三个共同要素?说起来就是母亲,通常是说她的死亡。母亲的死亡?很多作家,其中包括西蒙娜·德·波伏瓦[15],带着比在别处更多的情感来讲述这个悲剧。这些封闭的命运。私人的命运。还有阿尔贝·科恩[16]。还有其他作家。然而在这里,在罗兰·巴特、雅克·德里达等这些哲学家身上,好像正是这个主要因素在涌现,带着苦恼,然而也有些许快感,那些母亲的柔软。爱的柔软。似乎人们会知道原则性谜语的一切,知道主要猥琐物的一切。死亡与母亲。某种走向受虐狂症的前进步伐。一种确定的惬意。某种罪孽,然而还是有"如何摆脱这一切"的概念。

这或许就是巴特的情形:如何借助丧礼来摆脱他自己的生活?巴特卓越地致力于避免这种生活,而且在《罗兰·巴特自述》这本书里尽量绕过这种生活。而在同一丛书中,他的传记作品《米什莱》[17]揭示出他是多么擅长抓住果肉,抓住某个人存在的内核、某个肉体的被强制的人。而在这部《罗兰·巴特自述》中,只有一些栏目、一些密封严实的蜂房。尽是一些简短的小随笔,然而是非常精彩的随笔,有时还颇具回想味。然而很少具有揭露性。总是充满聪明才智。"我的现在有什么权利去谈论我的过去?"他这样问道,但没有作答。他只是呈现了"不是最妙的骗局,而是一个无法决定的骗局"。唯有一组丰富的肖像打动着他。一些照片。此外,这本小书以他母亲年轻时的照片开始,照片里的母亲在走路,步伐矫健,身轻如燕，带着蒙娜丽莎的微笑。照片有点模糊，有点曝光过度，她穿着洁白的连衣裙，走在一片非常白的沙滩上的非常白的沙上。

照片吗？这些表现他的照片向他证明了某种他所服从的东西，被认为无法否认的东西。这些照片在那里，没有他的干预。他是无可辩驳的人，这些照片就是证据。他写道："照片就是在场的证书。"他还强调："我从来都不和自己相像。"或者说："这些照片谈论的并不是我。"他甚至以肯定的语气总结道："无论如何，叙述和想象的时间与主体的青春一起结束。只有来自非生产性生活的传记。"事实上，这本巴特自述应该叫作"没有巴特的巴特"，尤其是没有罗兰·巴特。我们已经说过，正是在他死前出版的最后一本书《明室》中，在谈论摄影艺术时，巴特自己谈论、给自己谈论、给自己讲述他母亲的死亡，并没有这种戒心，没有这种常常与坦诚的自传联系在一起的担忧，在坦诚的自传里，作者要自我控制，要比在那些假定不太主观的作品中更加小心。

在《明室》中涌现出来的是他的丧礼，是一位母亲的丧礼，他说这位母亲不是"必不可少的"，而是"不可替代的"。这个丧礼让人想到要到达"唯一生灵的不可能的科学"。他呼喊那个"我母亲在我之前生活的时间，对我来说，这就是**历史**"。"她死后，我不再有任何理由去依赖高级生者（人类种群）的步伐……"他还说："我只有等待我彻底的死亡、非辩证的死亡。"况且他就在不久后死去了。这毫无疑问是一次自杀。他不久后在法兰西公学院附近，被一辆洗衣卡车撞翻在大街上，而且在《明室》里，人们发现了具有前瞻性的自传式语句，那是在谈论一系列与紧急救助有关的照片（这个照片系列被称作《急救》）时说的："什么？对死亡、自杀和意外事故没有什么好谈的？没有，对于这些照片，我没有什么可说的，我只看到照片上的白大褂、担架和躺在地上的躯体。"

然后是德里达。德里达自我防御着，以对抗他的传记作者贝宁顿,重新夺回他的生活,夺回他写作的本质。然而与此同时,他的母亲与世长辞。漫长的生命垂危期,其持续时间与这本书的撰写过程一样长,使他的内心伤害最深,更加撕心裂肺。德里达指出:"我以教书度过了我的一生,最终回到了能将鲜血混入祈祷和泪水的状态中。"他的一生。

有没有一位**律法**的作者呢?还有没有一种针对作家的规律呢?气流从哪里来——而在生命中,人们选择对什么保持沉默?人们想象都说过些什么?谈论他自己?或沉默不语?我们所忽视的自身的秘密是什么?德里达在《边缘忏悔》中惊奇地发现,人们对人人皆知的秘密谈论得如此之少。"凡是你不知道的,都应该让其保持沉默。"[18]维特根斯坦断言道,事实上,他隐藏了自己名字和传记中他最熟悉的东西。他知道一切,因为他善于怀疑,优先突出根本的怀疑,他相信不确实性,甚至相信怀疑的不确实性,认为这是铁的事实:"谁想怀疑一切就不会走向怀疑。怀疑游戏的本身就预先假设了确定性。"于是可以梦想:"如果摩尔没有说'我知道……',而是说'我发誓……'?"[19]

如果我们顺从于这种指令,我们会永远写下去吗?关于生活,人们都知道些什么?而关于自己的生活呢?贝克特写道:"如果一切都说了,那么任何时候一切都应该说出来。然而这并不轮到我来知道什么,知道我是谁,怎么做才能不再是我,才能不再身在我中。"[20]

生活吗?聆听。言说。沉默。在生活中吗?一位年轻诗人让·斯托洛夫(Jean Stoloff)写道:"梦想我的生活/事物的缺席本身。"还有:"一切于我都有一种意义/一种尖锐的意义,就像一个闭口音符/一个低沉开口音符,就像缺席/让我流血的缺席/即使我描绘一种防御/我的血慢慢地回答我/我的血就是不听从/它跟随着不停止的运动/我的生活的运动。我的生活给我以影子。"[21]

(1994 年)

莫里斯·帕彭的精神痛苦

在诉讼期间任其自由生活仅仅是司法问题：毕竟莫里斯·帕彭（Maurice Papon）从来没有偷盗过汽车收音机，也从来没有过纳税问题。他只是流放了近两千名男人、妇女、儿童和老人，把他们送进了纳粹集中营。即使是有点玩忽职守，他今日是否还认为，这是因为他不知道这些集中营是死亡集中营。

如果说这些婴儿、老人、男人和女人非常讨厌被杀死在集中营里，这是莫里斯·帕彭的错吗？而迫害他们，逮捕他们，把他们押送至集中营，这不是很自然的事吗？不是最起码的事吗？这不就是声誉良好的公民意识的标记吗？这与那些美德国家的命令完全相符，与那些坚信他们权利义务的美丽心灵完全一致，而他们曾经宣布，身为犹太人就是罪人。

然而我们不要搞错了。莫里斯·帕彭并不是反犹分子。他觉得逮捕和流放那些婴儿、男人、女人和老人是正常的事情，因为他们是犹太人，这在他心里既不是一种激情，更不是一种爱好。说穿了他才不理会这些呢。这些细小的"细节"对他来说并不重要。

莫里斯·帕彭不是反犹分子，然而尤其不是宗派分子。证据呢？若干年以后，他还是高级（然而更高级）公务员，这次他不是要对阿尔及利亚大屠杀负责吗？具有如此思想广度的人，如此忠于意识形态的人,他是否活该受司法迫害?

种种衰老的迹象、他脸上的深深皱纹,显示这么多年来不仅他没有被追究,而且他的大多数同僚也没有被追究,相反,这么多年来,他们有的是各种荣誉、各种应得的奖赏。这些明智的年代、意见一致的年代,人们并不担忧具有良好举止的那些人的(如此逼近的)过去。在这些年代中,莫里斯·帕彭历经的这种过去似乎并不令人担忧,也并不令人吃惊。

然而这也是一个很容易了解的过去,因为说到底,德国占领,莫里斯·帕彭并不是在秘密中历经的,而是在世界上最为官方的方式中经历的。真是见鬼!先是莫里斯·帕彭在战后不久被证明无罪,然后要等整整五十三年重新将他送交(或至少是出庭)司法。他完全可以问个为什么,然而没有,每天在一杯好茶和一顿精美饭菜的间歇,他还是客客气气地到诉讼法庭走一趟。

面对这位被司法迫害的老人,从今天(为什么要等五十三年?)起就该预见来事不是更得体吗?人们以后肯定会对扰乱这个人的生活而后悔不已,即使是轻微的扰乱亦然,何况在这个人的一生中,长期以来又拥有过多少公开的荣誉啊!也罢!真正的责任人——那些被莫里斯·帕彭送进集中营的婴儿、儿童、女人、男人和老人——将没有能力去后悔:他们已经死于奥斯维辛集中营。饶了他们吧!

(1997 年)

注　释

弗吉尼亚·伍尔夫

引用作品（按文中出现次序排列）：

《到灯塔去》(*La Promenade au phare*)，见《小说作品集》(*Œuvres romanesques*)，第 1 卷，戴安娜·德·马尔热里(Diane de Margerie)作序，斯托克(Stock)出版社，1973 年。

《幕间》(*Entre les actes*)，见《小说作品集》，第 2 卷，戴安娜·德·马尔热里作序，斯托克出版社，1974 年。

《达洛卫夫人》(*Mrs. Dalloway*)，帕斯卡·米雄(Pascale Michon)根据英文版译出，"袖珍丛书"(Le livre de poche)，LGF，2003 年。

《出航》(*La Traversée des apparences*)，路德米拉·萨维茨基(Ludmilla Savitsky)根据英文版译出，维维亚娜·福雷斯特作序，弗拉马里翁(Flammarion)出版社，1985 年。

《日记》(*Journal*)，共 8 卷，科莱特-玛丽·于埃(Colette-Marie Huet)根据英文版译出，斯托克出版社。

《三个几尼》(*Trois guinées*)，维维亚娜·福雷斯特翻译并作序，妇女出版社(Éditions des Femmes)，1977 年。

《自己的房间》(*Une chambre à soi*)，克拉拉·马尔罗(Clara Malraux)根据英文版译出，德诺埃尔(Denoël)出版社，1992 年。

《小说作品集》，第 3 卷，维维亚娜·福雷斯特作序，斯托克出版社，1979 年。

内容包括:《岁月》(*Années*),热尔曼·德拉曼(Germaine Delamain)根据英文版译出,科莱特-玛丽·于埃校,勒内·拉鲁(René Lalou)作序;《弗拉西》(*Flush*),夏尔·莫隆(Charles Mauron)译,路易·吉雷(Louis Gillet)作序。

《生命的瞬间》(*Instants de vie*),科莱特-玛丽·于埃根据英文版译出,维维亚娜·福雷斯特作序,斯托克出版社,1986年。

《少年日记(1897—1909)》(*Journal d'adolescence(1897—1909)*),玛丽-安吉·迪塔尔特(Marie-Ange Dutartre)译,斯托克出版社,1993年。

《通信录》(*Lettres*),克洛德·德马努埃利(Claude Demanuelli)选介并翻译,瑟伊(Seuil)出版社,1993年。

《重返罗德梅尔》

1.《到灯塔去》,同前。

2. 乔恩·罗素·诺伯尔(Joan Russel Nobel),《同时代人忆弗吉尼亚·伍尔夫》(*Recollections of Virginia Woolf by Her Contemporaries*),麦克尔·霍尔罗伊德(Michael Holroyd)作引言,彼得·欧文(Peter Owen)出版社,1972年。

3. 弗吉尼亚·伍尔夫的侄子。

《出航》

1.《出航》序言,同前。

《另一个身体》

1. 埃德加·爱伦·坡,《失窃的信》(*La lettre volée*),夏尔·波德莱尔译,"弗里奥双语"丛书(Folio bilingue),伽利玛出版社,1996年。

《筋疲力尽的游泳女》

1.《小说作品集》,第3卷序言,同前。

《史蒂芬小姐的焦虑》

1. 在英文版中有6卷《通信录》。在法文版中,只有《通信录》选译本。

《肉体与呼吸》

1. 安托南·阿尔托,《生存的新启示》(*Nouvelles révélations de l'être*),见《作品全集》(*Œuvres complètes*),第 7 卷,伽利玛出版社,1982 年。

2. 皮埃尔·克罗索维斯基(Pierre Klossowski),《尼采或恶性循环》(*Nietzsche ou le cercle vicieux*),法国水星(Mercure de France)出版社,1969 年。

3. 安托南·阿尔托,《生存的新启示》,同前。

4. 同上。

5. 同上。

6. 安托南·阿尔托,《返回巴黎记事》(*Cahiers du retour à Paris*),第 24 卷,伽利玛出版社,1988 年。

安托南·阿尔托

引用作品:

1.《罗德兹新作品集》(*Nouveaux écrits de Rodez*),费尔迪埃尔医生作序,伽利玛出版社,1977 年。

2.《作品全集》(*Œuvres complètes*),伽利玛出版社,包括:

《戏言者阿尔托/长眠于此》(*Artaud le Momo, Ci-gît*),1946 年。

《生存的新启示》,同前。

《罗德兹记事》(*Cahiers de Rodez*),第 10、11 卷,1974 年。

《帮凶与求情》(*Suppôts et supplications*),第 14-1 和第 14-2 卷,1978 年。

《返回巴黎记事》,同前。

《面对世界的阿尔托》

1. 路德维希·维特根斯坦,《逻辑哲学论》(*Tractatus logico-philosophicus*),克罗索维斯基译,贝尔特朗·吕塞尔(Bertrand Russel)作序,伽利玛出版社,1961 年。

托马斯·伯恩哈德

《全面战争》

引用作品：

《寒冷》(*Le Froid*)，伽利玛出版社，1984 年。

《灭火：大倒塌》(*Extinction : un effondrement*)，伽利玛出版社，1990 年。

《"我们冻结在这光明中"》

1. 《我们冻结在这光明中》(« Nous gelons dans cette clarté »)，见皮埃尔·沙伯尔(Pierre Chabert)和芭芭拉·赫特(Barbara Hutt)主编，《托马斯·伯恩哈德》(*Thomas Bernhard*)，密涅瓦(Minerve)出版社，2002 年。

2. 本文中所有引文均出自托马斯·伯恩哈德的《黑暗》(*Ténèbres*)，莫利斯·纳多(Maurice Nadeau)出版社，1986 年，以及《灭火》，同前。

马塞尔·普鲁斯特

引用作品：

《欢乐与时日》(*Les Plaisirs et les jours*)，"七星文库"，伽利玛出版社。

《驳圣伯夫》(*Contre Sainte Beuve*)，"七星文库"，伽利玛出版社。

《让·桑德伊》(*Jean Santeuil*)，"七星文库"，伽利玛出版社。

《追忆似水年华》(*À la Recherche du temps perdu*)，"七星文库"，伽利玛出版社。

《通信录》(*Correspondance*)，合计 21 卷，菲利浦·科尔布(Philip Kolb)整理，普隆出版社(Plon)。

《马塞尔·普鲁斯特：母亲的文本》

1. 儒尔·米什莱，《日记》(*Journal*)，共 4 卷，伽利玛出版社，1959—1976 年。

2. 乔治·桑，《弃儿弗朗沙》(*François le Champi*)，"弗里奥经典"丛书(Folio classique)，伽利玛出版社，1976 年。

3. 《让·桑德伊》，同前，见"注释与不同底本选"(« Notes et choix de

variantes »)。

4. 安托南·阿尔托,《长眠于此》,同前。

《普鲁斯特的面具》

1. 参见:马塞尔·普鲁斯特,《通信录》(*Correspondance*),第 6 卷,同前。

2. 詹姆斯·乔伊斯,《芬尼根守灵夜》(*Finnegans Wake*),菲利浦·拉韦涅
(Philippe Lavergne)译自英文版,伽利玛出版社,1982 年。

娜塔莉·萨罗特

引用作品均出自《作品全集》(*Œuvres complètes*),"七星文库",伽利玛出
版社:

《向性》(*Tropismes*),1939 年。

《无名氏的肖像画》(*Portrait d'un inconnu*),1948 年。

《马尔特罗》(*Martereau*),1953 年。

《怀疑的时代》(*L'ère du soupçon*),1964 年。

《你听见他们说话吗?》(*Vous les entendez ?*),1972 年。

《傻瓜们说》(*Disent les imbéciles*),1976 年。

《这真美》(*C'est beau*),1978 年。

《童年》(*Enfance*),1983 年。

《这里》(*Ici*),1995 年。

《打开》(*Ouvrez*),伽利玛出版社,1977 年。

玛格丽特·杜拉斯

引用作品:

《毁灭吧,她说》(*Détruire, dit-elle*),子夜出版社(Éditions de Minuit),
1969 年。

《印度之歌》(*India Song*),伽利玛出版社,1973 年。

《如歌的中板》(*Moderato Cantabile*),子夜出版社,1980 年。

《劳尔·维·斯泰因的迷醉》(*Le ravissement de Lol V. Stein*),伽利玛出版
社,1988 年。

《无法弥补的舞会》

1.《玛格丽特·杜拉斯》(论文集),信天翁(Albatros)出版社,1976 年。

《克雷斯皮家的生活》

1. 参见:玛格丽特·杜拉斯,《夏天的雨》(*La Pluie d'été*),伽利玛出版社,1990 年。

于连·格林

引用作品:

《西内尔山》(*Mont-cinère*),《作品全集》(*Œuvres complètes*),第 1 卷,"七星文库",伽利玛出版社,1926 年。

《阿德里安娜·梅叙拉》(*Adrienne Mesurat*),同上,1927 年。

《利维坦》(*Léviathan*),同上,1928 年。

《地上的游客》(*Le Voyageur sur la terre*),同上。

《童年时代:自传》(*Jeunes années : autobiographie*),瑟伊出版社,1992 年。

《为什么我是我?》(*Pourquoi suis-je moi ?*),法亚尔(Fayard)出版社,1996 年。

《反驳法国天主教徒的檄文》(*Pamphlet contre les catholiques de France*),法亚尔出版社,1996 年。

《于连·格林或存在的猛烈》

1. 于连·格林和雅克·马里坦,《伟大的友谊:1926—1972 年通信录》(*Une grande amitié, correspondance 1926—1972*),伽利玛出版社,1982 年。

2. 梅兰妮·克莱因,《意愿与感激》(*Envie et gratitude*),伽利玛出版社,1978 年。

《于连·格林或瞬间的热忱》

1.《为什么我是我?》,同前。

琼·里斯

《拜会琼·里斯》

1.《四重奏》(*Quatuor*)，维维亚娜·福雷斯特译，《新通信集》(*Les lettres nou-velles*)，德诺埃尔出版社，1973年。

《下到冷酷中》

1. 参见:《黑暗中的旅行》(*Voyage dans les ténèbres*)，勒内·达耶(René Daillie)译自英语，德诺埃尔出版社，1974年。

格特鲁德·斯泰因

引用作品：

《每个人的自传》(*Autobiographie de tout le monde*)，瑟伊出版社，1978年。

《艾达》(*Ida*)，瑟伊出版社，1978年。

《毕加索》，布尔古瓦(Bourgois)出版社，1978年。

《美国地理史》(*Histoire géographique de l'Amérique*)，布尔古瓦出版社，1978年。

《艾丽丝·托克拉斯自传》(*Autobiographie d'Alice Toklas*)，伽利玛出版社，1980年。

《我所见过的战争》(*Les Guerres que j'ai vues*)，布尔古瓦出版社，1980年。

《格特鲁德·斯泰因热衷于让语言说话》

1. 路德维希·维特根斯坦，《逻辑哲学论》，同前。

2. 同上。

3. 同上。

《很像我们的美国女人》

1. 参见:《我所见过的战争》，同前。

伊迪丝·沃顿

《一位母亲的报应》

1.《一位母亲的报应》(*La Récompense d'une mère*)序,路易·吉莱(Louis Gillet)译自美国版,弗拉马里翁(Flammarion)出版社,1986 年。

杂感录

《勒内·克勒韦尔,敏感异常》

1. 勒内·克勒韦尔,《欲望与痛苦书简》(*Lettres de désir et de souffrance*),于连·格林序,法亚尔出版社,1996 年。

《卡森的声音》

1. 卡森·麦卡勒斯:《心是孤独的猎手》(*Le Cœur est un chasseur solitaire*),弗里德里克·纳坦(Frédérique Nathan)译,斯托克出版社,1993 年。

《凯鲁亚克的渊源》

1. 杰克·凯鲁亚克,《杰拉德的视角》(*Visions de Gérard*),让·奥特雷(Jean Autret)译,伽利玛出版社,1972 年。

《痛苦的疑难文字》

1. 朱娜·巴恩斯,《夜森林》(*Les Bois de la nuit*),皮埃尔·莱里斯(Pierre Leyris)译,瑟伊出版社,1986 年。

2. 朱娜·巴恩斯,《赖德》(*Ryder*),布尔古瓦出版社,1986 年。

《玛尔加的命运》

1. 玛尔加·贝克,《在莱斯莫娜的一个夏天》(*Un été à Lesmona*),昂热利卡·卡罗里(Angelica Karolyi)译自德语,腓比斯(Phébus)出版社,1994 年。

《"我不再喜欢烟……"》

1. 参见：让·凯罗尔，《一幢房子的故事》（*Histoire d'une maison*），瑟伊出版社，1976 年。

《睡眠的住所》

1. 安娜·卡万，《睡眠的住所》（*Demeures du sommeil*）序言，维维亚娜·福雷斯特译，亨利·韦里耶（Henri Veyrier）出版社，1977 年。

《乔治·艾略特的回归》

1. 乔治·艾略特，《米德尔马契》（*Middlemarch*），布尔古瓦出版社，1981 年。

2. 乔治·艾略特，《牧师的若干生活场景》（*Scènes de la vie du clergé*），布尔古瓦出版社，1981 年。

《被迷住的万人迷》

1. 让-诺埃尔·维亚尔内，《女性的陶醉》（*Extases féminines*），阿尔托（Arthaud）出版社，1980 年。

《深渊边的弗洛伊德》

1. 参见：弗拉迪米尔·格拉诺夫，《思想与女性》（*La Pensée et le féminin*），子夜出版社，1976 年。

2. 弗拉迪米尔·格拉诺夫，《血统：俄狄浦斯情结的未来》（*Filiations. L'avenir du complexe d'Œdipe*），子夜出版社，1976 年。

《在缺席的波涛之间》

1. 莫德·马诺尼，《她们不知道自己在说什么》（*Elles ne savent pas ce qu'elles disent*），德诺埃尔出版社，1998 年。

2. 西格蒙德·弗洛伊德，《摩西与一神教》（*Moïse et le monothéisme*），伽利玛出版社，1971 年。

3. 弗吉尼亚·伍尔夫,《幕间》,同前。

凡·高

所有凡·高的引文均摘自:

《书简全编》(*Correspondance générale*)三卷本,莫里斯·贝尔布洛克(Maurice Beerblock)和路易·鲁朗特(Louis Roëlandt)译自荷兰语和英语,伽利玛出版社和格拉塞(Grasset)出版社联合出版,1960年。

《凡·高交易》

1.《凡·高》,凡·高画展目录,阿姆斯特丹,埃弗特·范乌特(Evert Van Uitert),路易斯·范蒂尔博赫(Louis Van Tilborgh),巴黎银行墨卡托基金会(Fonds Mercator de la banque Paribas),阿尔班·米歇尔(Albin Michel)出版社,1990年。

《"我不是一个凡·高!"》

1. 维维亚娜·福雷斯特,《凡·高或麦田里的葬礼》(*Van Gogh ou l'enterrement dans les blés*),瑟伊出版社,1983年。

高更与其他几位……

《"唯有我合乎逻辑"》

1.《高更》(*Gauguin*)序言《天才与现实》(« Génie et réalités »),橡树出版社(Éditions du Chêne),1986年。

《荷尔拜因,伊拉斯谟的镜子》

1. 沙特尔博物馆记事录。

《金霍尔兹的女人们》

1.《金霍尔兹》(*Kienholz*)展览目录序言,马格画廊(Galerie Maeght),1983年。

激情，思想

《一天，我的王子……》

　　1. 斯特凡·马拉美，《剧院速写：哈姆雷特》(*Crayonné au théâtre. Hamlet*)，"七星文库"，伽利玛出版社。

《母亲的语言》

　　1. 维维亚娜·福雷斯特，《遗迹》(*Vestiges*)，瑟伊出版社，1980 年。

《冷淡的享乐》

　　1. 路德维希·维特根斯坦，《逻辑哲学论》，同前。
　　2. 同上。

《复数的女性》

　　1. 若里斯-卡尔·于斯曼 (Joris-Karl Huysmans)，《费利西安·罗普斯》(*Félicien Rops*)，节选自《某个人》(*Certain*)，载《费利西安·罗普斯的雕刻作品》(*L'Œuvre gravée de Félicien Rops*) 序言。亨利·韦里耶出版社，1975 年。

《"有些时刻，我很害怕音乐"》

　　1. 安德烈·罗兰 (André Rollin)，《他们在哪里写作？什么时候？怎样写？》(*Ils écrivent où? Quand? Comment?*)，贝尔纳·弗兰克 (Bernard Franck) 作序，马扎林 (Mazarine) 出版社，1986 年。

《维维亚娜·福雷斯特》

　　1. 热罗姆·加尔桑 (Jérôme Garcin) 主编，《当代法国作家自述词典》(*Dictionnaire des auteurs contemporains de langue française par eux-mêmes*)，加尔桑作序，弗朗索瓦·布兰 (François Bourin) 出版社，1986 年；一千零一夜 (Mille et une nuits) 出版社，2004 年。

《我是奇怪的人》

1. 于连·格林,《十九岁时的严肃》(*On est si sérieux quand on a dix-neuf ans*),法亚尔出版社,1993 年。

2. 马塞尔·普鲁斯特,《追忆似水年华》,同前。

3. 娜塔莉·萨罗特,《怀疑的时代》,同前。

4. 弗朗兹·卡夫卡,《日记》,同前。

5. 塞缪尔·贝克特,《再次终结》(*Pour en finir encore*),子夜出版社,1978 年。

6. 路德维希·维特根斯坦,《论确信》(*De la certitude*),雅克·福夫(Jacques Fauve)译,伽利玛出版社,1965 年。

7. 于连·格林,《年轻岁月》,同前。

8. 于连·格林,《利维坦》,同前。

9. 娜塔莉·萨罗特,《童年》,同前。

10. 罗兰·巴特,《罗兰·巴特》(*Roland Barthes*),瑟伊出版社,1995 年。

11. 罗兰·巴特,《明室》(*La Chambre claire*),瑟伊出版社,1998 年。

12. 乔治·佩雷克,《W 或童年的回忆》(*W ou le souvenir d'enfance*),德诺埃尔出版社,1983 年。

13. 让-图桑·德桑蒂,《一个哲学的命运》(*Un destin philosophique*),格拉塞出版社,1982 年。

14. 乔弗雷·贝宁顿(Geoffrey Bennington)和雅克·德里达,《雅克·德里达》(*Jacques Derrida*),瑟伊出版社,1991 年。

15. 西蒙娜·德·波伏瓦,《缓慢死去》(*Une mort très douce*),伽利玛出版社,1965 年。

16. 阿尔贝·科恩(Albert Cohen),《我母亲的书》(*Le Livre de ma mère*),伽利玛出版社,1982 年。

17. 罗兰·巴特,《米什莱》(*Michelet*),瑟伊出版社,1995 年。

18. 路德维希·维特根斯坦,《逻辑哲学论》,同前。

19. 同上。

20. 塞缪尔·贝克特,《再次终结》,同前。

21. 让·斯托洛夫,未出版手稿。

文献来源目录

弗吉尼亚·伍尔夫

《重返罗德梅尔》: « Retour à Rodmell », *Magazine littéraire*, mars 1990.

《出航》: « La traversée des apparences », préface de : Virginia Woolf, *La Traversée des apparences*, Garnier-Flammarion, 1985. © Flammarion, 1985.

《生命的瞬间》: « Instants de vie », préface de : Virginia Woolf, *Instants de vie*, Stock, 1986. © Stock, 1986.

《另一个身体》: « L'autre corps », préface de : Virginia Woolf, *Trois guinées*, Éditions des Femmes, 1977. © Éditions des Femmes, 1977.

《筋疲力尽的游泳女》: « Nageuses épuisées », préface de : Virginia Woolf, *Œuvres romanesques*, volume 3, Stock, 1979. © Stock, 1979.

《史蒂芬小姐的焦虑》: « Les angoisses de Miss Stephens », *Le Monde*, 2 juillet 1993.

《肉体与呼吸》: « La chair et le souffle », extrait de « Virginia Woolf, le corps de la lettre », *Art Press*, juillet 1977.

安托南·阿尔托

《帮凶与求情》: « Suppôts et supplications », *Le Monde*, 9 août 1978.

《面对世界的阿尔托》: « Artaud face au monde », *Le Magazine littéraire*, mai 1989.

《当安托南·阿尔托自称为安托南·纳尔帕时》:« Quand Antonin Artaud se disait Antonin Nalpas », *Le Quotidien de Paris*, 24 décembre 1974.

托马斯·伯恩哈德

《全面战争》:« La guerre totale », *Le Magazine littéraire*, janvier 1991.

《我们冻结在这光明中》:« Nous gelons dans cette clarté », *in* Pierre Chabert et Barbara Hutt (dir.), *Thomas Bernhard*, Éditions Minerve, 2002. © Éditions Minerve, 2002.

马塞尔·普鲁斯特

《马塞尔·普鲁斯特:母亲的文本》:« Marcel Proust : le texte de la mère », *Tel Quel*, hiver 1978.

《普鲁斯特的面具》:« Les masques de Proust », *La Quinzaine littéraire*, 16 - 30 novembre 1980.

娜塔莉·萨罗特

《这份友情》:« Cette amitié », *Le Magazine littéraire*, juin 1983.

《娜塔莉,夏天》:« Nathalie, l'été », *Le Monde*, 15 septembre 1998.

《"就在那里,如此靠近,如此脆弱……"》:« C'est là, si proche, si fragile... », *Le Monde*, 15 juillet 1994.

《永别》:« L'adieu », *Le Monde*, 31 octobre 1999.

玛格丽特·杜拉斯

《无法弥补的舞会》:« Le bal irrémédiable », *Le Magazine littéraire*, mars 1980.

《过分的精确性》:« L'exactitude de l'excès », *Le Magazine littéraire*, juin 1990.

《呐喊的领地》:« Territoire du cri », in *Marguerite Duras* (collectif), Éditions Albatros, 1979.

《克雷斯皮家的生活》: « La vie chez les Crespi », *Le Magazine littéraire*, février 1990.

于连·格林

《于连·格林或存在的猛烈》: « Julien Green ou la violence d'exister », *Le Monde*, 22 juillet 1994.

《于连·格林或瞬间的热忱》: « Julien Green ou la ferveur de l'instant », *Le Monde*, 26 juillet 1996.

《格林的岁月》: « Green au fil du temps », *Le Magazine littéraire*, décembre 1992.

琼·里斯

《拜会琼·里斯》: « Rencontre avec Jean Rhys », *La Quinzaine littéraire*, 16 – 28 février 1973.

《下到冷酷中》: « Descente vers le froid », *La Quinzaine littéraire*, 1er – 15 mai 1973.

格特鲁德·斯泰因

《格特鲁德·斯泰因热衷于让语言说话》: « Gertrude Stein acharnée à faire parler la langue », *Le Monde*, 19 mai 1978.

《回到美国》: « Le retour en Amérique », *Le Monde*, 12 janvier 1979.

《很像我们的美国女人》: « Une Américaine bien de chez nous », *Le Monde*, 12 janvier 1979.

伊迪丝·沃顿

《一位母亲的报应》: « La récompense d'une mère », préface de : Edith Wharton, *La Récompense d'une mère*, Garnier-Flammarion, 1986. © Flammarion, 1986.

杂感录

《今日，兰波》：« Aujourd'hui, Rimbaud », enquête de Roger Munier *Aujourd'hui Rimbaud*, archives des Lettres modernes, n° 160, Minard, 1976. © Lettres modernes Minard, 1976.

《无情的余生》：« L'implacable survie », Cahiers Renaud-Barrault, collectif « A propos de Beckett », Gallimard, octobre 1985.

《勒内·克勒韦尔，敏感异常》：« René Crevel, à fleur de peau », *Le Monde*, 29 mars 1996.

《卡森的声音》：« Les voix de Carson », *Le Monde*, 4 mars 1994.

《凯鲁亚克的渊源》：« Les sources de Kerouac », *La Quinzaine littéraire*, 1er–15 février 1972.

《痛苦的疑难文字》：« Les hiéroglyphes de la douleur », *Le Nouvel Observateur*, 18 février 1983.

《玛尔加的命运》：« Le destin de Marga », *Le Monde*, 1994.

《"我不再喜欢烟……"》：« Je n'aime plus la fumée... », *La Quinzaine littéraire*, 16–30 avril 1976.

《睡眠的住所》：« Demeure du sommeil », préface de : Anna Kavan, *Demeure du sommeil*, Henri Veyrier, 1977.

《乔治·艾略特的回归》：« Retour de George Eliot », *Le Monde*, 16 octobre 1981.

《被迷住的万人迷》：« L'envoûteur envoûté », *Le Monde*, 14 novembre 1980.

《深渊边的弗洛伊德》：« Freud au bord du gouffre », *Le Nouvel Observateur*, 16 mai 1977.

《在缺席的波涛之间》：« Entre les vagues de l'absence », *Le Monde*, 20 mars 1998.

《向帕索里尼致敬》：« Hommage à Pasolini », *Art Press*, 1978.

凡·高

《对画家下手》：« Mains basses sur le peintre », *Le Figaro*, 3 mars 1990.

《凡·高交易》：« Opération Van Gogh », *Libération*, 2 et 3 juin 1990.

《凡·高或怎样摆脱》：« Van Gogh ou comment s'en débarrasser », *Art Press*, julletaoût 1990.

《"我不是一个凡·高!"》：« Je ne suis pas un Van Gogh! », *Le Magazine littéraire*, septembre 1990.

高更与其他几位……

《"唯有我合乎逻辑"》：« Je suis seul logique », préface de ：*Gauguin*, « Génies et réalités », Éditions du Chêne, 1986. © Éditions du Chêne,1986.

《荷尔拜因，伊拉斯谟的镜子》：« Holbein, miroir d'Erasme », Cahiers du Musée de Chartres.

《金霍尔兹的女人们》：« Les femmes de Kienholz », préface du catalogue galerie Maeght, *Repères*, Cahier d'art contemporain, n° 3, 1983.

《对西班牙绘画的外行之见》：« Regard profane sur la peinture espagnole », *Accords*, 1946.

《被展览的侮辱》：« L'outrage exposé », *Les Lettres françaises*, 1992.

激情，思想

《一天，我的王子……》：« Un jour, mon prince... », *Spirales*, octobre 1981.

《母亲的语言》：« La langue maternelle », *L'Enfance de l'art* (collectif), *Libération*, 1980；Éditions de Minuit, 1980. © Éditions de Minuit, 1980.

《谁爱我们?》：« Écrivez des chiffons à jeter au feu », préface de ：Simone Benmussa, *La Traversée du temps perdu*, Éditions des Femmes, 1978. © Éditions des Femmes, 1978.

《"书写该扔进火堆的废纸……"》：« Une conférence, un soir... », conférence donnée à New York vers 1980.

《一次演讲，一个夜晚……》：« Fascinée, passive... », collectif « Notre cinéma », *La Règle du jeu*, mai 1995.

《"很受鼓动，但很被动……"》：« Faciné, passive... », collectif « Notre cinéma », *La Règle du jeu*, mai 1995.

《冷淡的享乐》：« La jouissance frigide », *Spirales*, avril 1982.

《这不能承受的喧哗》：« Cette clameur insoutenable », *Le Nouvel Observateur*, 1997.

《热草的气味》：« L'odeur de l'herbe chaude », *Spirales*, juillet-août 1981.

《成就》：« La performance », *L'Officiel*, 1997.

《复数的女性》：« Féminin pluriel », *Tel Quel*, mars 1977.

《"有些时刻,我很害怕音乐"》：« Par moments, j'ai peur de la musique », *in* André Rollin, *Ils écrivent ou'? Quand? Comment?*, Mazarine, 1986.

《"写作并不带给我什么"》：« L'écriture ne m'apporte rien », *Les Nouvelles littéraires*, 14 au 21 septembre 1978.

《维维亚娜·福雷斯特》：« Forrester, Viviane », in Jérôme Garcin (dir.), *Dictionnaires des auteurs contemporains de langue française par eux-mêmes*, préface de Jérôme Garcin, François Bourin, 1986；Mille et une nuits, 2004.

《我是奇怪的人》：« Moi, l'étrange humain », conférence donnée à New York University, publiée et éditée par Tom Bishop, in *The Florence Gould lectures*, Center for French Civilisation and Culture, New York University Press, 1994. © New York University Press, 1994.

《莫里斯·帕彭的精神痛苦》：« Le calvaire de Maurice Papon », *Le Monde*, 15 octobre 1997.

守望者·镜与灯

主编　但汉松

《文学之用》/〔美〕芮塔·菲尔斯基

《现代性的性别》/〔美〕芮塔·菲尔斯基

《激情如初：凡·高、普鲁斯特、伍尔夫等》/〔法〕维维亚娜·福雷斯特

《文学批评：一部简明政治史》/〔美〕约瑟夫·诺思

《共同体的焚毁：奥斯维辛前后的小说》/〔美〕J. 希利斯·米勒

《艺术与恐怖之罪》/〔美〕弗兰克·兰特里夏　乔迪·麦考利夫

《在黑暗中舞蹈：美国大萧条文化史》/〔美〕莫里斯·迪克斯坦

《我的母亲是计算机：数字主体与文学文本》/〔美〕N. 凯瑟琳·海尔斯

《德勒兹论文学》/〔美〕罗纳德·伯格

《德勒兹论电影》/〔美〕罗纳德·伯格

《德勒兹论音乐、绘画和艺术》/〔美〕罗纳德·伯格

《莎士比亚，欲望之火》/〔法〕勒内·基拉尔

《萨德式女人》/〔英〕安吉拉·卡特

《想象的全球化》/〔阿根廷〕内斯托尔·加西亚·坎格里尼

出 版 人　金鑫荣

出版统筹　沈卫娟

责任编辑　陈蕴敏

责任监制　郭　欣

封面设计　周伟伟

官方微博 http://weibo.com/njupco

官方微信 njupress

本书为法国作家、费米娜文学奖评委维维亚娜·福雷斯特的文学评论集，由作品序言、文学评论、讲座文稿等构成，也可视为她隐秘的思想自传。对她来说，任何书都是活生生的一个人，任何作品也都是这样的人。任何创作都是一个造物。她那音乐般的声音、非凡的说服力、充满纸端的诙谐，让人一看就想读，并且爱不释手。这部传记写的是众多不同的作品，这些作品让语言说话，语言说话又是为了沉默，而为沉默而写的作品引导我们去发现我们自身的秘密，至为隐秘的秘密……

正如在一部不朽而且令人着迷的小说中那样，我们发现了一系列的生灵：从托马斯·伯恩哈德到包法利夫人，从哈姆雷特到伊俄卡斯忒，从弗洛伊德到高更，从乔伊斯到卡利班，从艾米莉·狄金森到夏吕斯男爵，从安托南·阿尔托、贝克特或帕索里尼那冒险般的声音到弗吉尼亚·伍尔夫那形形色色的面孔，还有经过深入分析但面目全新的普鲁斯特，情况都是这样。凡·高得到善于讽刺的人们的热情捍卫。我们通过与作者的友谊发现了娜塔莉·萨罗特、玛格丽特·杜拉斯、于连·格林和琼·里斯：亲密无间，谈笑风生，无话不谈，常常探寻着创作的秘诀。

在这里可以发现思想的精髓、折磨和惬意，也能找到一种力量，常常将一位作家的悲剧引向作品的悲怆性喜悦。

维维亚娜·福雷斯特为思想打开了众多新的空间。对她来说，多亏了语言，也由于语言，在对不同作家的评说中，她将他们纳入同一种视角，归结为同一种期待，目的是要否定不可能性。

上架建议：文学批评·随笔
ISBN 978-7-305-23144-5

Mes passions de toujours　　Van Gogh, Proust, Woolf, etc.

定价：66.00元